DONGSUH MYSTERY BOOKS 11

THE MALTESE FALCON

말타의 매

더 실 해미트/양병탁 옮김

동서문화사

옮긴이 양병탁(梁炳鐸)

일본 도쿄고사·인디애나대 대학원 졸업. 경희대사범대학장 역임. 평론 〈영문학상에서 본 자연정신〉〈태서작가의 서한문학〉〈헤밍웨이론〉등을 발표하다. 지은책《미국문학사》등이 있고 옮긴책 멜빌《백경》호오돈《주홍글씨》트웨인《허클베리 핀의 모험》등이 있다.

DONGSUH MYSTERY BOOKS 11

말타의 매

해미트 지음/양병탁 옮김
1판 1쇄 발행/1977년 12월 1일
2판 1쇄 발행/2003년 1월 1일
2판 2쇄 발행/2008년 6월 1일
발행인 고정일/발행처 동서문화사
창업 1956. 12. 12. 등록 16-345(윤)
서울강남구신사동540-22 ☎ 546-0331~6 (FAX) 545-0331
www.epascal.co.kr

*

이 책의 출판권은 동서문화사가 소유합니다.
의장권 제호권 편집권은 저작권 법에 의해 보호를 받는 출판물이므로
무단전재와 무단복제를 금합니다.
사업자등록번호 211-87-75330
ISBN 978-89-497-0092-2 04840
ISBN 978-89-497-0081-6 (세트)

말타의 매
차례

스페이드&아처 탐정사······ 11
안개 속의 죽음······ 23
세 여자······ 41
검은 새······ 53
레반트인······ 73
미행하는 작은 사나이······ 82
허공에 그려진 G······ 95
속임수······ 113
브리지드 오쇼네시······ 126
벨비디어 호텔 로비······ 138
뚱뚱한 사나이······ 154
메리 고 라운드······ 171
황제에게 보내는 선물······ 185
라 팔로마 호······ 200
너도 나도 모두 머리가 이상하다······ 212
세 번째 살인······ 228
토요일 밤······ 243
미끼······ 259
러시아인의 솜씨······ 281
비록 사형을 받는다 해도······ 309

하드보일드 큰별 더 실 해미트······ 329

등장인물

새뮤엘 스페이드 사립탐정
에피 필라인 스페이드의 비서
마일즈 아처 사립탐정. 스페이드의 동업자
아이버 아처의 아내
플로이드 새스비 수수께끼의 사나이
조엘 카이로 레반트 인
브리지드 오쇼네시 사건의뢰인
캐스퍼 개트맨 매를 노리는 사나이
윌머 개트맨의 부하
시드 와이즈 변호사
브라이언 지방검사
톰 풀하우스 경사
댄디 경감

스페이드&아처 탐정사

 새뮤엘 스페이드의 길고 네모진 턱은 끝이 V자 모양으로 튀어나왔다. 그 위에는 좀더 유연하지만 역시 V자 모양의 입이 있다. 코끝을 따라 콧구멍 선이 깊숙이 파였으므로 이것도 작지만 V자 모양이다. 노란빛 도는 회색 눈만이 수평이지만, 매부리코 위에 새겨진 한 쌍의 골진 주름에서 바깥쪽으로 뻗어나간 숱많은 눈썹 또한 V자의 모티브를 재현한다. 게다가 연갈색 머리카락까지——두 뺨 위 평평한 관자놀이에서——툭 튀어나온 이마의 한곳을 향해 나 있다. 그 재미있어 보이는 얼굴 모습은 아무래도 블론드의 사탄처럼 보였다.
 그는 에피 필라인을 보며 말했다.
 "무슨 일이지?"
 에피는 햇볕에 그을린 늘씬한 아가씨였다. 얇은 황갈색 모직 옷이 여윈 몸에 꼭 붙어 있는 듯한 느낌이었다. 가무스름하게 반짝이는 남자아이 같은 얼굴에 갈색 눈이 짓궂어 보였다. 그녀는 방으로 들어와 문을 닫더니 거기에 기대서며 말했다.
 "당신을 뵙고 싶다는 여자가 와 있어요. 원덜리라는 분이래요."

"의뢰인인가?"
"그런 것 같아요. 아무튼 만나서 손해볼 건 없을 거예요. 굉장한 미인이니까요."
"좋아, 어서 들여보내요."
스페이드는 말했다.
에피는 다시 문을 열고 바깥사무실로 한 걸음 내딛더니 손잡이에 손을 댄 채 말했다.
"원덜리 양, 이리 들어오세요."
"고맙습니다."
그것은 발음이 분명치 않았다면 뜻을 알아들을 수 없을 만큼 작은 목소리였다.
젊은 여자가 모습을 나타냈다. 머뭇거리는 걸음으로 천천히 걸어오면서 겁먹은 듯한 파란 눈으로 스페이드를 말끄러미 쳐다보았다.
키가 크고 조금 야윈 듯한 화사한 몸매가 모난 데라고는 전혀 찾아볼 수 없었다. 곧은 몸매, 풍만한 가슴, 쭉 뻗은 늘씬한 다리에 손발도 자그마하니 아담했다. 눈빛에 맞게 고른 모양인지 옷은 짙고 연한 두 가지 푸른색으로 통일되어 있었다. 파란 모자 밑으로 비어져 나온 고수머리는 검붉은색이며, 도톰한 입술은 그보다 훨씬 고운 빨간색이었다. 조심스럽게 미소짓는 초승달 모양 입매에서 하얀 이가 반짝 빛났다.
스페이드는 자리에서 일어나 가볍게 고개를 숙여 보이고 나서 굵은 손가락으로 책상 옆 떡갈나무 팔걸이의자를 가리켰다. 그는 키가 1백 80센티미터나 되는 거구로, 두 어깨가 봉긋할 정도로 살이 쪄서 전체적인 모습이 마치 원뿔을 거꾸로 세워놓는 것 같았다. 그래서 그런지 모처럼 다려 입은 윗옷도 그다지 몸에 어울린다고 할 수 없었다.
"고맙습니다."

여자는 여전히 작은 목소리로 말하며 나무의자에 앉았다.

스페이드는 회전의자에 털썩 앉더니 4분의 1쯤 돌려서 그녀를 마주보며 점잖게 미소지었다. 입술을 다문 채 미소지었으므로 얼굴의 모든 V자가 보다 길게 늘어났다.

닫힌 문 밖에서 에피 필라인이 두드리는 타이프라이터 소리와 조그맣게 들리는 전화 벨소리, 중얼거리는 듯한 말소리 등이 들려왔다. 어딘지 가까운 사무실에서 쓰고 있는 동력기의 무딘 모터 소리도 들렸다. 스페이드의 책상 위에 놓인 담배꽁초가 잔뜩 담긴 놋쇠재떨이에서 피우다 만 담배 한 개비가 연기를 뿜어 올리고 있었다. 노란 책상 표면에도 녹색 압지 위에도 서류 위에도 하얀 담뱃재가 여기저기 흩어져 있었다. 2, 30센티미터쯤 열어둔 노란 커튼이 드리워진 창문으로 암모니아 냄새가 밴 바람이 안뜰에서 불어와 책상 위의 재가 이리저리 날렸다.

원덜리는 날리는 흰 재를 물끄러미 바라보고 있었다. 그 눈빛은 침착성이 없어 보였다. 의자 가장자리에 살짝 걸터앉아 금방이라도 발딱 일어날 듯 두 발을 꼭 붙이고 있었다. 까만 장갑을 낀 두 손도 무릎 위에 놓인 납작한 검은 핸드백을 꼭 움켜쥔 채였다. 스페이드는 의자 속에서 몸을 뒤로 젖히며 물었다.

"무슨 일로 오셨습니까, 원덜리 양?"

원덜리는 숨을 죽이고 스페이드의 얼굴을 쳐다보았다. 이윽고 그녀는 꿀꺽 침을 삼키고 나서 조급한 목소리로 말했다.

"저어, 내가…… 실은……"

그녀는 문득 말을 끊고 하얀 이로 아랫입술을 깨물면서 입을 다물어버렸다. 파란 눈이 무언가 호소하고 있는 듯했다.

스페이드는 잘 알았다는 듯 빙그레 미소지으며 고개를 끄덕였다. 그리고는 곧 그다지 심각한 문제가 아니라는 듯 밝은 얼굴을 지어 보였다.

"아무튼 처음부터 이야기해 주십시오. 그래야 어떻게 해야 할지 알 수 있으니까요. 되도록 일의 발단부터 말씀하시는 게 좋습니다."

"장소는 뉴욕이었어요."

"아, 그렇습니까?"

"하지만 여동생이 어디서 그 남자를 만났는지는 몰라요. 내 말뜻은 뉴욕 어디인지 모른다는 거예요. 그 아이는 나보다 5살 아래로 17살이에요. 그래서 우리는 공통된 친구 사이도 아니었고, 다른 자매들처럼 다정하지도 않았던 것 같아요. 어머니와 아버지는 지금 유럽에 계시지만 이 사실을 아시면 틀림없이 놀라 돌아가실 거예요. 그러니까 부모님이 돌아오시기 전에 무슨 수를 써서라도 동생을 데려오지 않으면……."

"오오, 그랬군요"

스페이드가 말했다.

"두 분은 다음달 초에 돌아오실 거예요"

스페이드의 눈이 반짝였다.

"그럼, 앞으로 2주일 남았군요."

"동생으로부터 편지가 오기 전까지는 아무것도 몰랐어요. 나는 마음을 놓을 수가 없어 미칠 것만 같았어요"

그녀의 입술이 떨리며 두 손이 무릎 위에 놓인 핸드백을 더욱 꼭 쥐었다.

"동생이 무슨 일——이번과 같은 일——을 저지른 게 아닌가 생각하면 경찰에 알리기가 두렵고, 또 한편 그 아이의 몸에 무슨 일이 닥친 게 아닐까 생각하면 빨리 경찰에 알려야 될 것 같아서 아무튼 안절부절못했어요. 의논할 만한 사람도 전혀 없어요. 대체 어떻게 해야 좋을지 모르겠어요. 나 같은 여자가 무슨 일을 할 수 있겠어요?"

"그렇지요. 그런데 동생에게서 편지가 왔다고 하셨지요?"

"네, 그래서 나는 곧 집으로 돌아오라고 전보를 쳤어요. 샌프란시스코 우체국 사서함으로요. 그 아이의 편지에는 주소가 그렇게만 씌어 있었거든요. 그 뒤로 꼬박 1주일을 기다렸어요. 그러나 동생으로부터 아무런 연락도 오지 않고, 어머니와 아버지가 돌아오실 날은 하루하루 다가오므로 나는 생각다못해 직접 그애를 데려가려고 여기에 온거예요. 내가 가겠다고 편지로 알려두었는데, 쓸데없는 짓을 한 건 아닐까요?"

"그럴지도 모르겠군요. 하지만 어떻게 해야 할지 안다는 것은 그리 쉬운 일이 아닙니다. 동생은 아직 찾지 못했습니까?"

"네, 못 찾았어요. 편지에 세인트 마크 호텔에 머무를 테니 비록 집에 돌아가지 못하게 되더라도 꼭 와서 이야기를 들어보라고 썼는데, 끝내 오지 않는군요. 사흘이나 기다렸는데도 나타나기는커녕 연락조차 없어요."

스페이드는 블론드의 사탄 같은 얼굴에 동정한 표정을 떠올리고 미간을 찌푸리며 입술을 굳게 다문 채 고개를 끄덕였다.

원덜리는 억지로 웃어 보이려고 애썼다.

"나는 어찌해야 좋을지 몰랐어요. 동생에게 무슨 일이 일어났는지, 또 무슨 일이 일어날 것인지 전혀 모르는 채 우두커니 앉아서 무작정 기다리고 있을 수만은 없었어요."

그녀는 웃으려는 노력을 그만두고 몸을 떨었다.

"하지만 내가 알고 있는 주소는 우체국 이름뿐이에요. 그래서 또 한 번 편지를 써서 어제 오후 우체국으로 가보았지요. 그곳에서 어두워질 때까지 기다렸지만 동생은 나타나지 않았어요. 그래서 오늘 아침에 또 가보았지요. 그러나 역시 콜린느는 보이지 않았어요. 대신 플로이드 새스비를 만났어요."

스페이드는 다시 고개를 끄덕였다. 이마의 주름이 사라지고 대신 날카로운 주의력이 얼굴에 떠올랐다.

원덜리는 절망적인 목소리로 이야기를 계속했다.

"그러나 플로이드는 콜린느가 있는 곳을 알려주지 않았어요. 그 아이가 건강하고 행복하게 살고 있는 것 말고는 아무것도 말해 주지 않았어요. 그러나 내가 어떻게 그 말을 믿겠어요? 플로이드는 그런 사람이에요. 그렇게 말하는 것이 당연한 일 아니겠어요?"

"그렇지요."

스페이드는 동의했다.

"하지만 사실인지도 모릅니다."

"그렇다면 얼마나 좋겠어요! 부디 그렇기를 바라고 있어요."

그녀는 외치듯이 말했다.

"하지만 나는 이대로 돌아갈 수 없어요. 얼굴도 못 보고 전화로 말한마디 나누지 못했는걸요. 플로이드는 나를 동생에게 데려다주지 않았어요. 동생이 나를 만나고 싶어하지 않는다는 거예요. 플로이드는 그렇게 말했지요. 그 말은 믿을 수 없어요. 하지만 플로이드는 동생에게 나와 만났다는 말을 전하고 만일 콜린느가 승낙하면 오늘밤 호텔로 데리고 오겠다고 약속했어요. 보나마나 승낙할 리 없다면서, 그렇게 되면 자기 혼자서라도 오겠다고 말했지요. 틀림없이 그 사람은……"

그때 갑자기 문이 열렸으므로 원덜리는 깜짝 놀라며 얼른 입으로 손을 가져갔다. 문을 연 사나이는 안으로 한 발 들여놓더니 당황해하며 갈색 모자를 벗어들고 다시 나가려고 했다.

"이거 실례했습니다!"

"괜찮네, 마일즈. 들어오게. 원덜리 양, 소개하겠습니다. 이 사람은 나와 함께 일하는 마일즈 아처입니다."

스페이드가 말했다.

그러자 마일즈 아처는 문을 닫고 다시 안으로 들어왔다. 그는 모자를 손에 든 채 원덜리를 보고 고개숙여 인사한 다음 싱긋 미소를 떠올리며 은근히 정중한 태도를 지어 보였다. 보통키에 튼튼한 몸집, 떡벌어진 어깨, 굵은 목, 네모진 턱에 명랑해 보이는 붉은 얼굴. 짧게 자른 머리에는 희끗희끗한 흰 머리가 제법 섞여 있었다. 나이는 스페이드가 30살이 훨씬 넘어보이는 것처럼 이 사나이는 40살이 훨씬 넘어보였다.

스페이드가 아처에게 설명하기 시작했다.

"원덜리 양의 여동생이 새스비라는 사나이와 이곳에 도망 와 있다는군. 원덜리 양은 새스비를 만나 오늘 밤 다시 만날 약속을 했다네. 어쩌면 동생을 데려올지도 모르지만, 가능성은 적은 것 같네. 그래서 원덜리 양은 그 사나이의 손에서 동생을 되찾아 집으로 데려갈 수 있도록 동생의 거처를 알아내달라고 부탁하러 오셨지."

그는 원덜리의 얼굴을 쳐다보았다.

"그렇지요?"

"네."

그녀의 목소리에는 힘이 없었다.

스페이드가 상냥하게 웃고 고개를 끄덕이며 자신만만한 태도를 보여줌으로써 차츰 사라졌던 당혹이 다시 그녀의 얼굴을 붉게 물들였다. 그녀는 무릎 위에 놓인 핸드백으로 눈길을 떨어뜨리고 장갑낀 손가락을 신경질적으로 움직여 핸드백을 만지작거리기 시작했다.

스페이드는 아처에게 눈짓을 했다.

마일즈 아처는 앞으로 나가더니 책상 모서리 옆에 섰다. 그는 무릎 위의 핸드백을 내려다보고 있는 아가씨를 물끄러미 바라보았다. 그의 작은 갈색 눈이 그녀의 숙인 얼굴에서 발끝으로 그리고 다시 얼굴로 옮겨졌다. 이윽고 그는 스페이드를 보며 굉장한 미인이라 말하고 싶은 듯 휘파람부는 시늉을 해 보였다.

스페이드는 경고하듯 의자팔걸이를 잡고 이윽고 손가락 두 개를 들어 보였다. 그리고 나서 그는 원덜리에게 말했다.

"우리가 손을 댄다면 그런 것쯤 문제없습니다. 오늘 밤 호텔에서 지키고 있다가 그가 돌아갈 때 뒤를 밟으면 동생이 있는 곳으로 갈 수 있을 테니까요. 만일 동생이 그와 함께 나타나 당신이 타이르는 말을 듣고 고분고분 돌아가겠다고 하면 더 바랄 게 없겠지요. 하지만 그렇지 못할 경우, 이를테면 거처를 알아낸 뒤에도 동생이 그 사나이와 도저히 헤어질 수 없다고 할 경우에 대해서는 또 그때 가서 생각하기로 합시다. 좋은 방법이 있을 겁니다."

"그렇지."

아처가 무게 있는 쉰 목소리로 말했다.

원덜리는 흘끔 스페이드를 올려다보고 눈살을 찌푸려 보였다.

"하지만 조심하셔야 해요. 그가 무슨 짓을 할까 생각하면 정말 무서워요. 동생은 아직 어린데 뉴욕에서 여기까지 데려오다니, 보통 일이 아니에요. 그 사나이는 설마 동생을——설마 그런 어린아이를——어떻게 하려는 건 아니겠지요?"

그녀의 목소리는 조금 떨려 나왔으며 입술에 신경질적인 경련을 일으켰다.

스페이드는 빙그레 미소지으며 의자팔걸이를 두드렸다.

"아무튼 우리에게 맡기십시오. 그런 사나이를 다루는 방법쯤 잘 알고 있으니까요."

"하지만 괜찮을까요? 그 사람은······."

원덜리는 여전히 망설였다.

스페이드는 다 알고 있다는 듯 고개를 끄덕여 보였다.
"무슨 일에나 위험은 따르기 마련입니다. 어쨌든 그 점은 충분히 주의할 테니 우리에게 맡겨 주십시오."
"네, 모두 맡기겠어요."
그녀는 열심히 말했다.
"다만 그 사나이가 위험한 인물이라는 건 아셔야 해요. 솔직히 말씀드리면 그는 무슨 일이든 저지를 수 있는 사람이에요. 자기가 살기 위해서는 수단방법을 가리지 않는……. 콜린느를 죽이는 일이라도 서슴지 않고 해치울 거예요. 그래도 문제없을까요?"
"당신은 그를 협박하지는 않았지요?"
"나는 다만 동생이 저지른 일을 어머니와 아버지가 알지 못하도록 두분이 돌아오시기 전에 동생을 데려가고 싶을 뿐이라고 말했어요. 나를 도와 동생을 돌려주면 부모님에게 사실을 말하지 않겠지만, 만일 그렇지 않으면 아버지는 틀림없이 그를 처벌하기 위해 경찰에 신고할 거라고 했지요. 하지만 그는 믿지 않는 것 같았어요."
"동생과 결혼하면 그도 일단 질책을 벗게 되지 않을까요?"
아처가 말했다. 원덜리는 얼굴이 빨개지며 당황한 말투로 대답했다.
"그 사람에게는 영국에 부인과 세 아이가 있답니다. 콜린느는 그와 도망친 이유를 설명하기 위해 그런 사실을 편지에 써보냈더군요."
"그런 사람들이 흔히 쓰는 수법입니다. 꼭 영국에 한한 일은 아니지요."
스페이드는 몸을 앞으로 내밀 듯하며 연필과 종이를 집어들었다.
"어떤 사나이입니까?"
"나이는 35살쯤 되어 보였어요. 키는 당신과 비슷하고 피부색은 태어날 때부터 검은지 아니면 햇볕에 그을린 것인지 아무튼 거무스름해요. 머리도 검고 눈썹이 굉장히 짙어요. 늘 고함치는 듯한 목소리로 크게 떠들고 태도도 신경질적이며 화를 잘 내요. 아무튼 한 번 보기만 해도 난폭한 인상을 주는 사람이에요."

스페이드는 종이에 거칠게 연필을 달리며 얼굴을 들지 않고 물었다.

"눈빛은?"

"푸른빛도는 회색으로, 촉촉히 젖어 있지만 약한 느낌을 주지는 않아요. 그리고 아아, 그래요. 아래턱에 뚜렷한 상처자국이 있어요."

"여윈 편입니까, 보통입니까, 아니면 뚱뚱한 편입니까?"

"스포츠맨 타입이에요. 어깨가 넓고 언제나 가슴을 쫙 펴고 걷는답니다. 흔히 말하는 군대식 자세지요. 오늘 아침에 만났을 때는 밝은 회색 양복에 회색 모자를 쓰고 있었어요."

스페이드는 연필을 놓으면서 물었다.

"무슨 일을 해서 생활합니까?"

"모르겠어요. 전혀 짐작도 안 가요."

"오늘 밤 몇 시에 만나기로 했습니까?"

"8시 지나서요."

"좋습니다. 그럼, 원덜리 양, 우리가 사람을 하나 보내겠습니다. 틀림없이 도움이 될 겁니다."

"저어, 스페이드 씨, 당신이나 아처 씨 중 어느 한 분이 와주실 수 없을까요? 보내주시는 분이 미덥지 못해서가 아니에요. 하지만——뭐라고 하면 좋을까요——콜린느에게 무슨 일이 일어날 것만 같아서……. 그게 걱정이 돼서 그래요. 난 그 사람이 무서워요. 그렇게 해주시면 비용을 그만큼 더 드리겠어요."

원덜리는 바르르 떨리는 손 끝으로 핸드백을 열더니 1백 달러 지폐 두 장을 꺼내 스페이드의 책상 위에 놓았다.

"이것으로 될까요?"

"충분합니다. 그럼, 내가 가기로 하지요."

아처가 대답했다. 원덜리는 자신도 모르게 아처 쪽으로 손을 내밀고 의자에서 일어나며 소리쳤다.

"고맙습니다! 고맙습니다!"

그녀는 이번에는 스페이드에게로 손을 내밀고 되풀이했다.

"고맙습니다!"

"천만에요. 도움이 되어 드릴 수 있어 우리도 기쁩니다. 새스비가 오거든 되도록 호텔 아래층에서 만나든지, 아니면 적당한 때에 그를 로비로 데리고 나와주시면 한결 힘이 덜 들 것 같습니다만……."

"그렇게 하겠어요."

그녀는 얼른 약속하고 두 사람에게 다시 고맙다는 인사를 했다.

"나를 찾거나 해서는 안 됩니다. 내가 당신들을 찾아서 지켜볼 테니까요."

아처가 주의를 주었다.

스페이드는 그녀를 복도 입구까지 바래다주었다. 그가 되돌아와 보니 아처가 그 책상 위에 놓인 두 장의 1백 달러 지폐를 향해 고개를 끄덕여 보이며 만족스러운 듯한 신음 소리를 내고 있었다.

"충분하고도 남지."

아처는 한 장을 집어들어 접어서 조끼 주머니에 넣었다.

"그녀의 핸드백 속에는 이 친구들이 꽤 많이 있던데."

스페이드도 의자에 앉기 전에 나머지 한 장을 주머니에 집어넣으며 말했다.

"아무튼 그녀에게 너무 열을 올리지 않는 편이 좋아. 그래, 그녀를 어떻게 생각하나?"

"멋져! 그래서 자네가 나에게 열을 올리지 말라고 말하는 거겠지만."

아처는 우습지도 않은데 갑자기 큰 소리로 웃었다.

"여보게, 샘, 자네가 먼저 만나긴 했지만 이야기를 한 건 내가 먼저일세."

그는 두 손을 바지 주머니에 넣은 채 발꿈치로 서서 몸을 앞뒤로 움직였다.

"그녀에게 깊이 빠져들었다가는 당치도 않은 일을 겪게 될 걸세."

스페이드는 어금니까지 드러내보이며 잔인한 웃음을 띠었다.

"머리를 쓰게, 머리를!"

그리고 나서 스페이드는 담배를 말기 시작했다.

안개 속의 죽음

 어둠 속에서 전화벨이 울렸다. 세 번째 울렸을 때 침대 스프링이 삐걱거리고 손가락이 나무 테이블 위를 더듬었다. 작고 단단한 물건이 카페트를 깐 바닥 위로 떨어지는 소리가 났다. 그와 동시에 다시 한 번 스프링이 삐걱거리더니 사나이의 목소리가 들렸다.
 "여보세요…… 으음, 난데……뭐, 죽었어? ……그래…… 곧 가지. 15분 뒤에. 그럼……."
 딸각 스위치 소리가 나고 천장 한가운데에 세 가닥의 금빛 사슬로 매달린 흰 사발 모양 조명이 방 안을 밝게 비췄다. 녹색과 흰색의 체크 무늬 잠옷을 입은 맨발의 스페이드가 침대가에 걸터앉아 있었다. 얼굴을 찌푸리고 테이블 위 전화기를 노려보며 손은 그 옆에 놓인 갈색 담배말이 종이와 블루 댈럼 담배쌈지를 집어들었다.
 열어젖혀진 두 개의 창문으로 스며드는 차갑고 축축한 공기가 1분에 여섯 번의 비율로 앨커트래즈(샌프란시스코 만의 섬과 그곳에 있는 연방형무소)의 무딘 고동 소리를 실어다 주었다. 테이블 위에 엎어놓은 듀크의 《미국 유명 범죄사건집》 끝 부분에 위태롭게 얹힌 작은 괘종시계가 2시 5분을 가리키고 있었다.
 스페이드의 굵은 손가락이 정성껏 담배를 말기 시작했다.
 우선 둥글게 만 종이 안쪽에 황갈색의 썬 잎담배를 알맞게 덜어놓는다. 그리고 가운데를 가볍게 누르며 양쪽 끝에도 담배가 고루 가도록 편 다음 양쪽 엄지손가락으로 종이 안쪽 끝을 우겨넣고 둘째 손가락으로 종이 바깥쪽을 누르면서 말아간다. 그리고 엄지손가락과 둘째 손가락으로 만 담배 양쪽 끝을 고르게 매만지며 이음매를 혀로 핥는다. 그리고 왼쪽 둘째손가락으로 담배 한쪽 끝을 잡고 오른쪽 둘째손가락과 엄지손가락으로 축축한 이음매를 꼭꼭 누른다. 그런 다음 한쪽 끝을 살짝 비튼 뒤 다른 한쪽 끝을 입으로 가져가는 것이다.
 스페이드는 아까 마룻바닥에 떨어뜨린 니켈과 돼지가죽으로 만든 라이터를 주워 불을 켜서 입꼬리 쪽에 문 담배에 불을 붙인 다음 자리에서 일어섰다. 잠옷을 벗어 던지자 팔, 다리, 몸통의 매끈한 살집과 둥글고 억센 어깨선이 마치 곰처럼 보였다. 그것도 털을 깎인 곰, 가슴털도 없는 곰처럼. 살결은 아이들처럼 부드러웠으며 옅은 분홍빛이었다.
 그는 목덜미를 긁고 나서 옷을 갈아입기 시작했다. 얇은 흰 바탕의 유니언슈트(셔츠와 바지가 하나로 된 콤비네이션)에 회색 양말, 검은 양말대님, 그리고 짙은 갈색 단화를 신었다. 구두끈을 매고 나자 수화기를 들고 그레이스턴 4500번을 돌려 택시를 불렀다. 녹색 줄무늬가 든 흰 와이셔츠에 흰 소프트 칼라, 녹색 넥타이, 낮에 입었던 회색 양복에 풍신한 트위드코트, 그리고 검은 회색 모자, 이리하여 몸치장이 끝났다. 담배와 열쇠와 돈을 주머니에 넣었을 때 현관 벨소리가 났다.

 부슈 거리가 차이나타운 쪽으로 내리막길을 이루기 직전, 스톡턴 거리를 가로지르는 지점에서 스페이드는 요금을 치르고 택시를 내렸다. 촉촉이 스며드는 듯한 샌프란시스코 특유의 엷은 밤안개가 거리를 뽀얗게 덮고 있었다. 스페이드가 차를 내린 곳에서 얼마 떨어지지 않은 길에 몇몇 사나이가 모여서 골목길을 바라보고 있었다. 거리 반대쪽에서도 두 여자와 한 사나이가 서서 그 골목 쪽을 보고 있었다. 주위의 집들 창문에도 사람 얼굴이 보였다.

스페이드는 길을 가로질러 스톡턴 거리로 내려가는 초라한 돌층계 위에 입을 벌리고 있는 쇠난간의 통로 사이에 서서 축축한 난간 위에 손을 얹고 거리를 내려다보았다.

바로 아래 터널에서 자동차가 한 대 총알처럼 튀어나오더니 눈 깜짝할 새 사라져갔다. 그 터널 입구에서 그다지 멀지 않은 곳, 두 창고 건물 사이에 세워진 영화 프로그램과 가솔린 광고판 앞에 한 사나이가 웅크리고 있었다. 사나이는 광고판 밑을 들여다보듯 머리를 길바닥에 닿을 정도로 떨어뜨리고 있었다. 한쪽 손은 땅바닥을 짚고 또 한쪽 손으로는 광고판 가장자리를 잡은 기묘한 자세였다. 그밖에도 두 사나이가 광고판 한쪽 끝에 엉거주춤 서서 건물 사이 좁은 틈으로 안을 들여다보고 있었다. 한쪽 끝엔 창문도 없는 건물의 회색 벽이 광고판 뒤 빈 터를 내려다보듯 서 있었다. 그 벽에 불빛이 반짝이고, 사람 그림자가 몇 개 불빛 속에서 어른거렸다.

스페이드는 난간을 떠나 부슈 거리를 걸어 사람들이 모여 있는 골목으로 갔다. 짙은 감색 바탕에 흰색으로 '밸리트 거리'라고 쓴 에나멜 표지판 밑에서 껌을 씹고 있던 제복 차림의 경관이 한쪽 손을 들어 그를 가로막았다.

"무슨 볼일이오?"

"샘 스페이드요. 톰 폴하우스의 전화를 받고 왔소."

경관은 손을 내렸다.

"아아, 당신이군요. 몰라봤습니다. 모두 저쪽에 있습니다."
그는 어깨 너머를 엄지손가락으로 가리키며 말했다.
"너무 뜻밖의 일이어서……."
"그러게 말이오."
스페이드는 맞장구치며 골목으로 들어갔다.
골목 어귀에서 얼마 안 들어간 곳에 검은색 구급차가 서 있었다. 구급차 뒤 길 왼쪽에는 허리께까지 울짱이 둘러쳐지고, 거칠게 깎은 판자가 가로대어져 있었다. 그 울짱 밖은 어둠 속에서 가파른 비탈을 이루어 아래쪽 스톡턴 거리 광고판까지 이르렀다.
울짱 위 3미터쯤 되는 곳의 가로대 한쪽 끝이 기둥에서 빠져나와 다른 한쪽 기둥에 매달려 있었다. 비탈을 4, 5미터쯤 내려간 곳에 평평한 돌이 튀어나와 있었다. 그 돌과 비탈면이 맞닿은 곳에 마일즈 아처가 벌렁 누워 있었다. 그 옆에 서 있던 두 사나이 중 한 사람이 손전등으로 시체를 비춰주었다. 그밖에도 손전등을 든 사나이가 몇 명 비탈면을 오르내리고 있었다. 그 가운데 한 사나이가 큰 소리로 외치며 스페이드가 있는 골목으로 올라왔다.
"여어, 샘!"
그림자가 사나이보다 먼저 비탈을 뛰어올라왔다. 날카로운 눈초리, 두툼한 입술, 아무렇게나 면도한 거무스름한 턱, 맥주통처럼 불룩 나온 배를 가진 키큰 사나이였다. 구두도 무릎도 두 손도 턱도 온통 붉은 흙투성이였다. 사나이는 부서진 울짱을 넘어왔다.
"치우기 전에 자네가 시체를 보고 싶어할 것 같기에……."
"고맙네, 톰. 대체 어떻게 된 일인가?"
스페이드는 울짱기둥에 한쪽 팔꿈치를 얹고 아래에 있는 사나이들을 내려다보며 자기에게 인사하는 사람들에게 고개를 끄덕여주었다.
톰 폴하우스는 진흙투성이 손가락으로 자신의 왼쪽 가슴을 쿡 찔렀다.

"심장을 똑바로 맞았네, 이것으로."

그는 코트 주머니에서 대형 연발권총을 꺼내 스페이드에게 건네주었다. 권총 표면의 움푹 파인 곳에 진흙이 박혀 있었다.

"웨블리일세. 영국제지?"

스페이드는 울짱기둥에서 팔꿈치를 떼고 흉기를 들여다보았으나 손을 대지는 않았다.

"그렇군. 웨블리 포스벨리 자동권총이야. 틀림없네. 38구경 8연발. 요즘은 만들지 않지. 몇 발 쏘았나?"

"꼭 한 발. 울짱을 꿰뚫었을 때는 이미 죽어 있었을 걸세."

톰은 다시 자기 가슴을 쿡 찔렀다. 그는 진흙투성이인 권총을 들어 올렸다.

"이거 전에 본 일 있나?"

스페이드는 고개를 끄덕였다.

"웨블리 포스벨리라면 여러 번 본 일이 있지."

그리고 흥미 없다는 듯한 표정을 지었다.

"그러니까 여기서 맞은 모양이지? 지금 자네가 있는 그 근처에서 울짱을 등지고 있었겠군. 쏜 녀석은 이쯤 있었을 테고."

그는 톰 앞으로 가서 둘째손가락을 수평으로 하여 가슴을 겨누었다.

"한 발 맞고 마일즈가 뒤로 쓰러지며 울짱을 뚫고 굴러 떨어지다가 돌이 있는 곳에서 멈추었겠지. 안 그런가?"

톰은 눈살을 찌푸리며 천천히 대답했다.

"맞네. 화약으로 윗옷이 눌었더군"

"발견자는 누군가?"

"순찰 중이던 실링 순경일세. 부슈 거리를 걸어 모퉁이까지 왔을 때 방향을 바꾸는 자동차 불빛에 부서진 울짱이 보였다네. 그것을 살피러 왔다가 시체를 발견한 거지."

"방향을 바꾼 자동차는?"

"전혀 모르네. 실링도 그때는 별로 이상하게 생각지 않았기 때문에 자동차에 대해선 아무 주의도 하지 않았다더군. 파우엘 거리에서 이곳으로 오는 동안 이 골목에서 나온 사람은 한 명도 없었다네. 있었다면 틀림없이 보았겠지. 그밖에 도망칠 길이라면 스톡턴 거리 광고판밖에 없네. 그런데 그리로 나간 자도 없다는 걸세. 안개로 땅이 젖어 있는데, 마일즈가 굴러떨어진 자국과 권총이 굴러내린 자국밖에 없네."

"총소리를 들은 사람도 없었나?"

톰은 뒤로 돌아 울짱에 한쪽 발을 걸쳤다.

"무리한 말은 그만두게, 샘. 우리도 지금 막 온 참일세. 물론 조사하면 들었다는 사람이 나오겠지. 착수하기 전에 내려가보겠나?"

"그만두겠네."

스페이드가 말했다. 톰은 울짱을 짚고 선 채 놀란 듯 작은 눈으로 스페이드를 쳐다보았다.

"자네들이 보았잖나. 내가 봐도 그 이상은 알 수 없을 걸세."

톰은 여전히 스페이드를 쳐다보고 의아한 듯 고개를 끄덕이며 울짱에서 발을 떼었다.

"마일즈의 권총은 바지 뒷주머니에 그대로 있네. 한 발도 쏘지 않았더군. 코트 단추도 끼워진 채였지. 주머니 속에 1백 61달러가 들어 있네. 일하는 중이었나 보구먼?"

스페이드는 한순간 망설이며 고개를 끄덕였다.

"무슨 일이었나?"

톰이 물었다.

"플로이드 새스비라는 사나이를 미행하고 있었을 걸세."
스페이드는 원덜리에게서 들은 새스비의 인상과 특징을 이야기했다.
"목적은?"
스페이드는 두 손을 코트 주머니에 넣고 졸린 듯한 눈으로 톰쪽을 보며 깜박거렸다.
"목적은?"
톰은 애가 타는 듯 되뇌었다.
"그 사나이는 영국인인 것 같네. 그가 무엇을 꾀하고 있는지 자세한 것은 나도 몰라. 아무튼 우리는 그의 거처를 알려고 했던 걸세."
스페이드는 빙그레 미소지으며 주머니에서 한쪽 손을 꺼내 톰의 어깨를 두드렸다.
"그렇게 미주알고주알 캐묻지 말게. 나는 이제부터 마일즈의 아내에게 이 사실을 알리러 가야겠네."
스페이드는 다시 손을 주머니에 집어넣고 발길을 돌렸다. 톰은 얼굴을 찡그리며 무슨 말을 꺼내려다 말고 헛기침을 했다. 그러나 그는 곧 얼굴 표정을 부드럽히며 쉰 목소리로 상냥하게 말했다.
"참 안된 일일세. 이런 꼴을 당하다니……. 마일즈도 우리처럼 여러 가지 결점이 있었지만, 그 나름대로 좋은 점도 많았던 사람인데……."
"그렇지."
스페이드는 건성으로 맞장구치며 골목을 빠져나갔다.
부슈 거리와 테일러 거리가 마주치는 곳에 있는 밤새 영업하는 약국에서 스페이드는 전화를 걸었다. 번호를 대고 한참 있다가 그는 말했다.

"여보세요, 아아, 우리 예쁜이인가?…… 마일즈가 총을 맞았소…… 응, 죽었소…… 그렇게 흥분하지 마오…… 응…… 그래서 말인데, 에피, 당신이 아이버에게 이 사실을 알려줘야겠어. ……아니, 나는 안 돼. 꼭 당신이 해주오…… 제발 부탁이오…… 그리고 그녀가 사무실로 찾아오는 일이 없도록 부탁하오…… 내가 만나러 간다고 말하면 돼…… 응…… 가까운 시일 안에…… 하지만 나를 궁지에 몰아넣는 일은 없도록…… 그렇지, 그럼, 됐소. 당신은 정말 천사야. 그럼, 부탁하오, 안녕."

스페이드가 다시 사발 모양 전등에 불을 켰을 때 그의 작은 괘종시계는 3시 40분을 가리키고 있었다. 그는 모자와 코트를 침대 위에 내던지고 부엌으로 가서 술잔과 길쭉한 바칼디 병을 들고 침실로 돌아왔다. 선 채로 한 잔 따라 마신 다음 병과 잔을 테이블 위에 놓고 그 앞 침대에 걸터앉아 담배를 말았다. 술을 세 잔째 마시고 담배를 다섯 개비째 피워 물었을 때 현관 벨이 울렸다. 괘종시계 바늘이 4시 30분을 가리키고 있었다.

스페이드는 한숨을 쉬며 침대에서 일어나 욕실문 옆에 있는 바깥으로 이어진 송화구 앞에 섰다. 그는 현관문을 여는 단추를 눌렀다. 입 속으로 참 골치 아픈 여자라고 중얼거리며 검은 송화구를 노려보았다. 이윽고 숨소리가 거칠어지고 볼이 불그레해졌다.

엘리베이터 문 여닫히는 덜컹거리는 소리가 복도에서 들려왔다. 스페이드는 다시 한숨을 쉬고 복도문 쪽으로 다가갔다. 카페트가 깔린 바깥 복도를 걷는 부드러우나 묵직한 발소리로 미루어 아무래도 두 사나이인 것 같았다. 스페이드의 얼굴이 환해졌다. 눈에서도 당혹한 빛이 사라졌다. 그는 서둘러 문을 열었다.

"여어, 톰!"

스페이드의 눈에 아까 밸리트 거리에서 이야기를 나눈 배가 불룩하고 키큰 형사가 보였다. 그는 톰과 나란히 서 있는 사나이에게 인사했다.

"경감님까지 오셨군요. 어서 들어오십시오."

두 사람은 고개를 끄덕이며 말도 없이 방으로 들어왔다. 스페이드는 문을 닫고 두 사람을 침실로 안내했다. 톰은 창가 긴의자에 앉고, 경감은 테이블 옆 의자에 앉았다.

경감은 몸집이 다부져보이는 작은 사나이로 짧게 자른 희끗희끗한 동그란 머리에 역시 희끗희끗한 짧은 콧수염을 길렀으며 네모진 얼굴이었다. 5달러짜리 금화를 넥타이핀 대신 꽂고 옷깃에는 작은 다이아몬드가 박힌 비밀결사 배지를 달고 있었다.

스페이드는 부엌으로 가서 잔을 두 개 더 가져와 세 개의 잔에 술을 따른 다음 두 손님에게 한 잔씩 건네주고 나서 자기도 잔을 들고 침대에 걸터앉았다. 그의 얼굴은 침착했으며 여느 때와 조금도 다름이 없었다.

스페이드는 잔을 들고 "수사의 성공을 위해!" 하고 외치며 단숨에 들이켰다.

톰은 다 마시고 나서 잔을 발치에 놓고 진흙 묻은 둘째 손가락으로 입을 닦았다. 침대다리를 노려보고 서 있는 그 모습은 뭔가 생각해내려고 애쓰는 것처럼 보였다.

경감은 손에 든 술잔을 10초쯤 바라보더니 홀짝 조금 마시고 잔을 옆 테이블에 올려놓았다. 그는 험한 눈길로 흘낏흘낏 방 안을 샅샅이 둘러본 다음 톰에게로 얼굴을 돌렸다.

톰은 긴의자 위에서 몸을 움직거리며 얼굴을 들지 않고 말했다.

"샘, 이 사건을 마일즈 부인에게 알렸나?"

"물론."

스페이드가 대답했다.
"어떻다던가?"
스페이드는 고개를 내저었다.
"나는 여자에 대해서는 전혀 모르네."
"그게 무슨 말인가?"
톰이 나직한 목소리로 물었다.

경감은 두 손을 무릎에 얹고 몸을 앞으로 내밀었다. 녹색이 감도는 눈이 이상하리만큼 엄격하게 스페이드의 얼굴을 쏘아보았다. 그 눈은 마치 지렛대를 잡아당기거나 단추를 누르지 않으면 초점을 바꿀 수 없는 기계장치처럼 움직이지 않았다.

"당신은 무슨 권총을 가지고 다니시오?"
"그런 건 가지고 다니지 않습니다. 그다지 좋아하지 않으니까요. 물론 사무실에는 몇 자루 있습니다만……."
"그 권총을 한 자루 보여줬으면 하는데, 공교롭게도 이곳에는 없겠지요?"
"없습니다."
"정말이오?"

스페이드는 미소지으며 손에 든 빈 잔을 살짝 흔들어보였다.
"뭐하면 찾아보시지요. 방 안을 샅샅이 뒤져보십시오. 군말하지 않을 테니. 수색영장을 가지고 있다면요."
"왜 그러나, 샘!"
톰이 항의하듯 말했다.

스페이드는 잔을 테이블에 놓고 일어서서 경감을 마주 보았다. 목소리도 눈도 험악하고 차가웠다.
"무슨 일로 왔소, 당신은?"

댄디 경감은 스페이드가 움직이는 대로 눈알을 옮겼다. 초점을 잃지 않고 눈알만 움직였다. 톰은 다시 긴의자에서 몸을 움직거리며 길게 한숨을 내쉬더니 애원하듯 말했다.

"여기서 소동을 일으키려고 온 건 아닐세, 샘."

스페이드는 톰의 말에는 귀를 기울이려고도 하지 않고 경감에게 말했다.

"용건이 뭐지요? 분명히 말해 보십시오. 대체 당신은 자신을 어떻게 생각하고 있소? 나를 끌어가려고 이곳에 오다니……."

"좋소! 어쨌든 앉아서 이야기 합시다."

경감은 뱃속에서 울려나오는 듯한 목소리로 말했다.

"앉든 서든 그건 내 마음이오"

스페이드는 움직이지 않았다. 톰이 다시 애원하듯 말했다.

"제발 부탁이니 좀 침착하게, 샘. 여기서 이렇게 싸워봐야 무슨 소용 있겠나? 우리가 용건을 뚜렷이 밝히지 않는 까닭을 알고 싶다면 말하겠네. 그것은 아까 내가 새스비라는 사나이에 대해 물었을 때 자네가 전혀 관계 없는 일인 듯 대답했기 때문일세. 그런 식으로 우리를 취급해선 안 되네, 샘. 그건 자네가 잘못한 걸세. 그렇게 해서 자네에게 이득될 게 뭐 있나? 우리에게는 우리의 할 일이 있는 걸세."

댄디 경감이 벌떡 일어나 스페이드 앞에 버티고 섰다. 네모난 얼굴을 뒤로 젖히며 키큰 스페이드의 얼굴 앞으로 바짝 다가섰다.

"전에도 경고했소, 머지않아 발을 헛디디게 될 거라고."

스페이드는 경멸하듯 입을 일그러뜨리고 눈썹을 치켜올리며 조용히 비웃었다.

"누구든 발을 헛디디는 일쯤 있기 마련이오."

"그러나 이번에는 당신 차례요."

스페이드는 싱긋 웃으며 머리를 내저었다.

"걱정하지 마시오. 나는 실수하지 않을 테니까."

그의 얼굴에서 곧 미소가 사라졌다. 윗입술 위쪽이 쑥 올라가더니 송곳니가 드러났다. 가느다란 눈이 뜨겁게 달아올랐다. 목소리도 경감의 목소리에 질세라 뱃속 깊숙이에서 울려나왔다.

"불쾌하군. 대체 무엇 때문에 여기까지 와서 얼씬대는 거요? 분명히 말해 보시오. 말할 수 없다면 빨리 돌아가시오. 잠을 자야겠소."

"새스비란 어떤 사람이오?"

경감이 나무라듯 물었다.

"내가 알고 있는 건 톰에게 다 이야기했소."

"당신은 톰에게 거의 아무 말도 하지 않았소."

"나도 거의 아무것도 모르오."

"왜 당신들은 그 사나이를 미행했지요?"

"나는 미행하지 않았소. 마일즈가 했지. 물론 이유가 있소. 그 사나이를 미행해 주면 합법적으로 통용되는 미합중국의 돈을 지불하겠다는 손님이 있었기 때문이오."

"그 손님이 누구요?"

스페이드의 얼굴과 목소리가 다시 침착해졌다. 그는 나무라듯 말했다.

"그것은 의뢰인과 의논한 뒤가 아니면 말할 수 없소."

"대답하시오. 그렇지 않으면 법정에서 말하게 하겠소! 이건 살인사건이오. 그 점을 잊지 마시오!"

경감이 흥분하며 소리쳤다.

"그럴지도 모르지요. 당신들도 잊지 말아야 할 점이 있소. 말하고 안 하고는 내 마음대로라는 것 말이오. 경찰관이 노려본다고 울던 것은 까마득한 옛날이야기요."

톰은 긴 의자를 떠나 침대가로 자리를 옮겼다. 수염을 아무렇게나 깎은 진흙투성이 얼굴이 피곤한 듯 주름져 있었다. 그는 설득하려는 듯이 말했다.

"샘, 고집부리지 말게. 우리에게도 기회를 줘야지. 자네가 알고 있는 사실을 말해 주지 않으면 마일즈 살인범을 잡을 단서가 없단 말일세."

"그 일이라면 경찰이 고소하지 않아도 되네. 우리집에서 죽은 사람은 내 손으로 장사지낼 테니까."

경감이 자리에 앉아 다시 두 손을 무릎 위에 놓았다. 눈이 뜨겁게 단 녹색 원반 같았다. 경감은 기분 나쁜 우쭐한 얼굴로 히죽 웃었다.

"그렇게 말할 줄 알았소. 우리가 당신을 만나러 온 이유도 사실은 그것이오. 안 그런가, 톰?"

톰은 신음 소리를 냈다. 그러나 분명한 말은 입 밖에 내지 않았다. 스페이드는 경계하는 눈초리로 댄디를 지켜보았다. 경감이 말을 이었다.

"나도 톰에게 그와 똑같은 말을 했소. 나는 톰에게 이렇게 말했지요. '샘 스페이드라는 사나이는 자기집 일은 자기가 처리하는 사람 같군' 하고 말이오."

스페이드의 눈에서 경계의 빛이 사라지고 지루한 듯 흐릿한 눈으로 바뀌었다. 그는 얼굴을 톰 쪽으로 돌리며 무관심한 말투로 물었다.

"자네의 동반자는 대체 무엇이 애가 타서 저러나?"

댄디는 그 말을 듣자 벌떡 일어나 두 개의 손가락 끝으로 스페이드의 가슴을 두드렸다.

"잘 들어 두시오. 새스비는 밸리트 거리를 떠난 지 35분 뒤 그가 묵고 있던 호텔 앞에서 총을 맞았소."

그는 손가락 끝으로 장단을 맞춰 두드리며 한 마디 한 마디 또박또박 발음했다.

스페이드 역시 한 마디 한 마디 또박또박 천천히 말했다.

"이 손 치우지 못하겠소? 눈에 거슬리는군."

경감은 두드리던 손가락을 떼었으나 말투는 바꾸지 않았다.

"톰의 말을 들으니 당신은 동료의 시체를 한 번 볼 여유도 없을 만큼 굉장히 서둘렀다던데……."

"샘, 그게 뭐였나. 꼭 도망치는 사람처럼."

톰은 우물쭈물 변명하듯 중얼거렸다.

경감은 말을 계속했다.

"그리고 당신은 아처의 부인에게도 가지 않았소. 전화를 걸었더니 당신 사무실의 여비서가 받으며 당신 심부름으로 왔다고 말했지요."

스페이드는 고개를 끄덕였다. 무표정하고 조용한 얼굴이었다.

댄디경감은 다시 구부린 손가락을 두 개 들어올려 스페이드의 가슴께로 가져가다가 허둥지둥 내렸다.

"전화를 찾아 그 비서에게 부탁하는 데 10분이 걸렸다고 봅시다. 그리고 새스비의 숙소까지 가는 데 10분, 레븐위스 거리 근처에 있는 기얼리까지 10분이면 충분할 거요. 많이 잡아도 15분이면 되오. 그리고 상대방이 나타날 때까지 10분 내지 15분쯤 기다렸다고 합시다."

"내가 그 녀석의 주소를 알고 있었단 말이오? 그리고 그자가 마일즈를 죽인 뒤 곧장 숙소로 돌아가지 않았다는 것도 알고 있었다는 거요?"

스페이드가 물었다.

"당신이 집에 돌아온 것은 몇 시였소?"

"4시 20분전이요. 생각에 잠겨 거리를 돌아다니다 온 거요."

경감은 그 동그란 머리를 아래위로 끄덕였다.
"당신이 3시 30분에 돌아오지 않았다는 것은 나도 알고 있소. 전화를 걸어봤으니까. 어디를 돌아다녔소?"
"부슈 거리를 왔다갔다했소."
"누구 만난 사람이 있소?"
스페이드는 유쾌한 듯이 소리내어 웃었다.
"아니오, 증인은 한 사람도 없소. 아무튼 앉으시오. 아직 술이 남아 있군. 톰, 자네 잔을 이리 주게."
"아니 난 그만하겠네, 샘."
경감은 의자에 앉았으나 자기 잔을 쳐다보지도 않았다. 스페이드는 자신의 잔에 술을 따라 쭉 들이켜더니 빈 잔을 테이블에 놓고 침대로 돌아갔다.
"내 입장을 이제야 알겠소."
그는 친근한 눈길로 두 형사의 얼굴을 번갈아 바라보았다.
"화를 낸 것은 미안하지만, 당신들이 들어오자마자 느닷없이 무슨 죄인이라도 다루듯 딱딱거리니 화가 안 나겠소? 마일즈가 살해되어 그렇지 않아도 기분이 착잡한데, 당신들까지 으르대니……. 그러나 이제는 문제 없소. 당신들이 온 목적을 알았으니까."
"그만하면 됐네."
톰이 말했다. 경감은 아무 말도 하지 않았다.
"새스비는 죽었소?"
스페이드가 물었다.
경감이 대답을 망설이자 톰이 대신 그렇다고 대답했다.
댄디 경감이 화난 목소리로 말했다.
"모르고 있다면 알아두는 게 좋을 테니 말해 두겠소. 그는 말 한 마디 없이 죽어버렸소."

스페이드는 담배를 말면서 얼굴도 들지 않고 말했다.

"지금 한 말은 무슨 뜻이오? 당신은 내가 알고 있다고 생각한 모양이지요?"

"바로 말 그대로의 뜻이오."

댄디는 무뚝뚝하게 대답했다.

스페이드는 눈을 든 채 한쪽 손으로 담배 끝을 잡고 다른 한쪽 손으로 라이터를 집어들며 경감의 얼굴을 보고 빙그레 미소지었다.

"당신은 아직 나를 묶을 준비를 하지 못한 모양이지요, 경감님?"

댄디는 녹색 눈으로 흘끗 스페이드를 흘겨보았을 뿐 아무 대답도 하지 않았다.

"그렇다면 당신이 어떻게 생각하든 내가 일일이 참견할 필요는 없겠군요. 그렇지 않습니까, 경감님?"

"여보게, 샘, 시비조로 나오지 말게."

톰이 끼어들었다. 스페이드는 담배를 물고 불을 붙이더니 웃으면서 연기를 뿜어냈다.

"좋아, 시비조로 굴지는 않겠네. 그런데 내가 어떻게 새스비라는 사나이를 죽였는지 다시 말해 주겠소? 그만 잊어버려서……."

톰이 불쾌한 듯 코를 킁킁거렸다. 댄디 경감이 입을 열었다.

"호텔로 들어가려는 그를 거리 반대쪽에서 등을 향해 네 발 쏘았소. 44나 45구경 권총으로. 목격자는 없지만 대충 그렇게 추정하고 있소."

"그는 루가를 넣은 권총 케이스를 어깨에 메고 있었는데 한 발도 쏘지 않았더군."

톰이 설명해 주었다.

"호텔 사람은 그에 대해 뭔가 알고 있던가, 톰?"

스페이드가 물었다.

"1주일 전부터 묵었다는 것 말고는 아무것도 모르더군."
"혼자서?"
"혼자서."
"그가 몸에 지니고 있던 물건이나 방에 있던 것으로 뭔가 발견되지는 않았습니까, 경감님?"
그러자 댄디는 입술을 빨아들이듯하며 되물었다.
"무엇이 발견되었을 것 같소?"
스페이드는 구부러진 담배로 공중에 아무렇게나 동그라미를 그렸다.
"그의 신원이나 장사에 관련된 일을 알아낼 만한 단서 같은 것 말이오."
"우리는 당신에게서나 그 점을 알아낼 수 있을까 해서 찾아온 거요."
스페이드는 노란빛 도는 회색 눈에 과장한 게 아닐까 싶을 정도로 담담한 빛을 떠올리며 경감의 얼굴을 바라보았다.
"나는 새스비라는 사람을 한 번도 만나본 일이 없소. 살았을 때도 죽은 뒤에도."
댄디 경감은 못마땅한 표정을 지으며 일어섰다. 톰도 하품을 하고 기지개를 켜며 일어섰다.
"이제 물어보고 싶은 건 다 물어본 셈이오."
댄디는 녹색 자갈 같은 엄격한 눈 위의 눈살을 험상궂게 찌푸렸다. 그는 콧수염을 기른 윗입술을 이에 찰싹 붙이고 아랫입술만 움직이며 내뱉듯이 말했다.
"그러나 당신보다 우리 쪽에서 더 많은 말을 했소. 그러니까 지나칠 정도로 공평한 거요. 이제 내가 어떤 사람인지 알았겠지요? 비록 당신이 했든 하지 않았든 나는 어디까지나 공평한 태도로 승부를 겨룰 참이오. 기회도 충분히 주겠소. 지금까지 나는 한번도 당신을 특별히 비난한 적이 없었지만, 그렇다고 해서 결코 적당히 봐주는 일도 없을 거요."
"정말 공평하시군요. 그러나 그 잔을 비워주면 한층 더 기분이 좋을 것 같은데요."
스페이드가 침착하게 대답했다.
댄디 경감은 테이블 쪽으로 몸을 돌리더니 잔을 들어 천천히 마셨다. 이윽고 그는 한 손을 내밀었다.
"편히 쉬시오."
두 사람은 점잖고 엄숙하게 악수를 나누었다. 톰과 스페이드도 엄숙하게 악수를 나누었다. 스페이드는 두 사람을 보내자 옷을 벗고 불을 끈 다음 잠자리에 들었다.

세 여자

 다음날 아침 10시 스페이드가 사무실에 나가니 에피 필라인이 책상에 앉아 아침 우편물을 뜯고 있었다. 볕에 그을린 남자 아이 같은 얼굴이 파래졌다. 그녀는 손에 든 한 묶음의 봉투와 놋쇠 페이퍼나이프를 내려놓으며 말했다. 경계하는 듯한 낮은 목소리였다.
 "그녀가 와 있어요."
 "오지 못하게 하라고 했잖소."
 스페이드가 투덜거리는 목소리도 역시 나지막했다.
 에피의 갈색 눈이 커다래졌다. 그녀의 목소리는 스페이드 못지 않게 초조했다.
 "하지만 그 방법을 일러주시지 않았잖아요."
 잠깐 동안 에피는 눈을 감고 힘없이 어깨를 떨어뜨렸다. 그녀는 피로한 듯 말했다.
 "그렇게 화내지 마세요. 나는 밤새도록 대꾸하느라고 시달렸어요."
 스페이드는 그녀 옆으로 다가가 머리 위에 살짝 손을 얹고 가르마를 따라 흩어진 머리카락을 쓰다듬었다.

"미안하오, 우리 천사 아가씨, 난 그런 줄도 모르고……."
바로 이때 갑자기 안쪽 방으로 통하는 문이 열렸다.
"아아, 아이버!"
스페이드는 문을 연 여자 쪽을 보며 말했다.
"샘!"
아이버는 30살을 조금 넘어보이는 금발의 미인이었으나 그 아름다움의 절정은 이미 5, 6년 전에 지나버린 듯했다. 여자치고는 아주 듬직해 보이는 몸집이지만 균형이 잘 잡힌 매력적인 몸매였다. 모자에서부터 구두에 이르기까지 온통 검은색 차림이었으나 상복치고는 어딘지 모르게 얼렁뚱땅 끼워 맞춘 듯한 느낌이 들었다. 그녀는 스페이드에게 살짝 인사하고는 다시 안으로 들어가 그가 들어오기를 기다렸다.

스페이드는 에피 필라인의 머리에서 손을 떼고 안쪽 방으로 들어가 문을 닫았다. 아이버가 옆으로 다가와 슬픈 얼굴을 들고 키스를 요구했다. 키스가 끝나자 스페이드는 떨어지려고 몸을 움직였으나 그녀는 그의 가슴에 얼굴을 묻고 흐느끼기 시작했다.

"정말 가엾은 일이오."
스페이드는 그녀의 둥그스름한 등을 쓰다듬으며 말했다. 목소리는 부드러웠으나 그의 눈은 자신의 책상 반대쪽에 놓인 죽은 동료의 책상을 화가 나는 듯 노려보고 있었다. 그는 입술을 꼭 깨물고 더 이상 참을 수 없는 듯 얼굴을 찡그리며 여자의 모자 끝을 피하기 위해 턱을 옆으로 돌렸다. 이윽고 그가 물었다.

"마일즈의 형님에게 알렸소?"
"네. 오늘 아침에 왔더군요."
그러나 흐느끼는 데다 그의 윗옷에 입을 대고 말했으므로 잘 알아들을 수가 없었다.

그는 다시 얼굴을 찡그리며 손목시계를 보려고 살짝 고개를 숙였다. 왼손은 그녀를 끌어안고 있었다. 손목은 그녀의 왼쪽 어깨에 있었다. 소매가 밀려 올라갔으므로 시계가 보였다. 10시 10분이었다.

그녀는 그의 품안에서 조금 움직이더니 다시 얼굴을 들었다. 촉촉이 젖은 파란 눈을 동그랗게 뜨자 흰자위가 눈알을 감쌌다. 입술도 젖어 있었다.

그녀는 신음하듯 말했다.

"샘, 당신이 내 남편을 죽였나요?"

스페이드는 눈을 휘둥그렇게 뜨고 그녀를 바라보았다. 뼈가 불거진 턱이 툭 떨어졌다. 그는 손을 떼고 한 발자국 물러나 여자의 품에서 벗어나 그녀를 노려보며 헛기침을 했다. 갑자기 그가 빠져나오자 그녀의 두 팔은 들린채 그대로 있었다. 고뇌에 찬 눈은 찌푸려진 눈썹 아래에서 거의 감겨져 있었다. 부드럽고 촉촉한 붉은 입술이 바르르 떨렸다.

"허허허!"

스페이드는 쉰 목소리로 날카롭게 웃었다.

그는 황갈색 커튼이 드리워진 창가로 갔다. 그녀에게 등을 돌린 채 커튼 너머로 안뜰을 내려다 보았다. 이윽고 여자가 다가오는 기척을 알아차리자 휙 돌아서서 자기 책상 앞으로 가 앉았다. 팔꿈치를 세워 턱을 괴고 그녀를 물끄러미 바라보았다. 가늘게 뜬 눈두덩 사이에서 잿빛 눈이 반짝 빛났다. 그는 쌀쌀하게 물었다.

"대체 누가 당신 머릿속에 그런 생각을 넣어주었소?"

"그냥 문득……."

아이버는 말하다 말고 한쪽 손을 입으로 가져갔다. 또다시 눈물이 왈칵 솟아나왔다. 굽이 높은 조그만 검은 구두를 신고 위태로운 걸음걸이로 책상 옆에 와 서더니 그녀는 애원하듯 말했다.

세 여자 43

"샘, 좀 친절하게 대해주세요."
 그 말을 듣고 스페이드는 소리내어 웃었으나 눈은 아직도 번쩍거리고 있었다.
 "농담도 정도가 있지! '샘 당신이 내 남편을 죽였나요?' 하면서 친절하게 대해달라는 거요?"
 그는 두 손을 마주잡고 말했다.
 여자는 흰 손수건을 얼굴에 대고 소리내어 울기 시작했다.
 스페이드는 일어나서 그녀의 뒤로 다가갔다. 두 팔을 벌려 그녀를 끌어안고 귀와 옷깃 사이의 목덜미에 입을 맞추었다.
 "자아, 아이버, 그만 우오."
 말은 그렇게 했지만 스페이드의 얼굴은 완전히 무표정했다. 여자가 울음을 그치자 그는 그녀의 귀에 입을 대고 속삭였다.
 "오늘은 이곳에 오는 게 아닌데 잘못했소. 어서 빨리 집으로 돌아가구려."
 여자는 사나이의 품에서 몸을 돌려 마주서며 물었다.
 "오늘 밤에 와주시겠어요?"
 스페이드는 조용히 고개를 내저었다.
 "오늘 밤에는 갈 수 없소."
 "그럼, 가까운 시일 안에……?"
 "가지."
 "언제쯤 오시겠어요?"
 "되도록 빨리."
 여자에게 다시 한 번 키스하고 그는 문 앞까지 그녀를 데리고 가 문을 열어주었다.
 "그럼 잘가오, 아이버."
 그녀를 보내고 문을 닫자 스페이드는 자기 책상으로 돌아갔다. 조끼주머니에서 담배말이 종이를 꺼냈으나 담배를 말지는 않았다. 한쪽 손에는 종이를 또 한쪽 손에는 담배를 든 채 우울한 눈길로 죽은 동료의 책상을 물끄러미 바라보고 있을 뿐이었다.

문이 열리고 에피 필라인이 들어왔다. 그녀의 갈색 눈에는 어딘지 침착하지 못한 불안한 그림자가 깃들어 있었다. 그러나 그녀는 태연한 목소리로 물었다.

"어떻게 되었지요?"

스페이드는 입을 열지 않았다. 그는 생각에 잠긴 눈길로 여전히 동료의 책상을 바라보고 있었다.

에피는 눈살을 찌푸리며 책상을 돌아 그의 옆으로 다가갔다. 그녀가 이번에는 좀 더 큰 소리로 물었다.

"어떻게 되었어요? 그 부인과 어떻게 타협되었지요?"

"그녀는 내가 마일즈를 죽인 줄 알고 있소."

그는 입술만 움직이며 말했다.

"그 여자와 결혼할 수 있도록?"

스페이드는 그 말에 아무 대답도 하지 않았다. 에피는 그의 머리에서 모자를 벗겨 책상에 놓았다. 그리고 윗몸을 구부려 움직임을 잃은 그의 손가락에서 담배쌈지와 담배말이 종이를 빼앗았다.

"경찰은 내가 새스비를 쏜 줄 알고 있소."

그는 말했다.

"새스비가 누구지요?"

에피는 종이다발에서 종이를 한 장 빼내어 그 위에 담배를 덜어놓으며 물었다.

"에피, 당신은 내가 누구를 쏘았으리라고 생각하오?"

그녀가 모르는 체하고 있자 스페이드는 다시 계속해서 말했다.

"새스비는 그 원덜리라는 여자의 부탁으로 마일즈가 뒤쫓던 사나이요."

에피의 가느다란 손가락이 담배를 다 말았다. 그녀는 종이 끝을 핥아서 붙이고 양쪽 끝을 비틀어 그것을 스페이드의 입술 사이에 물려주었다.

"고맙소."

스페이드는 한쪽 팔로 그녀의 가냘픈 몸을 끌어안았다. 그는 지친 듯 자기의 얼굴을 그녀의 허리에 기대고 두 눈을 감았다.

"아이버와 결혼할 생각이세요?"

에피는 그의 연갈색 머리를 내려다보며 물었다.

"바보 같은 말하지 마오, 에피!"

스페이드가 중얼거렸다. 불붙이지 않은 담배가 그의 입술이 움직임에 따라 아래위로 흔들렸다.

"그러나 아이버는 그것을 바보 같은 짓이라고 생각하지 않아요. 왜냐고요? 당신이 그렇게 생각하게끔 길들여놓았으니까요."

스페이드는 한숨을 쉬며 말했다.

"그런 여자는 만나지 않았더라면 좋았을 텐데……."

"지금은 그렇게 생각할지도 모르지요. 하지만 그렇지 않았을 때도 있었잖아요."

에피의 목소리에는 얼마쯤 짓궂은 울림이 깃들어 있었다.

"나는 여자에 대해서는 그런 식으로 말하고 행동하는 방법밖에 모르오. 게다가 마일즈를 좋아하지도 않았으니까."

"그건 거짓말이에요, 샘. 당신도 알고 있듯이 나는 아이버를 무척 싫어해요. 하지만 나도 그녀와 같은 몸을 지니고 있다면 그렇게 될 거에요."

스페이드는 초조한 듯이 그녀의 허리에 얼굴을 묻었을 뿐 아무 말도 하지 않았다. 에피 필라인은 입술을 깨물고 이마에 주름을 지으며 그의 얼굴을 좀더 자세히 보기 위해 윗몸을 굽혀 들여다보면서 물었다.
"그녀가 마일즈를 죽였을지도 모른다고 생각지 않으세요?"
스페이드는 다시 똑바로 앉아 에피의 허리에서 손을 떼고 빙그레 미소지었다. 에피도 정말 재미있는 듯 웃었다. 스페이드는 라이터를 꺼내 불을 켜서 담배 끝으로 가져갔다.
"에피는 정말 천사야. 머리속이 텅 빈 귀여운 천사!"
그는 연기 속에서 부드럽게 중얼거렸다.
에피는 잠깐 얼굴을 찡그리며 쓴웃음을 지었다.
"어머나, 그럴까요? 하지만 오늘 새벽 3시에 내가 사건을 알리러 갔더니 당신의 아이버는 그때까지 꽤 오랜 시간 집을 비웠다 막 돌아오는 참이었어요. 내가 진작 이 말을 했다면 어땠을까요?"
"'이야기했다면'이 아니라 이야기할 생각이었겠지?"
스페이드는 여전히 입가에 미소를 띠고 있었지만 눈은 경계하는 눈초리로 바뀌었다.
"그녀는 옷을 갈아입는 동안, 아니, 갈아입던 옷을 마저 다 입는 동안 나를 현관에서 기다리게 했어요. 의자 위에 벗어 던져놓은 옷을 보았는 걸요. 옷 밑에 있는 모자와 코트도 보았어요. 맨 위에 놓인 속옷은 아직 따뜻했지요. 자고 있었다고 했지만 그렇지 않았어요. 침대로 일부러 흩뜨려놓았지만 그 주름은 위에서 눌려 생긴 게 아니었어요."
"에피도 어엿한 한 사람의 탐정이군. 그러나……."
스페이드는 그녀의 손을 잡고 부드럽게 두드리며 고개를 내저었다. "아이버가 죽인 게 아니오."
에피 필라인은 잡힌 손을 홱 뿌리치며 밉살스러운 듯이 말했다.
"그녀는 당신과 결혼하고 싶어하고 있어요, 샘."

스페이드는 한쪽 손과 머리를 흔들며 못 당하겠다는 시늉을 해보였다.
에피는 눈썹을 팔자로 찌푸리며 다그치듯 물었다.
"어젯밤 그녀를 만나셨지요?"
"아니."
"정말이에요?"
"물론 정말이지. 댄디 경감처럼 굴지 마오. 당신에게는 어울리지 않아."
"댄디 경감에게 쫓기고 있나요?"
"으음……. 오늘 새벽 4시에 그와 톰 풀하우스가 한잔하러 들렀더군."
"그들은——이름이 뭐였지요?——그 사나이를 정말 당신이 쏜 줄 아나 보지요?"
"새스비."
스페이드는 담배꽁초를 재떨이에 버리고 다시 새것을 말며 말했다.
"정말 그렇게 생각하는 건가요?"
에피는 끈질기게 물었다.
스페이드의 눈은 말고 있는 담배에 집중되어 있었다.
"난 그런 것은 모르오. 아마도 그런 생각을 가지고 있었던 모양이오. 내 이야기를 듣고 그들이 어느 정도 납득했는지는 모르지만."
"샘, 나 좀 보세요."
스페이드가 그녀의 얼굴을 보며 미소짓자 순간 불안해 하던 그녀의 얼굴에 활짝 밝은 표정이 퍼졌다.
에피는 다시 진지한 표정을 지으며 말했다.
"걱정이에요. 당신은 언제나 자신이 하는 일을 다 알고 있는 줄 알지만 너무 지나친 데가 있어요. 머지않아 절실하게 느낄 때가 있을 거예요."

스페이드는 한숨쉬는 시늉을 해보이며 그녀의 팔에 얼굴을 기댔다.
"댄디 경감도 그런 말을 하더군. 아무튼 당신은 나에게서 아이버를 멀리 있도록 해주오. 그러면 남은 어려운 문제는 어떻게든 해결해 보일 테니까."
그는 일어나서 모자를 썼다.
"그리고 저 문에 씌어진 '스페이드&아처'라는 글씨를 지우고 '새뮤엘 스페이드'라고 써넣도록 하오. 한 시간쯤 뒤에 돌아오든가 아니면 전화를 걸겠소."

스페이드는 세인트 마크 호텔의 긴 로비를 지나 카운터로 가서 모양을 낸 붉은 머리의 사나이에게 원덜리 양이 있느냐고 물었다. 붉은 머리의 멋쟁이 사나이는 잠깐 옆을 둘러보더니 고개를 내저으며 말했다.
"오늘 아침에 떠나셨습니다. 스페이드 씨."
"고맙소."
스페이드는 그곳을 떠나 로비 끝에 있는 작은 방으로 갔다. 그곳에는 중년이지만 보기에는 아직 젊은 검은 옷의 뚱뚱한 사나이가 마호가니 책상 앞에 앉아 있었다. 로비 쪽으로 향한 책상 끝에 금글씨로 '미스터 플리드'라고 씌어진 마호가니제 삼각형의 이름표가 놓여있었다.
뚱뚱한 사나이는 자리에서 일어나 책상을 돌아나오며 한 손을 내밀었다.
"여어, 스페이드 씨, 아처의 소식을 듣고 정말 안됐다고 생각하고 있던 참이오."
조금도 주제넘어 보이지 않게 솔직히 동정심을 나타낼 수 있는 훈

련을 많이 쌓은 사람의 말투였다.
"지금 막 신문에서 봤소. 알고 있겠지만 그는 어젯밤 이곳에 왔었거든요."
"고맙소, 플리드 씨. 어젯밤 그와 이야기를 나누어보았소?"
"아니오. 어제 저녁에 와보니 그가 로비에 앉아 있었소. 그러나 나는 아무 말도 하지 않았소. 일하는 중인 것 같아서……. 당신들은 바쁠 때면 내버려두기를 바란다는 것을 알고 있으니까요. 그게 어젯밤 사건과 무슨 관계가 있소?"
"아무 관계도 없으리라고 보지만, 아직 확실한 건 아니오. 그러나 아무튼 되도록 당신이 말려들지 않도록 하겠소."
"고맙소."
"안심하시오, 문제없으니까. 그건 그렇고, 어젯밤까지 이곳에 머무른 손님에 대해 정보를 좀 제공해 주지 않겠소? 그리고 이 이야기는 여기서만의 일로 하고 곧 잊어버려 주었으면 고맙겠소."
"좋습니다."
"원덜리 양이라는 젊은 여자손님이 오늘 아침 이곳을 떠났는데, 그녀에 대해 좀 자세히 알고 싶소."
"나를 따라오시오. 어느 정도 알 수 있을지 모르지만 조사해 봅시다."
스페이드는 우뚝 선 채 고개를 내저었다.
"아니, 사양하겠소. 얼굴을 보이고 싶지 않으니까."
플리드는 고개를 끄덕이며 작은 방을 나갔다. 그는 로비 중간쯤에서 갑자기 걸음을 멈추더니 스페이드가 있는 곳으로 되돌아왔다.
"어젯밤 우리 탐정은 해리먼이 당번이었는데, 그도 틀림없이 아처를 보았을 거요. 미리 입막음을 해둘까요?"
스페이드는 곁눈으로 흘끗 플리드를 쳐다보았다.

"아니, 말하지 않는 게 좋겠소. 원덜리라는 여자와의 관계가 드러나지 않는 한 아무래도 상관없으니 말이오. 해리먼도 좋은 사람이긴 하지만 입이 가벼운 편이므로 숨길 게 있다는 눈치를 보이지 않는 것이 좋을 듯하오."

플리드는 다시 고개를 끄덕이며 사라졌다. 약 15분 뒤 그가 되돌아왔다.

"그 여자 손님은 지난 화요일에 도착했군요. 숙박 카드에는 뉴욕에서 왔다고 씌어 있으며, 트렁크 짐은 없고 작은 백이 몇 개 있었답니다. 방에서 전화를 건 일도 걸려온 일도 없고 우편물도 없었다는군요. 꼭 한번 36, 7살쯤 되어 보이는 키가 크고 거무스름한 사나이가 그녀와 함께 있는 것을 본 적이 있답니다. 오늘 아침 9시 30분쯤 외출했다가 한 시간쯤 뒤 돌아와서 계산을 치르고 짐을 자동차에 싣게 했다고 하오. 가방을 나른 급사의 이야기에 따르면, 내슈의 츠링 카였으며 아마도 전세낸 것인 듯했답니다. 연락처를 적어놓고 갔는데, 로스앤젤리스 앰배서더 호텔로 되어 있군요."

"정말 고맙소."

스페이드는 그에게 인사하고 세인트 마크 호텔을 나왔다.

사무실로 돌아가자 에피 필라인이 편지를 타이프치고 있던 손을 멈추며 말했다.

"친구되시는 댄디 경감이 왔다 갔어요. 당신의 권총을 보고 싶다고 하더군요."

"그래서?"

"당신이 계실 때 다시 와 달라고 했지요."

"잘했군. 다시 또 오거든 보여주도록 하오."

"그리고 원덜리 양에게서 전화가 걸려왔었어요."

"그럴 줄 알았소. 뭐라고 말했지?"

"꼭 뵙고 싶다면서 캘리포니아 거리 콜로네트 아파트 1001호의 르 블랑 양을 찾아 와 달래요."

에피는 책상 위에 놓인 종이 쪽지를 집어들고 연필로 적은 메모를 읽었다.

"이리 주오."

스페이드는 한 손을 내밀었다. 그는 에피에게서 메모지를 받아 들자 라이터를 꺼내 종이에 불을 붙였다. 잡고 있는 한쪽구석만 남기고 검은 재가 되어 오그라붙을 때까지 들고 있다가 리놀륨 바닥에 떨어뜨린 다음 구둣바닥으로 짓밟았다. 에피는 나무라는 듯한 눈초리로 그것을 지켜보고 있었다.

"이렇게 하는 거요, 알았소?"

스페이드는 싱긋 웃으며 다시 밖으로 나갔다.

검은 새

벨트 달린 녹색 크레이프 실크 드레스를 입은 원덜리는 콜로네트 아파트 1001호의 문을 열었다. 얼굴이 발그레하게 물들어 있었다. 왼쪽 가르마를 탄 검붉은 머리를 오른쪽 관자놀이 쪽으로 빗어내렸는데 조금 흩어져 있었다.

"안녕하십니까?"

스페이드는 모자를 벗으며 말했다.

스페이드의 미소에 이끌려 그녀의 얼굴에도 살짝 미소가 번졌다. 그러나 제비꽃빛에 가까운 푸른 눈은 불안한 표정을 떨쳐버리지 못했다. 그녀는 머리를 숙여보이며 머뭇머뭇 낮은 목소리로 말했다.

"어서 들어오세요, 스페이드 씨."

그녀는 열려 있는 부엌과 욕실문은 지나 크림 빛과 붉은빛으로 꾸민 거실로 스페이드를 안내하며 마구 어질러져 있는 데 대해 사과했다.

"모든 게 엉망이에요, 아직 짐도 다 풀지 못했거든요."

원덜리는 스페이드의 모자를 받아서 테이블에 놓고 호두나무로 만든 긴 의자에 앉았다.

스페이드는 타원형 등받이가 달린 비단의자에 그녀와 마주보고 앉았다. 그녀는 무릎 위에서 손가락을 움직이며 한동안 눈길을 떨어뜨리고 있더니 이윽고 입을 열었다.

"스페이드 씨, 오늘은 굉장히 무서운 고백을 해야겠어요."

스페이드는 정중한 미소를 지었으나 그녀는 여전히 눈을 내리뜬 채 쳐다보지도 않았다. 그는 아무 말도 하지 않았다.

"실은 어제 한 말은 모두 꾸며낸 거예요."

그녀는 더듬더듬 말하며 겁먹은 눈으로 스페이드를 올려다 보았다. 스페이드는 가볍게 말을 받았다.

"아아, 그것 말입니까? 우리도 당신 이야기를 그대로 다 믿지는 않았습니다."

"그럼?"

슬픔과 공포가 가득찬 여자의 눈에 다시 당혹한 빛이 떠올랐다.

"그보다도 우리는 당신의 2백 달러를 믿은 거지요."

"무슨 뜻이지요?"

그녀는 스페이드의 말을 못 알아들은 듯싶었다.

"당신이 진실을 말한 거라면 지불한 금액이 너무 많았다는 뜻입니다. 그 정도의 일에 대한 대가로는 너무 많은 돈이었으니까요."

그는 상냥하게 설명했다.

원덜리의 눈이 밝아졌다. 그녀는 긴 의자에서 엉덩이를 조금 들어 고쳐 앉더니 스커트를 잘 매만지고 몸을 앞으로 내밀며 열띤 목소리로 말했다.

"그렇다면 지금도 당신은 나를 위해……."

스페이드는 손바닥을 위로 하고 한쪽 손을 들어 그녀의 말을 막았다. 이마에 험상궂은 주름이 잡혔으나 입매는 미소짓고 있었다.

"그것은 일 나름이지요. 그건 그렇고, 대체 당신 이름은 어느 쪽입니까, 원덜리입니까, 르블랑입니까?"

그녀는 얼굴을 붉히며 중얼거리듯 말했다.

"사실은 오쇼네시에요. 브리지드 오쇼네시."

"그럼, 오쇼네시 양, 이렇게 살인사건이 한꺼번에 두 번씩 일어나면,"

스페이드의 말에 그녀는 흠칫 놀랐다.

"세상은 흥분하고 경찰은 과단성있는 행동으로 나오기 마련이지요. 따라서 누가 맡든 다루기 힘들고 돈드는 사건이 됩니다. 그러므로……."

스페이드는 입을 다물었다. 그녀가 자기 말에 귀기울이지 않고 이야기가 끝나기만을 기다리고 있음을 알았기 때문이었다. 그녀의 얼굴이 창백하고 눈에는 필사적인 빛이 떠올랐다.

"스페이드 씨, 솔직히 말씀해 주세요. 어젯밤 사건은 내 책임일까요?"

그녀의 목소리는 히스테리를 일으킬 듯이 떨리고 있었다. 스페이드는 고개를 내저었다.

"내가 알지 못하는 사정이 있다면 모르지만, 그렇지 않은 한 당신에게 책임은 없습니다. 당신은 새스비가 위험한 사람임을 경고해 주었으니까요. 물론 동생의 일이며 그밖에 거짓말을 많이 했지만 그건 문제가 안 됩니다. 우리는 처음부터 믿지 않았으니까요. 그러므로 당신 책임이라고 생각지는 않습니다."

그는 처진 어깨를 움츠렸다.

"고맙습니다."

원덜리는 작은 목소리로 말했다. 그러나 그녀는 곧 머리를 설레설레 내저으며 덧붙였다.

"하지만 나는 일생을 두고 자신을 책망하게 될 거예요. 아처 씨는 어제, 그처럼 기운차고 늠름했는데……."
그녀는 한쪽 손을 목에 대었다.
"그런 말은 하지 마십시오."
스페이드는 명령하듯 말했다.
"그는 자기 일이 어떤 것인지 잘 알고 있었습니다. 우리 일은 위험이 따르기 마련이니까 운이 나빴던 거지요."
"그분은…… 결혼을 하셨나요?"
"그렇소. 생명보험이 1만 달러, 아이는 없습니다. 그리고 아내는 그를 싫어했습니다."
"어머나, 그런 말씀 하시는 게 아니에요."
그녀가 속삭이듯 말했다.
스페이드는 다시 어깨를 으쓱했다.
"사실대로 말하면 그렇습니다."
그는 팔목시계를 흘끔 보고 자리에서 일어나 긴 의자에 앉은 여자 옆으로 자리를 옮겼다.
"그러나 지금은 그런 걱정을 하고 있을 틈이 없습니다."
스페이드의 말투는 밝았지만 맺고 끊음이 분명했다.
"밖에는 수많은 경찰관과 지방검사 조무래기와 신문기자들이 떼지어 코를 벌름거리며 이 근처를 휩쓸며 다니고 있습니다. 당신은 대체 어떻게 하겠다는 겁니까?"
"당신의 힘으로 그런 여러 가지 일에서 나를 구해주셨으면 해요."
원덜리의 목소리는 가냘프고 떨리는 듯했다. 그녀는 스페이드의 소매를 살짝 만지며 말을 이었다.
"스페이드 씨, 그 사람들은 나를 알고 있을까요?"
"아직 모릅니다. 그래서 누가 냄새를 맡기 전에 나는 당신을 만나고 싶었던 겁니다."
"만일 내가 당신을 찾아가 그런 거짓말을 했다는 사실이 밝혀지면 경찰은 나를 어떻게 생각할까요?"
"의심하겠지요. 내가 지금까지 경찰을 속여온 것도 그 때문입니다. 그들에게 모든 것을 알릴 필요는 없다고 여깁니다. 필요하다면 그들을 잠재우는 거짓말을 우리 손으로 꾸며댈 수도 있을 겁니다."
"당신은 설마 내가 그…… 살인사건에…… 관련되었으리라고 생각하지는 않겠지요?"
스페이드는 싱긋 웃었다.
"정말 그것을 물어본다면서 깜박 잊었군요. 무슨 관계가 있었습니까?"
"아니오. 없어요."
"그럼 됐습니다. 이제 경찰에는 뭐라고 이야기할까요?"
그녀는 긴 의자 속에서 몸을 움직였다. 그리고 마치 물끄러미 쳐다보는 스페이드의 눈길을 피하려는 듯 짙은 속눈썹에 쌓인 눈을 깜박였다. 몸집까지도 갑자기 여위어 자그마해 보였으며 어린 소녀처럼 풀죽어 있었다.
"경찰은 꼭 나를 알아낼 필요가 있을까요, 스페이드 씨? 경찰의 심문을 받아야 한다면 나는 차라리 죽어버리는 편이 나을 것 같아요. 지금은 까닭을 말씀드릴 수 없지만, 나를 좀 감싸주실 수 없겠어요? 지금의 나로서는 도저히 심문을 받을 수가 없어요. 죽어버리는 게 나아요. 스페이드 씨, 부탁이에요. 도와주시겠지요?"
"할 수 있을 것 같기는 하지만……. 그러나 그렇게 하기 위해선 모든 사정을 다 알아야 합니다."
그 말을 듣자 그녀는 의자에서 일어나 스페이드의 발 밑에 무릎을 꿇고 그의 얼굴을 올려다보았다. 그 얼굴은 꼭 움켜준 두 손 위에서

검은 새 57

파랗게 질려 긴장과 공포로 떨리고 있었다. 원덜리는 울음을 터뜨릴 것처럼 소리쳤다.

"나는 지금까지 결코 떳떳한 생활을 해온 여자가 아니에요. 나쁜 여자였어요. 당신은 상상하지도 못할 만큼 나쁜 여자였어요. 그러나 마음 속까지 나쁜 여자는 아니에요. 내 얼굴을 보세요, 스페이드 씨. 내가 마음 속까지 나쁜 여자는 아니라는 것을 아시겠지요? 그러면 나를 조금은 믿어주실 수 있겠지요? 무서워요. 나는 아무도 없는 외톨이로, 당신이 도와주시지 않으면 아무도 없어요. 물론 내가 당신을 믿지 않는 한 당신에게 믿어달라고 부탁할 권리는 없겠지요. 그러나 나는 당신을 믿고 있어요. 하지만 사정을 이야기할 수는 없답니다. 지금은 도저히 말할 수가 없어요. 좀 더 시간이 지난 뒤 이야기할 수 있게 되면 하겠어요. 난 무서워요, 스페이드 씨, 당신에게 털어 놓아야 하는 것이 두려워요. 아니에요, 그런 뜻이 아니에요. 마음으로는 믿고 있어요. 하지만 내게는 아무도 없어요.

전에는 플로이드를 믿었지만, 지금은 아무도 없어요. 스페이드 씨, 날 살려줄 사람은 당신밖에 없어요. 어제도 말씀드렸지요. 당신이 구해주리라고 믿지 않았다면 오늘 이처럼 당신에게 연락하는 대신 어디로 도망쳤을 거예요. 달리 구해줄 사람이 있다고 생각했다면 무엇 때문에 이렇게 무릎을 꿇겠어요? 이렇게 부탁하는 방법이 옳지 않다는 것은 나도 알고 있어요. 하지만 제발 너그럽게 보아주세요, 스페이드 씨. 그리고 꾸짖지 말아주세요. 당신은 강하고 지혜와 용기가 있는 분이에요. 나에게 그 힘과 지혜와 용기를 조금만 나눠주세요. 스페이드 씨, 나를 구해주세요. 제발 살려주세요. 이처럼 난처한 처지에서 만일 당신이 구해주시지 않는다면 달리 의지할 만한 사람이 없어요. 제발 살려주세요. 까닭도 이야기하지 않고 무턱대고 살려달라고 부탁할 권리가 없다는 건 알고 있어요. 그러나 역시 부탁하지 않을 수가 없어요. 화내지 마세요, 스페이드 씨. 나를 살려줄 사람은 당신밖에 없어요. 제발 구해주세요."

이 긴 대사를 외는 동안 거의 숨을 죽이고서 듣고 있던 스페이드는 다문 입술 사이로 '후유' 긴 한숨을 내쉬어 폐를 텅 비게 했다.

"뭐 그처럼 도움을 필요로 할 만한 일은 아닌 것 같은데요. 그런데 당신은 아주 잘하는군요. 아주 잘합니다. 특히 그 눈과 '화내지 마세요, 스페이드 씨' 하고 말할 때의 떨리는 목소리는 아주 훌륭합니다!"

원덜리는 갑자기 벌떡 일어섰다. 그녀의 얼굴은 괴로운 듯 빨갛게 상기되어 있었으나 머리를 똑바로 들고 스페이드의 눈을 물끄러미 바라보았다.

"하는 수 없지요. 나는 그런 여자예요. 하지만…… 아아! 나는 정말 당신의 도움이 필요했던 거예요. 아니, 지금도 필요해요. 거짓이 있었다면 내 말하는 방법에 있었는지도 몰라요. 하지만 그 내용에는 조금도 거짓이 없었어요."

그녀는 똑바로 쳐다보던 얼굴을 옆으로 돌렸다.

"당신이 믿어주시지 않는 것도 다 내 탓이에요."

"이번엔 시끄럽게 되겠군요."

스페이드는 얼굴을 붉히고 바닥을 내려다보며 중얼거렸다.

원덜리는 테이블 쪽으로 가서 스페이드의 모자를 집어들었다. 그녀는 다시 돌아와 스페이드 앞에 섰다. 그러나 모자를 건네주지는 않고 가져가려면 가져가라는 듯이 손에 들고 우두커니 서 있었다. 그 얼굴은 창백하고 여위어 보였다.

"어젯밤에는 어떻게 된 겁니까?"

스페이드는 모자를 보면서 물었다.

"플로이드가 9시쯤 호텔로 왔기에 우리는 산책을 나갔어요. 아처 씨의 눈에 띄도록 일부러 끌어낸 거예요. 분명 기얼리 거리라고 생각되는데, 우리는 레스토랑에 들어가 저녁을 먹고 춤을 추고 12시 30분쯤 호텔로 돌아왔어요. 그는 현관까지 데려다주고 돌아갔어요. 나는 현관 안쪽에 서서 아처 씨가 거리 저쪽으로 플로이드를 뒤쫓는 걸 보고 있었지요."

"비탈길을 내려가 마케트 거리 쪽으로 말입니까?"

"네."

"부슈 거리와 스톡턴 거리가 마주치는 언저리에서 아처가 총을 맞았는데, 두 사람이 무엇 하러 그쪽으로 갔는지 알고 있습니까?"

"플로이드가 묵고 있은 숙소 가까이가 아닌가요?"

"아닙니다. 당신 호텔에서 자기 호텔로 갈 생각이었다면, 그곳은 그 길에서 10블록도 넘게 떨어져 있습니다. 그래, 두 사람이 가버린 뒤 당신은 어떻게 했습니까?"

"곧 잠자리에 들었어요. 그리고 오늘 아침식사를 하러 갔다가 신문의 큰 표제가 눈에 띄어 읽어보고는 깜짝 놀랐어요. 그래서 전에 보아두었던 전세차가 있는 유니언 스퀘어로 가서 차 한 대를 빌어 짐을 가지러 호텔로 돌아왔지요. 어제 외출한 동안 방을 수색한 사실을 알았기 때문에 급히 다른 곳으로 옮겨가야겠다고 생각하고 어제 오후에 이곳을 보아두었거든요. 나는 곧 이리로 옮겨와 당신 사무실로 전화를 건 거예요."

"세인트 마크 호텔의 방을 수색당했다고요?"

스페이드가 물었다. 그녀는 입술을 깨물었다.

"네, 당시 사무실을 찾아간 동안에. 이 사실은 당신에게 이야기하지 않을 생각이었는데……."

"말하자면 거기에 대해서는 묻지 말아달라는 뜻입니까?"

윈덜리는 거북한 듯이 고개를 끄덕였다. 스페이드는 얼굴을 찡그렸다. 그녀는 들고 있던 모자를 조금 움직였다. 스페이드는 자신도 모르게 미소지으며 말했다.

"얼굴 앞에서 그렇게 모자를 흔들지 마오. 나는 최선을 다하겠다고 약속했잖소?"

그녀는 후회하는 듯한 미소를 지어 보이며 모자를 테이블 위에 놓고 다시 그의 옆자리로 가서 앉았다. 스페이드는 말했다.

"나는 까닭도 묻지 않고 당신을 믿는 데 대해서는 그다지 이의가 없습니다. 그러나 조금이라도 사정을 알아야지 전혀 모르고서야 당신을 위해 도움이 될 수 없다고 생각합니다. 이를 테면 그 플로이드 새스비라는 사나이가 어떤 사람인지 조금은 알려주어야만……."

"나는 그 사람을 동양에서 만났어요."

윈덜리는 두 사람 사이의 긴의자 시트 위에 손가락으로 몇 번이나 8자 같은 무늬를 그리고 그것을 쳐다보며 천천히 말했다.

"우리는 지난 주일 홍콩에서 이리로 왔는데, 그 사람은……. 그 사람은 나를 살려주겠다고 약속하고서…… 내가 자기만을 의지하고 있는 것을 이용하여 나를 배신했어요."

"당신을 배신했다니, 어떻게?"

그녀는 머리를 내저으며 아무 말 하지 않았다. 스페이드는 천천히 얼굴을 찡그렸다.

"왜 그를 미행시키려고 했지요?"

"그 사람이 나 몰래 어떤 일을 하고 있는지 알고 싶었어요. 그는 자기가 묵고 있는 호텔도 나에게 알려주려고 하지 않았어요. 그래서 나는 그가 숨어서 무엇을 하고 있는지, 누구와 만나고 있는지 알고 싶었어요."

"그가 아처를 죽인 겁니까?"
그녀는 깜짝 놀란 듯이 스페이드를 올려다보았다.
"네, 그럴 거예요."
"새스비는 루가 권총을 어깨에 메고 있었는데, 아처는 루가로 맞은 게 아닙니다."
"플로이드는 코트 주머니에 리볼버(자동권총)을 넣고 다녔어요."
"당신이 보았습니까?"
"네, 자주 보았어요. 플로이드는 늘 그것을 가지고 다녔어요. 어젯밤에는 못 보았지만, 코트를 입을 때는 꼭 그것을 지닌다는 것을 알고 있어요."
"왜 두 개씩이나 가지고 다녔지요?"
"그걸로 생활하다시피 했으니까요. 홍콩에서 들은 소문인데, 그는 미국에 못 있게 된 어느 도박꾼의 보디가드로서 함께 동양으로 흘러 들어간 거래요. 그 뒤 얼마 안 되어 그 도박꾼이 모습을 감췄는데 그 까닭을 아는 사람은 플로이드뿐이라고 하더군요. 그러나 그게 사실인지는 나도 몰랐어요. 다만 플로이드가 늘 엄중히 무장하고 다녔으며, 잘 때는 반드시 침대 가장자리에 신문지를 잔뜩 뭉쳐서 깔아놓아 아무도 소리내지 않고 들어올 수 없게 해두었다는 것을 알고 있을 뿐이에요."
"아주 근사한 남자친구를 두었었군요."
"그런 사람이 아니면 나를 구해줄 수가 없었기 때문이에요. 물론 그 사람이 충실하다 여기고 하는 말이지만."
그녀는 딱 잘라 말했다.
"그래요?"
스페이드는 둘째손가락과 엄지손가락으로 아랫입술을 잡고 음울한 얼굴로 바라보았다. 미간의 주름이 깊이 잡혀 양쪽 눈썹이 거의 맞닿으려고 했다.
"난처하다고 자꾸 말하는데, 대체 당신은 어느 정도 궁지에 몰려 있습니까?"
"최악의 상태에요."
그녀는 대답했다.
"생명의 위험입니까?"
"나는 영웅적인 여자가 아니니 죽음보다 더 나쁜 건 없겠지요."
"그럼, 역시 생명의 위험이군요?"
"네. 그건 우리가 지금 여기에 앉아 있는 것과 마찬가지로 확실한 일이에요. 만일 당신이 구해주시지 않는다면……."
그녀는 부르르 몸을 떨었다.
스페이드는 입에서 손가락을 떼고 머리카락을 쓸어 올렸다.
"대체 당신은 나를 어떤 사람으로 알고 있습니까?"
그는 초조한 표정을 지으며 손목시계를 들여다보았다.
"공기로 기적을 만들어낼 수는 없습니다. 시간은 자꾸만 흘러가는데, 당신은 일의 단서가 될 만한 것은 하나도 말해 주지 않았습니다. 새스비를 죽인 건 누구입니까?"
"몰라요."
그녀는 구겨진 손수건을 입에 대고 대답했다.
"당신의 적이오? 아니면 그 사람의 적이오?"
"모르겠어요. 그 사람의 적일거라고 생각하지만, 어쩌면——아니, 모르겠어요."
"새스비는 어떤 방법으로 당신을 구해줄 작정이었지요? 왜 그를 홍콩에서 이리로 데려왔지요?"
그녀는 겁먹은 눈으로 그의 얼굴을 쳐다보며 말없이 머리를 내저었다. 여윈 얼굴이 가엾으리만큼 완고한 표정을 띠고 있었다. 스페이드

검은 새 63

는 의자에서 일어나 두 손을 윗옷주머니에 넣고 그녀를 노려보았다.

그는 거칠게 말했다.

"이렇게 되면 절망적이군. 나로서는 어떻게 해줄 수가 없소. 대체 당신이 무엇을 바라고 있는지 나는 전혀 모르니까요. 아니, 그것조차 의문이오."

그녀는 머리를 숙이고 울기 시작했다. 스페이드는 짐승 같은 소리를 내며 테이블로 모자를 집으러 갔다. 그녀는 얼굴을 숙인 채 질식한 것 같은 작은 목소리로 애원했다.

"저어……. 제발 경찰에는 가지 말아주세요."

스페이드는 화가 나서 자신도 모르게 큰 소리로 외쳤다.

"경찰에 갈 거요! 경찰은 오늘 새벽 4시부터 나를 뒤쫓고 있소. 그들을 쫓아내기 위해 얼마나 고생했는지 그것은 하느님만이 아실 거요. 무엇 때문에 그런 고생을 했는지 아시오? 나라면 당신을 살릴 수 있다는 어리석은 망상 때문이었소. 그러나 이제는 할 수 없소. 이제 나도 그만두겠소."

그는 모자를 머리에 올려놓고 힘껏 잡아 내렸다.

"경찰에 가지 말아달라고? 갈 필요도 없소. 그냥 우두커니 서 있기만 해도 그들이 우르르 몰려올 테니까. 나는 내가 알고 있는 것을 그들에게 모두 이야기할 테니 당신은 하늘에 운명을 맡기고 스스로 해보시오."

원덜리는 긴의자에서 일어나 그의 앞에 똑바로 섰다. 무릎이 와들와들 떨리고 있었다. 그녀는 입 가장자리와 아래턱의 근육에 경련을 일으키며 공포에 질린 얼굴을 쳐들고 말했다.

"잘 참아주셨어요. 그리고 나 같은 것을 살려주시려고 애쓰셨어요. 그러나 이젠 끝났어요. 헛일이에요."

그녀는 오른손을 내밀었다.

"여러 가지로 고마웠어요. 나는 나 스스로의 운명에 모든 걸 맡겨 보겠어요."

스페이드는 또 목구멍에서 짐승 같은 신음 소리를 내며 긴의자에 털썩 주저앉았다.

"당신은 지금 돈을 얼마나 가지고 있소?"

이 질문이 그녀를 놀라게 한 듯했다. 그녀는 아랫입술을 깨물며 마지못해 대답했다.

"5백 달러쯤 남았어요."

"그걸 나에게 주시오."

원덜리는 한순간 머뭇거리며 겁먹은 눈으로 스페이드의 얼굴을 쳐다보았다. 그는 입과 눈썹과 두 손과 어깨로 화가 난 듯한 시늉을 해 보였다. 그녀는 침실로 들어가더니 잠시 뒤 돈다발을 들고 나왔다. 스페이드는 그녀에게서 그 돈을 받아들고 세어보았다.

"4백 달러밖에 안 되는군."

"생활비로 조금 남겨뒀어요."

그녀는 가슴에 손을 대고 고분고분 변명했다.

"더 없소?"

"네."

"돈이 될만한 게 있을텐데……."

"반지 몇 개 하고 보석류가 조금 있어요."

"생활비는 그것을 잡히면 되겠군. 리미디얼 가게가 가장 좋을 거요. 미션 거리와 5번 거리 모퉁이에 있소."

그는 한쪽 손을 내밀었다.

원덜리는 호소하듯 스페이드의 얼굴을 바라보았다. 그러나 그의 노란빛 도는 회색 눈은 엄격하여 받아들일 눈치가 보이지 않았다. 그녀는 천천히 한 손을 드레스의 목으로 집어 넣더니 가늘게 만 지폐를

검은 새 65

꺼내 기다리고 있는 스페이드의 손에 올려놓았다. 그는 지폐의 주름을 펴서 세었다. 20달러 지폐가 넉 장, 10달러 지폐가 넉 장, 5달러 지폐가 한 장. 그는 그 중에서 10달러 지폐 두 장과 5달러 지폐를 그녀에게 되돌려주고 나머지는 자기 주머니에 넣었다. 그는 일어나며 말했다.

"그럼, 이제부터 나가서 당신을 위해 최선을 다해보겠소. 되도록 좋은 소식을 가지고 가능한 한 빨리 돌아올 작정이오. 그 때는 벨을 네 번 울리겠소. 길게, 짧게, 길게, 짧게. 그러면 나인 줄 아시오. 지금은 혼자 나갈 테니까."

방 한가운데 서서 멍하니 파란 눈을 커다랗게 뜨고 지켜보는 여자를 남겨둔 채 스페이드는 밖으로 나갔다.

스페이드는 입구문에 '와이즈 메리컨&와이즈'라고 씌어진 곳으로 들어갔다. 접수구에 앉은 붉은 머리의 아가씨가 말했다.

"어머나, 안녕하세요, 스페이드씨?"

"잘 있었소? 시드는 있소?"

스페이드가 옆에 서서 그녀의 동그란 어깨에 손을 얹자 그녀는 플럭을 꽂고 인터폰을 향해 앉았다.

"와이즈 씨, 스페이드 씨가 오셨습니다."

그녀는 스페이드의 얼굴을 올려다보며 말했다.

"어서 들어가보세요."

스페이드는 고맙다는 표시로 그녀의 어깨를 꽉 잡았다가 놓고 접수구를 가로질러 어두컴컴한 복도를 지나 젖빛 유리를 끼운 문이 있는 막다른 방으로 들어갔다. 문을 열고 들어가니 올리브 빛 피부의 자그마한 사나이가 산더미처럼 서류가 쌓인 지나치게 큰 책상 앞에 앉아 있었다. 드문드문 난 검은 머리에 비듬이 유난히 눈에 띄었으며, 갸름한 얼굴에는 지친 모습이 엿보였다.
 작은 사나이는 스페이드를 보자 불꺼진 잎담배를 흔들어 보이며 말했다.
 "이리로 의자를 끌고 오게. 어젯밤에는 마일즈가 그런 꼴을 당하고……"
 지친 얼굴에도, 얼마쯤 날카로운 목소리에도 전혀 감정이 깃들어 있지 않았다.
 스페이드는 미간을 찌푸리며 헛기침을 했다.
 "실은 그 일로 찾아왔는데…… 아무래도 이번 사건에서는 검시관을 상대로 한바탕 싸워야 할 것 같네, 시드, 어떤가, 나도 신부나 변호사처럼 직업의 신성함을 내세워 의뢰인의 비밀과 신원을 비밀로 해둘수 있을까?"
 시드 와이즈는 어깨를 으쓱하며 입꼬리를 늘어뜨렸다.
 "안 될 거야 없지. 검시법정은 공판정과 다르니까. 아무튼 해보는 걸세. 자네는 지금까지 그보다 더한 일을 해내고도 무사하지 않았나?"
 "하지만 이번엔 댄디가 끈질기게 물고늘어져 좀 성가시게 될 듯하네. 시드, 모자를 쓰게. 같이 가서 손쓸 필요가 있는 사람을 만나줘야겠네. 모든 일은 완전한 게 제일이니까."
 시드 와이즈는 책상 위의 서류더미를 보며 신음 소리를 냈다. 이윽고 그는 의자에서 일어나 창가의 칸막이장 앞으로 걸어가며 말했다.
 "참 골치 아픈 사람이로군, 자네는."
 와이즈는 모자걸이에서 모자를 벗겼다.

 스페이드는 그날 오후 5시 10분이 지나서 자기 사무실로 돌아왔다. 에피 필라인이 스페이드의 책상 앞에 앉아 타임즈를 읽고 있었다. 스페이드는 그 책상에 걸터앉으며 물었다.
"특별한 일은 없었소?"
"아니오. 어머나, 마치 카나리아라도 삼킨 듯한 얼굴이군요!"
스페이드는 만족한 듯이 싱긋 웃어보였다.
"이제 우리에게도 운이 트인 것 같소. 그전부터 생각한 일이지만, 마일즈가 어디 가서 죽게 되면 좀더 행운이 올 것 같겠거든. 내 이름으로 꽃이라도 보내주지 않겠소?"
"벌써 보냈어요."
"에피, 당신은 정말 훌륭한 천사요. 오늘 일을 어떻게 생각하지, 이른바 여자의 직감으로 보면?"
"무슨 말이지요?"
"당신의 직감으로는 원덜리 양을 어떻게 생각하느냔 말이오?"
"나는 그 여자 편이에요."
에피는 서슴없이 대답했다.
"그러나 그녀는 이름이 너무 많아. 원덜리, 르블랑, 그런가하면 본명은 오쇼네시라……."
스페이드는 생각에 잠기며 말했다.
"그 여자라면 전화번호부에 있는 이름을 다가지고 있다 해도 상관없어요. 그 아가씨는 좋은 사람이에요. 당신도 알겠지요?"
스페이드는 에피를 향해 졸린 듯한 눈을 깜박여보이며 소리죽여 웃었다.
"글쎄……. 아무튼 그녀는 사흘 동안에 7백 달러를 내놓았지. 그런 점에서 본다면 분명 좋은 사람이오."
에피 필라인은 의자 속에서 고쳐앉으며 말했다.
"샘, 만일 그녀가 곤란한 처지에 있는데 못 본 체하거나 그것을 이용하여 돈을 뜯어낸다면 용서하지 않겠어요. 일생 동안 당신을 존

경하지 않을 거예요."
 스페이드는 어색한 미소를 지었다. 그러더니 갑자기 얼굴을 찡그렸다. 그 찡그린 얼굴도 부자연스러웠다. 그가 무슨 말을 하려고 입을 연 순간 복도문이 열리고 누가 들어온 듯한 소리가 들렸다. 그는 입을 다물었다. 에피가 곧 일어나서 바깥방으로 나갔다. 스페이드는 모자를 벗고 자기 의자에 앉았다. 에피가 '조엘 카이로'라고 적힌 명함을 들고 돌아왔다. 그녀는 말했다.
 "이상한 사람이에요."
 "좋아, 들어오라고 하오."
 스페이드가 말했다.
 조엘 카이로는 보통키에 뼈대가 가늘고 가무잡잡한 사나이였다. 머리는 검고 윤기가 있었다. 그 얼굴모습으로 보아 분명 레반트 인(동부 지중해인)이었다. 짙은 녹색 넥타이 위에서 네 개의 직사각형 다이아몬드로 둘러싸인 네모난 루비가 반짝였다. 좁은 어깨에 꼭 맞는 검은 윗옷이 얼마쯤 부푼 허리 위에서 조금 벌어져보였다. 바지는 최신 유행보다는 조금 좁아 오동통한 넓적다리에 딱 달라붙어 있었다. 가죽단화 윗부분은 황금색 각반으로 덮여 있었다. 그는 세무 가죽장갑을 낀 한쪽 손에 검은 중산모를 들고, 뛰는 듯한 걸음걸이로 스페이드를 향해 다가왔다. 그가 다가옴에 따라 시프레 향기가 풍겨왔다.
 스페이드는 손님에게 머리를 가볍게 숙여보이고 이어서 머리를 의자 쪽으로 돌리며 말했다.
 "앉으시지요, 카이로 씨."
 카이로는 모자를 가슴에 대고 공손히 인사했다.
 "고맙습니다."
 날카롭고 가느다란 목소리였다.
 카이로는 의자에 앉았다. 발 끝을 모아 단정히 앉더니 무릎에 모자를 올려놓고 노란 장갑을 벗기 시작했다.

스페이드는 의자 속에서 몸을 뒤로 젖히며 물었다.

"용건이 무엇입니까, 카이로 씨?"

상냥하지만 무관심한 말투며 의자에서 몸을 뒤로 젖히는 것 등 어제 브리지드 오쇼네시와 처음 이야기할 때와 조금도 다름이 없었다.

카이로는 모자를 뒤집더니 그 속에 장갑을 넣어 옆책상 끝에 올려놓았다. 왼손 둘째손가락과 가운뎃손가락에서 다이아몬드가 반짝였다. 오른손 가운뎃손가락에도 역시 가장자리를 다이아몬드로 두른 넥타이핀과 조화된 루비 반지가 반짝이고 있었다. 두 손은 부드럽고 손질이 잘되어 있었다. 손이 크지는 않으나 통통하여 어딘지 모르게 보기 흉했다. 그는 두 손바닥을 소리나게 비비대며 말을 꺼냈다.

"처음 뵙겠습니다만, 당신 친구의 불행한 죽음을 진심으로 슬퍼하고 있습니다."

"이렇게 찾아주셔서 고맙습니다."

"그런데 스페이드 씨, 상관없다면 여쭤보겠는데, 그 불행한 사건과 조금 뒤에 일어난 새스비라는 사나이의 죽음 사이에 신문이 보도한 것처럼 뭔가…… 저어, 관계가 있습니까?"

스페이드는 노골적으로 무표정한 얼굴을 지으며 아무 대답도 하지 않았다. 카이로는 일어나서 머리를 숙여 보였다.

"실례했습니다."

그는 다시 의자에 앉더니 책상 모서리에 두 손을 엎어서 가지런히 올려놓았다.

"스페이드 씨, 내가 실례를 무릅쓰고 이런 질문을 한 것은 단순한 호기심에서가 아닙니다. 실은 저어, 어떤…… 어떤 장식품이…… 뭐랄까, 잘못하여 남의 손에 들어갔는데, 되찾고 싶습니다. 그래서 꼭 당신 힘을 빌려고 찾아온 겁니다."

스페이드는 듣고 있다는 것을 나타내기 위해 눈썹을 치켜올리고 고개를 끄덕여 보였다. 카이로는 조심스럽게 말을 골라서 했다.
"그 장식품이란 작은 조각품인데…… 검은 새의 조각입니다."
스페이드는 정중한 관심을 보이며 다시 고개를 끄덕였다.
"그것을 찾아주시면 그 조각의 정당한 주인을 대신하여 5천 달러를 지불할 용의가 있습니다."
카이로는 책상 모서리에서 한쪽 손을 들고 손톱이 넓어 보기 흉한 둘째손가락으로 허공의 한 점을 어루만지는 듯한 시늉을 해 보였다.
"그러나 저어, 뭐라고 할까요…… 질문은 일체 하지 않겠다고 약속해 주셔야겠습니다."
그는 들고 있던 손을 책상 위의 다른 손 옆으로 가져가며 사립탐정을 향해 웃어보였다.
"5천 달러라면 큰돈이로군요. 그건 꽤……."
그때 가볍게 문을 두드리는 소리가 들렸다.
"들어오시오."
스페이드가 말하자 문이 빠끔히 열리고 에피 필라인의 머리와 어깨가 보였다.
그녀는 자그마한 검은 펠트 모자를 쓰고 회색 털가죽깃이 달린 검은 코트를 입고 있었다.
"할 일이 또 있나요?"
"아니, 이제 없소. 돌아가구려. 나갈 때 문을 잠그고 가주오, 에피."
"그럼, 먼저 가겠어요."
그녀는 문을 닫고 모습을 감췄다.
스페이드는 의자를 돌려 다시 카이로를 향해 앉았다.
"참 재미있는 조각이군요."

검은 새 71

에피 필라인이 나가고 복도문을 닫는 소리가 들렸다.
카이로는 미소를 떠올리며 안주머니에서 짧고 납작한 검은 권총을 꺼냈다.
"스페이드 씨, 죄송합니다만 손을 목덜미 뒤로 돌려주시지 않겠습니까?"

레반트 인

 스페이드는 권총은 쳐다보지도 않고 두 팔을 들어 목덜미에서 깍지를 낀 다음 의자등받이에 기댔다. 그 눈이 그다지 이렇다할 표정도 담지 않고 카이로의 가무잡잡한 얼굴을 쳐다보고 있었다. 카이로는 미안한 듯 헛기침을 몇 번 하고 얼마쯤 핏기 잃은 입술을 떨며 신경질적인 미소를 지어보였다. 그의 검은 눈은 촉촉이 젖어 부끄러워하는 듯이 보였으나, 한편 굉장히 진지한 빛을 띠고 있었다.
 "스페이드 씨, 잠깐 이 사무실 안을 찾아봐야겠습니다. 미리 말해두지만 만일 조금이라도 방해를 하면 곧 쏘겠습니다."
 "좋습니다."
 스페이드의 목소리도 얼굴과 마찬가지로 전혀 표정이 없었다.
 그의 건장한 가슴에 총구를 댄 사나이는 권총끝으로 그에게 지시했다.
 "일어나십시오. 무기를 가지고 있는지 확인해 봐야겠습니다."
 스페이드는 정강이로 의자를 뒤로 밀어내며, 다리를 꼿꼿이 세우고 일어섰다. 카이로는 그의 등 뒤로 돌아가 권총을 오른손에서 왼손으로 옮겨쥐었다. 그는 스페이드의 윗옷자락을 들추고 그 속을 살폈다. 그리고 권총을 스페이드의 등에 댄 채 오른손을 옆으로 돌려 스페이드의 가슴을 가볍게 두드렸다. 그때 레반트 인의 얼굴은 스페이드의 오른쪽 팔꿈치 아래에서 6인치밖에 떨어져 있지 않았다.

순간 스페이드의 몸이 오른쪽으로 돌며 팔꿈치가 홱 내리쳐졌다. 카이로가 놀라며 얼굴을 돌렸으나 이미 늦었다. 스페이드의 오른발 뒤꿈치가 에나멜 구두 끝을 짓밟았으므로 작은 사나이는 꼼짝없이 팔꿈치 세례를 받을 수밖에 없었다. 팔꿈치는 광대뼈에 명중했으므로 그는 힘없이 비틀거렸다. 만일 스페이드에게 발 끝을 밟히지 않았더라면 그대로 쓰러졌을 것이다. 스페이드의 팔꿈치가 가무잡잡한 놀란 얼굴 앞에서 똑바로 펴지는가 싶더니 어느새 그 손이 힘껏 권총을 쳤다. 카이로가 권총을 놓치는 순간 스페이드의 손가락이 재빨리 그것을 잡았다. 권총이 스페이드의 손에 쥐어지자 조그맣게 보였다. 스페이드는 카이로의 발끝에서 뒤꿈치를 떼고 완전히 뒤로 돌았다. 왼손으로 작은 사나이의 윗옷을 잡고――그 주먹 위로 루비 핀이 꽂힌 녹색 넥타이가 구겨져 부풀어올랐다――오른손으로는 빼앗은 무기를 윗옷주머니에 집어넣었다. 스페이드의 노란빛을 띤 회색 눈이 어두워지고 입매에 조금 불쾌한 흔적이 남았으나 얼굴은 나무로 깎은 듯 무표정했다.

카이로의 얼굴은 고통과 분노로 일그러져 있었다. 검은 눈에서 눈물이 번져 나왔다. 팔꿈치에 맞아 벌게진 볼을 빼놓고는 납처럼 반들반들했다. 스페이드는 레반트 인의 옷깃을 잡은 손으로 천천히 사나이의 몸을 돌렸다. 그리고 그대로 밀고 가서 조금 전까지 그가 앉아 있었던 의자 앞에 세웠다. 납빛 얼굴을 덮고 있던 고통스러운 표정이 기묘하게 바뀌었다. 그것을 보자 스페이드는 빙그레 미소지었다. 그 미소는 조용하고 꿈꾸는 듯 보이기까지 했다. 갑자기 오른쪽 어깨가 몇 인치 올라가더니 그와 동시에 팔꿈치를 구부린 오른쪽 팔이 위로 올라갔다. 꽉 쥔 주먹과 손목과 아래팔과 구부린 팔꿈치와 위팔 등 모든 것이 단단하게 하나로 연결되어 조금 유연하게 보이는 어깨만이 거기에 운동을 일으키게 하고 있는 듯이 보였다. 그 주먹이 갑자기 카이로의 얼굴을 내리쳤다. 순간 카이로의 아래턱 한쪽과 한쪽 입가와 광대뼈와 턱뼈 사이의 볼 부분이 그 주먹에 가려져 거의 보이지 않았다. 카이로는 눈을 감더니 그대로 의식을 잃고 말았다.

스페이드는 곧 재빠르게 일을 시작했다. 필요할 때는 쭉 뻗은 상대방의 몸을 이리저리 움직이기도 했다. 그러면서 기절한 사나이의 주머니를 하나씩 차례차례 뒤져냈다. 주머니 속의 물건이 책상에 수북이 쌓였다. 마지막 주머니를 뒤지고 나자 그는 자기 의자로 돌아가 담배를 말아 불을 붙여물고 전리품을 살펴보기 시작했다. 서두르지도 당황하지도 않고 신중하게 하나씩 살펴보았다.

맨 먼저 눈에 띈 것은 부드러운 가죽으로 된 커다란 검은 지갑이었다. 그 속에는 여러 가지 단위의 미국 지폐 3백 65달러와 5파운드 지폐 석 장, 카이로의 이름과 사진이 붙은 그리스 정부 발행의 여권과 수많은 비자, 아라비아어인 듯한 글씨로 빈틈없이 써넣은 핑크 빛 얇은 편지지——다섯 장이 접혀 있었다——아처와 새스비 사건을 보도한 신문기사를 오린 것 한 장, 대담냉혹한 눈과 부드럽고 차분한 입매를 지닌 음울한 표정의 여자 사진——엽서만한 크기였다——오래되어 누래지고 접은 금이 무지러진 커다란 비단손수건 한 장, 조엘 카이로의 동판 인쇄 명함 몇 장, 그리고 오늘 밤 기얼리 극장 1층 좌석 입장권 한 장이 들어 있었다.

지갑과 그 속에 든 물건 외에는 시프레 향을 풍기는 화려한 빛깔의 비단손수건 석 장과 백금과 순금 사슬이 달린 백금회중시계——그 사슬이 한쪽 끝에는 흰 금속으로 만든 작은 배 모양의 펜던트가 달려 있었다──미국·영국·프랑스·중국 등의 동전 한줌, 대여섯개의 열쇠가 달린 열쇠고리, 은에 줄무늬 마노를 박은 만년필, 가죽 케이스에 든 금속제 빗, 역시 가죽 케이스에 든 손톱줄, 소형 샌프란시스코 시내 안내서, 남부 퍼시픽 철도의 수하물 인환증 한 장, 반쯤 남은 제비꽃 향료정(香料錠) 한 포, 상해 어느 보험대리점의 업무용 명함 한 장, 벨비디어 호텔의 편지지 넉장──그중 한 장에는 꼼꼼한 작은 글씨로 새뮤엘 스페이드의 이름과 사무실과 아파트 주소가 적혀 있었다──이 있었다.

 이런 물건들을 하나하나 신중하게 살펴본 다음──시계는 뒤뚜껑까지 열고 숨긴 게 없는지 확인했다──스페이드는 몸을 구부려 엄지손가락과 둘째손가락으로 의식 잃은 사나이의 손목을 잡고 맥을 짚어보았다. 이윽고 손목을 놓더니 다시 의자 등받이에 기대앉아 새 담배를 말아 불을 붙였다. 담배를 피우는 동안 그의 얼굴은 가끔 뜻없이 아랫입술을 달싹거릴 뿐 눈썹 하나 움직이지 않았다. 마치 바보가 된 듯 정신없이 무슨 일을 골똘히 생각하고 있었다. 그러나 이윽고 카이로가 신음 소리를 내고 눈꺼풀을 움직이기 시작하자 스페이드의 얼굴이 갑자기 밝아지며 눈매와 입가에 부드러운 미소가 번졌다.

 조엘 카이로는 서서히 의식을 되찾았다. 맨 먼저 눈을 떴는데, 그 눈길이 천장의 어느 한 곳에 집중되기까지 꼬박 1분이 걸렸다. 그런 다음 입을 다물고 숨을 들이마시더니 '후유' 깊숙이 한숨을 내쉬었다. 그리고 한쪽 발을 끌어당겼다. 다시 한쪽 손을 움직여 넓적다리 위에 올려놓았다. 그리고 나서 그는 의자등받이에서 머리를 쳐들고 당황한 듯 방 안을 둘러보다가 눈길이 스페이드의 얼굴에 이르자 허둥지둥 똑바로 고쳐 앉았다. 그는 입을 열어 무슨 말을 하려다 말고 흠칫 놀라며 한쪽 손을 스페이드에게 맞아 빨간 자국이 남은 볼 위로 가져갔다. 카이로는 아픈 듯이 이를 악물며 말했다.

"나는 쏠 마음만 있었다면 당신을 쏠 수 있었습니다, 스페이드 씨."

"물론 그랬겠지요."

스페이드는 그의 말을 인정했다.

"그런데 나는 쏘지 않았습니다."

"알고 있소."

"그런데 왜 권총을 빼앗고 나를 때렸지요?"

스페이드는 늑대같이 험상궂게 웃어 보였다.

"미안하오. 그러나 생각해 보시오. 5천 달러를 내놓겠다는 말이 다 엉터리였음을 알았을 때의 내 기분을."

"당신은 오해한 겁니다, 스페이드 씨. 그 이야기는 엉터리가 아닙니다. 지금도 진실된 이야기입니다."

"뭐라고요?"

스페이드의 놀라움도 진실된 것이었다.

카이로는 멍든 얼굴에서 손을 떼며 사무적인 태도로 똑바로 앉았다.

"조각을 되찾게 되면 당장 5천 달러를 내놓을 용의가 있단 말입니다. 당신은 조각을 갖고 있지요?"

"천만에!"

"당신 말대로 만일 이곳에 없다면 어째서 당신은 내 수색을 방해하기 위해 그처럼 난폭한 행동을 취하셨습니까?"

꽤 정중한 말투였으나 의심이 짙게 깔려 있었다.

"그럼, 나는 우두커니 앉은 채 알지도 못하는 사람이 들어와 흉기를 들이대도 바보같이 가만히 보고만 있으란 말이오? 당신은 내 아파트의 번지까지 조사했더군요. 벌써 갔다왔겠지요?"

스페이드는 책상 위에 쏟아놓은 카이로의 소지품을 손으로 가리켰다.
"그렇습니다, 스페이드 씨. 조각을 되찾기만 하면 언제든지 기꺼이 5천 달러를 지불할 생각이지만, 그전에 우선 가능하다면 그런 비용을 소유주가 쓰지 않을 수 있도록 조사해보는 거야 당연한 일이 아니겠습니까?"
"소유주라니, 그게 누구요?"
카이로는 머리를 내저으며 미소지었다.
"그 질문에 대답할 수 없는 것을 용서해 주십시오."
스페이드는 입술을 꾹 다문 채 미소를 머금고 몸을 앞으로 내밀었다.
"그래요? 여보시오, 나는 지금 당신 목덜미를 잡고 있소. 당신은 제 발로 찾아 들어와 어젯밤 살인사건에 대해 경찰이 좋아할 짓을 해보였소. 이렇게 된 이상 나와 손을 잡든지 말든지 둘 중 하나를 택해야 할거요."
카이로는 여전히 점잖게 미소지으며 조금도 당황하는 빛이 없었다. "나는 행동으로 옮기기 전에 당신에 대해 상당히 광범위한 조사를 했습니다. 그 결과 당신은 아주 이해력이 빠른 분으로 이익이 되는 일을 할 때는 거기에 따르는 조건을 일체 무시한다는 것을 알았습니다."
"흐음, 그래요?"
스페이드는 어깨를 으쓱하며 말했다.
"나는 당신에게 5천 달러를 지불하겠다고 말했어요."
스페이드는 손등으로 카이로의 지갑을 두드려 보였다.
"5천 달러가 어디 있소? 멋대로 지껄이지 마시오! 말뿐이라면 보랏빛 코끼리를 찾아오면 1백만 달러를 준다는 말인들 못하겠소? 그러나 그게 대체 무슨 의미가 있겠소?"

카이로는 눈을 가늘게 뜨고 생각하는 듯이 말했다.
"아, 알았습니다. 당신은 나의 성의에 대한 보증을 바라시는 거지요?"
그는 빨간 입술을 손가락으로 문질렀다.
"착수금으로 안되겠습니까?"
"괜찮겠지요."
카이로는 지갑 쪽으로 손을 내밀더니 잠깐 망설이다가 손을 도로 당기며 말했다.
"그 속에서 1백 달러를 꺼내 가지십시오."
스페이드는 지갑을 들고 1백 달러를 빼냈다. 그러나 곧 눈살을 찌푸리고 다시 1백 달러를 더 꺼냈다.
"2백 달러를 받아두기로 하지요."
카이로는 아무 말도 하지 않았다.
스페이드는 2백 달러를 주머니에 넣고 지갑을 다시 책상에 집어던지며 시원스러운 어조로 말했다.
"당신은 첫째, 내가 그 새의 조각인가 하는 것을 가지고 있다고 짐작했군요? 그러나 그 예상은 빗나갔소. 둘째, 당신은 무슨 생각을 하고 있소?"
"적어도 당신은 그 조각이 있는 곳을 알고 있다고 생각합니다. 비록 정확하게 알지는 못한다 하더라도 어디로 가면 손에 넣을 수 있을지는 알고 있다고 생각합니다."
스페이드는 그 말을 부정하지도 긍정하지도 않았다. 마치 그 말을 제대로 듣지 못한 듯한 태도였다. 그가 물었다.
"당신에게 부탁한 사람이 진짜 소유주라는 증거가 있소?"
"유감스럽지만, 없습니다. 그러나 이것만은 단언할 수 있습니다. 누구도 확실히 소유권을 입증할 수 없다는 걸 말입니다. 내가 추측

한 대로 당신이 만일 이 문제에 대해 잘 아신다면——그렇지 않다면 내가 여기에 오지도 않았겠지만——그 조각을 소유주의 손에서 어떤 방법으로 빼앗아갔는지 생각하기만 해도 그가 어느 누구보다도 정당한 권리를 가졌다는 것을 아실 겁니다. 물론 새스비보다 더 유력한 권리지요."
"그 사나이의 여자는 어떻소?"
카이로의 눈과 입이 흥분으로 벌어졌다. 얼굴이 불그레하고 목소리가 날카로워졌다.
"그 사나이는 절대로 소유주가 아닙니다!"
"흐음……."
스페이드는 조심스럽게 애매한 대답을 했다.
"그녀가 지금 이곳 샌프란시스코에 와 있습니까?"
사나이의 말투는 조금 누그러졌지만 아직도 흥분이 가라앉지 않은 목소리였다. 스페이드는 졸린 듯 눈을 껌벅이며 말했다.
"어떻소! 이제 그만 서로의 속셈을 털어놓는 게 좋을 것 같은데……."
카이로도 얼마쯤 침착성을 되찾았다. 목소리가 다시 상냥해졌다.
"아니오, 나는 그렇게 생각지 않습니다. 만일 당신이 나보다 더 많은 것을 알고 있다면 그것을 알게 되어 나도 이익이 되고 당신도 5천 달러의 이익을 얻게 되겠지요. 그러나 만일 그렇지 않을 경우, 즉 내가 이곳을 찾아온 것이 잘못이었을 경우 당신 말대로 속셈을 털어놓는다면 점점 더 큰 잘못을 저지를 뿐일 테니까요."
스페이드는 무관심하게 고개를 끄덕이며 책상 위의 물건을 만지작거렸다.
"당신 것이니 가져가시오."
그는 카이로가 그 물건들을 주머니에 다 넣자 다시 말했다.

"그러니까 그 검은 새를 찾을 때까지 드는 모든 경비와 5천 달러를 지불해 주겠다는 거지요?"

"그렇습니다. 5천 달러에서 선불을 뺀 금액——즉 총액이 5천 달러라는 말입니다."

"좋소. 단 그것은 합법적인 것이어야 하오. 나는 당신을 위해 살인이나 강도를 하려고 고용되는 건 아니오. 만일 정정당당한 합법적인 수단으로 할 수 있다면, 그 물건을 찾아주겠소. 그것이 나의 약속이오."

스페이드의 얼굴은 눈꼬리의 잔주름만 빼놓으면 엄숙했다.

카이로는 동의했다.

"네, 좋습니다. 그리고 어떤 경우이든 신중히 해주십시오."

카이로의 얼굴도 눈을 빼놓고는 엄숙했다. 그는 일어나서 모자를 집었다.

"나는 벨비디어 호텔에 있으니 볼일이 있거든 연락해 주십시오. 635호입니다. 스페이드 씨, 서로 힘을 합쳐 최대의 이익을 얻을 수 있도록 해봅시다. 기대하겠습니다."

카이로는 머뭇거리며 말했다.

"권총을 돌려 주시겠습니까?"

"아, 잊어버리고 있었군."

스페이드는 윗옷 주머니에서 권총을 꺼내 카이로에게 건네주었다.

카이로는 그 권총을 스페이드의 가슴에 들이댔다. 그리고 진지하게 말했다.

"죄송합니다만 두 손을 책상 위에 올려 놓으십시오. 사무실 안을 찾아봐야겠습니다."

"이 자식! ……좋소. 찾아보오. 가만히 있을 테니."

스페이드는 목구멍 속으로 웃었다.

미행하는 작은 사나이

조엘 카이로가 돌아간 뒤 스페이드는 얼굴을 잔뜩 찌푸리고 반시간쯤 혼자 책상 앞에 우두커니 앉아 있었다. 그러나 이윽고 신경쓰이는 문제를 잊어버리려는 듯한 태도로 혼잣말을 중얼거렸다.
"좋아, 두고 봐, 그냥 두지 않을테니까."
그는 책상 서랍에서 맨해턴 칵테일 병과 종이잔을 꺼내어 잔에 3분의 2쯤 술을 따라 단숨에 들이켜고 나서 병을 서랍속에 넣었다. 종이잔은 쓰레기통에 집어던졌다. 그리고 모자를 쓰고 코트를 입은 다음 전깃불을 끄고 불빛이 반짝이는 밤거리로 나갔다.
말쑥한 회색 모자에 코트 차림의 스물이나 스물 한 살쯤 되어 보이는 자그마한 젊은이가 스페이드의 사무실이 있는 거리 모퉁이에 멍하니 서 있었다. 스페이드는 캐니 거리 쪽으로 새터 거리를 걸어가 담배가게로 들어가서 블루 댈림 담배를 두 갑 샀다. 가게를 나오니 젊은이는 반대쪽 거리 모퉁이에서 전차를 기다리는 네 사람 속에 있었다.
스페이드는 파우엘 거리 허버트 그릴에서 저녁식사를 했다. 8시

15분 전에 그릴을 나오자 젊은이는 옆 장신구가게 진열장을 들여다보고 있었다.

스페이드는 벨비디어 호텔로 가서 프런트에 카이로 씨가 있느냐고 물었다. 외출중이라는 대답이었다. 그동안 젊은이는 로비 한쪽 끝 의자에 앉아 있었다.

스페이드는 기얼리 극장으로 갔으나 그곳 로비에도 카이로의 모습이 보이지 않았다. 그는 극장 앞 보도에 나가 입구 쪽으로 얼굴을 돌리고 서 있었다. 젊은이는 조금 떨어진 맥워드 레스토랑 앞의 사람들 속을 서성거리고 있었다.

8시 10분이 지나자 그 뛰는 듯한 걸음걸이로 기얼리 거리를 걸어오는 조엘 카이로의 모습이 보였다. 카이로는 스페이드가 어깨를 칠 때까지 사립탐정의 모습을 알아보지 못한 것 같았다. 그는 한순간 조금 놀란 듯했으나 곧 입을 열었다.

"아, 그렇지, 극장표를 보셨군요."

"그렇소. 그런데 그보다도 당신에게 보여주고 싶은 것이 있소."

스페이드는 극장문이 열리기를 기다리고 있는 사람들에게서 조금 떨어진 보도 쪽으로 카이로를 끌고 갔다.

"저 맥워드 레스토랑 앞에서 어정거리는 모자쓴 젊은이가 있지요?"

"어디요?"

카이로는 중얼거리며 시계를 들여다보았다. 이윽고 그는 눈길을 들어 기얼리 거리를 바라보더니 눈 앞에 세워둔 셜록 홈즈로 분장한 조지 애리스(영국의 연극배우. 1868~1946)의 연극 간판을 보았다. 그 뒤 가까스로 카이로의 검은 눈동자가 눈꼬리 쪽으로 서서히 움직여 그 젊은이——속눈썹 그늘에 눈을 내리깔고 있는 그 차갑고 파리한 얼굴로 쏠렸다.

미행하는 작은 사나이

"누구요?"

스페이드가 물었다. 카이로는 스페이드를 올려다보며 미소지었다.

"모르겠는데요."

"줄곧 나를 미행하고 있소."

그러자 카이로는 아랫입술을 축이며 말했다.

"그렇다면 둘이 함께 있는 걸 보여서는 좋지 않을 텐데요?"

"그걸 내가 어떻게 알겠소. 아무튼 이미 보아버렸소."

스페이드가 대꾸했다.

카이로는 모자를 벗고 장갑낀 손으로 머리를 쓰다듬었다. 그는 조심스럽게 모자를 다시 쓰더니 아주 솔직한 태도로 말했다.

"다시 한 번 분명히 말씀드리지만 나는 저 젊은이를 모릅니다, 스페이드 씨. 저 사람과는 아무 관계도 없습니다. 나는 당신 말고는 누구에게도 도움을 구하지 않았음을 내 명예를 걸고 맹세합니다."

"그럼, 저 녀석은 적과 한패란 말이오?"

"그럴지도 모릅니다."

"난 그 점을 알고 싶었을 뿐이오. 너무 귀찮게 굴면 좋지 못한 일을 하게 될지도 모르니까."

"좋을 대로 하십시오. 저 사나이는 내 친구가 아닙니다."

"그럼, 됐소. 아아, 이제 시작될 모양이군. 어서 가보시오."

스페이드는 서쪽으로 가는 전차를 타려고 길을 건너갔다. 모자를 쓴 젊은이도 같은 전차를 탔다. 그는 하이드 거리에서 전차를 내려 아파트로 돌아갔다. 방 안은 그다지 흩어지지 않았으나 분명 뒤진 흔적이 남아 있었다. 샤워를 하고 와이셔츠와 칼라를 새것으로 갈아입은 다음 그는 다시 밖으로 나가 새터 거리까지 걸어가서 서쪽으로 가는 전차를 탔다. 그 젊은이도 같은 전차를 탔다.

콜로네트 아파트의 여섯 블록쯤 앞에서 전차를 내린 스페이드는 눈

앞에 보이는 한 높은 갈색 아파트 현관으로 들어갔다. 벨을 세 번 누르자 소리가 나며 현관문이 열렸다. 안으로 들어가 엘리베이터와 층계를 다 지나자 노란 벽의 긴 복도가 건물 뒤쪽으로 이어져 있었다. 그곳으로 걸어가니 예일 자물쇠가 걸려 있는 뒷문이 나타났다. 거기서 그는 좁은 뒤뜰로 나갔다. 뒤뜰을 지나 어두운 뒷거리로 나오자 두 블록쯤 걸어서 캘리포니아 거리로 나간 다음 콜로네트 아파트로 갔다. 시간은 9시 30분밖에 되지 않았다.

브리지드 오쇼네시는 스페이드를 아주 반갑게 맞아들였다. 아마도 그녀는 스페이드가 다시 와주리라는 확신이 전혀 없었던 모양이었다. 그녀는 그 시즌에 '앨트위즈'라고 불리는 푸른빛 새틴 가운을 입고 있었다. 가운데 연하늘색 어깨끈이 달려 있었다. 스타킹과 슬리퍼 역시 앨트위즈였다. 붉은색과 크림 색으로 꾸며진 거실은 깨끗이 정돈되어 있었으며, 검정색과 은색의 키작은 도자기 꽃병에 꽂힌 꽃이 활기를 불어넣어주었다. 난로에는 나무껍질을 아무렇게나 벗겨낸 작은 장작이 세 개비 타고 있었다. 그녀가 모자와 코트를 걸러 간 동안 스페이드는 타오르는 장작을 물끄러미 바라보고 있었다.
"무슨 좋은 소식을 가져오셨어요?"
오쇼네시가 거실로 돌아오며 물었다. 미소 속에도 걱정의 빛이 뚜렷이 떠올랐으며 말없이 숨을 죽이고 있었다.
"이미 알려진 일이야 할 수 없지만, 더 이상 알려진 염려는 없을 것 같소."
"내 일을 경찰에 알리지 않아도 되나요?"
"그렇소."
오쇼네시는 기쁜 듯이 안도의 숨을 내쉬며 긴 호두나무 의자에 앉았다. 얼굴에도 몸에도 긴장에서 풀린 기색이 보였다. 그녀는 방긋 미소지으며 감탄한 눈길로 스페이드를 올려다보았다.
"어떻게 그처럼 잘해내셨지요?"
호기심보다 오히려 경탄하여 묻는 말이었다.
"샌프란시스코에서는 대부분의 일을 돈으로 해결할 수 있소."
"그럼, 당신도 이제 말려들지 않아도 되겠군요? 어서 앉으세요."
그녀는 긴의자 위에 자리를 마련해 주었다. 그러나 스페이드는 안심하고 있을 수만은 없다는 듯이 말했다.
"어느 정도 관련되는 건 어쩔 수 없는 일이오."
그는 난로 옆에 선 채 냉정하게 관찰하고 저울질하여 가치를 판단하려는 듯한 눈길로 여자를 내려다보았다. 그 노골적인 눈길을 받자 그녀는 조금 얼굴을 붉혔다. 그러나 전보다 훨씬 자신있는 태도를 엿볼 수 있었다. 아직 그 눈에 얼마쯤 부끄러움이 남아 있긴 했지만. 스페이드는 옆자리에 앉으라고 권한 호의가 무시되고 있다는 사실을 그녀가 알아차릴 때까지 그 자리에 서 있다가 천천히 다가갔다. 그는 자리에 앉으며 물었다.
"당신은 분명 자신을 과시하는 그런 사람은 아니지요?"
오쇼네시는 당혹해 하는 눈길로 그를 올려다보며 억눌린 듯한 작은 목소리로 말했다.
"무슨 뜻이지요? 잘 모르겠는데요……."
"여학생 같은 태도로군. 일부러 우물쭈물하고 얼굴을 붉히는 등 여러 가지로 말이오."
"오늘 오후에도 말했잖아요, 나는 나쁜 여자라고. 당신이 상상할 수 없을 만큼 나쁜 여자라고."
오쇼네시는 빨개진 얼굴을 돌리며 조급하게 대답했다.
"바로 그거요, 내가 말하는 것은. 당신은 낮에도 그 말을 했소, 지금과 똑같은 말투로. 아무리 보아도 여러 차례 연습한 대사 같구려."
 오쇼네시는 금방이라도 울음을 터뜨릴 듯 당황한 표정을 지었으나 곧 웃었다.
 "그럼, 좋아요, 스페이드 씨. 나는 분명 보기와는 다른 여자예요. 나이가 80이나 된 심술궂은 할멈으로, 금막대기를 만드는 게 직업이에요. 그러나 그것이 몸에 밴 지 너무 오래되어 이제 새삼──태도만이라도──버리려 해봐야 힘든 일이에요. 안 그래요?"
 스페이드는 보증하듯이 대답했다.
 "아아, 그렇다면 됐소. 당신이 정말 그처럼 순진한 아가씨라면 곤란하다고 생각했을 뿐이오. 어떻게 손쓸 도리가 없을 테니까."
 "이제 순진한 척하지 않겠어요."
 그녀는 가슴에 한 손을 얹고 약속했다.
 "그런데 오늘 밤 조엘 카이로를 만났소."
 스페이드는 사교적인 대화라도 나누듯 자연스럽게 말했다.
 갑자기 오쇼네시의 얼굴에서 쾌활한 빛이 사라졌다. 그의 옆얼굴을 바라보는 그녀의 눈에 경계하는 빛이 떠올랐다. 스페이드는 두 다리를 쭉 뻗고 포갠 발 끝을 내려다보았다. 그 얼굴에 무엇을 생각하는 듯한 표정은 전혀 없었다.
 한동안 침묵이 흐른 다음 오쇼네시가 불안한 듯이 입을 열었다.
 "당신은……. 당신은 그 사람을 알고 계세요?"
 "오늘 밤에 만났소. 그는 조지 애리스를 보러 가는 길이었소."
 스페이드는 눈길을 들지 않고 여전히 가벼운 대화를 나누는 투로 말했다.
 "그와 이야기를 하셨나요?"
 "1, 2분쯤──상영시작을 알리는 벨이 울릴 때까지."
 오쇼네시는 의자에서 일어나 난로불을 휘저으러 갔다. 그리고 그녀는 맨틀피스 위에 놓인 장식품의 위치를 조금 바꿔놓은 다음 방을 가로질러 구석 테이블에 놓인 담배상자를 가지러 갔다. 그 상자를 집어 들자 커튼의 주름을 잘 펴고 나서 자기 자리로 돌아왔다. 그 얼굴에 이젠 걱정스러운 빛이 사라지고 침착성을 되찾았다.

스페이드는 곁눈으로 흘끗 보며 싱긋 웃었다.

"당신은 아주 훌륭하군, 정말 훌륭하오!"

오쇼네시의 얼굴은 달라지지 않았다. 그녀는 조용히 물었다.

"그 사람이 뭐라고 하던가요?"

"뭐라고 하다니, 무슨 말이오?"

"나에 대해서 말이에요."

그녀는 잠깐 망설이며 말했다.

"아무 말도 하지 않았소."

스페이드는 돌아앉아 그녀의 담배 끝으로 라이터를 가져갔다. 나무로 깎은 듯한 사탄의 얼굴에서 눈이 반짝이고 있었다.

"그럼, 무슨 이야기를 하셨지요?"

그녀는 장난기어린 성급한 말투로 물었다.

"검은 새를 찾아다주면 5천 달러를 내놓겠다고 했소."

오쇼네시는 흠칫 놀라서 물고 있던 담배 끝을 물어뜯었다. 그녀는 걱정스러운 듯이 스페이드의 얼굴을 흘끗 쳐다보더니 눈길을 돌렸다.

"설마 또다시 난롯불을 쑤시러 가거나 방 안을 치우러 돌아다니지는 않겠지요?"

오쇼네시는 밝고 즐거운 목소리로 웃더니 물어뜯은 담배를 재떨이에 집어던졌다. 그녀는 유쾌한 눈길로 스페이드를 보며 약속했다.

"이제 그런 짓은 하지 않겠어요. 그래서 당신은 뭐라고 하셨나요?"

"5천 달러라면 큰돈이니까……."

오쇼네시는 미소지었다. 그러나 스페이드가 웃지도 않고 심각한 얼굴로 그녀를 바라보자 그 미소는 당황한 듯 흐려지더니 사라져버렸다. 그리고 상처입은 듯한 곤혹스러운 표정이 대신 떠올랐다.
"하지만 당신은 그 말을 곧이듣지 않겠지요?"
"왜 곧이들으면 안 된다는 거요? 5천 달러는 큰돈이오."
그녀는 두 손을 사나이의 팔에 얹었다.
"스페이드 씨, 당신은 나를 구해주겠다고 약속하셨잖아요? 나는 그 말을 믿고 당신을 의지하고 있어요 그러니까 그런……."
그녀는 입을 다물고 사나이의 소매에서 두 손을 떼어 마주 쥐었다. 스페이드는 그녀의 어쩔 줄 몰라 하는 눈을 보며 조용히 미소지었다.
"당신이 나를 얼마나 믿고 있는지 이제 새삼스럽게 계산해 보는 일은 그만둡시다. 물론 당신을 구해주겠다고 약속했었지요. 그러나 분명히 당신은 검은 새에 대한 말은 조금도 하지 않았소."
"하지만 알고 계시잖아요. 그렇지 않다면 나한테 그런 이야기를 할 까닭이 없지만 적어도 지금은 알고 계실 거예요. 뭐, 그렇게 말씀하시지 않아도……. 제발 그렇게 말하지 마세요."
그녀는 애원하는 듯한 코발트 빛 눈으로 스페이드를 쳐다보았다.
"5천 달러는……."
스페이드는 세 번이나 되뇌었다.
"큰돈이오."
오쇼네시는 패배를 승인하듯 어깨와 두 손을 위로 들어올렸다가 떨어뜨렸다. 그녀는 힘없이 작은 목소리로 중얼거렸다.
"하긴 그렇지요. 당신의 성의를 돈으로 겨뤄야 한다면, 나로서는 도저히 따라갈 수 없는 금액이에요."
스페이드는 소리내어 웃었다. 얼마쯤 비꼬는 느낌이 담긴 짤막한 웃음이었다.

"그런 말이 당신 입에서 나오다니 재미있소. 그럼, 묻겠는데, 당신은 돈 이외에 나에게 준 게 있소? 최소한의 신뢰라도 보여준 적이 있소? 단 한 마디라도 진실을 털어놓았소? 당신을 구하려는 일에 조금이라도 협력한 일이 있소? 당신은 돈으로만 나의 성실을 사려고 했소. 그것도 좋겠지. 그런 식으로 나의 성실이 돈에 팔리는 물건이라면 비싸게 사겠다는 사람에게 파는 게 당연한 일 아니겠소?"

그녀의 눈에 눈물이 반짝였다. 목소리도 가라앉고 떨렸다.

"나는 가지고 있는 돈을 모조리 드렸어요. 나는 모든 것을 던져 당신의 인정에 의지했어요. 당신이 구해주지 않으면 죽어버릴 수밖에 없다는 말도 했을 거예요. 그밖에 나에게 남은 것이 뭐 있겠어요?"

갑자기 그녀는 긴의자에서 스페이드 쪽으로 바싹 다가앉더니 화난 듯이 소리쳤다.

"내 몸으로 당신을 살 수는 없을까요?"

두 사람의 얼굴은 겨우 몇 인치밖에 떨어져 있지 않았다. 스페이드는 그녀의 얼굴을 두 손으로 감싸쥐고 경멸하듯 거칠게 그 입에 키스했다. 이윽고 그는 몸을 일으키며 말했다.

"생각해보지."

그는 머리 끝까지 무섭게 화가 나 있었다.

오쇼네시는 그가 두 손을 놓은 뒤에도 감각을 잃은 듯한 표정으로 움직이지 않고 가만히 앉아 있었다. 스페이드가 소리쳐 말했다.

"제기랄! 이런 일에 무슨 뜻이 있담!"

그는 난로 쪽으로 두 발자국쯤 다가가서 불타는 장작을 노려보며 이를 갈았다.

그녀는 움직이지 않았다. 스페이드는 그녀 쪽으로 홱 돌아섰다. 코

위 두 개의 세로주름이 빨갛게 치솟은 미간에 깊은 고랑을 만들었다.
"나는 당신의 솔직함을 전혀 인정하지 않소."
그는 되도록 부드럽게 말하려고 애썼다.
"당신이 거짓말을 하더라도, 비밀을 지니고 있다 하더라도 그건 내 알 바 아니오. 그러나 자신이 어떤 일을 하고 있는지 보여줘야 할 게 아니오?"
"네, 알고 있어요. 하지만 나 자신이 알아서 행동하고 있으며, 그렇게 하는 것이 가장 좋다고 생각한다는 것만은 제발 믿어주세요. 그리고……."
"증거를 보여주시오. 나는 기꺼이 당신을 구해줄 생각이오. 지금까지 나는 최선을 다해왔소. 앞으로도 필요한 경우에는 눈을 가린 채 할 생각이오. 그러나 지금보다는 좀더 당신을 신뢰할 수 있게 해주지 않으면 불가능한 일이오. 당신이 사건을 모두 알고 있다는 것, 결국 어떻게 되겠지 하며 막연하게 어정거리고 있는 게 아니라는 사실을 나에게 납득시켜 주어야 하오."
그는 명령했다.
"조금만 더 믿어주실 수 없을까요?"
"조금만이라니, 그게 얼마 동안이오? 당신이 기다리고 있는 게 대체 뭐요?"
오쇼네시는 입술을 깨물며 눈을 내리깔았다. 그리고 거의 들릴락말락한 작은 목소리로 대답했다.
"조엘 카이로에게 꼭 이야기해야 해요."
"그러면 오늘 밤에라도 만날 수 있소."
스페이드는 시계를 들여다보며 말했다.
"연극은 이제 곧 끝날 거요. 그러니까 호텔로 전화를 걸면 되오."
그녀는 흠칫 놀라서 눈길을 들었다.

"하지만 이리로 부를 수는 없어요. 그 사람이 내 거처를 알게 되면 큰일이에요. 나는 무서워요."

"내가 있는 곳에서라면?"

그녀는 다문 입술을 달싹거리며 잠깐 망설이더니 이윽고 입을 열었다.

"당신이 계신 곳까지 올까요?"

스페이드는 고개를 끄덕였다. 그녀는 눈을 크게 뜨고 빛내며 의자에서 벌떡 일어났다.

"그럼 좋아요. 지금 곧 가겠어요."

오쇼네시는 옆방으로 모습을 감췄다. 스페이드는 테이블로 다가가서 소리나지 않게 살짝 서랍을 열었다. 서랍속에는 트럼프 두 벌과 브리지에 쓰는 점수표 카드 한 권, 놋쇠 나사못 하나, 빨간 끈 한 가닥, 그리고 금(金)샤프펜슬 한 자루가 들어 있을 뿐이었다. 서랍을 닫고 담배에 불을 붙여 무는 데 그녀가 들어왔다. 검정색 작은 모자에 회색 염소가죽 코트 차림으로 스페이드의 모자와 코트를 들고 있었다.

두 사람이 탄 택시는 스페이드의 아파트 정문 앞에 세워진 검은 세단 뒤에서 멎었다. 세단에는 아이버가 혼자 운전석에 앉아 있었다. 스페이드는 아이버에게 모자를 살짝 들어 올려 보이고 오쇼네시와 함께 현관으로 들어가 로비 벤치 옆에서 걸음을 멈추었다.

"여기서 잠깐 기다려주겠소? 곧 돌아올 테니."

"그러세요. 천천히 다녀오세요."

브리지드 오쇼네시는 벤치에 걸터앉으며 말했다.

스페이드는 세단이 멈춰 있는 곳으로 나갔다. 그가 자동차 문을 열자 아이버가 재빨리 지껄였다.

"샘, 할 이야기가 있어요. 들어가도 괜찮겠지요?"
그녀의 얼굴은 창백했다.
"지금은 안 되오."
"누구지요, 저 여자?"
아이버는 이를 마주치며 날카롭게 물었다.
"오늘 밤에는 시간이 없소, 아이버. 무슨 이야기요?"
스페이드는 꾹 참으며 말했다.
"누구지요, 저 여자?"
아이버는 문 쪽으로 턱을 치켜올리며 다시 한 번 물었다.

스페이드는 아이버에게서 눈길을 돌려 거리 쪽을 보았다. 다음 길 모퉁이 차고 앞에 말쑥한 회색 모자에 회색 코트를 입은 스물이나 스물 한 살쯤 되어 보이는 자그마한 젊은이가 벽에 기대 서 있었다. 스페이드는 미간을 찌푸리며 아이버의 고집센 얼굴로 눈길을 다시 되돌렸다.

"대체 어떻게 된 거요? 무슨 일이 있었소? 이렇게 늦은 시간에 여기에 오면 어떻게 하오?"
아이버는 빈정거렸다.
"나도 오지 말걸 그랬다고 생각하고 있는 중이에요. 오늘 아침에는 사무실에 나타나면 안 된다고 말했지요. 그런데 이번에는 여기도 오면 안 된다는 건가요? 그러니까 당신 뒤는 절대로 쫓지 말라는 거로군요? 그렇다면 왜 좀더 분명히 말하지 못하세요?"
"아이버, 당신에게는 이런 태도를 취할 권리가 없을 텐데?"
"알고 있어요. 나한테는 당신에 대해 아무 권리가 없는 모양이지요? 하지만 나는 있다고 생각했어요. 당신이 나를 사랑하고 있는 듯한 태도를 보였기 때문에……."
스페이드는 지겨운 듯이 그 말을 가로막았다.

"글쎄, 지금은 그런 걸 따질 시간이 없소. 대체 무슨 일로 나를 만나러 온 거요?"
"이런 곳에서는 말할 수 없어요, 샘. 잠깐 들어가면 안 돼요?"
"지금은 안 되오."
"왜 안 되지요?"
스페이드는 대답하지 않았다. 아이버는 입을 꾹 다물고 핸들 앞에 똑바로 앉더니 화난 얼굴로 앞을 노려보며 세단의 엔진을 걸었다.
 자동차가 움직이기 시작하자 스페이드는 "잘 가오, 아이버"라고 말하며 문을 닫아주었다. 그는 자동차가 사라질 때까지 모자를 손에 든 채 길 한 옆에 서 있었다. 이윽고 그는 다시 건물 안으로 들어갔다.
 브리지드 오쇼네시가 명랑하게 웃으며 벤치에서 일어났다.
 두 사람은 곧 스페이드의 방으로 올라갔다.

허공에 그려진 G

스페이드는 낮이면 벽에 붙인 침대를 접어 올려 거실로 쓸 수 있게 한 침실로 브리지드 오쇼네시를 안내했다. 그는 그녀에게서 모자와 코트를 받아들고 쿠션이 있는 흔들의자에 앉게 한 다음 벨비디어 호텔로 전화를 걸었다. 카이로는 아직 극장에서 돌아오지 않았다.

스페이드는 자신의 전화번호를 일러주고 돌아오면 곧 전화를 걸도록 전해달라고 부탁했다. 스페이드는 테이블 옆 팔걸이 의자에 앉더니 갑자기 머리말도 없이 몇 년 전 북서부에서 일어난 어떤 사건에 대해 이야기하기 시작했다. 그는 사건의 경과를 자세히 전달하는 게 중요한 일인 듯 가끔 똑같은 말을 조금 바꿔서 되풀이하기는 했지만, 도중에 힘을 준다든지 또박또박 끊어 말하는 일 없이 처음부터 끝까지 똑같은 투로 침착하게 말했다.

처음에 브리지드 오쇼네시는 그다지 관심있게 듣지 않았다. 이야기 자체에 흥미를 느끼기보다 그가 그런 이야기를 꺼낸 데 대해 놀라는 듯했다. 따라서 이야기 내용보다도 그런 이야기를 시작한 그의 의도에 호기심을 느꼈다. 그러나 이야기가 진행됨에 따라 그녀도 차츰 그 이야기에 끌려 들어가 이윽고 조용히 귀를 기울이게 되었다.

타코마(워싱턴 주 서쪽에 있는 도시)시에서 부동산매매사업을 하던 프리트클래프트라는 사나이가 어느 날 점심을 먹으러 사무실에서 나간 뒤 다시는 돌아오지 않았다. 나가기 30분쯤 전에 자기 입으로 그날 오후 4시에 골프를 치러 가자고 약속해 놓고서 그 약속도 지키지 않았다. 부인도 아이들도 그 뒤 두 번 다시 그의 모습을 보지 못했다. 부부사이는 아주 원만했으며, 그들 사이에는 5살, 3살 된 두 아들이 있었다. 타코마 시 교외에 자기 집을 가지고 있었으며, 신형 자동차 파커며 그밖에 성공한 미국인 생활에 있어야 할 것을 거의 모두 갖추고 있었다.

프리트클래프트는 아버지에게서 7만 달러의 유산을 물려받은데다 부동산매매사업도 잘 되어 행방을 감췄을 무렵 그의 재산은 무려 20만 달러에 이르렀다. 일은 빈틈없이 정리되어 있었지만 그렇다고 떠날 준비를 미리 해둔 것 같지는 않았다. 그 증거로 해결되지 않은 용건도 몇 가지 있었다. 이를 테면 꽤 큰돈이 들어오게 될 거래가 그가 사라진 다음날 이루어질 예정이었다. 사무실을 나갈 때 몸에 지닌 돈은 기껏해야 5, 60달러밖에 안 된다는 것도 알았다. 지난 몇 달 동안의 일상생활은 일일이 눈 앞에 보듯 뚜렷했으므로 뭔가 어두운 비밀이 있다든가 부인 말고 숨겨둔 여자가 있지 않을까——이런 일이 절대로 있을 수 없다고 단언할 수 없지만——하는 점에 대해선 의심할 여지가 없었다.

"그런데 그는 사라져버린 거요."

스페이드가 말했다.

"손을 펴면 주먹이 모습을 감추듯이 그는 사라져버린 거요."

스페이드가 거기까지 이야기했을 때 전화 벨이 울렸다.

그는 수화기를 들고 말했다.

"여보세요…… 카이로 씨요? ……스페이드요. 내 아파트까지 와 주겠소? 포스트 거리 지금 곧…… 그렇소만…….."

그는 그녀의 얼굴을 보고 입술을 조금 오므렸으나 곧 재빠른 말투로 덧붙였다.

"오쇼네시 양이 와 있는데, 당신을 만나고 싶다 하오."

브리지드 오쇼네시는 미간을 찌푸리고 의자에 앉은 채 몸을 움직였으나 아무 말도 하지 않았다. 스페이드는 수화기를 놓으며 그녀에게 말했다.

"곧 오겠다고 하오. 그런데 아까 그 이야기는 1922년에 있었던 일이오. 1927년에 나는 시애틀의 큰 사립탐정사에 있었소. 프리트클래프트 부인이 그곳으로 찾아와 스포캔에서 남편과 비슷한 사람을 본 이가 있다고 이야기했소. 그래서 내가 조사하러 갔지요. 그 사나이가 바로 프리트클래프트였소. 약 2년 전부터 스포캔에서 찰스 피어스──그건 그의 크리스천 이름이었지요──라는 이름으로 살고 있었소. 자동차 가게를 하여 1년에 2만 달러 내지 2만 5천 달러의 수입을 올리며, 부인과 태어난 지 얼마 안 되는 아들이 있었소. 스포캔 교외에 집을 가지고 있으며, 여전히 시즌에는 4시 이후에 골프를 치러 가는 습관이 있었지요."

스페이드는 프리트클래프트를 찾거든 어떻게 하라는 뚜렷한 명령을 받지 않았었다. 두 사람은 더븐포트 호텔 스페이드의 방에서 이야기했다. 프리트클래프트에게는 전혀 죄의식 같은 게 없었다. 가족들이 아무 불편 없이 살아갈 수 있도록 해두고 떠났으므로 자기 행동은 전혀 도리에 어긋난 게 아니라고 생각하는 듯했다. 다만 그러한 자기의 생각을 스페이드가 완전히 이해하지 못할지도 모른다는 것만이 그의 유일한 걱정거리였다. 그때까지는 아무에게도 이 이야기를 한 적이 없었다. 따라서 자신의 행동이 도리에 어긋난 일이 아니라는 것을 설명할 필요가 없었다. 그는 스페이드와의 대화에서 그것을 처음으로 시도했다. 스페이드는 그녀에게 계속 설명했다.

"나는 이해할 수 있었소. 그러나 프리트클래프트 부인은 전혀 이해하지 못했지요. 당치도 않은 억지라고 말이오. 하기야 그럴지도 모르지요. 아무튼 그것으로 사건은 끝났소. 부인은 더 이상 스캔들에 말려들고 싶지 않다고 했소. 남편이 그렇게까지 하여 자신을 속인 이상——그녀로서는 그렇게 생각되었던 거요——아무 미련이 없다는 것이었소. 그래서 그들은 원만히 이혼하여 모든 일이 무사히 수습되었지요.

그런데 그에게 생긴 사정이란 이런 것이었소. 그날 점심을 먹으러 가는 도중 새로 짓는 빌딩——겨우 철골만 세운——옆을 지나갔소. 그가 아래를 지날 때 8층에서인지 10층에서 들보 같은 것이 떨어져 내려와 바로 앞 보도에 무서운 기세로 부딪쳤다는 거요. 아주 아슬아슬한 순간이었지요. 몸에 맞지는 않았지만 보도에 깔린 포석조각이 튀어 올라 볼의 살점이 떨어져 나갔다고 하오. 내가 만났을 때도 그 상처자국이 남아 있었소. 그때 일을 이야기하며 그는 그 상처자국을 가엾이 여기는 듯 손으로 쓰다듬었소. 물론 그는 순간 몸을 움츠렸으나, 공포보다도 오히려 이상한 충동을 느꼈다고 하오. 누군가가 인생의 뚜껑을 열어주어 그 계략을 들여다본 듯한 느낌이 들었다는 거요.

프리트클래프트는 선량한 시민이자 선량한 남편이며 아버지였소. 그것은 누구의 강요에 의한 것이 아니었지요. 다만 본디부터 주위와 잘 어울리는 것을 무엇보다도 기분 좋게 생각하는 사람이었기 때문이오. 그는 그렇게 자라온 거요. 그가 아는 사람들도 모두 그런 사람뿐이었소. 그가 알고 있는 인생은 질서 있고 깨끗하며 건전하고 책임감 있는 것이었소. 그런데 그때 떨어져 내린 쇠들보가 인생이란 결코 근본적으로는 그렇지 않다는 사실을 그에게 일깨워 준 거요. 선량한 시민이며 남편이며 아버지인 자기도 이처럼 사무실에서 레스토랑으로 가는 잠깐 동안에 떨어지는 쇠들보에 맞는 우발적 사고로 간단히 이 세상에서 사라져버릴 수 있다는 것——인간은 그런 식으로 우연히 죽어버리는 존재로서, 맹목적인 운명이 눈감아주는 동안만 살아 있는 데 지나지 않는다는 사실을 그때 비로소 깨달았던 거요.

그러나 무엇보다도 그의 마음을 뒤흔든 것은 그런 공정치 못한 운명이 아니었소. 최초의 충격이 사라짐과 동시에 그 점은 단념할 수 있었지요. 그러나 자기 생활을 분별 있게 정리해 가던 지금까지의 생활방식이 결코 인생과 서로 보조가 맞지 않는다는 발견이 그의 마음을 휘저었소. 그 떨어진 쇠들보에서 5미터도 가기 전에 그는 이 새로운 인생의 모습에 자신을 적응시키지 않는 한 다시는 마음의 평화를 찾을 수 없으리라는 걸 알았다고 하더군요. 그리하여 점심식사를 거의 마쳤을 무렵에는 이 적응수단을 발견했다고 하오. 자신의 인생은 쇠들보가 하나 떨어짐으로써 간단히 끝났을지도 모르니 이 기회에 깨끗이 다른 곳으로 떠남으로써 자신의 인생을 바꿔버리자고 마음먹었던 거요. 자기도 누구 못지 않게 가족을 사랑하고 생각하지만, 그가 없어도 결코 곤란하지 않을 정도의 일은 해놓았고, 자기의 애정 역시 자신이 없어졌다고 해서 아내나 자식에게 견딜 수 없는 괴로움을 줄 정도로 절실한 것은 아니었다고 그는 말했소.

그날 오후 그는 시애틀로 떠났소. 거기서 배를 타고 샌프란시스코로 갔지요. 2년쯤 서부를 헤매다 다시 북서부로 돌아가 스포캔에 자리잡고 결혼을 했소. 두 번째 부인은 첫 번째 부인과 생김새는 닮지 않았지만 비슷한 점이 아주 많았다고 하오. 흔히 볼 수 있는 타입이지요. 골프와 브리지를 잘하고, 새로운 샐러드 만들기에 흥미를 갖는 그런 여자 말이오. 그는 자기가 한 일을 조금도 후회하지 않았소. 절대로 도리에 어긋난 일이 아니라고 생각하고 있는 듯했소. 어느 틈에 자신이 전에 버리고 온 타코마의 생활과 똑같은 생활에 빠져들었다는 사실조차 모르고 있는 것 같았소. 그런데 내 마음에 든 게 바로 그 점이었소. 그는 우선 쇠들보가 떨어진 데다 자신을 적응시켰으나, 그 뒤 다시 그런 게 떨어지는 일이 없자 이번에는 떨어지지 않는 데에 자기를 적응시켰던 거요."

"정말 재미있는 이야기로군요."

브리지드 오쇼네시는 의자에서 일어나더니 스페이드 바로 앞에 섰다. 커다랗게 뜬 그녀의 눈에 심각한 빛이 깃들어 있었다.

"새삼스럽게 이야기할 필요도 없겠지만, 카이로가 이곳에 오면 당신 태도에 따라 나는 완전히 불리한 입장에 놓일 수도 있어요."

스페이드는 입술을 다문 채 조금 미소지어 보이며 고개를 끄덕였다.

"틀림없이 그 말대로요."

"당신을 진심으로 믿지 않았다면 스스로 나 자신을 이런 입장에 놓이게 하지 않았으리라는 것도 이해하시겠지요?"

오쇼네시는 엄지손가락과가 둘째손가락으로 스페이드의 푸른 윗옷에 달린 검은 단추를 비틀며 말했다.

"또 그 말이로군!"

스페이드는 일부러 진저리나는 듯이 말했다.

"하지만 그 점은 이해하시겠지요?"

그녀는 끈질기게 물었다.

"아니, 모르오. 왜 당신을 믿어야 하는지 그 이유를 당신에게 물은 결과 우리는 이곳으로 오게 된 거요. 이야기를 뒤섞으면 곤란하오,

당신은 나를 설득하여 자기를 믿게 할 수 있는 한 구태여 애써 나를 믿을 필요는 없소."

그녀는 스페이드의 얼굴을 물끄러미 바라보았다. 콧구멍이 바르르 떨렸다. 스페이드는 미소지었다. 그는 다시 한 번 여자의 손을 가볍게 두드리며 말했다.

"이제 그런 걱정은 하지 마오. 머지않아 그가 나타날 거요. 이 자리에서 그 사람과의 거래를 끝내시오. 그런 다음 우리 일을 생각해 보기로 합시다."

"그럼, 나에게 맡겨주시는 거지요? 내 마음대로 해도 되지요?"

"물론이오."

그녀는 스페이드에게 잡혀 있는 자기 손을 뒤집어 그의 손을 꼭 쥐며 나직이 말했다.

"당신은 하느님이 보내주신 분이에요."

"과장된 말은 하지 마오."

그녀는 미소를 띠고 나무라는 듯한 눈길로 그를 쳐다보며 자기 흔들의자로 돌아갔다.

조엘 카이로는 흥분해 있었다. 스페이드가 문을 미처 반쯤 열기도 전에 검은 눈을 무섭게 번뜩이며 날카로운 목소리로 외쳤다.

"스페이드씨, 그 꼬마녀석이 밖에서 이 집을 지켜보고 있었습니다. 아까 극장 앞에서 나에게 가르쳐주신──아니, 반대로 나를 그에게 보여준 건지도 모르지만──그 젊은이입니다. 대체 이 사실을 나는 어떻게 생각해야 합니까? 나는 속임수가 있으리라고는 전혀 생각도 않고 솔직한 마음으로 왔는데……."

스페이드는 잠깐 생각에 잠기며 미간을 찌푸렸다.

"내쪽에서도 솔직한 마음으로 와달라고 부탁한 거요. 그러나 그 젊은이가 나타날지도 모른다는 건 한 번쯤 생각해 볼 문제였을 거요. 이곳으로 들어오는 것을 그가 보았소?"
"물론이지요. 그냥 지나쳐갈까 생각했었지만, 당신 덕분에 둘이 함께 있는 현장까지도 보여줬으니만큼 아무 소용 없을 것 같아서……."
브리지드 오쇼네시가 문 앞으로 나와 스페이드 뒤에 서서 걱정스러운 듯이 물었다.
"어떤 사람인데요?"
카이로는 검은 모자를 벗고 무뚝뚝하게 인사한 다음 시치미뗀 목소리로 말했다.
"모르거든 스페이드 씨에게 물어보십시오. 나는 이분에게서 들은 말 말고는 아무것도 모르니까요."
스페이드는 그녀의 얼굴을 쳐다보지도 않고 어깨 너머로 아무렇게나 대답했다.
"오늘 밤 나를 계속 미행한 젊은이요. ……자, 들어오시오. 이런데 서서 이웃사람들에게 선전해봐야 이로울 게 없을 테니까."
브리지드 오쇼네시가 스페이드의 팔을 잡으며 물었다.
"그 사람은 나 있는 아파트에도 미행해 왔나요?"
"아니, 그전에 내가 따돌렸소. 아마 나를 다시 잡으려고 이곳에 나타났을 거요."
카이로는 검은 모자를 두 손으로 배 위에서 잡고 현관으로 들어섰다.
스페이드가 그의 뒤에 있는 문을 닫자 모두들 거실로 들어갔다. 거실 안으로 들어서자 카이로는 다시 한 번 어색하게 머리를 숙이며 말했다.
"다시 뵙게 되어 반갑습니다. 오쇼네시 양."

"그렇게 말하실 줄 알았어요, 조."

그녀는 손을 내밀며 말했다. 카이로는 그 손을 잡더니 엄숙하게 절을 하고 얼른 다시 놓았다.

오쇼네시는 아까 그 흔들의자로 가서 앉았다. 카이로는 테이블 옆 팔걸이의자에 앉았다. 스페이드는 카이로의 모자와 코트를 칸막이장 속에 건 다음 창문 앞 긴의자 한쪽에 걸터 앉아 담배를 말기 시작했다. 브리지드 오쇼네시가 카이로에게 말했다.

"이분에게 들었는데, 당신은 그 매에 값을 붙였다지요? 그 돈은 언제 준비되나요?"

"준비는 되어 있습니다."

카이로는 잠시 미소를 띤 채 그녀의 얼굴을 보고 있더니 이윽고 스페이드 쪽으로 눈길을 옮겼다. 스페이드는 담배에 불을 붙이고 있었다. 그 얼굴은 침착해 보였다. 오쇼네시가 물었다.

"현금으로요?"

"물론이지요."

카이로가 대답했다.

그녀는 눈살을 찌푸리며 입술 사이로 혀를 조금 내밀었으나 곧 디밀고 다시 물었다.

"만일 우리가 매를 넘겨주면 지금이라도 5천 달러를 주시는 거지요?"

카이로는 한 손을 들어 흔들었다.

"이거 실례했군요. 전달이 잘못된 모양입니다. 지금 그 돈을 가지고 있다는 말은 아닙니다. 은행문이 열려 있는 시간이면 언제고 곧 준비할 수 있다는 뜻입니다."

"그래요!"

이렇게 말하며 그녀는 스페이드 쪽을 쳐다보았다. 스페이드는 자기 가슴에다 담배연기를 내뿜으며 말했다.

"사실일 거요. 어제 오후에 그의 소지품을 조사했을 때 주머니 속에는 몇백 달러밖에 없었으니까."

그녀의 눈이 휘둥그레지는 것을 보고 스페이드는 싱긋 웃었다.

레반트 인은 의자에 앉은 채 몸을 앞으로 내밀었다. 그의 목소리와 눈에서 열의를 뚜렷이 엿볼 수 있었다.

"그렇습니다. 돈은 내일 아침, 10시 좀 지나면 틀림없이 내드릴 수 있습니다. 자아, 어떻습니까?"

"하지만 아직 매를 손에 넣지 못했어요."

브리지드 오쇼네시는 미소지으며 말했다.

카이로의 얼굴에 순간 어두운 곤혹의 그림자가 스쳤다. 그는 보기 흉한 두 손으로 의자팔걸이를 꽉 움켜잡고 자그마한 몸집을 꼿꼿이 세우며 긴장했다. 검은 눈이 분노로 불탔다. 입이 굳게 다물어져 있었다.

오쇼네시는 위로하는 듯한 표정을 지어보였다.

"하지만 길게 잡아 1주일만 지나면 손에 넣을 수 있어요."

"지금 어디 있습니까?"

카이로는 의심을 나타내면서도 태도가 정중했다.

"플로이드가 감춘 곳에 있어요."

"플로이드? 새스비 말입니까?"

오쇼네시는 고개를 끄덕였다.

"당신은 그곳을 압니까?"

"알고 있다고 생각해요."

"그렇다면 왜 1주일이나 기다려야 합니까?"

"아마 1주일은 걸리지 않을 거예요. 그런데 당신은 대체 누구를 위해서 그걸 사려는 거지요, 조?"

카이로는 눈썹을 치켜올렸다.
"그럼, 역시 그 사나이에게로 지금 돌아가 있는 겁니까?"
"물론이지요."
오쇼네시는 목구멍 속으로 낮게 웃었다.
"그때의 얼굴을 보았더라면 좋았을 텐데……."
카이로는 어깨를 으쓱했다.
"논리적인 결과지요."
그는 한쪽 손바닥으로 다른 쪽 손등을 쓰다듬었다. 눈꺼풀이 늘어져 눈을 덮었다.
"그럼, 나에게도 묻게 해주십시오. 당신은 어째서 그걸 나에게 팔 생각이 들었지요?"
"난 무서워요. 플로이드가 그런 꼴을 당했으니만큼…… 지금 내가 가지고 있지 않는 것도 그 때문이에요. 만지는 것조차 무서워서 누구에게든 곧 넘겨주고 싶어요."
그녀는 솔직히 말했다.
스페이드는 소파 위에 한쪽 팔꿈치를 짚고 두 사람이 이야기하는 모습을 번갈아보며 듣고 있었다. 편안히 쉬고 있는 듯한 자세, 여유 있고 침착한 얼굴 표정 등 어디로 보든 그의 태도에서 호기심이나 초조함은 느낄 수 없었다.
"정확하게 말해서 플로이드에게 무슨 일이 있었습니까?"
카이로가 나직이 물었다.
브리지드 오쇼네시는 오른손 둘째손가락으로 허공에 재빨리 G자를 그렸다.
"그래요……."
카이로는 웃음지었으나 그 미소에는 어딘지 의아해 하는 빛이 떠돌고 있었다.

"이 도시에 와 있습니까?"

"모르겠어요. 그런거야 대단한 문제가 아니잖아요?"

그녀는 초조한 듯이 대답했다.

카이로의 미소에 나타나는 의혹이 더욱 짙어졌다.

"아니, 큰 문제가 될지도 모릅니다."

그는 무릎 위에 놓인 손을 움직였는데, 일부러인지 우연인지 그 때 굵은 둘째 손가락 끝이 스페이드 쪽을 가리켰다.

오쇼네시는 그 손가락 끝을 흘끗 보더니 초조하게 머리를 가로저으며 말했다.

"나에게나 또 당신에게나……."

"그렇소. 그리고 밖에 있는 젊은이도 가담시켜야겠지요?"

"그래요."

오쇼네시는 카이로의 말에 동의하며 미소지었다.

"당신이 콘스탄티노플에서 귀여워해주던 사나이가 아니라면."

갑자기 카이로의 얼굴에 핏기가 치솟아 얼룩얼룩해졌다. 그는 화난 듯 날카롭게 외쳤다.

"당신이 소유물로 만들지 못한 남자가 아니오?"

브리지드 오쇼네시는 의자에서 벌떡 일어났다. 아랫입술을 꼭 깨물고 있었다. 긴장하여 파래진 얼굴에 큰 눈이 더욱 커졌다. 그녀는 재빨리 카이로 쪽으로 두 발자국 내디뎠다. 카이로는 당황하여 일어서려고 했다. 그 순간 그녀의 오른손이 날아가 그의 볼에 날카로운 소리를 내며 뚜렷이 손자국을 남겼다.

카이로도 신음 소리를 내며 그녀의 따귀를 후려쳤다. 그녀는 낮고 짧은 비명을 지르며 옆으로 비틀거렸다. 그때는 이미 가면처럼 무표정한 얼굴의 스페이드가 긴의자에서 일어나 두 사람 사이에 끼어들었다. 그는 느닷없이 카이로의 멱살을 움켜잡고 카이로는 괴로운 듯 목을 그르렁거리며 한 손을 윗옷 속으로 집어넣었다. 스페이드는 그의 손목을 잡았다. 윗옷에서 빼내어 강제로 옆으로 벌리게 한 다음 힘껏 비틀었다. 부은 듯 보기흉한 손가락이 벌어지며 검은 권총이 바닥 카페트에 툭 떨어졌다.

브리지드 오쇼네시가 얼른 권총을 집어들었다. 멱살을 잡힌 카이로는 숨찬 목소리로 악을 썼다.

"또 폭력을 썼어. 이것으로 두 번째야!"

그는 목이 죄어 금방이라도 앞으로 튀어나올 것 같은 눈으로 험상궂게 노려보았다.

스페이드 역시 소리쳤다.

"그렇군. 그러니까 두들겨 맞아도 잠자코 고맙게 받으란 말이오!"

그는 카이로의 손목을 놓더니 두툼한 손바닥으로 무섭게 그의 따귀를 세 번이나 연거푸 후려갈겼다.

카이로는 스페이드의 얼굴에 침을 뱉으려고 했으나 입속이 말라 화난 표정을 지어보였을 뿐이었다. 스페이드가 다시 그 입을 후려치자 아랫입술이 터졌다.

이때 현관 벨이 울렸다.

그 소리를 듣자 카이로의 눈이 흘끗 옆으로 움직여 현관으로 통하는 복도 쪽으로 초점을 맞추었다. 그것은 이미 분노의 눈이 아니라 경계하는 눈으로 바뀌어 있었다. 브리지드 오쇼네시도 깜짝 놀라 숨을 죽이고 복도 쪽으로 얼굴을 돌렸다. 그녀의 얼굴도 겁에 질려 있었다. 스페이드는 잠깐 카이로의 입술에서 떨어지는 피를 어두운 얼굴로 바라보고 있더니 곧 레반트 인의 목에서 손을 떼어내며 뒤로 물러섰다.

"누구일까요?"

오쇼네시가 스페이드 옆으로 다가오며 속삭였다.

카이로의 눈도 제자리로 돌아와 같은 질문을 했다.
스페이드는 초조한 말투로 대답했다.
"내가 어떻게 알겠소?"
벨이 다시 아까보다 더 요란스럽게 울렸다.
"좋아. 당신들은 조용히 있으시오."
스페이드는 거실에서 나가 문을 닫았다.

스페이드는 복도의 불을 켜고 현관문을 열었다. 댄디 경감과 톰 폴하우스가 그곳에 서 있었다.
"여어, 샘. 아직 잠자리에 들지 않았을 것 같아서 왔네."
톰이 말했다.
댄디 경감은 고개를 끄덕였을 뿐 아무 말도 하지 않았다.
스페이드는 상냥하게 말했다.
"어서 오십시오, 경감님. 그런데 하필이면 늘 이런 시간에 올 게 뭐요. 이번에는 무슨 일이오?"
경감이 조용히 말했다.
"당신과 이야기하고 싶은 일이 있어서요."
"그래요?"
스페이드는 문 앞을 막아선 채 말했다.
"그럼, 이야기해 보시지요."
톰 폴하우스가 앞으로 나섰다.
"어떻게 이런 데 서서 이야기하겠나?"
스페이드는 문앞에서 움직이지 않고 말했다. 아주 조금이지만 사과하는 말투였다.
"오늘 밤에는 좀 곤란하네, 톰."
스페이드의 얼굴과 같은 높이에 있는 톰의 얼굴이 친근한 경멸의

표정을 띠었으나 작은 눈은 빈틈없이 번쩍 빛났다.
"아니, 왜 이러나, 샘?"
그는 항의하듯 장난삼아 커다란 손을 스페이드의 가슴에 대었다.
스페이드는 그 손을 톰의 가슴으로 되밀어내고 이를 드러내 보이며 싱긋 웃었다.
"완력으로 하자는 건가, 톰?"
"잘 봐주게."
톰은 투덜거리며 손을 떼었다.
댄디 경감이 이를 딱 소리나게 악물며 말했다.
"아무튼 들어갑시다!"
스페이드의 입술이 송곳니 위에서 경련을 일으켰다.
"안 된다면 안 되는 거요. 대체 어쩔 생각이오? 강제로 밀고 들어오겠소? 여기서 이야기하겠소? 아니면 썩 돌아가겠소?"
톰이 신음 소리를 냈다. 경감은 여전히 이를 악문 채 말했다.
"여보시오, 스페이드 씨, 우리에게 조금 협조할 수 없겠소? 지금까지 당신은 우리를 아주 얕보고 속여왔지만, 우리도 이처럼 언제까지나 보고만 있지는 않을 거요."
"좋소, 할 수 있다면 해보시오."
스페이드는 거만하게 대답했다.
"물론이지, 때가 되면 할 거요!"
경감은 두 손을 뒤로 돌리고 험악한 얼굴을 사립탐정 쪽으로 내밀었다.
"당신은 아처 부인과 한패가 되어 아처 씨를 속여왔다는 소문이 있소."
스페이드는 웃었다.
"아무래도 당신이 만들어낸 소문 같은데요."

"그럼, 아무 일도 없었단 말이요?"

"그걸 말이라고 하시오?"

"그녀는 당신과 어울리고 싶어 남편에게 헤어지자고 했는데, 그가 절대로 들어주지 않았다는 소문도 있소. 이 말은 어떻소?"

"당치도 않은 헛소문이오."

"아처 씨가 살해된 건 그 때문이라는 소문도 있소."

경감은 힘주어 지껄였다.

스페이드는 얼마쯤 흥미를 나타냈다.

"억지부리지 마시오. 나를 한꺼번에 두 사람의 살인범으로 만들려고 하다니, 그런 억지가 어디 있소! 당신이 처음 생각한 것처럼 새스비가 마일즈를 죽였기 때문에 내가 새스비를 죽였다면, 내가 또 어떻게 마일즈까지 죽일 수 있었겠소? 앞뒤가 맞지 않는 말은 그만두시오."

"당신이 누구를 죽였다는 말은 한 마디도 하지 않았소. 그 말을 꺼내 이러니저러니하는 건 당신이오. 그러나 내가 그렇게 말했다고 해도 좋소. 당신이 두 사람을 죽였을 가능성도 충분히 있으니까. 그런 생각도 얼마든지 할 수 있는 일이오."

"흐음, 그러니까 내가 마일즈의 아내가 탐나서 마일즈를 죽였고, 그 죄를 새스비에게 뒤집어 씌우기 위해 새스비를 죽였다는 거요? 그거 참, 훌륭한 추측이군요. 이왕이면 누군가 또 한 사람 죽여 새스비 살해범으로 만들면 더 멋지겠는데요. 이런 수법을 어디까지 계속해 가야 속이 시원하겠소? 앞으로 일어나는 샌프란시스코의 살인사건은 모두 나에게 책임지울 작정이시오?"

"농담하지 말게, 샘."

톰이 끼어들었다.

"우리가 좋아서 이런 일을 하는 게 아니라는 건 자네도 알잖나. 직업상 하지 않을 수 없기 때문에 하는 수 없네."
"날마다 한밤중이 지나 여기까지 찾아와 쓸데없는 질문을 퍼붓는 것보다 좀 더 나은 일이 있을 걸세."
"그리고 거짓답변을 듣는 것보다 말이오."
댄디 경감이 신중하게 덧붙여 말했다.
"계속 지껄이겠소?"
스페이드가 경고했다.
경감은 스페이드를 아래위로 훑어보더니 그 눈을 한곳에 고정시키며 말했다.
"만일 당신이 아처 부인과의 사이에 아무 일도 없었다고 한다면, 당신은 무서운 거짓말쟁이오. 나는 그 점을 분명히 말해 두겠소."
톰의 작은 눈에 놀라는 표정이 떠올랐다.
스페이드는 혀 끝으로 입술을 적시며 대답했다.
"그것이 당신들이 잡은 최신 정보요? 그래서 이렇게 한밤중에 몰려온 거요?"
"그것도 이유 가운데 하나요."
"그럼, 또 무슨 이유가 있소?"
경감은 양쪽 입꼬리를 축 늘어뜨렸다.
"아무튼 안으로 들어갑시다."
그는 스페이드가 버티고 서 있는 문을 향해 뜻이 담긴 듯 고개를 끄덕여 보였다.
스페이드는 눈살을 찌푸리며 고개를 내저었다. 경감은 입꼬리를 치켜올리며 만족에 찬 위협적인 미소를 떠올렸다. 그는 톰을 보며 말했다.
"뭔가 까닭이 있는 모양이군."
톰은 두 사람을 쳐다보지도 않고 발의 위치를 조금 옮기며 중얼거렸다.

"하느님만이 아신다는 말인가?"

"무슨 말인가, 톰? 지금 퀴즈를 하고 있는 건가?"

스페이드가 물었다.

"아무튼 좋소. 스페이드 씨, 이만 돌아가겠소."

경감은 코트 단추를 끼웠다.

"가끔 찾아오겠소. 우리에게 대드는 것도 좋지만, 좀더 잘 생각해두시오."

스페이드는 싱긋 웃으며 대답했다.

"좋소. 언제든지 오십시오, 경감님. 바쁘지 않을 때는 안으로 모실 테니까."

그때 스페이드의 방에서 갑자기 비명 소리가 들려왔다.

"살려주십시오! 살려줘! 경관님! 살려주시오!"

그 째지는 듯한 날카로운 비명은 조엘 카이로의 목소리였다.

경감은 문 앞에서 돌리려던 걸음을 멈추고 다시 스페이드 앞에 서며 잘라말했다.

"역시 들어가야겠소."

잠깐 동안 옥신각신 다투는 소리, 때리는 소리, 억눌린 듯한 외침 소리가 들려왔다.

스페이드의 얼굴이 일그러지며 쓴웃음이 떠올랐다.

"역시 들여보내야 하나······."

그는 몸을 움직여 길을 비켜주었다.

두 경관이 안으로 들어가자 그는 현관문을 닫고 그들 뒤를 따라 거실로 갔다.

속임수

브리지드 오쇼네시는 테이블 옆 팔걸이의자에 웅크리고 앉아 있었다. 두 팔을 들어 볼을 가리고 무릎을 바싹 당겨 얼굴 아랫부분을 가린 자세였다. 눈은 흰자위가 많이 드러날 정도로 크게 뜨여졌으며, 공포에 질린 표정이었다.

조엘 카이로가 그 위에 덮치듯 서 있었다. 한쪽 손에는 아까 스페이드에게 빼앗겼던 권총이 들려져 있고 한쪽 손은 이마를 누르고 있었다. 그 손가락 사이에서 피가 새어나와 눈 위까지 뚝뚝 흘러내렸다. 터진 입술에서도 피가 흘러 세 가닥의 가는 줄이 되어 턱 근처를 흘러내렸다.

카이로는 경관이 들어와도 아랑곳하지 않았다. 눈앞에 웅크리고 있는 여자를 노려보며 입술을 썰룩거렸다. 그러나 뜻을 알 수 있는 말이 되어 나오지 않았다.

세 사람 중 가장 먼저 거실로 들어간 경감이 재빨리 카이로 옆으로 다가가 한쪽 손을 코트 밑 자기 엉덩이께로 돌리며 다른 손으로 레반트 인의 손목을 잡고 소리쳤다.

"이게 무슨 짓이오?"

카이로는 피투성이 손을 머리에서 떼더니 경감의 코끝에서 휘둘렀다. 손을 떼자 이마에 난 7, 8센티미터쯤 되는 찢어진 상처가 보였다.

"이 여자가 한 짓입니다. 보십시오!"

오쇼네시는 발을 바닥으로 내려놓고 경계하는 눈길로 카이로의 손목을 잡고 있는 댄디 경감에게서 그 바로 뒤에 있는 톰 폴하우스에게로 그리고 문틀에 기대선 스페이드에게로 차례차례 눈길을 옮겼다. 스페이드의 얼굴은 침착했다. 그녀의 눈길과 마주치자 그의 노란빛도는 회색 눈에 순간 재미있어하는 듯한 짓궂은 표정이 떠올랐다. 그러나 잠시 뒤 다시 무표정한 얼굴로 되돌아갔다.

"당신이 했소?"

경감은 카이로의 상처를 턱으로 가리키며 그녀에게 물었다.

그녀는 다시 스페이드를 쳐다보았다. 그러나 그녀의 호소하는 눈길에도 스페이드는 전혀 반응을 보이지 않았다. 그는 여전히 문틀에 기대선 채 관심 없는 구경꾼처럼 조심스럽고 태연한 태도로 방 안 사람들의 움직임을 관찰하고 있을 뿐이었다.

오쇼네시는 얼굴을 들고 댄디를 마주 쳐다보았다. 그 눈은 크고 검고 진지했다.

그녀는 떨리는 목소리로 나직이 말했다.

"어쩔 수 없었어요. 이 방에 단둘이 남게 되자 이 사람이 갑자기 덤벼들었어요. 나는 있는 힘을 다해 밀어내려고 했어요. 나는 권총을 쏠 줄 몰라서……."

"뭐라고, 이 거짓말쟁이!"

카이로가 큰 소리로 외치며 경감에게 잡힌 권총 든 손을 빼내려고 했으나 헛일이었다.

"이 거짓말쟁이, 개 같은 계집!"

그는 몸을 들어 경감에게로 얼굴을 돌렸다.

"터무니없는 거짓말입니다. 나야말로 아무 악의 없이 찾아왔는데, 느닷없이 이 두 사람이 덤벼들었습니다. 당신들이 오자 저 사람이 나가면서 권총을 이 여자에게 맡겼지요. 그런데 이 여자 말이 당신들이 돌아간 뒤 둘이서 나를 죽일 생각이라지 않습니까. 그래서 난 두 분이 돌아가시기에 도움을 구한 것인데, 그때 이 여자가 권총으로 후려쳤습니다."

"아무튼 그건 이리 주시오."

댄디 경감이 카이로의 손에서 권총을 빼앗았다.

"그런데 한 가지 분명히 해둘 일이 있소. 당신은 무엇 때문에 이곳에 왔소?"

"저 사람이 불러서 왔습니다. 저 사람이 전화로 오라고 하기에……."

카이로는 머리를 돌려 스페이드를 도전적으로 노려보았다. 스페이드는 레반트 인에게 졸린 듯 눈을 깜박여 보였을 뿐 아무 말도 하지 않았다.

"그는 당신에게 무슨 볼일이 있었소?"

경감이 심문을 계속했다.

카이로는 곧 대답하지 않고 보랏빛 줄무늬 비단손수건으로 이마와 턱에 묻은 피를 닦았다. 그 사이에 분노가 얼마쯤 가라앉았는지 태도가 조심스러워졌다.

"저 사람이 나를 만나고 싶다고……. 아니, 저 여자와 둘이서 만나고 싶다고 해서 왔습니다만 나는 무슨 일인지 전혀……."

톰 폴하우스는 고개를 숙이고 카이로가 얼굴을 닦는 손수건에서 풍겨 나오는 시프레 냄새를 맡고 있었다. 그는 문득 스페이드 쪽으로 고개를 돌리고 의아한 표정으로 얼굴을 찡그려 보였다. 스페이드는 그에게 한쪽 눈을 찡긋해 보이고는 계속 담배를 말고 있었다.

"그래, 그 뒤 무슨 일이 있었지요?"

경감이 물었다.

"두 사람이 덤벼들었습니다. 처음에는 이 여자가 덤벼들었습니다. 그러자 저 사람이 내 목을 죄고 주머니에서 권총을 빼앗았습니다. 만일 그 때 두 분이 오지 않았다면 무슨 꼴을 당했을지 모릅니다. 아마 그 자리에서 죽임을 당했을 겁니다. 벨 소리가 울리자 저 사람이 권총을 여자에게 맡기며 나를 감시하라고 말한 뒤 밖으로 나갔습니다."

브리지드 오쇼네시가 팔걸이의자에서 벌떡 일어나며 소리쳤다.

"왜 당신들은 이 사람에게 사실을 말하게 하지 않지요?"

그와 동시에 그녀는 카이로의 따귀를 후려쳤다.

경감은 레반트 인의 팔을 잡지 않은 손으로 그녀를 의자 쪽으로 밀어내며 소리쳤다.

"그만두시오!"

스페이드는 담뱃불을 붙여 물고 연기를 내뿜으며 싱긋 웃었다. 그는 톰에게 말했다.

"그녀는 굉장히 충동적이어서……."

"그런 것 같군."

톰이 맞장구쳤다.

경감이 여자를 노려보며 말했..

"사실은 어떻게 되었다는 거요?"

"이 사람의 말은 모두 거짓말이에요, 엉터리예요!"

그리고 스페이드쪽을 쳐다보며 물었다.

"그렇지요?"

스페이드가 대답했다.

"나는 모르겠소. 내가 부엌에서 오믈렛을 한참 만들고 있을 때 시작된 일이어서. 안 그렇소?"

오쇼네시는 이마에 주름을 모으며 당황한 눈으로 그의 얼굴을 말끄러미 바라보았다.

톰이 지겨운 듯 신음 소리를 냈다. 댄디 경감은 오쇼네시의 얼굴을 뚫어지게 노려보고 있더니 스페이드의 말을 무시한 채 질문을 계속했다.

"당신 말대로 만일 이 사람이 거짓말을 하고 있는 거라면 당신이 아니라 이 사람이 살려달라고 소리친 것은 어떻게 된 일이오?"

"그는 내가 후려칠 때 무서워서 소리친 거예요."

오쇼네시는 경멸하는 눈으로 레반트 인을 노려보았다. 카이로의 얼굴이 피묻지 않은 곳까지 새빨개졌다.

"나쁜 년! 또 거짓말을 하는군!"

그 말을 듣자 오쇼네시는 그의 다리를 걷어찼다. 파란 하이힐 뒷굽이 카이로의 정강이를 때렸다. 경감이 여자에게서 카이로를 떼어내고 있는 동안 몸집 큰 톰이 그녀 바로 옆으로 다가가 굵은 목소리로 외쳤다.

"왜 이러시오, 꼴사납게!"

오쇼네시는 도전적으로 말했다.

"그럼, 이 자리에서 사실을 말하게 해주세요."

그러자 톰이 나섰다.

"좋소, 내가 그렇게 하겠소. 그러니까 이렇게 난폭한 짓은 하지 마시오."

댄디가 만족한 듯 차갑게 빛나는 녹색 눈으로 스페이드를 바라보며 톰에게 말했다.

"어떤가, 톰? 이들을 모두 끌고 가도 잘못은 없을 것 같은데."
톰은 어두운 얼굴로 고개를 끄덕였다.
스페이드는 문에서 발길을 옮겨 테이블 위에 놓인 재떨이에 담배꽁초를 던져넣고 방 한가운데로 걸어갔다. 그 미소며 태도가 아주 상냥하고 침착했다.
"그렇게 서두르지 마시오. 모든 것을 다 설명해 줄 테니."
"정확하게!"
경감이 차갑게 미소지으며 말했다.
스페이드는 여자를 향해 머리를 숙여보였다.
"오쇼네시 양, 소개하겠습니다. 이분은 댄디 경감님, 그리고 폴하우스 경사님."
그런 다음 그는 댄디 경감을 향해 고개를 숙였다.
"이쪽은 오쇼네시 양, 나의 조수입니다."
조엘 카이로가 격분해서 소리쳤다.
"그렇지 않습니다.! 이 여자는……."
스페이드는 큰 소리로, 그러나 여전히 상냥한 말투로 그 말을 가로막았다.
"아주 최근에——어제부터 나와 일하기로 되었지요. 그리고 이 쪽은 조엘 카이로씨. 새스비의 친구, 아니 친구라기보다 잘 아는 사이지요. 어제 오후 우리 사무실에 찾아와 새스비가 살해되었을 때 가졌던 것으로 추측되는 어떤 물건을 찾아달라고 했소. 여러 가지 설명을 들어보았으나 이야기가 아무래도 이상해서 거절했지요. 그러자 이 사람이 갑자기 권총을 들이대더군요. 그러나 그건 상관없는 일이요. 고소사건으로 번지게 되지 않는 한. 아무튼 이 일에 대해 나는 오쇼네시 양과 의논해 보았소. 어쩌면 이 사람으로부터 마일즈 살해범과 새스비 살해범에 대해 어떤 단서를 잡을 수 있지 않을까 하는 생각이 들어서 이리로 와달라고 부탁한 거요. 아마도 우리가 좀 거친 방법으로 질문했던 모양이오. 하지만 크게 상처를 낸 것도 아니고, 큰 소리로 살려달라고 소리칠 만한 일도 없었소. 다만 질문을 하기 전에 이 사람의 권총을 빼앗아둘 필요가 있었던 것인데……."

스페이드의 이야기가 진행됨에 따라 카이로의 붉은 얼굴에 불안한 빛이 떠올랐다. 침착성을 잃은 눈이 쉴새없이 스페이드의 조용한 얼굴과 바닥 사이를 불안하게 오갔다.

댄디 경감이 카이로 쪽을 보며 무뚝뚝하게 물었다.

"어떻소. 지금 이야기에 대해 할 말이 없소?"

카이로는 경감의 가슴을 쳐다보며 거의 1분쯤 잠자코 있었다. 이윽고 얼굴을 들었을 때 그 눈은 머뭇거리는 듯 경계의 빛을 띠었다. 그는 입 속으로 뭐라고 중얼거렸는데, 그의 곤혹은 진심인 것 같았다.

"글쎄, 뭐라고 해야 좋을지……."

"사실을 그대로 말하면 되는 거요."

경감이 재촉했다.

"사실을 말입니까?"

카이로의 눈이 흔들렸으나 눈길은 경감의 눈에서 잠시도 떨어지지 않았다.

"사실을 말해서 믿어준다는 보증이 어디 있습니까?"

"변명은 그만두시오. 당신은 다만 이 두 사람이 폭력을 휘둘렀다는 신고서에 선서하기만 하면 되는 거요. 그러면 영장 담당계에서 그것을 믿고 체포영장을 발급할 테고, 우리가 이 두 사람을 유치장에 잡아넣게 될 거요."

스페이드가 즐거운 듯이 말했다.

"그렇게 하시오, 카이로 씨. 경찰은 아주 기뻐할 거요. 걱정 말고 그렇게 하겠다고 말하시오. 그러면 이쪽에서도 당신을 상대로 고소장을 낼 것이고, 경감님은 우리를 모두 잡아다 가둘 수 있을 거요."

카이로는 헛기침을 하고 모두들의 눈길을 피하며 신경질적으로 방 안을 둘러보았다.

경감이 거칠게 콧김을 내뿜으며 말했다.

"자아, 모두들 모자를 쓰시오!"

불안과 의혹이 담긴 카이로의 눈이 비웃는 듯한 스페이드의 눈길과 부딪쳤다. 스페이드는 카이로에게 눈을 찡긋해 보이며 흔들의자팔걸이에 걸터앉았다.

"어떻습니까, 여러분."

스페이드는 레반트 인과 여자에게 싱긋 미소지어 보였다. 그 목소리와 웃음소리에는 기쁨이 넘쳐 있었다.

"멋지게 해냈지요?"

경감의 엄격한 네모진 얼굴이 조금 흐려진 것 같았다. 그는 위압적으로 되풀이했다.

"자아, 모자를 쓰시오, 어서!"

스페이드는 의자팔걸이에서 몸을 움직여 고쳐 앉으며 태연하게 말했다.

"당신들은 농담을 해도 농담이라는 것을 알아차리지 못한단 말이오?"

톰 폴하우스의 얼굴이 빨갛게 빛났다.

경감의 얼굴은 점점 어두워졌으며 눈썹 하나 까딱하지 않았다. 입술만 어색하게 움직거리고 있었다.

"좋소, 그러나 그런 말은 경찰서에 가서 하시오."

스페이드가 일어나서 두 손을 바지주머니에 집어넣었다. 그는 경감을 더욱 잘 내려다볼 수 있도록 몸을 꼿꼿이 폈다. 미소는 비웃음이 되고, 그 태도에는 자신이 넘쳐 있었다.

"끌고 갈 수 있거든 끌고 가 보시오, 경감님. 그러나 샌프란시스코 신문들이 당신을 웃음거리로 삼을 거요. 우리가 서로 고소를 하다니, 설마 제정신으로 생각하고 있는 건 아니겠지요? 잠을 깨시오! 속았소, 당신들은! 실은 벨이 울렸을 때 나는 오쇼네시 양과 카이로 씨에게 이렇게 말했소. '또 당신들이 찾아왔군. 점점 골치 아파지는데. 어떻소, 우리 한번 놀려줍시다. 돌아갈 듯한 눈치가 보이거든 둘 가운데 누가 비명을 지르시오. 저자들이 걸려들어 얼마나 허둥거리는지 한번 봅시다.' 하고 말이오. 그랬더니 생각했던 대로……."

브리지드 오쇼네시가 의자에서 몸을 앞으로 구부리며 신경질적으로 웃었다.

카이로는 깜짝 놀라며 빙그레 미소지었다. 생기없는 미소였지만, 그 표정을 그대로 지속했다.

톰이 시무룩한 얼굴로 신음하듯 말했다.

"여보게, 샘, 왜 이러나?"

스페이드는 입을 다문 채 웃으면서 말했다.

"사실이 그런 걸 어쩌나! 우리는……."

"그렇다면 이 사람의 머리와 입에 난 상처는? 이 상처는 어떻게 해서 생긴 거요?"

경감이 깔보듯이 말했다. 그러자 스페이드가 대답했다.

"본인에게 물어보시오. 아마 면도할 때 벤 거겠지요."

질문도 받기 전에 카이로가 빠른 말투로 말했다.

"나동그라졌습니다. 두 분이 들어오실 때 권총을 빼앗는 장면을 보여드리려고 했는데, 그만 넘어져서……. 한참 옥신각신하다가 카

속임수 121

페트 끝에 걸려 넘어진 겁니다."
이야기하며 카이로는 미소를 잃지 않으려고 긴장하고 있었으므로 얼굴 근육이 떨렸다.
"그런 엉터리가 어디 있소!"
경감이 소리쳤다.
"좋습니다, 경감님. 믿든 안 믿든 그건 당신 자유지요. 그러나 이것이 거짓없는 사실이므로 우리는 이 사실을 그대로 밀고 나갈 뿐이오. 신문도 믿든 안 믿든 재미있는 기사가 될 것 같으니 기꺼이 써대겠지요. 그렇게 되면 당신은 어떻게 처리하겠소? 경관을 속였다는 죄를 씌우겠소? 우리는 아무도 당신에게 꼬리를 잡힐 만한 일은 하지 않았소. 우리가 처음에 이야기한 것은 모두 농담이니까. 그래, 당신은 이 일을 어떻게 처리할 작정이오?"
경감은 스페이드에게로 등을 돌리고 카이로의 두 어깨를 꽉 움켜쥐었다.
"아무리 그래봐야 당신은 빠져나갈 수 없소! 큰 소리로 살려달라고 소리쳤으니까 우리가 살려주는 데 군말은 없겠지?"
그는 두 손으로 레반트 인을 마구 흔들며 말했다.
"천만에요! 그건 모두 농담입니다. 이 사람이 당신들은 자기 친구니까 문제없을 거라고 하기에……."
카이로는 침을 튀기며 말했다.
스페이드가 웃었다.
경감은 카이로의 손목과 멱살을 잡고 마구 끌어당겼다.
"아무튼 당신을 총기불법휴대로 연행하겠소. 그리고 나머지 두 사람도 따라오시오. 누가 웃게 될지 두고 봅시다."
카이로의 겁먹은 눈이 옆으로 움직여 스페이드의 얼굴을 쳐다보았다. 스페이드는 다시 웃었다.

"왜 이러시오, 경감님. 권총도 연극을 위한 소도구요. 그것도 실은 내 것이오. 공교롭게도 32구경이어서 미안하오. 그렇지 않았다면 새스비와 마일즈를 쏜 권총이라고 할 수도 있었을 텐데……."

경감은 카이로를 놓더니 발뒤꿈치로 홱 돌아서며 오른쪽 주먹으로 스페이드의 아래턱을 힘껏 올려쳤다.

브리지드 오쇼네시가 짧게 비명을 질렀다.

스페이드의 미소는 맞는 순간 사라져버렸으나 곧 다시 꿈꾸는 듯한 미소로 바뀌어 떠올랐다. 그는 반 발자국 뒤로 물러서서 자세를 가다듬었다. 아래로 처진 듬직한 어깨가 윗옷 속에서 움직였다. 그러나 그 주먹이 올라가기 전에 톰 폴하우스가 두 사람 사이에 파고들어 불룩한 배와 두 팔로 스페이드의 팔을 막았다. 톰은 부탁하듯 말했다.

"그만둬, 샘!"

움직임이 모두 멎어버린 긴 한순간이 지나자 스페이드의 근육에서 힘이 빠졌다.

이윽고 그는 말했다.

"그럼, 어서 가주게."

미소가 다시 사라지고 음울해 보이는 얼굴이 조금 파리해졌다.

톰은 스페이드 옆으로 다가서며 두 팔로 스페이드의 팔을 누르고 머리를 뒤로 돌려 댄디 경감을 쳐다보았다. 톰의 작은 눈에는 비난하는 빛이 깃들어 있었다.

댄디 경감은 불끈 쥔 두 주먹을 앞으로 내밀고 두 다리를 조금 벌려 딱 버티고 서 있었다. 그러나 얼굴의 무서운 표정은 누그러져 녹색 눈동자와 눈꺼풀 사이에 가느다란 선의 흰자위가 보였다. 그는 톰에게 명령했다.

"이들의 주소와 이름을 적어두게."

톰이 카이로의 얼굴을 보자 그는 묻기도 전에 대답했다.

"조엘 카이로, 벨비디어 호텔에 있습니다."

톰이 여자에게 채 묻기도 전에 스페이드가 얼른 대답했다.

"오쇼네시 양은 이리로 연락하면 되네."

톰이 댄디의 얼굴을 쳐다보았다. 경감은 굵은 목소리로 소리쳤다.

"주소를 알아두게!"

"주소는 우리 사무실로 해두면 되네."

스페이드가 다시 말했다. 경감이 한 발자국 앞으로 나와 여자 앞에 버티고 섰다.

"어디 살고 있소?"

스페이드가 톰에게 말했다.

"여보게, 톰, 빨리 데리고 나가게. 더 이상 못 참겠네."

톰은 스페이드의 눈을 바라보았다. 험악하게 번들거리고 있었다.

"그렇게 화내지 말게, 샘."

톰은 입속말을 하며 코트 단추를 끼웠다. 그리고 그는 경감에게 일부러 아무렇지도 않은듯한 투로 말했다.

"이제 됐지요?"

말을 마치자 그는 부지런히 문 쪽으로 걸어갔다. 부루퉁한 댄디의 얼굴에 망설이는 빛이 역력히 나타났다.

갑자기 카이로가 문 쪽으로 걸음을 옮겼다.

"나도 가겠습니다. 죄송합니다만, 스페이드 씨. 모자와 코트를 주십시오."

"왜 그렇게 서두르시오?"

스페이드가 물었다.

경감이 화가 난 듯했다.

"농담이라고 하면서도 역시 이 두 사람과 남는 게 무서운 모양이군."

"아닙니다, 그렇지 않습니다."

레반트 인은 아무도 쳐다보지 않고 불안해하며 대답했다.

"밤이 꽤 깊었으므로 그만 가보겠습니다. 괜찮으시다면 함께 가겠습니다."

경감은 입을 꽉 다물고 아무 말도 하지 않았다. 녹색 눈이 번들거렸다.

스페이드가 복도의 칸막이장에서 카이로의 모자와 코트를 가지고 왔다. 얼굴에 아무 표정도 없었다. 그는 레반트 인에게 코트를 건네주고 뒤로 물러서서 톰에게 이야기했는데 목소리 역시 무표정했다.

"권총을 두고 가라고 하게."

경감이 코트 주머니에서 카이로의 권총을 꺼내 테이블에 놓았다. 경감이 먼저 나가고 이어서 카이로가 나갔다. 톰은 스페이드 앞에서 발을 멈췄다.

"괜한 짓은 하지 말게, 샘."

톰은 중얼거리듯 말했다.

스페이드가 아무 대답도 하지 않자 그는 한숨을 내쉬며 두 사람의 뒤를 따랐다.

스페이드는 그들을 보내느라고 복도 모퉁이까지 나가 톰이 현관문을 닫을 때까지 우두커니 서 있었다.

브리지드 오쇼네시

스페이드는 거실로 돌아와 긴의자 한쪽에 걸터 앉았다.

그는 팔걸이의자에 두 무릎을 세워 끌어안고 턱을 괸 채 앉아 힘없이 웃고 있는 브리지드 오쇼네시는 쳐다보지도 않고 그는 우두커니 바닥을 내려다보고 있었다. 눈이 불타올랐다. 이마에는 깊은 주름이 새겨져 있었다. 숨을 쉴 때마다 콧구멍이 벌름거렸다.

브리지드 오쇼네시는 그가 얼굴을 들고 자기를 쳐다봐 줄 것 같지 않자 미소를 거두었다. 그를 쳐다보는 그녀의 눈에 차츰 불안한 빛이 더해갔다.

갑자기 스페이드의 얼굴이 분노로 붉어지더니 낮게 가라앉은 쉰 목소리로 지껄이기 시작했다. 화가 난 얼굴을 두 손으로 감싸쥐고 바닥을 노려보며 5분 동안 계속 목구멍에서 울려나오는 탁한 목소리로 경감에게 욕을 퍼부었다. 이윽고 그는 문득 손에서 얼굴을 들더니 부끄러운 듯 미소지으며 오쇼네시를 쳐다보았다.

"어린아이 같지요? 그건 나도 알고 있소. 그러나 맞기만 하고 때려주지 못한 게 화가 나서……."

그는 턱 끝에 살짝 손가락을 갖다대었다.
"그다지 세게 맞은 건 아니지만."
그는 미소지으며 긴의자 등받이에 기대어 다리를 포갰다.
"이기기 위한 대가라고 생각하면 싼 셈이지요."
한순간 그는 얼굴을 찡그리고 눈살을 찌푸렸다.
"그러나 절대로 잊어버릴 수는 없소."
오쇼네시는 미소지으며 의자에서 일어나 그 옆으로 자리를 옮겼다.
"당신처럼 저돌적인 사람은 처음 봤어요. 언제나 그렇게 담이 센가요?"
"그러나 순순히 맞아주었잖소?"
"그건 그렇지만, 상대방은 경찰관인걸요."
"그 때문이 아니오. 그 녀석이 발끈하여 나를 때린 건 그가 졌다는 증거요. 지나친 행동이었지. 그러나 만일 거기서 내가 되받아쳤다면 그 쪽에서도 순순히 물러날 수는 없었을 것이오. 끝까지 치고받게 되어 결국 우리는 경찰에서 그 바보 같은 연극을 되풀이해야 되었겠지요."
스페이드는 물끄러미 그녀의 얼굴을 쳐다보았다.
"당신은 대체 카이로에게 무슨 짓을 한 거요?"
"아무 짓도 하지 않았어요."
오쇼네시의 얼굴이 붉어졌다.
"경찰이 돌아갈 때까지 조용히 있게 하려고 위협했을 뿐이에요. 그러자 놀란 건지 억지를 쓴 건지, 그만 큰 소리를 지른 거예요."
"그래서 권총으로 때렸단 말이오?"
"어쩔 수 없었어요. 그가 덤벼들었는걸요."
스페이드는 미소지으면서도 초조함을 감추지 못했다.
"정말 분별없는 여자로군. 아까도 말했지만 당신은 제멋대로 나대

브리지드 오쇼네시

는 버릇이 있소."

그녀는 후회하는 마음이 들어 표정과 목소리가 부드러워졌다.

"미안해요."

"정말이오?"

스페이드는 주머니에서 담배와 담배종이를 꺼내 담배를 말기 시작했다.

"자아, 그럼, 이제 카이로와의 이야기도 끝났을 테니 내게 모두 말해도 되겠지요?"

오쇼네시는 입에 손가락 끝을 대고 초점없는 눈을 크게 뜬 채 허공을 보았다. 마침내 그녀는 눈을 가늘게 하고 흘끗 스페이드를 쳐다보았다. 그는 담배말기에 여념이 없었다.

"아아, 그렇지, 그렇게 하기로 했었지요……."

그녀는 손가락을 입에서 떼고 푸른 드레스의 무릎 언저리를 매만졌다. 그러나 여전히 눈살을 찌푸린 채 자기 무릎을 들여다보고 있었다.

"그래서?"

스페이드는 담배를 핥아 이음매를 붙인 다음 라이터를 찾으며 물었다.

오쇼네시는 신중하게 말을 고르는 듯 한 마디 한 마디 띄엄띄엄 말했다.

"하지만 나는 카이로와 끝까지 이야기할 시간이 없었어요. 말을 꺼내자마자 곧 방해를 받아서……."

그녀는 무릎을 내려다보던 것을 그만두고 밝고 솔직한 눈으로 스페이드를 보았다.

스페이드는 담배에 불을 붙이고 연기를 웃음으로 날려버렸다.

"다시 한번 전화를 걸어 부를까요?"

오쇼네시는 웃지도 않고 머리를 내저었다. 그녀의 눈은 스페이드를 보고 있었는데, 눈동자가 좌우로 왔다갔다했다. 그 눈은 무언가 묻고 싶어하는 듯했다.

스페이드는 그녀의 등으로 팔을 돌려 드러나 있는 희고 매끄러운 어깨 위에 손을 얹었다. 그녀는 그의 팔에 몸을 기댔다. 그는 말했다.

"자아, 이야기해 보오."

그녀는 고개를 돌려 그에게 미소를 던졌다. 거만하게 보이려는 장난기어린 눈이었다.

"손을 이렇게 해야만 이야기를 들을 수 있나요?"

"아니, 뭐……."

스페이드는 그녀의 어깨에서 손을 떼고 팔을 그녀의 등 뒤로 내렸다.

"당신은 정말 갈피를 잡을 수 없는 분이에요"

그녀는 중얼거렸다.

"듣고 있으니까 어서 말해 보오."

그는 고개를 끄덕이며 상냥하게 말했다.

"어머나, 시간이 벌써 이렇게 되었네!"

오쇼네시는 갑자기 소리치며 둘째손가락으로 책 위에 놓여 있는 괘종시계를 가리켰다. 그 멋없는 시계바늘이 2시 50분을 가리키고 있었다.

"바쁜 밤이었으니까."

"이제 그만 가봐야겠어요. 너무 늦었어요."

그녀는 긴의자에서 일어나며 말했다.

스페이드는 일어나지 않았다. 그는 고개를 저으며 말했다.

"이야기가 끝나기 전에는 보낼 수 없소."

"하지만 시간을 보세요. 이야기하려면 시간이 많이 걸려요."
그녀는 항의했다.
"그럼, 많은 시간에 하면 될 게 아니오?"
"난 뭐예요, 포로인가요?"
오쇼네시가 명랑한 목소리로 말했다.
"그리고 밖에는 그 꼬마가 있소. 아마 아직 자러 가지 않았을걸."
그녀의 얼굴에서 밝은 빛이 사라졌다.
"아직도 지키고 있을까요?"
"물론."
"확인해 주시겠어요?"
그녀는 몸을 부르르 떨었다.
"가보고 올 수도 있지."
"정말이에요? 그럼, 부탁해요."
스페이드는 잠깐 동안 불안해 하는 그녀의 얼굴을 들여다보다가 긴 의자에서 일어섰다. 그는 칸막이장에서 모자와 코트를 꺼냈다.
"10분 동안만 나갔다 오겠소."
"조심하세요."
그녀는 현관문 앞까지 따라나오며 걱정스러운 듯이 말했다.
"걱정하지 마오."
스페이드는 나갔다.
포스트 거리에는 인적이 없었다. 스페이드는 동쪽으로 한 블록 걸어서 거리를 가로질러갔다. 그리고 반대쪽을 서쪽으로 두 블록쯤 걸었다. 거기서 또 길을 건너 다시 아파트 건물로 돌아왔는데, 차고에서 차를 수리하고 있는 두 명의 기계공말고는 아무도 없었다.
아파트 문을 열고 들어가고 브리지드 오쇼네시가 복도모퉁이에 서서 카이로의 권총을 아래로 향해 들고 기다리고 있었다.

"아직 있소."

스페이드가 말했다.

그녀는 입술을 깨물고 천천히 방향을 바꾸어 거실로 돌아갔다. 스페이드는 그 뒤를 따라 들어가 모자와 코트를 의자 위에 놓았다.

"덕분에 이야기할 시간이 생겼군."

그는 부엌으로 들어갔다.

오쇼네시가 부엌으로 얼굴을 들이밀었을 때 스페이드는 커피포트를 난로 위에 올려놓고 길다란 프랑스 빵을 얇게 자르는 중이었다. 그녀는 문 앞에 선 채 멍하니 그것을 바라다 보고 있었다. 왼손가락이 아직도 오른손에 든 권총의 총대를 천천히 쓰다듬고 있었다.

"테이블보는 거기 있소."

스페이드는 빵 자르는 칼 끝으로 식사할 수 있도록 구석에 칸막이 된 그릇장을 가리켰다. 그녀가 식탁준비를 하는 동안 스페이드는 얇게 자른 타원형 빵에 레버 소시지를 올려놓고 빵 사이에 차가운 콘비프를 끼웠다. 그리고 나서 그는 커피를 따르고 그 위에 키작은 병에서 브랜디를 조금 따라 부었다. 두 사람은 식탁에 앉았다. 그들은 한 개의 긴의자에 나란히 앉았다. 그녀는 가까운 자리에 권총을 놓았다.

"자아, 이야기를 시작해 보오, 먹으면서."

오쇼네시는 뿌루퉁해서 투덜거렸다.

"당신은 정말 끈질긴 사람이군요."

그리고 그녀는 샌드위치를 베어물었다.

"그렇소. 끈질기고 난폭하고 갈피를 잡을 수 없는 사람이오. 그런데 모든 사람이 혈안이 되어 떠들고 있는 그 새인지 매인지 하는 게 대체 뭐요?"

오쇼네시는 콘비프와 빵을 삼키고 샌드위치가 가장자리에 난 초승달 모양의 잇자국을 물끄러미 바라보면서 입을 열었다.

"거기에 대해 내가 아무 말도 하지 않겠다면 어떻게 하시겠어요? 전혀 한 마디도 하지 않겠다면 어떻게 하시겠어요?"
"새에 대해서 말이오?"
"아니, 이야기 모두."
스페이드는 송곳니가 보일 정도로 입을 크게 벌리고 웃었다.
"뭐, 그렇게 놀라지는 않소. 다음에 쓸 방법을 강구해 두었으니까."
그녀는 샌드위치에서 사나이의 얼굴로 관심을 옮겼다.
"그게 뭔데요? 그것을 알고 싶었어요. 당신이 다음에 쓸 방법을."
그는 고개를 가로저었다. 그녀의 얼굴에 놀리는 듯한 미소가 떠올랐다.
"난폭하고 예상도 할 수 없는 건가요?"
"그렇겠지. 그러나 내가 이해할 수 없는 건 이제 새삼 당신이 그것을 감춰서 무슨 이득이 되는가 하는 점이오. 아무튼 조금씩 알게 될 테니 말이오. 물론 지금은 내가 모르는 것도 많겠지. 그러나 이미 얼마쯤 안 것도 있고, 상상해서 짐작이 가는 것도 있소. 이런 식으로 하루만 지나면 당신이 모르는 것까지 알게 될 거요."
오쇼네시는 엄숙한 표정을 지으며 다시 샌드위치에 눈을 돌렸다.
"지금도 이미 다 알고 있는지 모르지요. 하지만…… 아아…… 난 이제 지쳐버렸어요. 그 이야기를 또 해야 하다니, 정말 진저리가 나오. 그러니까…… 그러니까 그냥 이대로 있는 게 좋지 않겠어요? 아무래도 당신은 알게 될 거라고 하셨잖아요?"
스페이드는 미소지었다.
"글쎄…… 그건 당신 자신이 잘 생각해 봐야 할 일이오. 내 방법은 비록 상대방이 아무리 복잡한 기계일지라도 스패너를 들어박아 아무렇게나 사정없이 돌리는 그런 식이니까. 그래도 나야 아무 상관

없지만, 부품이 튀어나가 당신이 다치게 될까봐 걱정스러워서 그러는 거요. 그래도 괜찮겠소?"

오쇼네시는 드러낸 어깨를 불안한 듯이 으슥하며 아무 말도 하지 않았다. 한동안 두 사람은 말없이——사나이는 냉담한 태도로, 여자는 생각에 잠겨서——식사를 하고 있었다 이윽고 그녀가 작은 목소리로 말했다.

"나는 당신이 무서워요. 정말이에요."

"믿을 수 없는데."

"정말이에요."

그녀는 여전히 낮은 목소리로 말했다.

"나는 무서운 사나이를 두 사람 알고 있어요. 그런데 오늘 밤 그 두 사람을 모두 만났어요."

"당신이 카이로를 무서워하는 건 알고 있소. 그는 당신이 당해낼 수 없는 사람이오."

"그럼, 당신은 내가 당해낼 수 있는 사나이인가요?"

"나는 그런 사람과는 다르오."

스페이드는 싱긋 웃었다.

오쇼네시는 얼굴을 붉혔다. 그녀는 잿빛 레버 소시지를 얹은 빵을 한 조각 떼어 자기 접시에 놓았다. 이윽고 그녀는 하얀 이마에 주름을 모으며 입을 열었다.

"그것은 검은 새 모양의 조각으로 매끈매끈하고 윤이 나요. 매 모양이지요. 이만한 높이의."

그녀는 두 손을 30센티미터쯤 벌려보였다.

"그런데 그게 어째서 그토록 소중하오?"

오쇼네시는 브랜디가 든 커피를 한 모금 마시고는 고개를 가로저었다.

"나도 몰라요. 아무도 말해 주지 않았어요. 그 사람들은 다만 그것을 손에 넣을 수 있도록 내가 도와주면 5백 파운드를 주겠다고 약속했어요. 그런 다음——조엘과 인연을 끊은 뒤의 일이지만——플로이드는 나에게 7백 50파운드를 주겠다고 말했어요."
"그렇다면 7천 5백 달러 이상의 값어치가 있는 셈이군."
"아니오, 그보다 훨씬 더 많은 것 같아요. 하지만 나 같은 여자한테는 균등한 배당금을 주겠다고 처음부터 말하지 않았어요. 그들은 나를 심부름꾼으로 고용했을 뿐예요."
"심부름이라니, 그게 뭐요?"
그녀는 다시 잔을 입으로 가져갔다. 스페이드는 노란빛도는 회색 눈을 그녀의 얼굴에서 떼지 않고 똑바로 눈길을 퍼부으며 담배를 말기 시작했다. 두 사람 뒤에서는 커피포트가 난로 위에서 부글부글 끓고 있었다.
"가지고 있는 사람에게서 그것을 빼앗아내는 일을 거드는 거예요."
그녀는 잔을 내려놓으며 천천히 말했다.
"케미도프라는 러시아 사람에게서."
"어떻게?"
"어머나, 그런 거야 아무려면 어때요. 당신이 알아야 아무 도움도 안 될 텐데······."
그녀는 뻔뻔스러운 미소를 띠었다.
"당신과 관계 없는 일이에요."
"콘스탄티노플에서의 일이오?"
그녀는 망설이는 듯하더니 고개를 끄덕이며 말했다.
"정확히 말하며 맬모라예요."
스페이드는 오쇼네시를 향해 담배를 흔들어보이며 말했다.
"그리고 어떻게 되었소?"

"그게 모두에요. 지금 이야기했잖아요. 5백 파운드 주겠다는 약속으로 그들을 거들었어요. 그런데 조엘 카이로가 우리를 배신하려 한다는 것을 알았어요. 배당금을 내놓지 않고 혼자 매를 가지고 도망치려는 계획이었지요. 그래서 우리가 먼저 선수를 써서 그를 따돌렸던 거예요. 그러나 그렇게 했지만 나에게는 역시 아무 이득도 없었어요. 왜냐하면 플로이드도 약속한 7백 50파운드를 내놓을 생각이 전혀 없었으니까요. 그 사실은 이곳에 오기 전에 이미 알고 있었어요. 함께 뉴욕으로 가서 매를 팔아 배당금을 주겠다고 말했지만, 뻔한 거짓말이라는 것을 알고 있었어요."
격분한 나머지 그녀의 눈빛이 보라색으로 바뀌었다.
"그래서 나는 당신에게 부탁하여 매를 찾는 데 힘을 빌어볼까 생각했던 거예요."
"만일 매를 순조롭게 찾았다면 어떻게 할 작정이었소?"
"그러면 플로이드 새스비를 상대로 교섭할 수 있으리라고 생각했어요."
스페이드는 곁눈으로 그녀를 흘끗 보았다.
"그러나 그걸 어디로 가져가야 플로이드와 약속한 금액보다 더 많은 돈을, 즉 플로이드가 파는 것보다 더 많은 돈을 받을 수 있는지는 몰랐겠지요?"
"몰랐어요."
그녀는 대답했다.
스페이드는 얼굴을 찡그리고 접시 위에 떨어뜨린 담뱃재를 노려보며 물었다.
"그게 어째서 그처럼 어마어마한 값어치가 있는거요? 당신은 뭔가 알 게 아니오? 적어도 짐작은 가겠지요?"
"전혀 몰라요."

그는 찡그린 얼굴로 그녀를 바라보았다.

"그건 무엇으로 되어 있소?"

"글쎄요, 도자기인지 검은 돌인지 모르겠어요. 나는 만져본 일도 없거든요. 꼭 한 번 보았을 뿐이에요. 그것도 2, 3분 동안 처음으로 손에 넣었을 때 플로이드가 보여주었어요."

스페이드는 피우던 담배를 접시에 비벼 끄고 남은 커피를 마저 마셨다. 찡그린 얼굴은 이제 사라졌다. 냅킨으로 입술을 닦고 나서 그것을 뭉뚱그려 식탁 위에 놓고는 아주 태연한 목소리로 말했다.

"당신은 거짓말쟁이요."

오쇼네시는 자리에서 일어나 식탁가에 서더니 얼굴을 붉히며 어둡고 기분 나쁜 눈길로 그를 내려다보았다.

"그래요, 나는 거짓말쟁이에요. 벌써 오래 전부터."

"그렇다고 으스댈 건 없겠지, 아이들처럼."

스페이드는 기분좋은 목소리로 말하고 식탁과 긴의자 사이에서 나갔다.

"지금 한 이야기 속에 사실도 조금은 있소?"

오쇼네시는 고개를 떨어뜨렸다. 검은 속눈썹이 젖어서 빛났다.

"네, 조금."

"얼마쯤?"

"글쎄요, 아주 조금."

스페이드는 그녀의 턱 끝을 잡아 얼굴을 들게 했다. 그리고 젖은 눈을 바라보며 미소지었다.

"날이 새기까지는 아직 시간이 많소. 커피를 좀더 따라줄 테니 그것을 마시며 처음부터 다시 시작합시다."

그녀의 눈꺼풀이 덮였다.

"아아, 이제 아주 진저리가 나요!"

그녀의 목소리는 떨리는 듯했다.

"거짓말을 하고, 거짓말을 생각해 내고, 거짓과 진실을 분간할 수 없게 된 나 자신에 대해 싫증이 나요. 나도 사실은……."

그녀는 갑자기 두 손으로 스페이드의 얼굴을 감싸쥐고는 벌린 입을 그의 입에 갖다대며 몸을 바싹 붙였다.

스페이드의 두 팔이 여자의 몸을 꽉 끌어 안았다. 푸른 윗옷 소매에 근육이 불끈 솟아올랐다. 한쪽 손이 그녀의 머리를 더듬어 손가락이 빨간 머리털 속에 묻혔다. 다른 한쪽 손은 가냘픈 그녀의 허리를 조용히 쓰다듬었다. 그의 눈은 노란 불꽃처럼 타오르고 있었다.

벨비디어 호텔 로비

 스페이드가 윗몸을 일으켰을 때는 훤히 먼동이 터오기 시작하여 밤의 어둠이 뽀얀 아침안개로 바뀌어가고 있었다. 바로 옆에서 브리지드 오쇼네시가 규칙적인 숨소리를 내며 잠들어 있었다. 스페이드는 소리나지 않도록 조용히 침대에서 내려왔다. 그리고 침실을 빠져나와 문을 닫았다. 그는 욕실에서 옷을 갈아입었다. 그런 다음 자고 있는 오쇼네시의 옷을 조사하였다. 그는 코트 주머니에서 납작한 놋쇠열쇠를 꺼내가지고 밖으로 나왔다.
 그는 콜로네트 아파트로 갔다. 건물 안으로 들어 가져온 열쇠로 문을 열고 그녀의 방으로 들어갔다. 그는 조금도 망설이지 않고 대담하게 곧장 들어갔으므로 누가 보든 수상하게 생각지 않았을 것이다. 그리고 조용히 움직였으므로 아무 소리도 나지 않았다.
 그는 방으로 들어가자 전등을 모두 켜고 방 안을 구석구석 뒤지기 시작했다. 그의 눈과 굵은 손가락이 서두르지도 꾸물거리지도 망설이지도 뒤로 물러서지도 않고 익숙하고 착실한 솜씨로 차근차근 움직여온 방을 탐색하고 음미하여 검사해 나갔다. 서랍, 그릇장, 벽장, 상자, 가방, 트렁크——잠겨 있든 열려 있든——모조리 열어젖히고 그 속을 눈과 손가락으로 조사했다. 한 벌 한 벌 옷마다 불룩한 곳이 없나 손으로 더듬어 확인하고 누른 손가락 사이에서 종이 소리라도 나지 않을까 귀를 기울였다. 침대 이부자리도 모조리 벗겨보았다. 융단 밑도, 가구 아래쪽도 들여다보았다. 창문의 블라인드도 끌어내려 그 속에 감춰진 게 없는지 살펴보았다. 창문 밖으로 몸을 내밀고 바깥에 매달아 놓은 게 없는지 조사했다. 화장대 위 파우더와 크림통은 포크로 휘저어보았다. 향수 뿌리개와 병은 환한 불빛에 비춰보았다. 접시며 냄비며 식료품, 그밖의 그릇도 조사했다. 신문지를 펴고 쓰레기가 든 통조림통도 비워보았다. 욕실 변기뚜껑을 열고 물을 뺀 뒤 속을 들여다보기도 했다. 마지막으로 욕조, 세면대, 개수대, 세탁통, 그리고 배수기에 달려 있는 쇠망에 이르기까지 샅샅이 살펴보고 확인했다.

그러나 검은 새는 나타나지 않았다. 검은 새와 조금이라도 관계가 있을 듯한 것조차 나오지 않았다. 다만 1주일 전에 브리지드 오쇼네시가 한 달분 아파트 방값을 지불한 영수증이 나왔을 뿐이었다. 단 한 가지 수사의 속도를 늦출 만큼 관심을 끈 것은 잠긴 화장대 서랍에서 나온 고운 색깔의 보석상자 속에 아주 훌륭한 보석들이 한움큼이 넘도록 들어 있는 점이었다.

일이 끝나자 스페이드는 커피를 끓여마셨다. 그리고 부엌 창문을 열고 주머니칼로 걸쇠 끝에 칼자국을 낸 다음 비상층계 위에 있는 그 창문을 열어 둔 채 거실로 돌아가 긴의자 위의 모자와 코트를 집어들었다. 들어왔을 때와 같은 요령으로 밖으로 나왔다.

돌아가는 길에 잠이 덜 깬 남자가 추위에 떨면서 가게문을 여는 식료품 가게에 들러 오렌지와 달걀, 그리고 롤 빵과 버터와 크림을 샀다.

스페이드는 소리없이 살짝 자신의 아파트로 돌아갔다. 안으로 들어가 채 현관을 닫기도 전에 브리지드 오쇼네시가 큰 소리로 외쳤다.
"누구세요?"
"스페이드 씨가 아침식사 재료를 사왔습니다!"
"어머나, 놀랐잖아요?"
나갈 때 닫아두었던 침실문이 열려 있었다. 그녀는 덜덜 떨며 침대가에 앉아 있었다. 오른쪽 손은 베개 밑에 들어가 있어 보이지 않았다.
스페이드는 식료품이 든 봉투를 부엌 식탁 위에 놓고 침실로 돌아왔다. 그는 그녀와 나란히 침대에 걸터앉아 매끄러운 어깨에 키스했다.
"그 꼬마녀석이 아직도 지키고 있는지 확인해 보러 나간 길에 아침식사거리를 사왔소."
"아직 있나요?"
"아니."
오쇼네시는 안도의 숨을 내쉬며 그에게 몸을 기댔다.
"잠이 깨보니 당신이 없잖아요. 그런데 발자국 소리가 들려서 깜짝 놀랐어요."
스페이드는 그녀의 붉은 머리털을 밑에서부터 손가락으로 쓸어올려주었다.
"미안하오. 돌아올 때까지 자고 있을 줄 알았지. 당신은 그 권총을 밤새도록 베개 밑에 넣어두었소?"
"아니에요. 당신도 아시잖아요. 지금 너무 놀라 달려가서 가져온 거예요."
스페이드는 아침식사 준비를 했다. 그리고 그녀가 욕실에 들어가서 옷을 갈아입는 동안 납작한 놋쇠 열쇠를 살짝 그녀의 코트 주머니에도로 넣어두었다.
 그녀는 '엔 큐바'의 노래를 휘파람으로 불며 욕실에서 나왔다.
 "침대는 내가 정리할까요?"
 "그렇게 해주면 고맙겠소. 달걀이 다 익으려면 2, 3분쯤 더 있어야 하니까."
 그녀가 부엌으로 돌아왔을 때는 식탁 위에 두 사람의 아침식사가 차려져 있었다. 두 사람은 전날 밤과 같은 자리에 앉아 식사를 했다.
 이윽고 스페이드가 식사를 하며 말을 꺼냈다.
 "그런데 그 새 말이오."
 오쇼네시는 포크를 내려놓고 그를 쳐다보았다. 그녀는 이마에 주름을 잡으며 입을 오므려 뾰죽이 내밀었다.
 "그 많은 말 중에서 하필이면 오늘 아침에도 또 그 말을 꺼내다니 당신도 너무 하시는군요. 싫어요. 난 절대로 말하지 않겠어요."
 "당신이란 여자는 정말 고집불통이군."
 스페이드는 슬픈 듯이 말하며 롤 빵을 뜯어 입에 넣었다.

 스페이드와 브리지드 오쇼네시가 길 건너에서 손님을 기다리고 있는 택시 앞으로 갔을 때도 미행하던 젊은이의 모습은 보이지 않았다. 택시를 뒤쫓는 자동차도 없었다. 택시가 콜로네트 아파트에 이르렀을 때도 건물 근처에는 그 젊은이는 물론 지나가는 사람 하나 없었다.
 브리지드 오쇼네시는 스페이드를 따라들어오지 못하게 했다.
 "이런 시간에 이브닝드레스를 입고 동반자도 없이 돌아오는 꼴은 정말 보기 흉해요. 아무도 만나지 않았으면 좋겠는데……."
 "오늘 밤에 저녁식사를 같이하지 않겠소?"
 "좋아요."
 두 사람은 키스했다. 그녀는 아파트 안으로 들어갔다. 스페이드는 택시 운전기사에게 말했다.

"벨비디어 호텔로."

호텔에 닿았을 때 그는 로비에서 어젯밤 그를 뒤쫓았던 젊은이를 보았다. 엘리베이터가 잘 보이는 긴의자에 앉아 신문을 읽고 있었다.

프런트에 가서 물으니 카이로는 외출중이라고 했다. 그는 얼굴을 찡그리며 아랫입술을 깨물었다. 눈에서 빛나는 노란 점이 뛰기 시작했다.

"고맙소."

그는 조그만 목소리로 직원에게 말하고 그곳을 떠났다.

어슬렁어슬렁 로비를 지나 엘리베이터가 보이는 긴의자로 다가갔다. 스페이드는 신문을 읽고 있은 것처럼 보이는 젊은이 바로 옆——30센티미터도 안 떨어진 곳에 앉았다.

젊은이는 신문에서 얼굴을 들지 않았다. 이렇게 가까이에서 보니 그는 아직 20살도 안 된 것 같았다. 몸집에 어울리게 얼굴 생김은 오동통하니 균형이 잡혀 있었다. 피붓빛도 깨끗했다. 볼에는 핏기가 없고 수염도 거의 나지 않았으므로 얼굴이 더 희게 보였다. 옷은 새것도 아니고 고급품도 아니었지만 세련되게 입었으므로 아주 남자다운 깔끔한 인상을 주었다.

스페이드는 썬 담배를 구부린 갈색 종이에 놓으며 자연스럽게 물었다.

"그는 어디 갔소?"

젊은이는 재빨리 반응을 보이고 싶은 것을 억지로 참는 듯 일부러 느린 동작으로 신문을 내려놓으며 사방을 둘러보았다. 바짝 올라간 긴 속눈썹 밑에서 작은 연갈색 눈이 스페이드이 가슴께를 쳐다보았다. 그리고 젊은 얼굴에 어울리는 아무 색깔 없는 침착하고 차가운 목소리로 말했다.

"무슨 말씀입니까?"

"어디로 갔느냐고 물었소."

스페이드의 손은 담배말기에 바빴다.

"누구요?"

"자네 형."

연갈색 눈이 스페이드의 가슴을 기어올라가 붉은 갈색 넥타이의 매듭 언저리에서 멎었다.

"대체 무슨 말을 하시는 겁니까? 누굴 놀리는 거요?"

"놀리게 되면 미리 말해 주지."

스페이드는 담배를 핥으며 조용히 미소 띤 얼굴을 돌렸다.

"자네는 뉴욕에서 왔지?"

젊은이는 스페이드의 넥타이를 쳐다본 채 아무 대답도 하지 않았다. 스페이드는 상대방이 그렇다고 대답한 듯이 고개를 끄덕이며 말했다.

"여럿이서 몰려온 모양이지?"

젊은이는 한동안 스페이드의 넥타이를 바라보다가 신문을 들고 눈길을 그 위로 돌렸다.

"저쪽으로 가시오!"

스페이드는 담배에 불을 붙이고 나서 긴의자에 천천히 등을 기대며 태평스럽게 말을 꺼냈다.

"자네들은 어차피 나와 이야기를 나눠야 해. 그렇지 않고서는 결말이 안 날걸. 내가 그러더라고 G에게 말하게."

젊은이는 신문을 아래로 홱 내리더니 차가운 연갈색 눈으로 스페이드의 넥타이를 바라보았다. 그는 작은 두 손을 펴서 배 위에 갖다대며 말했다.

"언제까지 쓸데없는 말을 지껄일 작정이오? 그렇다면 쉽게 끝나지 않을걸."

그 목소리는 낮고 억양이 없었지만 위협적인 데가 있었다.

"저쪽으로 가라고 했잖소!"

스페이드는 안경 쓴 키 작은 사나이와 다리가 긴 금발의 여자가 지나갈 때까지 기다리고 있었다. 이윽고 그는 껄껄 웃으며 말했다.

"그런 대사는 뉴욕 7번 거리에서라면 통하겠지. 그러나 미안하게도 여긴 뉴욕이 아닐세. 샌프란시스코는 내 고장이야."

담배연기를 힘껏 빨아들였다 내뱉자 연푸른 구름이 길게 깔렸다.

"그래, 그는 어디 있나?"

젊은이는 뭔가 알아들을 수 없는 짧은 말을 내뱉었다.

"그런 식으로 입을 놀렸다간 앞니가 부러질 줄 알아!"

스페이드의 목소리는 여전히 조용했으며 얼굴은 가면처럼 무표정했다.

"이 고장에서 발을 붙이고 싶거든 좀더 얌전하게 굴어!"

젊은이는 아까처럼 짧은 말을 되뇌었다.

스페이드는 긴의자 옆 키 큰 돌항아리 속에 담배를 던져넣고 손을 들어 아까부터 담배가게 한쪽구석에 서 있는 사나이에게 신호를 보냈다. 사나이는 고개를 끄덕이고 두 사람 쪽으로 다가왔다. 보통몸집에 보통키의 중년사나이였다. 동그랗고 파리한 얼굴과 아담한 몸집에 단정한 검은색 옷차림이었다.

그 사나이가 다가오며 말했다.

"잘 있었나, 샘!"

"여어, 루크!"

두 사람은 악수를 나누었다. 루크가 말했다.

"그건 그렇고, 마일즈가 큰 변을 당했더군."

"굉장한 재난이었지."

스페이드는 머리를 크게 내두르며 긴의자 옆에 앉아 있는 젊은이를 가리켰다.

"대체 자네는 호텔에서 어쩌자고 로비에 이런 풋내기를 드나들게 하나? 자아, 보게, 총으로 옷이 불룩하지 않나?"

"정말인가?"

루크는 갑자기 얼굴을 굳히고 날카로운 갈색 눈으로 흘끗 젊은이를 살펴보며 나무라듯 물었다.

"무슨 일로 왔소?"

젊은이는 일어섰다. 스페이드도 일어섰다. 젊은이는 두 사람의 넥타이를 번갈아 쳐다보았다.

루크의 넥타이는 검은색이었다. 젊은이는 마치 선생 앞에 선 초등학교 학생처럼 보였다. 루크가 말했다.

"자아, 용건이 없으면 썩 나가게, 그리고 두 번 다시 나타나지 말게!"

"어디 두고 보자!"

젊은이는 호텔에서 나갔다.

두 사람은 그의 뒷모습을 지켜보았다. 스페이드는 모자를 벗고 손수건으로 이마의 땀을 닦았다. 호텔 전속탐정이 물었다.

"뭔가, 저 젊은이는?"

"글쎄…… 나도 우연히 만났을 뿐일세. 그건 그렇고, 635호 조엘 카이로라는 손님을 아나?"

"아아, 그 사람!"

호텔 전속탐정은 눈을 가늘게 떴다.

"며칠이나 묵었지?"

"나흘, 오늘로 닷새째일세."

"어떤가?"

"전혀 모르겠네. 뭐 이렇다할 특징은 없는 것 같네. 얼굴이 좀 마음에 들지 않지만."
"어젯밤에 돌아왔었는지 조사해 줄 수 있겠나?"
"알아보지."
호텔 탐정은 프런트로 갔다. 스페이드가 긴의자에 앉아 기다리고 있노라니까 그가 돌아왔다.
"돌아오지 않았다네."
루크가 보고했다.
"자기 방에서 자지 않았다는군. 무슨 일이 있었나?"
"아니, 뭐……."
"여보게 감추지 말게. 나는 절대로 남에게 말하지 않네. 다만 만일 무슨 문제가 생기면 알아둬야 할 것 같아서 묻는 걸세. 계산을 잘못하게 되면 큰일이니까."
"그런 염려는 하지 않아도 되네."
스페이드는 보증했다.
"사실은 지금 그 사람의 부탁으로 조그만 일을 하고 있는 중일세. 만일 눈치가 이상하면 곧 알려주지."
"부탁하네, 뭣하면 나도 눈여겨보아줄까?"
"고맙네, 루크, 그것도 좋겠지. 아무튼 요즘은 일을 부탁하러 오는 이들이 어디 사는 말뼈다귀인지 알 수가 있어야지."

엘리베이터 문 위의 시계가 11시 21분을 가리켰을 때 조엘 카이로가 밖에서 들어왔다. 이마에 붕대가 감겨 있었다. 몇 시간이나 계속 입고 돌아다닌 듯 옷이 후줄근해보였다.
얼굴도 지치고 입과 눈꺼풀도 축 늘어져 있었다.
스페이드가 프런트 앞에서 카이로를 맞았다. 그는 가볍게 말했다.

"안녕하시오, 카이로 씨······."

카이로는 지친 몸을 똑바로 세웠다. 늘어져 있던 얼굴표정이 다시 긴장했다.

"안녕하십니까?"

그는 힘없는 목소리로 대꾸했다.

한동안 침묵이 흘렀다.

이윽고 스페이드가 다시 말했다.

"어서 이야기할 수 있는 곳으로 갑시다."

카이로는 턱을 치켜들었다.

"이제 그만 나를 놓아주시오. 나는 더 이상 당신과 비밀회담을 계속할 기력이 없습니다. 무례하게 이런 말을 해서 죄송합니다만, 솔직한 심정입니다."

"어젯밤 일 때문이오?"

스페이드는 머리와 두 손으로 초조한 듯한 시늉을 해보이며 말했다.

"하지만 그렇게 할 수밖에 없었잖소? 그 정도는 당신도 알텐데. 당신이 그 여자와 싸울 경우 어느 쪽에서 건 싸움이든 나는 여자 편을 들 수밖에 없소. 그 새가 어디 있는지 나도 모르고 당신도 모르오. 알고 있는 것은 그녀뿐이오. 그렇다면 그녀와 손을 잡지 않는 한 그것을 손에 넣을 수 없소."

카이로는 잠깐 망설이더니 의심스러운 듯이 말했다.

"당신이란 사람은 언제나 변명할 수 있도록 미리 준비해 두는 모양이군요."

스페이드는 떨떠름한 표정을 지었다.

"그럼, 나더러 어떻게 하라는 거요? 벙어리가 되란 말이오? 아무튼 여기서 이야기할 수 있겠군."

벨비디어 호텔 로비

스페이드는 로비의 긴의자로 카이로를 데리고 갔다. 두 사람이 앉자 그는 말했다.

"댄디 경감에게 끌려 경찰서까지 갔었소?"

"그렇소."

"오랫동안 캐묻던가요?"

"조금 전까지. 내 기분은 전혀 생각해 주지 않더군요."

카이로의 얼굴과 목소리에 고통과 분노가 깃들어 있었다.

"이 일에 대해 그리스 총영사와 변호사와 의논하여 꼭 문제를 일으키겠습니다."

"어떻게 되나 해보는 것도 좋겠지요. 그래, 경찰에서는 무엇을 말했소?"

카이로의 얼굴에 점잔뺀 만족스러운 미소가 떠올랐다.

"아무 말도 하지 않았습니다. 어젯밤 당신 방에서 주장한 말을 그대로 밀고 나갔습니다."

그의 얼굴에서 갑자기 미소가 사라졌다.

"좀더 앞뒤가 맞는 각본으로 꾸며주셨더라면 좋았을걸 그랬습니다그려. 몇 번이나 되풀이하다 보니 어쩐지 바보 같다는 생각이 들더군요."

스페이드는 놀리듯 히죽 웃었다.

"하긴 그렇군요. 그러나 그 바보 같은 점이 오히려 도움이 되는 거요. 그럼, 꼬리를 잡히지는 않았겠군요?"

"문제 없습니다. 내가 털어놓을 것 같습니까, 스페이드 씨?"

스페이드는 두 사람 사이의 가죽 시트를 손가락으로 가볍게 두드렸다.

"한 번쯤 더 경감이 물고 늘어질지도 모르니 끝까지 그 바보 같은 수법으로 밀고 나가야 할 거요. 그렇게 하면 문제 없소. 이야기의 앞뒤가 맞지 않더라도 신경쓸 것은 없소. 오히려 너무 앞뒤가 잘 맞았다면 우리 모두 유치장 신세를 지게 되었을 거요."
스페이드는 의자에서 일어섰다.
"밤새도록 시달렸으니 졸리겠군. 그럼, 또 봅시다."

스페이드가 사무실 바깥방으로 들어가자 에피 필라인이 전화에 대고 "아니오. 아직 나오시지 않았습니다"라고 말하고 있는 참이었다.
스페이드는 머리를 내저었다.
"네. 나오시면 그리로 전화하시도록 말씀드리겠습니다."
그녀는 큰 소리로 말하고 수화기를 내려놓았다.
"아침부터 벌써 세 번째예요."
스페이드는 화가 난 듯이 신음 소리를 냈다.
에피 필라인은 갈색 눈을 안쪽 방으로 돌렸다.
"당신의 오쇼네시 여사가 기다리고 있어요. 9시 조금 넘었을 때부터 지금까지."
스페이드는 그럴 줄 알았다는 듯이 고개를 끄덕여보이고 나서 물었다.
"그밖에는?"
"폴하우스 씨에게서 전화가 왔었어요. 전하라는 말은 없었어요."
"그럼, 그에게 전화 좀 걸어주오."
"그리고 G에게서도 전화가 왔었어요."
스페이드의 눈이 번쩍 빛났다.
"누구?"
"G래요. 그렇게만 말하던데요. 안 계신다고 하자 그럼 나오시거든 전갈을 받은 G에게서 전화가 왔다고 전하고 또 다음에 전화하겠다면서 끊었어요."

에피는 그 일에 대해서는 전혀 관심이 없는 듯했다. 스페이드는 뭔가 좋아하는 것을 맛보고 있는 듯 입술을 움직였다.

"고맙소. 그럼, 톰 폴하우스에게 전화 좀 부탁하오."

그는 안쪽 문을 열고 자기 방으로 들어가 손을 뒤로 돌려 문을 닫았다.

브리지드 오쇼네시의 옷차림은 처음에 사무실을 찾아왔을 때와 똑같았다. 그녀는 책상옆 의자에서 벌떡 일어나더니 그의 옆으로 달려왔다.

"누군가가 내 방에 들어왔어요! 구석구석 다 뒤져서 엉망이 되었어요."

스페이드는 아주 놀란 듯한 표정을 지었다.

"가져간 건 없었소?"

"없는 것 같아요. 하지만 잘 모르겠어요. 너무 무서워서 방 안에 있을 수가 없었어요. 그래서 옷을 갈아입고 곧 이리로 달려왔어요. 역시 당신은 그 젊은 사람에게 미행당했던 거예요. 틀림없어요."

스페이드는 머리를 내저었다.

"그럴 리가 없소."

그는 주머니에서 저녁신문 첫판을 꺼내 펴보였다. '비명을 지르는 바람에 도망친 강도'라는 표제가 붙은 2단짜리 기사가 있었다.

새터 거리의 아파트에 혼자 사는 캐롤린 빌이라는 젊은 여자가 오늘 오전 4시쯤 침실을 돌아다니는 발자국 소리에 잠이 깨어 비명을 지르자 그 수상한 자는 도망쳤다. 그 뒤 알아보니 같은 아파트에 사는 다른 두 독신녀의 방에도 강도가 들었던 흔적이 있었다. 그러나 세 사람 모두 도둑맞은 것은 없었다.

"바로——그 아파트요. 내가 그 녀석을 따돌린 곳은…… 빌딩 앞문으로 들어가 뒷문으로 나왔지. 그래서 그는 혼자 사는 여자들을 노렸소. 그는 당신을 찾고 있었던 거요. 아마 당신이 가명으로 들어 있으리라 보고 현관 명찰에 여자 이름이 나와 있는 방만 뒤진 모양이군."
스페이드는 설명했다.
"하지만 그는 당신 아파트를 지키고 있었잖아요. 우리가 그곳에 있는 동안 줄곧."
오쇼네시는 납득이 가지 않는 모양이었다. 스페이드는 어깨를 으쓱했다.
"그가 혼자 움직이고 있다고 볼 수는 없소. 어쩌면 당신이 내 아파트에서 잘 것 같으니까 새터 거리로 달려갔는지도 모르오. 아무튼 가능성은 여러 가지 있지만, 나는 절대로 그 녀석을 콜로네트까지 끌고 가지 않았소."
오쇼네시는 못마땅한 표정을 지었다.
"하지만 결국 알려졌어요. 그 사람이 아니더라도 누군가에게."
"그렇군."
스페이드는 그녀의 발 밑을 내려다보며 눈살을 찌푸렸다.
"어쩌면 카이로인지도 모르겠소. 어제 밤새도록 호텔을 비웠다가 조금 전에 돌아왔으니까. 그는 밤새도록 경찰서에서 시달렸다고 하오. 그러나 아무래도 수상해……."
그는 돌아서서 문을 열고 에피 필라인에게 소리쳤다.
"톰에게 아직 연결되지 않았소?"
"지금 안 계시대요. 조금 있다가 다시 걸어보겠어요."
"고맙소, 에피."
그는 문을 닫고 다시 브리지드 오쇼네시를 마주보았다. 그녀는 어두운 눈으로 스페이드를 바라보았다.
"오늘 아침에 조를 만나러 가셨군요?"
"그렇소."
"왜요?"
그녀는 망설이며 물었다.
"왜라니!"
스페이드는 싱긋 미소지으며 그녀를 내려다보았다.
"이번 일은 구름을 잡는 것 같은 사건임을 알아야 하오. 따라서 머리든 꼬리든 붙잡으려면 모든 연줄을 활용할 필요가 있소."
그는 여자의 어깨를 감싸안고 자기 회전의자 앞으로 데리고 가 코끝에 가볍게 키스한 다음 의자에 앉혔다. 그 자신은 그 앞 책상에 걸터앉았다.
"이렇게 되었으니 당신을 위해 어딘가에 새 거처를 마련해 줘야겠군."
오쇼네시는 힘있게 고개를 끄덕였다.
"다시는 그곳으로 돌아가고 싶지 않아요."
스페이드는 넓적다리 옆의 책상을 가볍게 톡톡 치며 생각에 잠긴 듯한 표정을 지었다.
"아아, 좋은 수가 있소!"
그는 잠시 말을 끊었다.
"잠깐만 기다려보오……."
그는 바깥방으로 나가 문을 닫았다. 에피 필라인이 그를 보자 전화기를 들려고 손을 내밀며 말했다.
"다시 한 번 걸어보겠어요."
"아니, 나중에 걸어도 되오. 그보다 에피의 여성적 직감으로 보아 지금도 저 여자를 마돈나처럼 생각하오?"

에피 필라인은 얼굴을 번쩍 들었다.
"네, 지금도 믿고 있어요. 비록 어떤 사건에 말려들더라도 저 여자라면 틀림없어요. 묻고 싶은 건 그 점이지요?"
"맞았소, 바로 그 점이오. 그럼, 에피는 저 여자를 도와줄 용기가 있소?"
"어떻게 하면 되지요?"
"며칠 동안 저 여자를 숨겨주는 것."
"우리집에요?"
"그렇지. 누군가가 저 여자의 방을 덮쳤소. 이번 주일에 벌써 두 번째요. 그래서 혼자있지 않는 게 좋을 것 같소. 당신이 도와주면 한시름놓을 텐데……."
에피 필라인은 몸을 내밀어 진지한 표정을 지었다.
"정말 위험한가요?"
"그렇게 생각하오."
에피는 손톱으로 입술을 긁었다.
"아마, 우리 어머니가 까무러칠 거예요. 하지만 어떻게든 설득하겠어요. 저 여자는 당신이 찾아낸 중요한 증인으로, 마지막 순간까지 세상사람들의 눈에 띄지 않게 숨겨둬야 할 사람이라고……."
"기특한 말만 하는군, 우리 예쁜이! 그럼, 지금 곧 데려가주겠소? 나는 저 여자에게서 열쇠를 받아 아파트로 가 필요한 물건을 챙겨올 테니까. 아니, 잠깐, 이곳에서 둘이 함께 나가는 것을 누가 보면 좋지 않으니 당신이 먼저 가오. 택시를 타고. 미행당하지 않도록 조심해야 하오. 괜찮으리라고 생각하지만 조심하도록. 저 여자는 내가 조금 있다가 내보내지. 물론 뒤쫓는 사람이 없는지 확인한 뒤에……."

뚱뚱한 사나이

 스페이드가 브리지드 오쇼네시를 에피의 집으로 데려다주고 사무실에 돌아오니 전화 벨이 울렸다. 그는 수화기를 들었다.
 "여보세요. ……네, 스페이드입니다. ……듣고 있습니다. 기다리고 있던 참입니다. ……누구십니까? ……개트맨 씨로군요? 네, 좋습니다. ……그럼, 지금――빠를 수록 좋겠지요……. 12호 C……알았습니다. 네, 15분쯤이면…… 알았습니다."
 스페이드는 그대로 전화기 옆 책상 모서리에 걸터앉아 담배를 말기 시작했다. 입이 만족스러운 듯 V자형으로 꽉 다물어져 있었다. 눈꺼풀을 아래로 내리깔고 담배를 마는 손가락 끝을 물끄러미 들여다보는 눈에는 개운치 않은 생각이 감돌고 있었다.
 이때 불쑥 문이 열리고 아이버가 들어왔다.
 "아이버!"
 갑자기 그의 얼굴표정이 상냥해지고 목소리도 밝아졌다.
 아이버는 쥐어짜는 듯한 목소리로 외쳤다.
 "부탁해요, 샘! 나를 용서해 주세요! 용서해 주세요!"

그녀는 장갑을 낀 작은 손에 검은 테를 두른 손수건을 들고 문 바로 안쪽에 서서 빨갛게 부어오른 겁먹은 눈길로 스페이드의 얼굴을 바라보았다.

그는 책상 모서리에 걸터앉은 채 일어나지도 않았다.

"아아, 괜찮소. 그런 건 잊어버렸소."

그녀는 울기 시작했다.

"하지만, 샘! 당신한테 경찰을 보낸 건 나였어요. 나는 질투심에 머리가 멍해져서 마침내 경찰에 전화를 걸어 그곳에 가면 마일즈 살해범의 단서를 잡을 수 있을지도 모른다고 말했어요."

"아니, 왜 그런 생각을 했소?"

"생각한 게 아니라 머리가 멍하여 내 정신이 아니었지요. 그리고 당신을 곯려주고 싶은 생각이 들어……."

"덕분에 혼났소."

스페이드는 팔을 돌려 그녀의 몸을 끌어당기며 말했다.

"하지만 이제 걱정할 것 없소. 그리고 그런 바보 같은 생각은 이제 다시 하지 말구려."

그녀는 약속했다.

"절대로 하지 않겠어요. 당신은 어젯밤 굉장히 냉담했어요. 차갑고 매정하고, 나를 눈 위의 혹처럼 여겼어요. 꼭 알려주고 싶은 일이 있어서 일부러 찾아가 오랫동안 기다렸는데……."

"알려주다니, 무얼?"

"필에 대한 거예요. 필은 당신과 내가 애인 사이라는 것을 알고 있어요. 마일즈가 그에게 내가 이혼하고 싶어한다는 걸 이야기했던 모양이에요. 물론 그때는 이혼의 이유까지는 몰랐을 거예요. 그런데 요즘 그 사실을 눈치챘는지 그는 이렇게 생각하고 있어요. —— 마일즈가 이혼을 승낙해 주지 않자 두 사람은 결혼할 수 없으므로 우리가 아니, 우리라기보다 당신이 자기 동생을 죽였다고요. 그는 나에게도 그렇게 말했어요. 그리고 어제는 기어코 경찰을 찾아가 그 말을 했어요."
스페이드는 작은 목소리로 말했다.
"정말 수고했소. 그래서 당신은 그 사실을 나에게 알리려고 달려왔었군. 그런데 내가 바빠서 머리끝까지 화를 내어 필 아처의 소동을 거든 셈이 되었군."
그녀는 코를 훌쩍거리며 말했다.
"미안해요. 나는 절대로 용서받지 못할 줄 알았지요. 잘못했어요. 정말 미안해요."
"그건 사실이오. 나뿐만 아니라 당신에게도 큰일이오. 그때 마일즈가 죽은 뒤 댄디 경감이 당신 집에 갔었소? 아니면 누군가 다른 경찰이 가지 않았소?"
"아니오."
아이버는 놀란 듯 눈과 입을 크게 벌리며 말했다.
"틀림없이 찾아갈 거요. 당신이 여기 와 있은 것을 누가 보면 좋지 않을 텐데…… 경찰에 전화를 걸 때 이름을 댔소?"
"천만에요! 나는 다만 곧 당신 아파트로 가면 살인사건에 대한 단서를 잡을 수 있을 거라고만 말했어요."
"어디서 전화를 걸었소?"
"당신 아파트 근처에 있는 약국에서요. 난 정말……."
스페이드는 그녀의 어깨를 가볍게 두드리며 명랑하게 말했다.
"정말 바보 같은 짓을 했군. 하지만 이미 끝난 일이오. 자아, 빨리 집으로 돌아가 경찰의 물음에 대답할 말을 생각해 두오. 그들이 틀림없이 찾아갈 테니까. 그때는 '모른다'라는 한 마디로 버티는 게 가장 좋을 거요."

그는 눈살을 찌푸리며 먼 곳을 바라보는 듯한 표정을 지었다.

"아니면 먼저 시드 와이즈를 만나두는 게 좋을까?"

스페이드는 그녀의 몸에서 팔을 풀고 주머니에서 명함을 한 장 꺼내 뒤에 세 줄 가량 뭐라고 써넣어 그녀에게 건네 주었다.

"시드에게는 무슨 말을 해도 괜찮을 거요, 대강 이야기라면."

그는 또다시 눈살을 찌푸렸다.

"마일즈가 살해된 날 밤 당신은 어디에 있었소?"

"집에요."

그녀는 서슴없이 대답했다.

스페이드는 히죽 웃으며 머리를 가로저었다.

"정말이예요."

그녀는 주장했다.

"그렇지 않을 텐데. 하지만 그게 당신이 꾸며놓은 각본이라면 상관없소. 아무튼 시드를 만나보구려. 이 다음 모퉁이 핑크 색 건물이오. 827호."

아이버의 파란 눈이 살피듯 스페이드의 눈을 들여다보았다. 그녀는 천천히 물었다.

"어째서 내가 집에 없었다고 생각하지요?"

"그냥 우연히 알게 된 거요."

"하지만 있었어요, 정말이에요!"

아이버의 입술이 일그러지고 노여움으로 눈이 어두워졌다.

"에피 필라인이 그렇게 말했군요. 그녀는 오자마자 내 옷을 살펴보고 사방을 둘러보았어요. 그녀는 나를 싫어해요, 샘. 나는 난처하게 하는 일이라면 무슨 일이든 해낼 여자예요. 그걸 아셔야 해요. 어째서 그런 아이의 말만 믿지요?"

"여자들이란 골치아프군."

스페이드는 조용히 중얼거리며 손목 시계를 들여다보았다.

"어서 서두르는 게 좋을 거요, 아이버. 덕분에 나는 약속시간에 늦게 되었소. 아무튼 당신 하고 싶은 대로 하구려. 그러나 내가 당신이라면 시드에게 사실을 털어놓든가 아니면 입을 다물고 있든가 둘 중 하나를 택할 거요. 말하고 싶지 않은 것은 말하지 않아도 되지만, 그 대신 엉터리 이야기는 꾸며대지 말란 말이오."

"거짓말을 하는 게 아니에요, 샘."

아이버는 여전히 항의하듯 말했다.

"바보 같은 말은 그만두오, 아이버!"

스페이드는 자리에서 벌떡 일어섰다.

아이버는 발 끝으로 서서 그의 얼굴 앞으로 고개를 내밀어 속삭였다.

"나를 믿지 않으세요?"

"믿을 수 없소."

"그럼, 내가 한 일도 용서해 주시지 않았군요?"

스페이드는 머리를 숙여 그녀의 입에 키스하며 말했다.

"용서해 주었소. 이제 됐으니 빨리 가보오."

그녀는 그의 몸을 끌어안았다.

"와이즈 씨에게 같이 가주시지 않겠어요?"

"안 되오. 가봐야 방해만 될 테니까."

스페이드는 그녀의 팔을 가볍게 두드리며 자기 몸에서 떼어내 그녀의 한쪽 손목을 잡고 장갑과 소맷부리 사이에 키스했다. 그는 두 손을 여자의 어깨에 얹고 문 쪽으로 방향을 돌린 다음 슬쩍 밀며 명령했다.

"자아, 어서 가보구려!"

알렉산드리아 호텔 C의 마호가니 문을 열어준 것은 스페이드가 벨비디어 호텔 로비에서 이야기를 나눈 그 젊은이였다. 스페이드는 상냥하게 말을 걸었다.

"여어!"

젊은이는 아무 말도 하지 않고 문을 열고 옆으로 비켜섰다.

스페이드가 안으로 들어서자 한 뚱뚱한 사나이가 맞아들였다.

굉장히 살찐 사나이였다. 볼도 입술도 턱도 고깃덩어리가 알뿌리처럼 불룩불룩 핑크빛으로 부풀어 올랐으며, 가슴과 배가 하나로 이어져 커다란 달걀 같은 모습이었는데, 거기서 팔과 다리가 원뿔처럼 늘어져 있었다. 스페이드를 맞아들이려고 걸을 때마다 그 모든 알뿌리들이 일단 불쑥 튀어올라왔다가는 부르르 떨리며 하나하나 따로따로 가라앉았다. 그 모습은 마치 금방 떨어질 것 같으면서도 좀처럼 떨어지지 않는 대롱 끝에 매달린 비누방울 같았다. 둘레의 살이 부풀어올라 조그맣게 보이는 눈은 검은빛으로 반짝였다. 커다란 머리에는 검은 곱슬머리가 드문드문 달라붙어 있었다. 앞단을 어슷하게 자른 검은 컷어웨이(윗옷 앞자락을 뒤쪽으로 어슷하게 재단한 것)의 윗옷에 검은 조끼, 검은 새틴 에스코트 넥타이에 분홍빛도는 넥타이핀, 회색 우스팃 줄무늬 바지, 검은 에나멜 구두——이것이 그 사나이의 몸차림이었다.

"어서 오십시오, 스페이드 씨."

사나이는 목을 죄는 듯한 쉰 목소리로 감격한 것처럼 말하며 불가사리같이 생긴 통통한 분홍빛 손을 내밀었다. 스페이드는 그 손을 잡으며 싱긋 미소지었다.

"처음 뵙겠습니다. 개트맨 씨."

뚱뚱한 사나이는 스페이드의 손을 잡은 채 옆으로 나란히 서더니 다른 손으로 스페이드의 팔꿈치를 떠받치며 녹색 카페트 위를 걸어

테이블 옆에 놓인 녹색 벨벳 의자 쪽으로 안내했다. 테이블에는 사이편과 술잔과 조니 워커 병이 놓인 쟁반과 콜로너스 델 리츠의 잎담배 상자와 두 종류의 신문과 작은 활석(滑石)상자가 놓여 있었다.

스페이드는 녹색 의자에 앉았다. 뚱뚱한 사나이는 두 개의 술잔에 위스키와 소다수를 따랐다. 젊은이는 어디론지 모습을 감췄다. 세 면의 벽에 달린 문은 모두 닫혀 있었다. 스페이드의 뒤쪽 벽──문이 없는 벽──에는 창문이 두 개 있어 그곳으로 기얼리 거리가 내다보였다.

뚱뚱한 사나이는 잔을 들어 스페이드에게 내밀며 말했다.

"자아, 한잔 합시다! 나는 이런 때 술을 마시면 신용할 수 없는 사람이 되지요."

스페이드는 잔을 받더니 미소지으면서 가볍게 고개를 숙였다. 뚱뚱한 사나이는 창문 쪽으로 잔을 들어올려 비춰보았다. 그는 잔 속에서 거품이 이는 것을 보자 만족스러운 듯이 고개를 끄덕였다.

"자아, 건배합시다! 툭 털어놓고 이야기하여 서로를 이해하기 위해!"

두 사람은 잔을 비우고 내려놓았다.

뚱뚱한 사나이는 스페이드에게 날카로운 눈길을 던지며 물었다.

"당신은 말수가 적은 편입니까?"

"아닙니다, 말이 많은 편입니다."

스페이드는 고개를 가로저으며 말했다.

뚱뚱한 사나이는 큰 소리로 말했다.

"그거 참, 잘됐군요! 나는 말수가 적은 사람은 믿지 않는답니다. 그런 사람은 으레 당치도 않을 때 엉뚱한 말을 지껄이기 마련이지요. 말이라는 것은 여느 때 연습해 두지 않으면 잘 나오지 않는 법입니다."

사나이는 술잔 너머로 밝은 미소를 던졌다.

"그런 점으로 보니 우리는 잘해나갈 수 있을 것 같군요."

그는 테이블 위에 잔을 내려놓고 나서 스페이드에게 담배상자를 내밀었다.

"어떻습니까, 한대 피우시지요."

스페이드는 한 개비 꺼내 끝을 자르고 불을 붙였다. 그동안 뚱뚱한 사나이는 녹색 벨벳 의자를 끌어다 적당한 거리에 놓고 스페이드와 마주앉았다. 그리고 두 사람의 손이 닿는 곳에 스탠드 식 재떨이를 갖다놓았다. 그런 다음 테이블에서 자기 잔을 가져오고 담배상자에서 담배 한 개비를 꺼내더니 의자에 앉았다. 불룩불룩한 알뿌리들이 진동을 멈추고 잠잠해졌다. 일단 자리를 잡고 앉자 사나이는 기분좋은 듯 한숨을 내쉬었다.

"그럼, 이제 이야기를 시작해 볼까요. 솔직히 말해서 나는 이야기하기를 좋아하는 사람과 대화하기를 좋아합니다."

"좋지요. 그럼, 검은 새에 대한 이야기를 할까요?"

뚱뚱한 사나이는 소리내어 웃었다. 웃는 데 따라 얼굴의 알뿌리들이 아래위로 크게 흔들렸다.

"하시겠습니까? 그럼, 합시다."

사나이는 자문자답하며 핑크 빛 얼굴을 기쁜 듯이 빛냈다.

"당신은 나하고 배짱이 맞을 것 같군요. 아무래도 나와 비슷한 타입인가 봅니다. 에둘러 말하지 말고 단도직입적으로 '검은 새에 대한 이야기를 할까요?'라니 말입니다. 좋습니다. 이야기합시다. 그 태도가 마음에 들었습니다. 그럼, 검은 새에 대해 말하겠는데, 그 전에 한 가지——공연한 짓인지도 모르지만——내 질문에 대답해 주십시오. 처음부터 오해하지 않도록 말입니다. 당신은 오쇼네시의 대리인으로 오신 겁니까?"

스페이드는 뚱뚱한 사나이의 머리 위로 어슷한 깃털장식처럼 담배 연기를 길게 뿜어냈다. 그는 생각에 잠긴 듯 눈살을 찌푸리고 담배 끝의 재를 물끄러미 바라보고 있더니 이윽고 조심스럽게 대답했다.
"그렇다고 할 수도 없고 그렇지 않다고 할 수도 없군요. 아직 확실치 않으니까요."

그는 눈길을 들어 상대방의 얼굴을 보았으나 이마에 주름은 없었다.
"어떻게 나오느냐에 달렸지요."
"어떻게 나오다니요?"
스페이드는 고개를 내둘렀다.
"그걸 알면 내가 오쇼네시 양의 대리인인지 아닌지 대답할 수 있겠지요."
뚱뚱한 사나이는 꿀꺽 술 한 모금을 마셨다.
"카이로가 어떻게 나오느냐에 달렸다는 말씀입니까?"
"글쎄요……."
스페이드의 대답은 어느 쪽으로나 받아들일 수 있는 애매한 것이었다.
그도 꿀꺽 술을 마셨다.
뚱뚱한 사나이는 그 불룩한 배가 허용하는 한 윗몸을 앞으로 내밀었다. 그의 미소와 쉰 목소리에는 애교가 넘쳐흘렀다.
"그러니까 당신이 그 두 사람 중 어느 쪽 대리인이 되느냐 하는 것이 문제로군요."
"그렇게 볼 수 있지요."
"두 사람 중 어느 쪽이든 한 사람의 대리인이라는 말입니까?"
"아닙니다. 그렇게 말하지는 않았습니다."

뚱뚱한 사나이의 눈이 번쩍 빛났다. 그의 쉰 목소리가 속삭이듯 낮아졌다.
"그밖에 또 누가 있습니까?"
"내가 있지요."
스페이드는 담배 끝으로 자신의 가슴을 가리켰다.
뚱뚱한 사나이는 다시 의자에 몸을 묻더니 축 늘어지며 만족한 듯 긴 한숨을 쉬었다.
"훌륭합니다. 아주 훌륭합니다. 나는 자신이 소중하다고 말할 수 있는 사람을 좋아합니다. 누구나 다 그렇겠지요? 그런데 그것을 부정하는 사람이 있답니다. 그런 사람은 믿을 수가 없습니다. 부정하는 것이 그 사람의 진실이라면 그런 자는 더욱 믿을 수가 없지요. 그런 사람은 바보입니다. 자연의 법칙을 거역하는 큰 바보입니다."
스페이드는 연기를 내뿜으며 예의바르게 조용히 귀기울이는 듯한 표정을 짓고 있었다.
"그렇겠지요. 그럼, 이제 검은 새 이야기로 옮겨갑시다."
뚱뚱한 사나이는 상냥한 미소를 띠었다.
"그렇게 합시다."
그는 눈을 가느다랗게 떴으므로 온 얼굴의 군살이 한곳으로 모여들어 검게 빛나는 눈동자로 겨우 눈의 위치를 알아볼 수 있었다.
"스페이드 씨, 당신은 그 검은 새가 얼마만큼의 값어치를 지니고 있는지 생각해 본 일이 있습니까?"
"아니오."
사나이는 다시 몸을 내밀더니 통통한 핑크 빛 손을 스페이드의 의자팔걸이에 걸쳤다.
"그렇다면 만일 내가 그 값을 이야기한다면——아니, 그 반값이라도 이야기한다면 당신은 아마 나를 거짓말쟁이라고 생각할 겁니다."

스페이드는 웃었다.

"비록 그렇게 생각했다 해도 입 밖에 내지는 않습니다. 그러나 그런 위험성이 꺼려진다면 그것이 어떤 물건인지 말해 주십시오. 평가는 내 쪽에서 내릴 테니까요."

뚱뚱한 사나이는 소리내어 웃었다.

"그건 무리한 일입니다. 이런 일에 경험이 많은 사람이 아니면 절대로 할 수 없는 일입니다. 더욱이……."

그는 강한 인상을 주려는 듯 잠시 말을 끊었다.

"이것은 세계에 유례가 없는 물건이니까요."

그가 다시 웃자 알뿌리 근육이 얼굴에서 이리저리 밀리듯 움직였다. 그는 갑자기 웃음을 그쳤다. 두툼한 입술이 웃을 때의 모습 그대로 멍청히 벌려져 있었다. 근시인 것 같은 진지한 눈이 스페이드를 물끄러미 바라보고 있었다.

"그럼, 당신은 이것이 어떤 물건인지 모르신단 말입니까?"

쉰 목소리가 놀란 나머지 기어들어갔다.

스페이드는 손에 든 담배로 그런 일은 아무렇지도 않다는 듯한 시늉을 해보였다. 그리고 가볍게 말했다.

"어떻게 생긴 것인지는 물론 알고 있습니다. 당신들이 터무니없는 값을 붙이리라는 것도 알고 있습니다. 다만 그 정체를 모를 뿐입니다."

"그 여자가 말하지 않던가요?"

"오쇼네시 양 말입니까?"

"그렇습니다. 아주 귀여운 여자지요."

"글쎄요. 하지만 말해 주지 않았습니다."

뚱뚱한 사나이의 눈이 부푼 핑크 빛 살 속에서 번쩍 검은빛을 뿜었다. 사나이는 중얼거리듯 말했다.

"알고 있을 텐데…… 카이로도 말하지 않았습니까?"

"아주 교활한 사람이더군요. 사고 싶어하면서도 네가 모르는 일을 내가 말할 줄 아느냐는 태도입니다."

뚱뚱한 사나이는 혀 끝으로 입술을 축였다.

"카이로는 얼마에 사겠다던가요?"

"1만 달러."

뚱뚱한 사나이는 경멸하듯 웃었다.

"겨우 1만! 그것도 파운드가 아니라 달러로! 정말 어이없는 그리스 녀석이로군! 흐음, 그래. 당신은 뭐라고 하셨습니까?"

"만일 그것을 넘겨줄 수 있게 되면 1만 달러를 받겠다고 말했습니다."

"아아, '만일'? 아주 그럴 듯한 말을 하셨군요."

사나이의 이마가 꿈틀꿈틀 움직이자 분명치 않은 세로 주름이 생겼다.

"그들은 알고 있을 텐데……."

그는 혼잣말처럼 중얼거리며 스페이드를 보았다.

"어떻습니까, 그 새가 어떤 건지 두 사람은 알고 있는 것 같던가요? 당신은 어떻게 느꼈습니까?"

스페이드는 솔직히 고백했다.

"글쎄요, 나는 알 수 없습니다. 만난 지 며칠 안 되었으니까요. 카이로는 안다고도 모른다고도 하지 않았습니다. 그리고 여자는 모른다고 했지만 그건 틀림없이 거짓말일 겁니다……."

"그렇게 생각하는 게 타당하겠지요."

사나이는 지금 마음이 다른 데 쏠리고 있는 게 분명했다. 그는 머리를 긁었다. 그리고 이마에 빨간 줄무늬가 생길 정도로 얼굴을 찡그렸다. 그리고 의자의 치수와 그의 몸 부피가 허락하는 범위 안에서 불안스럽게 움직거렸다. 그는 잠깐 눈을 감았다가 갑자기 번쩍 뜨며 스페이드에게 말했다.

"어쩌면 모를지도 모릅니다."

부풀어오른 핑크 빛 얼굴에서 차츰 걱정스러운 듯한 찡그린 표정이 사라지고 곧 기쁜 표정이 떠올랐다. 그는 큰 소리로 말했다.

"만일 모른다면…… 만일 그 두 사람이 정말 모른다면 알고 있는 것은 이 세상에 나 혼자인 셈이 됩니다!"

스페이드는 입술을 꾹 다물고 굳은 미소를 띠며 말했다.

"아무래도 나는 이곳에 오기를 잘한 모양이군요."

뚱뚱한 사나이도 미소를 지었으나 어딘지 모르게 애매했다. 행복해하던 표정이 어느새 사라져버렸다. 얼굴은 웃고 있었지만, 눈에는 경계의 빛이 감돌았다. 그 얼굴은 자기 생각과 스페이드의 생각 사이에 일부러 내세운 경계의 눈초리로 미소를 띤 가면이었다. 사나이의 눈은 스페이드의 눈길을 피하며 스페이드의 팔꿈치 옆에 있는 잔으로 옮겨갔다. 갑자기 그의 얼굴이 환해졌다.

"아니 당신 잔이 비었군요!"

뚱뚱한 사나이는 자리에서 일어나 테이블 앞으로 다가가 잔과 사이편과 위스키 병을 달그락거리며 두 사람 몫의 술을 만들었다.

의자에서 꼼짝도 하지 않고 앉아 있던 스페이드는 뚱뚱한 사나이가 다가와 허풍스럽게 허리를 굽히며 농담 비슷이 "자아, 백약(百藥)보다 낫다니 한잔!" 하고 잔을 내미는 순간 벌떡 일어났다.

그는 뚱뚱한 사나이 앞으로 다가가 위에서 상대방을 내려다보았다. 그 눈이 험하게 번쩍였다. 그는 잔을 들어올리며 도전하는 듯한 목소리로 신중하게 말했다.

"건배! 속을 툭 털어놓고 분명히 이해하기 위해!"

뚱뚱한 사나이는 목구멍 속으로 껄껄 웃었다. 두 사람은 마셨다. 뚱뚱한 사나이는 자리에 앉았다. 잔을 배 앞에서 두 손으로 받쳐들고 웃으면서 스페이드를 올려다 보았다.

"정말 놀라운 일이지만, 두 사람 모두 새의 정체를 정확히 모른다면, 이 넓은 세계에서 그것을 아는 사람은 이 캐스퍼 개트맨 하나뿐입니다."

"좋습니다."

스페이드는 두 다리를 크게 벌린 채 한쪽 손은 바지주머니에 넣고 다른 쪽 손에는 잔을 들고 있었다.

"그러나 당신이 나에게 이야기해 준다면 알고 있는 것은 우리 두 사람이 되겠지요."

"수학적으로는 그렇지요."

뚱뚱한 사나이의 눈이 번쩍 빛났다. 이윽고 온 얼굴에 미소가 번졌다.

"그러나 내가 당신에게 이야기할 것인지 아닌지 아직 분명치 않습니다."

"농담은 그만둡시다!"

스페이드는 꾹 참으며 말했다.

"당신은 그 정체를 알고 있고 나는 그것이 있는 장소를 알고 있소. 그래서 이렇게 만나고 있는 게 아니오?"

"그렇군요. 그런데 대체 그게 어디 있습니까?"

스페이드는 이 질문을 무시했다.

뚱뚱한 사나이는 입을 꾹 다물고 눈썹을 치켜올리며 머리를 조금 왼쪽으로 기울였다.

"이것 보십시오."

사나이는 조용한 말투로 말했다.

"나보고는 알고 있는 사실을 말하라고 하면서 당신은 말할 수 없다니, 이거 어디 공평한 일이라고 할 수 있겠습니까? 안 됩니다. 그런 식으로 나와서는 이야기가 안 됩니다."

스페이드의 얼굴이 파랗게 질리며 험악해졌다. 그는 화난 목소리로 재빨리 나지막하게 지껄이기 시작했다.

"빨리 생각을 달리하는 게 좋을걸! 아까도 당신 부하에게 나와 이야기하지 않으면 일이 안 될 거라고 말했소. 이번에는 당신에게 말해 두지. 지금 나에게 말하겠소, 아니면 깨끗이 이 일에서 손을 떼겠소? 둘 중 하나를 택하시오. 무슨 속셈에서 내 시간을 빼앗은 거요? 당신들의 비밀 따위는 듣고 싶지도 않소! 내 말하겠는데, 은행금고 속에 무엇이 들어 있는가 하는 것쯤은 나도 알고 있소. 그러나 그게 무슨 도움이 되겠소! 당신 같은 사람이 없어도 이 일은 문제없이 해낼 수 있소. 당신도 나를 가까이 하지 않았다면 당신 혼자 해낼 수 있었겠지만, 이제는 사정이 달라졌소. 이곳은 샌프란시스코요. 자아, 나하고 겨루겠소. 아니면 손을 떼겠소? 어느 쪽이오? 오늘 안으로 결정하시오."

스페이드는 휙 돌아서자 화난 김에 들고 있던 잔을 테이블에 집어던졌다. 술잔이 테이블에 부딪쳐 산산조각났다. 술과 반짝이는 유리 조각이 테이블과 바닥에 흩어졌다. 스페이드는 그것을 보지도 않고 휙 몸을 돌려 다시 뚱뚱한 사나이를 똑바로 쳐다보았다. 스페이드와 마찬가지로 뚱뚱한 사나이도 술잔의 운명에는 아무 관심이 없었다. 입을 다물고 눈썹을 치켜올리며 머리를 왼쪽으로 갸우뚱한 채 스페이드가 고함치는 동안 내내 핑크 빛 얼굴에 온화한 표정을 띠고 있었다. 지금도 그 표정은 조금도 달라지지 않았으나 스페이드는 여전히 격렬한 말투로 소리쳤다.

"그리고 또 한 가지, 나는……."

스페이드의 왼쪽에 있는 문이 열렸다. 아까 그를 맞아들인 젊은이가 들어왔다. 그는 문을 닫자 두 손을 옆구리에 대고 문 앞에 서서 스페이드를 노려보았다. 커다랗게 부릅뜬 큰 눈동자가 음침하게 내다보고 있었다. 그 눈길은 스페이드의 몸을 어깨에서 무릎까지 훑어내려가더니 다시 재빨리 위로 더듬어 올라가 갈색 윗옷 가슴주머니에서 비어져나는 갈색 테를 두른 손수건 위에서 멎었다.

"또 한 가지 있소."

스페이드는 젊은이를 노려보며 되뇌었다.

"당신이 결정짓는 동안 저 꼬마를 쫓아내시오. 그렇지 않으면 죽여버릴 테니까. 꼴도 보기 싫소! 보기만 해도 울화통이 터진단 말이오. 조금이라도 내 일을 방해했다가는 눈 깜짝할 사이에 지옥에 떨어질 거요. 아무 소리 못하게 죽여버릴 테니까!"

젊은이는 입술을 뒤틀며 어두운 미소를 떠올렸다. 그는 눈도 들지 않았고 입도 벌리지 않았다. 뚱뚱한 사나이가 점잖게 말했다.

"정말 당신은 화를 꽤 잘 내는구려."

"화를 잘 낸다고?"

스페이드는 정신나간 듯 큰 소리로 웃었다. 그는 방을 가로질러 모자를 놓아둔 의자 앞으로 가더니 얼른 집어 머리에 올려놓았다. 그리고 긴 팔을 뻗어 굵은 둘째손가락으로 뚱뚱한 사나이의 배를 가리켰다. 이윽고 그의 고함 소리가 옆방에까지 쩌렁쩌렁 울렸다.

"잘 생각해 두시오. 시간은 5시 30분까지요. 그때까지 손을 댈 것인가 뗄 것인가 결정해 두시오."

스페이드는 팔을 내린 다음에도 한동안 뚱뚱한 사나이의 온화한 얼굴을 노려보았다. 그리고 젊은이의 얼굴을 잠깐 노려본 뒤 아까 들어왔던 문 쪽으로 걸어갔다. 문을 열자 스페이드는 걸음을 멈추고 돌아보며 다시 거칠게 소리쳤다.

"알겠소? 5시 30분이오."

젊은이는 스페이드의 가슴에 눈길을 못박은 채 벨비디어 호텔 로비에서 그에게 두 번이나 퍼부었던 상스러운 욕을 되뇌었다. 목소리는 작았으나 울림이 날카로웠다. 방에서 나가자 스페이드는 문을 쾅 닫았다.

메리 고 라운드

 스페이드는 개트맨의 방이 있는 층에서 엘리베이터를 탔다. 입술이 바싹 마르고, 땀이 촉촉히 밴 얼굴이 창백했다. 땀을 닦으려고 손수건을 꺼내는 손이 부들부들 떨렸다. 그것을 보고 그는 자기도 모르게 쓴웃음을 지으며 한숨을 쉬었다. 그 소리가 너무 컸던지 엘리베이터 보이가 어깨 너머로 돌아보며 "뭐라고 그러셨습니까?" 하고 물었다.
 스페이드는 기얼리 거리를 걸어서 팰레스 호텔로 가 점심을 먹었다. 식탁 앞에 앉았을 때는 얼굴빛도 창백하지 않고 입술도 다시 촉촉해졌으며 손도 떨리지 않았다. 천천히 배불리 먹고 난 다음 그는 시드 와이즈의 사무실을 찾았다.
 스페이드가 들어갔을 때 와이즈는 손톱을 물어 뜯으며 창문을 바라보고 있었다. 그는 입에서 손을 떼며 의자를 돌려 스페이드와 마주보았다.
 "어서 오게. 샘, 의자를 가져오게나."
 스페이드는 서류가 산더미처럼 쌓인 책상 옆으로 의자를 끌어다 앉앉다.

"아처 부인이 왔던가?"

와이즈의 눈이 조금 빛났다.

"으음. 그 여자와 결혼할 생각인가, 샘?"

스페이드는 초조한 듯이 코로 숨을 내쉬었다. 그는 투덜거리듯 말했다.

"자네까지 그런 말을 하나?"

변호사는 입꼬리를 위로 치켜 올리며 한순간 지친 듯한 미소를 지었다.

"그렇지 않다면 문제가 좀 복잡해지겠는데."

스페이드는 말고 있던 담배에서 눈길을 들며 짓궂은 목소리로 말했다.

"자네에게 복잡한 문제가 생긴다는 뜻인가? 그거야 자네가 바라던 바가 아닌가? 그래, 그녀가 뭐라고 말하던가?"

"자네에 대해서 말인가?"

"나에 대해서 뿐만 아니라 무엇이든지 내가 알아야 할 일에 대해서."

와이즈는 손가락으로 머리를 북북 긁었다. 어깨에 비듬이 하얗게 떨어졌다.

"그녀는 마일즈와 헤어질 생각이었다고 하더군. 이혼이 되면 그녀는——"

"그건 알고 있네."

스페이드는 그의 말을 가로막았다.

"그건 생략하고 내가 모르는 것을 이야기해 주게."

"내가 뭘 알아야지? 그 여자가 어디까지 자네에게——"

"시드, 속이지 말게. 나에게 숨겨두고 싶은 말을 했겠지?"

스페이드는 라이터 불을 담배 끝으로 가져가며 말했다.
시드 와이즈는 나무라듯 스페이드를 쳐다보았다.
"여보게, 샘, 그런 건······."
스페이드는 천장을 올려다보며 신음하듯 말했다.
"오오, 하느님! 이 사나이는 나를 통해 부자가 된 변호사입니다. 그런데 내가 무엇을 묻기 위해 그 사나이 앞에서 무릎을 꿇고 애원해야 합니까?"
스페이드는 와이즈를 노려보았다.
"내가 그녀를 이곳으로 보낸 데 대해 자네는 어떻게 생각했나?"
와이즈는 지루한 듯 얼굴을 찡그렸다.
"자네 같은 의뢰인이 한 사람만 더 있다면 나는 곧 요양소로 가야 할 걸세. 아니, 선퀜틴(샌프란시스코에 있는 주립형무소)에 가야 할 걸세."
"의뢰인들을 줄줄이 데리고 말인가? 참, 그녀는 마일즈가 살해된 날 밤 어디 있었다는 말을 하던가?"
"했네."
"어디인가?"
"마일즈의 뒤를 밟았었다더군."
스페이드는 고쳐 앉으며 눈을 동그랗게 뜨고 믿을 수 없다는 듯이 큰 소리로 말했다.
"여자란 정말 굉장하군!"
그는 한바탕 웃고 나서 몸을 천천히 움직였다.
"그래, 무엇을 보았다던가?"
와이즈는 머리를 내둘렀다.
"본 게 별로 없다네. 그날 밤 마일즈는 저녁을 먹으러 돌아와서 아내에게 이제부터 세인트 마크 호텔에서 젊은 여자와 데이트하러 간다고 말했다는군. 바라는 이혼을 하는 데는 더없이 좋은 기회가 아니냐고 놀려대더라네. 그녀도 처음에는 남편이 자기를 화나게 만들려고 꾸며낸 이야기겠거니 생각했는데…… 아무튼 마일즈란 사나이도——"
"그런 복잡한 집안사정은 다 아네. 그것도 생략. 그보다 그 여자가 한 일을 말해 주게."
"이야기를 중간에서 가로막지만 않는다면 가르쳐주지. 남편이 나가자 그녀는 데이트한다는 말이 어쩌면 사실일지도 모른다는 생각이 들더라네. 마일즈에 대해서는 자네도 잘 알고 있겠지. 그 사람이라면 이런——"
"마일즈의 성격도 생략, 생략!"
"그럼, 할 말이 없잖나! 아무튼 그녀는 차고에서 자동차를 꺼내 세인트 마크까지 가서 길 반대쪽에 세우고 밖을 내다보고 있었다네. 그러자 마일즈가 호텔에서 나와 한 걸음 앞서 나온 한 쌍의 남녀를 뒤따르더라는군. 그 여자란 어젯밤 자네와 같이 있던 젊은 여자인 모양일세. 그래서 남편은 역시 일을 하기 위한 것이면서 자기를 놀렸다는 사실을 알았다고 하네. 아마 실망이 되고 화도 났겠지. 이야기하는 태도에서 그걸 느낄 수 있었네. 그래서 한동안 마일즈의 뒤를 밟아 남편이 그 두 사람을 미행하고 있음을 확인한 다음 그녀는 자네 아파트로 갔다네. 그런데 자네가 없었다는 걸세."
"그게 몇 시쯤인데?"
스페이드가 물었다.
"자네 집에 간 시간 말인가? 첫 번째는 9시 30분과 10시 사이."
"첫 번째?"
"그렇지. 30분쯤 드라이브한 다음 다시 갔다네. 그러니까 두 번째는 10시 30분쯤이었겠지. 그때까지도 자네가 돌아오지 않았으므로 그녀는 다시 번화가로 나와 극장에 들어갔다네. 거기서 12시가 넘을 때까지 시간을 보낼 생각이었다는군. 그때쯤이면 자네도 돌아오겠지 생각하고……."
스페이드는 미간을 찌푸렸다.
"10시 30분에 영화관에 들어갔다고?"
"그러더군. 밤 1시까지 상연하는 파우엘 거리 영화관이라네. 집에 돌아가고 싶지도 않았고 마일즈가 돌아왔을 때 집에 있기도 싫었다는 걸세. 그런 일이 있으면 마일즈는 언제나 화를 냈던 모양이네. 특히 한밤중에는 더. 그래서 그녀는 극장문을 닫을 때까지 안에 있었다네."
와이즈의 말이 점점 느려지고 그 눈이 차갑게 비웃는 듯 번쩍 빛났다.
"그때쯤 되자 자네를 찾아가야겠다는 생각을 버렸다는군. 그처럼 늦은 시간에 찾아가면 자네가 좋아할 것 같지 않아서 말일세. 그래서 엘리스 거리 테이트 가게에 가서 뭘 좀 먹고 혼자 집으로 돌아갔다고 하네."
말을 마치자 와이즈는 의자등받이에 기대어 스페이드가 입을 열기를 기다렸다.
스페이드의 얼굴은 무표정했다.
"자네는 그 말을 믿나?"
"그럼, 자네는 믿지 않나?"
와이즈가 되물었다.
"그런 걸 어떻게 믿을 수 있나? 나에게 말하려고 자네와 그녀가 의논하여 꾸며낸 이야기인지도 모르지……."
와이즈는 빙그레 미소지었다.
"자네도 전혀 모르는 사람을 위해 덮어놓고 수표를 현금으로 바꿔

메리 고 라운드 175

주지는 않겠지, 샘?"

"몇백 장이 되면 곤란하지. 그래, 그 뒤 어떻게 되었나? 마일즈는 돌아오지 않았고 그때는 적어도 2시쯤 되었을 텐데……. 그러니까 마일즈는 죽은 뒤였겠지."

"마일즈는 돌아오지 않았다네."

와이즈는 다시 설명했다.

"그래서 화가 났던 모양일세. 남편이 먼저 돌아와 있지 않은 것은, 자기가 집에 없어서 화가 났기 때문일 거라고 생각한 거지. 그래서 다시 차고에서 자동차를 꺼내 자네를 찾아갔다네."

"그러나 나도 없었지. 마일즈의 시체를 보러 가 있었을 테니까. 정말이지 메리 고 라운드처럼 빙빙 남의 뒤만 쫓아다니는군……그래서 어떻게 되었나?"

"그녀는 집으로 돌아갔다네. 그러나 남편이 아직도 돌아와 있지 않더라는군. 그래서 옷을 갈아입는데 자네가 보낸 사람이 마일즈가 죽었다는 소식을 가져왔다고 하네."

스페이드는 말없이 담배를 말고 있었다. 라이터 불을 붙인 다음에야 가까스로 그는 입을 열었다.

"그런대로 줄거리가 맞아들어가는군. 지금까지도 알고 있는 사실과도 딱 들어맞고. 그 정도라면 쓸 만하겠지."

와이즈는 다시 손가락을 머릿속에 집어넣고 마구 긁어댔다. 전보다 더 많은 비듬이 어깨 위에 떨어졌다. 그는 살피듯 스페이드의 얼굴을 흘끔 쳐다본 다음 물었다.

"그러니까 자네는 믿지 않는단 말인가?"

스페이드는 물고 있던 담배를 입에서 빼냈다.

"믿고 안 믿고도 없네, 시드. 나는 아무것도 모르니까."

변호사는 입을 일그러뜨리며 쓴웃음을 지었다. 그는 지루한 듯 어깨를 으쓱해 보였다.
"알았네. 내가 자네를 배신하고 있다는 말이로군. 그렇다면 왜 좀 더 솔직한 변호사에게 부탁하지 그러나? 자네가 믿을 수 있는 사람에게 말일세."
"그런 사나이가 지금 어디 있나?"
스페이드는 일어나서 차갑게 비웃듯이 와이즈를 내려다보며 말했다.
"화가 난 건가? 내 생각이 모자랐던 모양이군. 자네에게 좀더 공손한 태도를 취해야 하는 건데. 대체 내가 무엇을 어떻게 했다는 건가? 들어올 때 굽신거리는 것을 잊었기 때문인가?"
시드 와이즈는 쑥스러운 듯이 빙그레 미소지으며 말했다.
"정말 자네는 이럴 수도 저럴 수도 없는 사람이군."

스페이드가 들어가자 에피 필라인이 바깥사무실 한가운데에 서 있었다. 그녀는 걱정스러운 듯한 갈색 눈으로 그를 보며 곧 물었다.
"무슨 일이 있었나요?"
스페이드의 얼굴이 굳어졌다.
"무슨 일이라니?"
"왜 그 여자가 안 오지요?"
스페이드는 성큼성큼 두 발자국 다가서더니 에피의 두 어깨를 붙잡았다. 그는 겁에 질린 그녀의 얼굴을 향해 소리쳤다.
"아직 도착하지 않았소?"
에피는 크게 고개를 끄덕였다.
"네, 아무리 기다려도 와야지요. 그래서 당신에게 전화를 했지만 아무도 받지 않아서 생각다못해 와 본 거예요."
스페이드는 에피의 어깨에서 두 손을 홱 떼더니 바지주머니에 쑥

집어넣었다.
"제기랄! 또 메리 고 라운드인가!"
그는 화가 난 듯 자기 방으로 성큼성큼 들어가더니 곧 되돌아왔다.
"어머니에게 전화를 걸어서 그동안에라도 왔는지 알아보오."
에피가 전화를 걸고 있는 동안 그는 방안을 왔다갔다했다.
"아직 안 왔대요."
그녀는 수화기를 내려놓으면서 말했다.
"택시를 태워보내셨나요? 무사히 떠나는 것을 확인하셨어요?"
그는 뭐라고 중얼거렸는데, 아마 그렇다는 뜻인 것 같았다.
"정말 확인하셨어요? 누가 뒤쫓지 않던가요?"
스페이드는 서성거리던 발걸음을 멈췄다. 그는 허리에 두 손을 짚고 에피를 노려보며 큰 소리로 거칠게 외쳤다.
"아무도 뒤쫓는 사람은 없었소! 나를 코흘리개 초등학생으로 아오? 택시에 태우기 전에도 충분히 사방을 확인해 보았고 신중을 기해 10블록쯤 함께 타고 갔소. 택시에서 내려서도 5,6블록쯤 갈 때까지 지켜보고 있었소."
"하지만……."
"하지만 오지 않았단 말이지? 한 번 들으면 알 수 있소. 그 말을 믿는단 말이오. 내가 그녀가 착한 줄 알고 있다고 생각하는 모양이지?"
에피 필라인은 코웃음치며 말했다.
"당신은 정말 코흘리개 초등학생 같군요."
스페이드는 의욕에 넘쳐서 복도문 쪽으로 걸어갔다.
"지금부터 나가 하수도를 파헤쳐서라도 그녀를 찾아내고 말겠소. 당신은 내가 돌아오거나 전화할 때까지 여기 있어주오. 내 힘 닿는 데까지 해볼 참이니까."

그는 방을 나와 엘리베이터 쪽으로 가다가 다시 되돌아왔다. 문을 열자 에피 필라인이 자기 책상 앞에 앉아 있었다.

"에피, 당신은 영리하니까 내가 이렇게 말해도 화를 내서는 안 되오."

"그런 일로 내가 화내리라고 생각했다면 당신이 오히려 이상하군요. 다만……."

그녀는 가슴 앞으로 팔짱을 끼고 자신의 어깨를 만지며 입술을 조금 일그러뜨렸다.

"이런 식으로 나가다가는 앞으로 2주일 동안 이브닝드레스 한 번 못 입겠어요. 정말 너무해요!"

스페이드는 조심스럽게 미소지으며 말했다.

"정말 나는 이럴 수도 저럴 수도 없는 골치거리야!"

그는 허풍스럽게 고개를 숙여보인 다음 문을 닫았다.

두 대의 노란 택시가 길모퉁이의 주차장에 멈춰서 있었다. 스페이드는 그리로 갔다. 운전기사가 밖에 나와 서서 이야기하고 있었다. 스페이드는 그들에게 물어보았다.

"낮에 이곳에 있던 얼굴이 붉은 금발머리 기사는 지금 어디 있소?"

"손님을 태우고 나갔습니다."

한 사람이 대답했다.

"그렇겠지요."

또 한 사람의 기사가 동쪽을 향해 머리를 끄덕여 보였다.

"저기 오는군요."

스페이드가 모퉁이까지 걸어가 길가에 서 있자 금발 기사가 차를 세우고 안에서 나왔다. 스페이드는 택시 기사 앞으로 다가가서 말했다.
 "오늘 낮에 여자와 함께 당신 택시를 탔던 사람이오. 스톡턴 거리로 나가 새클라멘토 거리에서 존스 거리로 접어들자 나는 내렸지요."
 "아아, 그렇군요."
 붉은 얼굴의 사나이가 말했다.
 "알고 있습니다."
 "거기서 여자손님을 9번 거리까지 태워다주라고 부탁했는데, 그렇게 하지 않은 모양이더군요. 어디로 데려다주었소?"
 기사는 더러워진 손으로 먼지를 털며 의심스러운 듯 스페이드를 쳐다 보았다.
 "글쎄요, 잘 모르겠는데요."
 "걱정하지 마시오."
 스페이드는 상대방을 안심시키기 위해 명함을 한 장 내밀며 말했다.
 "뒷일이 걱정된다면 당신 회사까지 같이 가서 책임자의 허락을 받아도 좋소."
 "뭐, 그럴 것까지는 없겠지요. 페리 빌딩(연락선 발착소, 항만 사무실도 겸함)까지 태워다드렸습니다."
 "그녀가 거기까지 가자고 했소?"
 "네, 물론이지요."
 "그전에 어디 다른 곳에 들른 일은 없었소?"
 "아니오, 아무데도 들르지 않았습니다. 자세히 이야기하면 이렇습니다. 손님이 내리신 다음 새클라멘토 거리를 달리고 있었지요. 포크 거리까지 왔을 때 여자손님이 운전대 유리를 톡톡 두드리며 신문을 사고 싶다고 했습니다. 나는 거리모퉁이에 택시를 세우고 휘파람으로 신문팔이 아이를 불렀지요. 그리고 신문을 샀습니다."
"무슨 신문이었소?"
"'코올'이었습니다. 그 뒤 줄곧 새클라멘토를 달려 번 네스를 가로지를 무렵 또 운전대의 유리를 톡톡 두드리더니 페리 빌딩으로 가자고 했습니다."
"흥분되어 있다든가 뭐 달라진 데는 없었소?"
"글쎄요. 별로 느끼지 못했는데요."
"페리 빌딩에 닿자 어떻게 했소?"
"그녀는 요금을 치르고 내렸습니다. 그뿐입니다."
"누가 기다리고 있지 않았소?"
"글쎄요…… 그랬을지도 모르지만, 나는 보지 못했습니다."
"택시에서 내려 어느 쪽으로 갔지요?"
"페리에서 말입니까? 글쎄요, 잘 모르겠는데요. 아마 2층이겠지요. 아무튼 층계 쪽으로 갔습니다."
"신문을 들고 있었소?"
"네, 요금을 치를 때도 가지고 있었습니다."
"바깥으로 나온 쪽이 핑크 페이지였소, 아니면 흰 페이지였소?"
"나참, 손님도, 그런 것까지 어떻게 압니까?"
스페이드는 운전기사에게 고맙다는 인사를 한 뒤 담배라도 사서 피우라면서 1달러 은화를 손에 쥐어주었다.

스페이드는 〈코올〉지를 한 부 사들고 바람을 피하여 가까운 빌딩 입구로 들어갔다.
재빨리 1면 표제를 훑어보았다. 이어서 2면, 3면…… 표제를 더듬어 내려갔다. 4페이지의 '위조지폐를 만든 용의자 체포'라는 표제와 5페이지의 '청년 권총자살을 시도하다'라는 표제에서 잠깐 눈길이 멎었다. 6페이지와 7페이지에는 흥미를 끌 만한 기사가 없었다. 8페이지에는 '강도혐의가 있는 세 소년, 발포했으나 체포하지 못함'이라는 기사가 한순간 주의를 끌었다. 그 뒤로는 눈에 띄는 게 없이 35페이지까지 넘어갔다. 거기에는 일기예보, 출입선박안내, 농산, 금융, 이혼, 출생, 결혼, 사망 등의 소식이 실려 있었다. 사망자 리스트를 훑어 보고 36페이지와 37페이지의 재정경제란을 넘겨 마지막 38페이지에 이르렀으나 관심을 끌 만한 기사는 하나도 없었다. 그는 안도의 숨을 내쉬며 신문을 접어 윗옷주머니에 넣고는 담배를 말기 시작했다.

그는 5분쯤 빌딩 입구에 선 채 담배를 피우며 찡그린 얼굴로 허공을 노려보고 있었다. 그런 다음 스톡턴 거리로 나가 택시를 잡아 타고 콜로네트 아파트로 향했다.

건물 안으로 들어가자 그는 브리지드 오쇼네시가 맡겨둔 열쇠로 방문을 열고 들어갔다. 지난밤에 그녀가 입었던 파란 가운이 침대 가장자리에 걸쳐져 있고 파란 양말과 구두가 침실바닥에 나뒹굴고 있었다. 스페이드는 그것을 보자 혀로 입술을 축였다. 그는 온 방안을 돌아다니며 여기저기 살펴보았으나 결국 아무데도 손대지 않고 콜로네트를 나와 다시 번화가로 돌아갔다.

스페이드는 사무실이 있는 빌딩 입구에서 아까 개트맨의 방에서 헤어졌던 젊은이와 마주쳤다. 젊은이는 입구로 들어서며 스페이드 앞을 가로막았다.

"갑시다. 보스가 만나고 싶어하오."

젊은이는 두 손을 코트 주머니에 찌르고 있었다. 주머니는 손의 크기보다 훨씬 크게 부풀어 있었다. 스페이드는 싱긋 미소지으며 놀리듯이 말했다.

"5시 25분까지 자네가 와주리라고는 생각지 못했는데, 오래 기다리지는 않았겠지?"
 젊은이는 눈을 들어 스페이드의 입가를 노려보았다. 그는 환자처럼 긴장된 목소리로 말했다.
 "사람을 가지고 놀지 마시오! 그러다간 배꼽에서 총알을 파내게 될 거요."
 스페이드는 소리내어 웃었다. 그는 밝은 목소리로 말했다.
 "악당은 조무래기일수록 큰소리치는 법이지. 아무튼 가세."
 두 사람은 어깨를 나란히 하고 새터 거리를 걸어갔다. 젊은이는 여전히 주머니에 두 손을 집어넣고 있었다. 한 블록쯤 말없이 걷다가 스페이드가 쾌활한 목소리로 물었다.
 "여보게, 젊은이, 날치기에서 발을 빼낸 지 얼마나 되나?"
 젊은이는 못 들은 척했다.
 "지금까지⋯⋯."
 스페이드는 말을 꺼내다가 그만두었다. 부드러운 빛이 그의 회색 눈 속으로 스며들었다. 그는 그 뒤 젊은이에게 다시는 말을 걸지 않았다.
 알렉산드리아 호텔로 들어가자 두 사람은 엘리베이터로 12층까지 올라갔다. 그런 다음 복도를 걸어 개트맨의 방으로 들어갔다. 복도에는 아무도 없었다.
 스페이드는 조금 뒤처져 따라갔다. 개트맨의 방에서 5미터쯤 떨어진 곳에 왔을 때 스페이드는 젊은이에게서 50센티미터쯤 뒤처져 있었다. 갑자기 비스듬히 몸을 날린 스페이드는 젊은이의 등 뒤에서 그의 양쪽 팔꿈치 바로 밑을 꽉 잡았다.
 스페이드가 그대로 힘껏 두 팔을 내밀자 그 여세로 코트 주머니 속에 손과 함께 코트가 앞으로 들어올려졌다. 젊은이는 허우적거리며 발버둥쳤으나 이 큰 사나이의 억센 완력을 당해낼 수가 없었다. 뒷발

질을 했으나 벌리고 선 스페이드의 두 다리 사이를 찰 뿐 아무 효과도 없었다.

스페이드는 젊은이의 몸을 높이 들어 바닥에 힘껏 메어쳤다. 두꺼운 카페트 위라 소리는 거의 나지 않았다. 메어치자마자 스페이드의 두 손이 얼른 내려와 다시 젊은이의 양쪽 손목을 잡았다. 젊은이는 이를 악물며 스페이드의 큰 손을 뿌리치려고 버둥거렸으나 도저히 뿌리칠 수가 없었다. 그러는 동안 젊은이의 손이 스페이드의 손 끝으로 내려왔다. 갑자기 스페이드의 손이 젊은이의 손을 꽉 잡자 젊은이의 이가는 소리가 스페이드의 거친 숨소리에 섞여 뚜렷이 들려왔다.

한동안 두 사람은 긴장한 채 꼼짝도 하지 않았다. 잠시 뒤 젊은이의 팔이 축 늘어졌다. 스페이드는 그를 놓고 뒤로 물러섰다. 스페이드의 두 손이 젊은이의 코트 주머니에서 나왔을 때는 큰 자동권총이 한 자루씩 쥐어져 있었다.

젊은이는 스페이드 쪽으로 돌아섰다. 그 얼굴은 기분나쁠 정도로 파랗게 질려 있었다. 두 손은 아직도 코트 주머니에 넣어져 있었다. 그는 스페이드의 가슴께를 쳐다볼 뿐 아무 말도 하지 않았다.

스페이드는 두 자루의 권총을 자기 주머니 속에 넣으며 슬쩍 비웃음을 띠었다.

"자아, 가세. 이제는 자네도 보스 마음에 들게 되겠지."

두 사람은 개트맨의 방 앞에 이르렀다. 스페이드가 문을 노크했다.

황제에게 보내는 선물

 개트맨이 문을 열었다. 반가운 듯한 미소가 통통한 얼굴에 떠올랐다. 그는 한 손을 내밀면서 말했다.
 "어서 들어오십시오, 잘 오셨습니다."
 스페이드는 악수를 하고 안으로 들어갔다. 젊은이는 따라들어왔다. 뚱뚱한 사나이가 문을 닫았다. 스페이드는 젊은이의 권총을 주머니 속에서 꺼내 개트맨에게 내밀었다.
 "이런 걸 가지고 다니게 하면 어떻게 하오. 다치라고……."
 뚱뚱한 사나이는 껄껄 웃으며 권총을 받았다.
 "아니, 이게 어떻게 된 일입니까?"
 사나이의 눈은 스페이드에게서 젊은이에게로 옮겨갔다.
 "절름발이 신문팔이가 이 젊은 친구에게서 낚아채가기에 찾아준 것 뿐이오."
 스페이드가 대답했다.
 젊은이는 얼굴이 새파래지며 개트맨의 손에서 권총을 받자 주머니에 넣었다. 한 마디도 말이 없었다.

개트맨은 또 껄껄 웃었다.

"정말 가까이 사귈 보람이 있군요. 당신은 놀라운 인물입니다. 자, 이리 와서 앉으십시오. 모자는 이쪽에."

젊은이는 입구 오른쪽의 문으로 나갔다.

뚱뚱한 사나이는 테이블 옆 녹색 벨벳 의자를 스페이드에게 권하더니 억지로 잎담배를 쥐어준 다음 불을 붙여주었다. 그리고는 위스키에 소다수를 섞어 스페이드의 손에 건네주었다. 그는 자기 잔을 집어들고 스페이드와 마주앉았다.

"우선 사과 말씀을 드려야겠군요."

"아니, 됐습니다! 그보다 검은 새의 이야기를 합시다."

스페이드가 말했다.

개트맨은 고개를 왼쪽으로 갸우뚱하고 감격한 듯이 스페이드를 바라보았다.

"좋습니다. 이야기합시다."

그는 고개를 끄덕이고는 손에 든 소다수를 한 모금 마셨다.

"지금부터 말하는 것은 당신도 처음 듣는 놀라운 이야기입니다. 물론 당신 같은 직업을 가진 당신만한 사람이라면 지금까지도 여러 가지 놀라운 일을 겪었으리고 믿습니다."

스페이드는 조용히 고개를 끄덕였다.

"당신은 나중에 로도스 기사라고 불린 예루살렘의 세인트 요하네 호스피탈 기사단에 대해 아는 게 있습니까?"

개트맨은 눈을 가늘게 뜨고 물었다.

스페이드는 잎담배를 가로로 흔들어 보였다.

"잘 모르겠는데요. 학교에서 역사시간에 배운 정도밖에는…… 십자군인가 어디서……."

"좋습니다. 그럼, 터키의 슐레만 대제(오스만 제국 전성기의 술탄)

가 1523년 그 기사들을 로도스 섬(에게 해에 있는 섬. 터키 남서 바다)에서 쫓아낸 일도 모릅니까?"
"모르겠는데요."
"그렇습니까? 아무튼 그때 기사들은 크레타 섬으로 옮겨갔습니다. 거기서 그들은 7년 동안 머물렀는데, 1530년 그들은 칼 5세(독일 신성로마제국의 황제. 스페인왕 카를로스 1세를 겸했음)에게 간청하여……"
개트맨은 퉁퉁한 손가락을 세 개 세워보였다.
"말타 섬과 고조 섬(말타 제도의 하나)과 트리폴리…… 이 세 곳을 손에 넣었습니다."
"그래서요?"
"그러나 거기에는 다음과 같은 조건이 있었답니다. 즉 해마다 황제에게 공물(貢物)을 바쳐야 한다는 겁니다."
개트맨은 다시 손가락 하나를 세웠다.
"그 공물이란 한 마리의 매로서 말타가 여전히 스페인의 지배 아래 있다는 것을 인정하는 표시였습니다. 그러므로 만일 그들이 그 섬을 떠날 경우에는 곧 스페인에 반환하기로 되어 있었습니다. 아시겠습니까? 황제는 기사단에게 그 섬을 주기는 했지만, 그것을 사용하도록 허락했을 뿐 다른 사람에게 넘겨주거나 파는 일은 금했다는 뜻이지요."
"그랬군요……"
개트맨은 고개를 돌려 닫혀 있는 세 개의 문을 둘러본 다음 스페이드 쪽으로 의자를 당기더니 소리를 낮추어 쉰 목소리로 속삭였다.
"아시겠습니까? 그 무렵 이 기사단이 가지고 있던 상상할 수 없을 만큼 막대한 부(富)에 대해 당신은 아십니까?"
"상당한 것이었다는 말은 들었소……"

개트맨은 커다랗게 소리내어 웃었다.
"상당한 정도가 아닙니다."
그의 속삭임은 점점 더 낮아지고 가라앉아갔다.
"그들은 보물산에 묻혀 있었습니다. 당신은…… 아니, 우리들로서는 도저히 상상할 수 없는 일입니다. 아무튼 오랜 세월에 걸쳐 그들은 사라센인을 공격하여 숱하게 약탈을 했습니다. 보석, 귀금속, 비단, 상아…… 동방의 대표적인 귀중품들을 최대한으로 약탈했지요. 그것이 바로 역사였습니다. 성전(聖戰)이라고는 하지만 그들의 목적은——성당기사단의 경우처럼——약탈에 있었으니까요. 이것은 이제 다 알려진 사실입니다.

그런데 지금 말했듯이 칼 황제는 그들에게 말타 섬을 주었습니다. 거기에 대해 황제가 요구한 연공(年貢)은 형식에 지나지 않는 하찮은 새 한 마리였습니다. 상상할 수 없을 만큼 많은 재물을 가졌던 기사들이 뭔가 좀더 감사하는 마음을 나타낼 좋은 방법이 없을까 궁리했다 해도 전혀 이상한 일은 아니겠지요. 사실 그들은 그 일은 실천했습니다. 머리를 짜서 생각해 낸 좋은 방법이 있었습니다. 첫해의 공물로는 하찮은 산 새 대신 눈부신 황금의 매를 한 마리 만들어 그 매의 머리 꼭대기에서부터 발 끝까지 기사들의 보석 가운데 가장 좋은 것을 골라서 박는다는 계획이었습니다. 아시겠습니까? 보통 보석이 아니라 아시아 전체에서 골라낸 가장 좋은 보석입니다."

개트맨은 이야기를 마쳤다. 윤기있는 검은 눈이 스페이드의 얼굴을 살펴보았다. 스페이드는 태연했다.
"대체 어떻게 생각합니까. 이 이야기를?"
"나는 잘 모르겠군요."
뚱뚱한 사나이는 회심의 미소를 지으며 혼자 기뻐했다.

"이것은 역사적인 사실입니다. 교과서에도 없고 H.G. 웰즈(영국의 사상가, 작가. 1866~1946)의 세계사에도 나와 있지 않습니다 그러나 역사는 역사입니다."
그는 윗몸을 앞으로 내밀었다.
"12세기 이후 이 기사단에 관한 기록이 지금도 말타 섬에 남아 있습니다. 완전한 기록은 아니지만 그 속에는 적어도 세 군데……."
그는 손가락을 세 개 쳐들어보였다.
"틀림없이 이 보석으로 꾸며진 매를 가리키는 것으로 보이는 기록이 있습니다. J. 도라뷔 르루의 《생 장 기사단 기록》에도 이와 관계 있는 기록이 있습니다. 극히 간접적인 기록이지만 역시 참고문헌의 하나입니다. 그리고 아직 발간되지 못한 상태지만——저자가 원고를 완성하기 전에 죽었기 때문입니다——파오리의 《성(聖) 기사단의 기원과 제도》의 보유원고에도 지금 이야기한 사실이 분명히 적혀 있습니다."
"그래요?"
"그렇습니다. 아무튼 기사단의 단장 뷔리에 드 릴라단이 높이 30센티미터의 보석 새를 세인트 안젤로 성에서 터키인 노예에게 만들도록 했습니다. 그리고 그것을 당시 스페인에 있던 칼 황제에게 보냈던 것입니다. 코르미에인지 코르베르인지 하는 프랑스인 기사가 갈리 선(船)을 지휘하여 이 새의 수송을 맡게 되었지요."
뚱뚱한 사나이의 목소리는 다시 낮아져 속삭임으로 바뀌었다.
"그런데 배는 스페인에 도착하지 않았습니다."
그는 입술을 꾹 다문 채 미소지었다.
"당신은 바르바로스, 즉 '붉은 수염' 하이레딘(16세기에 활약한 오스만 제국의 대제독)의 이야기를 아십니까? 모르신다고요? 당시 알제리를 근거지로 하며 스페인 령 연안을 휩쓸었던 유명한 해적두

목인데, 그가 갈리 선을 습격하여 배와 함께 문제의 새를 빼앗았습니다. 새는 알제리로 옮겨졌습니다. 이것은 사실입니다. 프랑스의 역사가 피에르 댕이 알제리에서 보낸 편지에 씌어 있었습니다. 그 새는 1백 년 이상 땅 위에 있었으나 프랑시스 바니 경이라는 사람이 어디론가 가져갔다고요. 바니는 한동안 알제리 해적단에 들어가 있었던 영국의 모험가랍니다. 사실은 조금 다를지도 모르지만 피에르는 그렇게 믿고 있고, 나로서도 그것만으로 충분합니다.

이 프랑시스 바니 경 부인이 쓴 《17세기에 있어서의 바니 집안 회상록》이라는 저서가 있는데, 그 책에는 이 새에 대한 이야기가 하나도 씌어 있지 않습니다. 나도 조사해 보았습니다. 또 프랑시스 바니 경이 1615년에 메시나(시실리 섬 북동부의 옛도시)의 병원에서 숨졌을 때 그 새가 그의 손에 없었던 것도 거의 확실한 일입니다. 아무튼 그는 무일푼으로 죽었으니까요. 그러나 새가 시실리로 건너간 것만은 틀림없는 사실입니다. 시실리에게서 빅토르 아마데우스 2세(사보이 공, 사르디니아 왕)가 1713년 왕위에 오른 지 얼마 안 되어 그것을 손에 넣었습니다. 그리고 왕이 자리를 물러난 뒤 샹베리(동 프랑스 사보와의 옛도시)에서 결혼할 때 신부에게 주는 선물 속에 이 새가 섞여 있었습니다. 카르티는 그의 저서 《빅토르 아마데우스 2세의 치세(治世)이야기》 속에서 이 사실을 분명히 기록하고 있습니다.

그런데 아마데우스 2세가 다시 왕위에 오르려고 했을 때, 아마 이 부부는——즉 왕과 왕비는 이 새를 토리노(이탈리아 북서부의 옛도시. 사르디니아 왕국의 수도)로 가져간 것 같습니다. 그건 그렇고, 그 뒤 이 새는 어느 스페인 사람의 손에 들어갔습니다. 그 사나이는 1734년 나폴리 정복군의 한 사람으로, 카를로스 3세(스페인 왕. 양(兩)시실리를 정복)의 재상을 지낸 플로리다브랑카 백

작 돈 호세 모니노 이 레돈드의 아버지였습니다 그 뒤 적어도 카를로스 집안의 내분이 끝나는 1840년까지는 그 새가 그 집을 떠났다는 증거가 아무데도 없습니다. 그러나 그 뒤 이 새는 파리에 나타났습니다. 마침 파리가 스페인에게서 쫓겨난 카를로스 파 사람들로 가득차 있을 때입니다. 그들 망명자 중 누군가가 그것을 가지고 들어온 모양입니다. 누가 가져왔는지는 몰라도 그 자신은 이 새의 진짜 값어치에 대해 전혀 알지 못했던 것 같습니다. 왜냐하면 이 새는 카를로스 집안에 내분 속에서——물론 조심하기는 위해서였겠지만——페인트인지 에나멜로 전체를 새까맣게 칠해버려 겉으로는 좀 색다른 검은 조각으로 보일 뿐이었으니까요. 이렇게 모습이 달라진 새는 그 뒤 70년 동안 파리의 부자들과 골동품점을 이리저리 돌아다닌 셈인데, 어리석게도 새의 검은 피부밑에 무엇이 숨겨져 있는지 알아본 사람이 하나도 없었습니다."

뚱뚱한 사나이는 말을 끊고 싱긋 미소지으며 유감스러운 듯이 고개를 내저었다. 이윽고 그는 다시 이야기를 계속했다.

"이리하여 70년 동안 이 훌륭한 보물은 파리의 뒷골목을 축구공처럼 굴러다닌 셈입니다. 마침내 1911년 칼리라오스 콘스탄티니데스라는 그리스 상인의 변두리 고물상에서 그 새를 발견했습니다. 그는 그 정체를 꿰뚫어 보고 그 자리에서 사들였습니다. 두껍게 칠해진 에나멜도 그 사나이의 눈과 코를 속일 수는 없었던 모양입니다. 사실은 그 사나이야말로 이 새의 내력을 남몰래 조사하여 그 정체를 알고서 찾아다니던 사람이었지요. 그런 눈치를 알고 나는 곧 그 사나이를 가까이 하여 이러한 내력을 듣게 된 겁니다. 물론 나중에 내가 자세한 점을 몇 가지 보충하기도 했습니다만.

칼리라오스는 자기가 찾아낸 것을 곧 돈으로 바꾸지는 않았습니다. 그는 머리가 좋았지요. 물론 그 물건의 값어치만도 엄청나겠지만, 일단 그 조각이 진짜라는 사실이 입증되면 그보다 훨씬 값비싼, 그야말로 놀라운 값어치의 물건이 되리라는 것을 알고 있었던 겁니다. 아마 그는 옛기사단의 후계자, 이를 테면 영국의 세인트 존 기사단, 또는 프러시아의 요하네 기사단, 아니면 이탈리아나 독일에 남아 있는 말타 기사단 등 하나같이 유복한 사람들이었는데 그들을 상대로 거래하려는 속셈이었겠지요."

개트맨은 잔을 들어올렸으나 속이 비었음을 알자 싱긋 웃으며 자기와 스페이드의 잔에 다시 술을 따르기 위해 자리에서 일어섰다.

"어떻습니까, 내 이야기를 조금은 믿게 되었습니까?"

그는 사이펀을 만지작거리고 있었다.

"믿지 않겠다는 말은 한 적이 없소."

개트맨은 껄껄 웃었다.

"그야 그렇지요. 그러나 당신 얼굴에 그렇게 씌어 있으므로……."

그는 자리에 앉아 술을 죽 들이마시고 흰 손수건으로 입가를 닦았다.

"칼리라오스는 새의 역사를 조사하는 동안 안전을 지키기 위해 에나멜을 덧칠하여 지금과 같은 모습으로 바꾸었습니다. 그런데 그가 그것을 손에 넣은 지 꼭 1년째 되던 날——내가 그에게 이 비밀을 털어놓게 한 지 약 석 달 뒤였지요——나는 런던에서 우연히 타임즈를 읽다가 그의 집에 강도가 들어 그가 살해되었다는 기사를 읽었습니다. 그래서 나는 다음날 파리로 달려갔습니다."

개트맨은 우울한 듯이 머리를 내저었다.

"새는 이미 없어졌더군요.. 정말 미칠 것만 같았습니다. 달리 그 새의 정체를 아는 사람이 있으리라고는 생각할 수 없었습니다. 또 나 말고 다른 사람에게 그가 이야기했으리라고 믿을 수도 없었습니다. 꽤 많은 물건을 도난당한 것으로 보아 새의 정체를 아는 도둑은 아닌 것 같았습니다. 그냥 다른 물건과 함께 가져간 것으로 보였습니다. 왜냐하면 만일 도둑이 그 값어치를 알고 있었다면, 일부러 애써 다른 물건을 가져가는 어리석은 짓을 할 리가 없으니까요, 안 그렇습니까? 영국 국왕의 대관식에 사용되는 보석이 그곳에 있었다면 또 모르지만."

뚱뚱한 사나이는 눈을 감았다. 무슨 생각에 잠겨 기분이 좋은 듯 흡족한 미소를 띠고 있었다. 이윽고 그는 눈을 뜨더니 다시 이야기를 이었다.

"지금 한 이야기는 17년 전 일입니다. 그러니까 나는 그 새의 행방을 찾아 나선 지 17년이 되는 셈입니다. 그리하여 나는 마침내 알아냈습니다. 나는 그게 탐났습니다. 나라는 사람은 무엇이 탐난다고 생각하면 쉽게 단념하지 못하는 성격이지요."

미소가 그의 얼굴 전체에 퍼졌다.

"나는 그게 탐났습니다. 그래서 찾아낸 것입니다. 지금도 탐이 납니다. 그러므로 반드시 손에 넣고 말 겁니다."

그는 잔을 비우자 다시 입을 닦고 손수건을 주머니에 넣었다.

"나는 새의 행방을 찾아 사방을 돌아다니다 마침내 그것이 콘스탄티노플 교외에 사는 케미도프라는 러시아 장군 집에 있다는 사실을 알아냈습니다. 장군은 새의 정체에 대해서는 아무것도 몰랐습니다. 에나멜을 칠한 까만 조각쯤으로 생각했습니다. 그러나 욕심이 많은 사람이라——러시아 장군들이란 하나같이 그런 성격이지만——내가 넘겨달라고 해도 막무가내로 팔지 않는 겁니다. 내가 지나치게 열의를 보여 교섭방법이 좀 잘못되었는지도 모릅니다. 잘은 모르지만 아무튼 나는 그 물건이 꼭 필요했습니다. 그 얼빠진 군인이 공연히 호기심이 생겨 에나멜을 조금 벗기고 조사해 볼 생각이라도 들면 큰일날 것 같아 나는 어떻게든 손에 넣으려고 몇 사람, 다시

황제에게 보내는 선물 193

말해서 나의 대리인을 보냈습니다. 그런데 그들이 새를 손에 넣긴 했으나 내 손에 들어오지는 않았습니다."
그는 자리에서 일어나 자기의 빈 잔을 테이블로 가져갔다.
"하지만 그것은 반드시 내 손에 넣고 말 겁니다. 자아, 잔을 비우시지요!"
"그러니까 그 새는 당신의 동료들 것도 아니라는 말이 되겠군요?"
스페이드가 물었다.
"소유주는 케미도프 장군이 아니오?"
"소유주요?"
뚱뚱한 사나이는 재미있다는 듯이 웃었다.
"그렇게 따지자면 소유주는 스페인 국왕이 되겠지요. 그러나 그 정당한 소유권이 누구에게 있는가 하는 점은 아무도 말할 수 없었습니다. 점유권이라면 또 모르지만……."
그는 껄껄 웃었다.
"그만한 가치가 있는 물건으로 이처럼 많은 사람의 손을 거친 것은 누구의 손에 들어가든가 가진 사람의 소유물입니다."
"그럼, 지금은 오쇼네시 양의 것인가요?"
"아니지요. 그녀가 가지고 있다면 그것은 나의 대리인으로서 가지고 있는 셈입니다."
"그래요?"
스페이드는 비꼬는 투로 이죽거렸다.
개트맨은 손에 든 위스키 병 마개를 생각에 잠겨 바라보면서 물었다.
"그녀가 지금 가지고 있는 게 분명합니까?"
"아마 그럴 겁니다."
"어디 있습니까?"

"그건 잘 모르오."

뚱뚱한 사나이는 병을 테이블에 거칠게 놓았다.

"당신은 알고 있다고 했잖습니까!"

스페이드는 매정하게 한쪽 손을 내저었다.

"나는 다만 때가 되면 그것을 손에 넣을 수 있는 장소를 안다고 말했을 뿐이오."

개트맨의 얼굴에 달린 핑크 빛 알뿌리들이 흔들리며 얼마쯤 기쁨을 되찾았다.

"정말이지요?"

"물론."

"어딥니까?"

스페이드는 히죽 웃었다.

"그것은 나에게 맡겨두시오. 내가 할 일이니까."

"언제까지요?"

"준비가 갖추어질 때까지."

뚱뚱한 사나이는 입술을 오므리고 조금 불안한 미소를 지으며 물었다.

"스페이드 씨, 오쇼네시 양은 지금 어디에 있습니까?"

"내가 안전한 곳에 숨겨두었소."

개트맨은 만족스러운 듯이 웃었다.

"그 점은 믿지요. 그럼, 값을 의논하기 전에 한 가지 대답해 주셔야겠습니다. 대개 언제쯤 될까요, 매를 넘겨주실 날이? 넘겨줄 생각이 있다고 보고 하는 말이지만……."

"2, 3일 안이오."

뚱뚱한 사나이는 고개를 끄덕였다.

"좋습니다. 곧…… 아니, 영양섭취를 잊고 있었군요."

개트맨은 테이블 쪽으로 갔다. 그는 위스키를 따라 소다수를 섞은 다음 잔 하나를 스페이드의 팔꿈치 옆에 놓고 자기 잔을 높이 들어올렸다.

"그럼, 공평한 거래, 성대한 이익을 같이 빌며 건배합시다!"

두 사람은 잔을 기울였다. 개트맨은 자리에 앉았다. 스페이드가 물었다.

"공평한 거래란 뭐요?"

개트맨은 잔을 불빛에 비춰 소중한 듯 바라본 다음 다시 한 번 죽 들이켰다.

"당신에게 두 가지 제안을 하겠습니다. 둘 다 공평한 제안입니다. 어느 쪽을 택하느냐 하는 건 당신의 선택입니다. 첫째는 당신이 나에게 매를 넘겨줄 때 우선 2만 5천 달러를 드리고, 내가 뉴욕에 도착한 뒤 곧 2만 5천 달러를 지불하겠습니다. 둘째는 그 매를 내 손으로 처분했을 때 수령액의 4분의 1, 즉 25퍼센트를 당신에게 드리겠습니다. 아시겠습니까? 거의 일시불로 5만 달러를 받느냐, 아니면 두세 달 뒤 그 보다 훨씬 더 많은 금액을 받느냐 둘 중 하나를 택하면 됩니다."

스페이드는 잔에 든 술을 마신 뒤 물었다.

"막대한 금액이라니, 얼마쯤이오?"

"막대한 금액입니다."

뚱뚱한 사나이는 되뇌었다.

"얼마쯤 될지는 아무도 모릅니다. 글쎄요, 10만? 25만? 아무튼 최저로 생각되는 액수를 말씀드리면 믿어주실까요?"

"못 믿을 것도 없지요."

뚱뚱한 사나이는 입술에 힘을 주더니 목소리를 낮추어 속삭였다.

"50만이라고 하면 어떻습니까?"

스페이드는 눈을 가늘게 떴다.
"그럼, 당신은 그걸 2백만으로 보는 거요?"
개트맨은 거침없이 웃어젖혔다.
"당신 말을 빌면 그렇지요. 그렇게 못 볼 것도 없잖습니까?"
스페이드는 잔을 비우고 테이블에 놓았다. 잎담배를 입에 물었다. 그러나 다시 담배를 손에 들고 찬찬히 살펴본 다음 다시 물었다. 노르스름한 회색 눈이 조금 흐려졌다.
"굉장한 돈이군요."
개트맨은 고개를 끄덕였다.
"그렇습니다. 굉장한 돈입니다."
그는 윗몸을 앞으로 내밀어 스페이드의 무릎을 가볍게 두드렸다.
"그건 아주 최소한으로 잡은 것입니다. 만일 그렇지 않다면 칼리라오스 콘소탄티니데스를 큰 바보로 볼 수밖에 없겠지만, 그 사나이는 그런 바보가 아닙니다."
스페이드는 다시 입에서 잎담배를 떼어내더니 입맛에 맞지 않는 듯 얼굴을 찡그리며 재떨이에 놓았다. 그는 눈을 꼭 감았다가 다시 떴다. 눈이 점점 흐려졌다.
"그게 최소한으로 잡은 액수라고요? 그럼, 최고액은?"
아무래도 그는 혀의 움직임이 무뎌진 것 같았다.
"최고액 말입니까?"
개트맨은 한쪽 손을 뒤집어 손바닥이 위를 보게 했다.
"그만둡시다. 미친 사람으로 생각할까 두렵습니다. 나도 잘 모릅니다. 얼마만큼이나 비싼값이 매겨질지 예상할 수가 없습니다. 그것만은 보증할 수 있습니다."
스페이드는 축 늘어진 아랫입술을 다물려고 했다. 초조한 듯 머리를 내둘렀다. 갑자기 무서운 공포의 빛이 언뜻 그의 눈에 떠올랐다.

그러나 그것도 한순간뿐, 차츰 흐려져 가는 눈빛에 흡수되고 말았다. 그는 두 손을 의자팔걸이에 걸친 채 몸을 일으켰다. 그리고 다시 한 번 머리를 내두르고 비틀거리듯 한 발자국 앞으로 나섰다. 그는 쉰 목소리로 웃으며 중얼거렸다.

"제기랄"

개트맨은 벌떡 일어나더니 의자를 뒤로 밀었다. 뒤룩뒤룩한 살덩어리가 부르르 떨렸다. 기름진 핑크 빛 얼굴에서 두 개의 눈이 어두운 구멍처럼 반짝이고 있었다.

스페이드는 머리를 좌우로 흔들었다. 흐리멍덩한 눈으로 문 쪽을 바라보았으나 초점이 잡히지 않았다. 비틀비틀 다시 한 발자국 내디뎠다.

뚱뚱한 사나이가 날카로운 목소리로 외쳤다.

"윌머!"

문이 열리고 그 젊은이가 들어왔다.

스페이드는 앞으로 세 발자국째 내디뎠다. 얼굴은 이미 잿빛이었다. 턱의 근육이 귀 밑에 난 종기처럼 튀어나왔다. 네 발자국을 내디딘 뒤로는 발을 똑바로 뻗을 수가 없었다. 눈꺼풀이 흐려진 눈을 거의 덮어버렸다. 그는 다섯 발자국째를 내디뎠다.

젊은이가 다가왔다. 그는 스페이드와 문을 잇는 직선에서 조금 벗어난 스페이드의 앞쪽으로 비스듬하게 버티고 섰다. 젊은이의 오른손은 웃옷 속으로 들어가 심장 있는 곳에서 멎었다. 입꼬리가 실룩실룩 경련을 일으키고 있었다.

스페이드는 여섯 발자국째 내디디려고 했다.

그러자 젊은이의 한쪽 발이 스페이드의 발 앞으로 재빠르게 나왔다. 스페이드는 그 발에 걸려 바닥에 얼굴을 깔고 쓰러졌다. 젊은이는 오른손을 웃옷 속에 넣은 채 스페이드를 내려다보고 있었다. 스페이드는 일어나려고 했다. 젊은이는 오른쪽 발을 크게 뒤로 빼더니 스페이드의 관자놀이를 세게 걷어찼다. 스페이드는 옆으로 나동그라졌다. 다시 한 번 일어나려고 했다. 그러나 이제는 헛일이었다. 그는 그대로 잠에 빠졌다.

라 팔로마 호

 아침 6시가 조금 지났을 때 엘리베이터에서 내려 복도를 걸어가는 스페이드의 눈에 사무실의 젖빛 유리문 너머로 노란 등불의 그림자가 비쳤다. 그는 우뚝 서서 입을 꽉 다물었다. 그리고 앞뒤의 복도를 살펴본 다음 발소리를 죽여 재빨리 문으로 다가갔다.
 손잡이를 잡자 소리나지 않도록 조심하여 힘껏 돌렸다. 문은 잠겨 있었다. 손잡이에서 손을 떼지 않고 그대로 왼손으로 바꿔 쥐었다. 오른손으로 주머니에서 소리 없이 열쇠다발을 꺼냈다. 그속에서 사무실 열쇠를 찾아내자 그는 다른 열쇠를 뭉쳐쥐고 사무실 열쇠를 열쇠구멍에 꽂았다. 소리는 나지 않았다. 발가락 밑부분에 힘을 주어 몸의 균형을 취하고 허파 가득히 숨을 들이마시며 문을 밀고 안으로 들어갔다.
 에피 필라인이 책상 위에 팔을 괴고 그 위에 머리를 얹은 채 잠들어 있었다. 자기 코트 위에 스페이드의 코트를 케이프처럼 걸치고 있었다.
 스페이드는 터져나오려는 웃음을 억누르고 가슴 속의 숨을 내쉰 뒤

등 뒤의 문을 닫고 안쪽 방으로 들어갔다. 아무도 없었다. 그는 에피 옆으로 되돌아와 살짝 그녀의 어깨에 손을 얹었다.

에피는 깜짝 놀라 졸린 듯 머리를 들고 눈을 깜박이더니 갑자기 몸을 일으키며 크게 떴다. 그녀는 스페이드를 보자 생긋 웃으며 의자등받이에 기대어 손가락으로 눈을 비볐다.

"6시. 여기서 무얼 하고 있었지, 에피?"

그녀는 몸을 부르르 떨고 스페이드 코트를 당겨 덮으며 하품을 했다.

"어머나, 당신이 돌아오거나 전화를 걸 때까지 여기 있으라고 하셨잖아요?"

"이거 놀랐는걸! 당신은 갑판에 불이 붙어도 꼼짝하지 않는 선원 기질이 있군."

"그 때문만은 아니……."

에피가 말하다 말고 벌떡 일어섰기 때문에 스페이드의 코트가 의자에서 떨어졌다. 스페이드의 모자챙 밑에 보이는 관자놀이를 보자 그녀의 눈이 어둡게 움직였다.

"어머나, 머리가 왜 그렇게 되었지요?"

그의 오른쪽 관자놀이는 거무스름하게 부풀어올라 있었다.

"나동그라졌는지 얻어맞았는지 나도 잘 모르겠소. 대단한 상처는 아닌 것 같은데, 통증이 아주 심해."

스페이드는 살짝 손가락으로 상처를 만지려다 놀라며 손가락을 떼었다. 그는 얼굴을 찡그리고 쓴웃음을 지으며 설명했다.

"누구를 찾아갔다 술을 얻어마셨는데, 12시간 뒤에 정신을 차려보니 바닥에 뻗어 있더군."

그녀는 손을 내밀어 스페이드의 머리에서 모자를 벗겼다.

"상처가 심하군요. 의사를 불러야겠어요. 이런 머리로 돌아다니다가는 큰일나요."

"보기보다는 괜찮소. 머리가 아플 뿐이오. 그것도 한잔 했기 때문이겠지."

그는 사무실 한쪽구석에 있는 세면실로 가서 손수건에 찬물을 끼얹었다.

"내가 나간 뒤 무슨 일이 있었소?"

"오쇼네시 양은 찾았나요, 샘?"

"아직. 내가 나간 뒤 무슨 일이 있었소?"

"지방검사한테서 전화가 왔었어요. 당신을 만나고 싶대요."

"검사가?"

"네. 어쩐지 그런 느낌이 들었어요. 그리고 젊은 사나이가 심부름 왔었어요. 개트맨씨가 5시 30분 전에 꼭 할 말이 있다고요."

스페이드는 수도꼭지를 잠그고 손수건을 짜 관자놀이에 대며 세면실에서 나왔다.

"그 말은 들었소. 밑에서 그 꼬마를 만났었지. 개트맨과 이야기를 나눈 결과 이 꼴이 된 거요."

"전화를 걸었던 G라는 사람인가요?"

"그렇소."

"그런데 어떻게——?"

스페이드의 눈은 에피를 보고 있었으나 초점은 멀리 있었다. 그는 자신의 생각을 정리하기 위해 이야기하는 듯한 목소리로 지껄이기 시작했다.

"그 사나이는 자기가 찾고 있는 물건을 내가 찾아올 수 있으리라고 생각했던 모양이오. 그래서 나는 큰소리쳐 줬지. 5시 30분까지 나와 이야기가 잘되지 않으면 바라는 물건을 얻지 못할 거라고. 그랬더니…… 그래, 그렇지. 내가 2, 3일 기다리라고 했더니 술에 약을 넣어 마시게 한 모양이오. 그도 내가 죽으리라고는 생각지 않았을 거요. 그렇다면 이런 속셈이었겠지. 한동안 방해하지 못하도록 나를 묶어두면 그 동안에 내 도움 없이 물건을 손에 넣을 수 있으리라는 계산이었을 거요."
그는 얼굴을 찡그렸다.
"하지만 마음대로 하게 내버려두고 싶지 않아."
그의 눈의 초점이 멀리서 가까운 곳으로 옮겨왔다.
"오쇼네시에게서 연락 없었소?"
에피는 고개를 내저었다.
"이것이 그 여자와 무슨 관계가 있나요?"
"어느 정도는."
"G가 바라는 물건이 오쇼네시 양 것인가요?"
"아니, 스페인 국왕폐하의 것이라고 하는 게 옳겠지. 그런데 에피, 당신에게 분명 대학에서 역사를 가르치는 아저씨가 계셨지?"
"사촌이에요. 그런데 왜요?"
"만일 그에게 4백 년 전의 역사적 비밀을 털어놓는다면, 한동안만이라도 입 밖에 내지 않고 비밀을 지켜줄까?"
"물론이지요. 사촌은 이야기를 알아들을 줄 아는 사람이에요."
"됐소. 그럼, 종이와 연필을 준비하구려."
에피는 노트와 연필을 잡더니 의자에 앉았다. 스페이드는 다시 손수건을 물에 적셔 관자놀이에 대고 그녀 앞에 서서 개트맨으로부터 들은 매의 이야기를 받아쓰도록 했다. 칼 5세가 기사단의 간청을 들어주었다는 이야기에서부터 시작하여 카를로스 집안에 내분이 있을 무렵 검은 에나멜 칠을 한 새가 파리에 나타났다는 것까지 설명하고 그 이상은 말하지 않았다. 개트맨이 말한 저자의 이름과 책 이름에 대해서는 한참 망설였으나 비슷한 발음으로 적당히 넘겨버렸다. 그밖의 부분은 익숙한 인터뷰 기자처럼 정확하게 전달했다.

구술이 끝나자 에피는 노트를 덮고 상기된 얼굴로 미소지어 보였다.

"굉장히 스릴있는 이야기예요."

"어이가 없을 정도로. 그 노트를 당신 사촌에게 가지고 가서 들려주오. 그리고 어떻게 생각하는지 의견을 들어오는 거요. 이 이야기와 관계된 일을 들은 적이 있는지, 있을 수 있는 이야기인지, 있음직한 이야기인지, 조금이라도 가능성이 있는지, 아니면 터무니없는 엉터리인지. 만일 조사하는 데 시간이 걸린다면 어쩔 수 없지만, 되도록 빨리 의견을 듣고 싶소. 그리고 꼭 비밀을 지켜줘야 하오."

"곧 가겠어요. 그동안 의사에게 머리를 보이셔야 해요."

"우선 아침을 먹어야지."

"괜찮아요. 나는 버클리(샌프란시스코 만 건너편 캘리포니아 대학이 있는 곳)에 가서 먹겠어요. 테드가 이 이야기를 어떻게 생각할지 듣고 싶어 못 견디겠어요."

"그럼 가보오. 하지만 테드가 웃어넘기더라도 울상을 지어서는 안되오!"

팰레스 호텔에서 천천히 식사를 하며 두 가지 아침신문을 훑어본 다음 스페이드는 집으로 돌아갔다. 수염을 깎고 목욕을 하고 관자놀이의 상처에 얼음찜질을 한 뒤 새옷으로 갈아입었다.

그리고 나서 브리지드 오쇼네시의 아파트로 갔다. 방안에는 아무도 없었다. 전에 왔을 때와 조금도 다르지 않았다.

그는 그곳에서 나와 알렉산드리아 호텔로 갔다. 개트맨은 없었다, 그 방에 있던 다른 사람들도 없었다. 호텔 사람의 이야기에 따르면 개트맨은 윌머 쿠크라는 비서와 리어라는 17살의 금발 소녀를 거느리고 있는데, 그녀는 몸집이 자그마하고 갈색 눈이 아름다운 미인이라고 했다. 또 개트맨은 열흘 전 뉴욕에서 왔으며, 아직 이곳에 있다는 사실도 알았다.

스페이드는 곧 벨비디어 호텔로 가 레스토랑에서 식사중인 전속탐정을 찾아냈다.

"여어, 샘, 이리 와서 달걀이라도 들게."

호텔 탐정은 스페이드의 관자놀이를 찬찬히 살펴보았다.

"아니, 나는 먹고 왔네."

스페이드는 자리에 앉으며 관자놀이에 대한 말을 했다.

"보기보다는 가볍다네. 그보다 카이로의 움직임은 어떤가?"

"어제 자네가 돌아간 뒤 30분도 안 되어 외출했네. 그 뒤로는 아직 한 번도 못봤다네. 어젯밤에도 돌아오지 않았거든."

"품행이 단정치 못하군."

"그런 사나이가 대도시에 혼자 있으니 그럴 수밖에……. 그런데 샘, 그 상처는 누가 낸건가?"

"카이로가 아닐세."

스페이드는 호텔 탐정이 토스트 위에 씌워놓은 동그란 은뚜껑을 물끄러미 쳐다보았다.

"그 사람이 없는 동안 방을 보여줄 수 없을까?"

호텔 탐정은 커피를 밀어놓고 테이블에 두 팔꿈치를 올려놓은 뒤 실눈으로 스페이드를 쳐다보았다.

"있지. 나는 언제나 자네한테 협조하고 있으니까. 하지만 아무래도 자네 쪽에서는 나에게 협력해 주는 것 같지 않아. 카이로라는 사나이는 솔직히 말해서 어떤 사람인가? 나한테까지 숨길 거야 없잖나. 나는 고지식한 사람이라네."

스페이드는 은뚜껑에서 눈을 들었다. 그 눈은 맑아서 수상한 그림자라고는 찾아볼 수가 없었다.

"아암, 잘 알고 있지. 나도 감출 게 없네. 자네한테는 있는 그대로를 말했지. 지금 나는 카이로를 위해 일하고 있는 참일세. 그가 사귀고 있는 친구 가운데 좀 이상하게 느껴지는 사람이 있어 경계하고 있는 거라네."

"어제 내쫓은 꼬마도 그의 친구인가?"

"그렇지."

"그리고 마일즈를 죽인 것도 역시 그 동료인가?"

스페이드는 고개를 내저었다.

"아니, 그것은 새스비였네."

"그럼, 새스비를 죽인 사람은?"

스페이드는 미소지었다.

"여기서니까 하는 이야기이지만, 실은 나일세. 물론 경찰의 견해이긴 하지만."

호텔 탐정은 신음 소리를 내며 일어섰다.

"자네라는 사람은 참 버거운 사나이야. 자아, 그보다 방을 살피러 가세."

두 사람은 프런트로 갔다. 카이로가 돌아오거든 전화로 알려달라고 이르고 나서 두 사람은 카이로의 방으로 올라갔다. 침대는 단정하게 정돈되어 있었으나 쓰레기통 속의 종이, 일정하게 내려져 있지 않은 블라인드, 욕실에 뭉쳐놓은 타월 등으로 보아 오늘 아침에는 방청소하는 하녀가 아직 오지 않은 모양이었다.

카이로의 짐은 네모난 트렁크 하나, 슈트케이스 하나, 보스턴백 하나였다. 욕실 선반에는 여러 가지 화장품——파우더, 크림, 연고, 향수, 로션, 헤어토닉 등의 상자며 통이며 항아리 등이 놓여 있었다. 양복장에는 구둣골을 끼워둔 세 켤레의 구두와 두 벌의 신사복과 코트 한 벌이 있었다.
 슈트케이스와 가방은 잠가놓지 않았다. 스페이드가 다른 것을 조사하고 있는 동안 호텔 탐정이 트렁크를 열었다.
 "지금까지 본 바로는 아무 단서도 없는데."
 스페이드도 호텔 탐정과 함께 트렁크 속을 살펴보았다. 트렁크에는 흥미를 끌 만한 것이 하나도 없었다. 트렁크를 닫으면서 호텔 탐정이 물었다.
 "뭐, 찾는 것이라도 있나?"
 "아니, 별로…… 다만 콘스탄티노플에서 왔다고 하는데, 그게 사실인지 알고 싶을 뿐일세. 그렇지 않다고 여길 만한 증거는 없는 것 같군."
 "직업은?"
 스페이드는 고개를 내저었다.
 "그것도 알고 싶은 점일세."
 스페이드는 방을 가로질러가서 쓰레기통을 들여다보았다.
 "자아, 마지막 돌격!"
 그는 쓰레기통에서 신문지를 끄집어냈다. 그것이 어제의 〈코올〉지임을 알자 그의 눈이 번쩍 빛났다. 그것은 안개광고 페이지가 겉으로 나오게 접혀져 있었다. 그는 신문지를 펴서 그 페이지를 자세히 살펴보았으나 눈을 끌 만한 것은 전혀 없었다.
 이번에는 뒤집어서 안쪽 페이지를 보았다. 그 페이지에는 금융관계, 선박관계 뉴스, 일기예보, 출산, 결혼, 사망 등의 기사가 실려 있었다. 왼쪽 아래 2단째의 밑에서 5센티미터 가량이 찢겨나갔다.
 바로 그 위에 〈오늘의 입항선〉이라는 작은 제목이 있고, 이어서 다음과 같은 안내기사가 실려 있었다.

오전 12시 20분──캐패크 호, 아스트리아 발(發).
오전 5시 05분──헬렌 P. 도르 호, 그린우드 발.
오전 5시 06분──알밸러드 호, 밴던 발.

찢겨나간 부분은 그 다음 줄부터였는데, 가까스로 '시드니 발'이라는 글자를 읽을 수 있었다.

스페이드는 신문을 책상에 놓고 다시 쓰레기통을 들여다보았다. 작은 포장지, 끄나풀, 양말 상표 두 장, 양말 반 다스에 대한 양품점 영수증…… 그리고 쓰레기통 맨 밑바닥에서 조그맣게 뭉친 신문지조각이 나왔다.

뭉친 신문지를 책상 위에 놓고 조심스럽게 주름을 편 다음 〈코올〉지의 찢어진 부분에 맞춰보았다. 양끝이 꼭 들어맞았다. 그러나 조각 윗부분 끝과 〈시드니 발〉이라는 글씨 사이에 2센티미터 가량의 틈이 비었다. 그만한 공간이라면 6, 7척 가량의 입항선 안내가 실릴 수 있을 것이다. 쪽지를 뒤집어보았으나 그것은 증권회사 광고의 한부분으로, 아무 뜻도 없는 듯했다. 호텔 탐정이 스페이드의 어깨 너머로 얼굴을 내밀며 물었다.

"뭔가, 그게?"

"배에 관심이 있는 모양이군."

스페이드가 찢어진 페이지와 그 조각을 같이 접어 주머니에 넣자 호텔 탐정이 말했다.

"관심을 가졌다고 해서 법률에 위반되는 건 아니잖나? 그럼, 다 끝난 셈이지?"

"정말 고맙네, 루크. 카이로가 돌아오거든 곧 전화해 주게. 부탁하네."

스페이드는 〈코올〉지 판매소로 가 전날 나온 신문을 한 부 사서 곧 선박안내가 실린 페이지를 폈다. 그는 신문을 카이로의 방 쓰레기통에서 주워온 페이지와 맞춰보았다. 구멍이 뚫린 부분에는 다음과 같은 기사가 실려 있었다.

오전 5시 17분──타히티 호, 시드니 발. 파페테 경유.
오전 6시 05분──애드미럴 피플즈 호, 아스트리아 발.
오전 8시 05분──라 팔로마 호, 홍콩 발.
오전 8시 07분──캐드픽 호, 상 페드로 발.
오전 8시 17분──실베러드 호, 상 페드로 발.
오전 9시 30분──데이지 그레이 호, 시애틀 발.

이 표를 천천히 읽은 다음 홍콩이라고 씌어 있는 글씨 밑에 손톱으로 표시를 했다. 그리고 주머니칼로 입항안내를 도려낸 다음 나머지는 카이로의 신문과 함께 쓰레기통에 버렸다.
스페이드는 다시 사무실로 돌아왔다. 책상 앞에 앉아 그는 전화번호부에서 번호를 찾아 전화기를 들었다.
"캐니 1401…… 여보세요, 라 팔로마 호는 어디에 정박해 있습니까? 어제 아침 홍콩에서 입항한 배 말입니다."
그는 다시 한 번 그 질문을 되풀이했다.
"고맙습니다."
엄지손가락으로 전화기의 혹을 조금 누른 다음 손을 떼었다.
"더븐포트 2020…… 아아, 수사과 부탁합니다…… 폴하우스 경사님 계십니까? ……고맙습니다. ……여보세요, 톰인가, 나 샘 스페이드일세…… 응, 들었네. 어제 오후에 자네를 찾았다네…… 괜찮네. 우리 점심이나 함께 하세…… 괜찮겠지? ……알았네."

수화기를 귀에 댄 채 그는 다시 한 번 엄지손가락으로 훅을 눌렀다.

"더븐포트 170…… 여보세요, 새뮤엘 스페이드입니다. 어제 브라이언 검사로부터 전화가 걸려와 만나고자 하신다는 전갈을 비서로부터 들었습니다만, 몇 시에 찾아가면 좋을지 여쭤봐주시겠습니까? ……네, 스페이드입니다. 스——페——이——드——"

그는 잠깐 기다렸다.

"네…… 2시 30분이오? 좋습니다. 고맙습니다."

네 번째 번호를 불렀다.

"여보세요, 시드 씨를 부탁하오. ……시드, 샘일세. 오늘 2시 30분에 지방검사와 만나기로 되어 있네. 미안하지만 4시쯤 내 사무실이나 검찰청에 전화를 좀 걸어주겠나? 내가 무사한지 어떤지 확인해보기만 하면 되네…… 뭐라고? 토요일 오후의 골프라고? 어이가 없군. 자네가 할 일은 내가 유치장 신세를 지지 않도록 해주는 걸세. ……알겠나, 시드? 그럼——"

스페이드는 전화를 밀어놓자 하품을 하고 크게 기지개를 켰다. 그는 관자놀이의 상처를 살짝 만져보고 시계를 보더니 담배를 말아 불을 붙였다. 나른하게 담배를 피우고 있는데 에피 필라인이 돌아왔다. 그녀는 눈을 반짝이고 상기된 얼굴로 미소지으며 들어왔다.

"테드는 있을 수 있는 일이라고 했어요. 사실인지도 모른다는 거예요. 자신이 그 방면의 전문가는 아니지만, 사람 이름과 연대는 정확하대요. 적어도 당신이 말한 저자나 작품은 터무니없는 엉터리가 아니래요. 테드는 굉장히 흥분했어요."

"잘됐군. 그러나 너무 열중한 나머지 허위를 발견하지 못한 건 아니겠지?"

"그런 일은 없어요, 절대로! 테드는 훌륭한 학자예요!"

"알았소. 에피 필라인 집안 사람이 모두 훌륭하다는 건 잘 알고 있소. 당신도 그렇고 또한 그 코끝에 묻은 검댕도 그렇고."
"테드는 필라인 집안 사람이 아니에요. 크리스티 집안이에요."
에피는 고개를 숙이더니 콤팩트 거울에 코를 비춰보았다.
"아마 그 화재에서 날아온 검댕이가 묻은 걸 거예요."
그녀는 손수건 끝으로 검댕을 닦아냈다.
"그러니까 필라인과 크리스티 두 집안이 열광한 나머지 버클리에 불을 질렀단 말이오?"
에피는 핑크 빛 분첩으로 콧등을 두드리며 뾰루퉁한 표정으로 말했다.
"돌아올 때 불이 붙은 배를 보았단 말이에요. 부두에서 그 배를 끌어내려는 중이었기 때문에 연기가 우리가 타고 있는 연락선 위로 곧장 날아온 거예요."
스페이드의 두 손이 의자팔걸이를 붙잡았다.
"그 배의 이름이 보였소?"
"네, '라 팔로마'라는 배였어요. 왜요?"
스페이드는 우울한 듯이 미소지었다.
"왜냐고? 내가 알 게 뭐야, 제기랄!"

너도 나도 모두 머리가 이상하다

 스페이드와 폴하우스 경사는 빅 존의 가게 스테츠 호프 블라우의 한 테이블에 마주앉아 초에 담근 돼지다리 요리를 먹고 있었다. 폴하우스는 포크에 얹은 파란 젤리를 도중에서 떨어지지 않도록 조심스럽게 접시에서 입으로 가져가며 말했다.
 "여보게, 샘, 전날 밤 일은 잊어버리게. 분명 그가 나빴지만, 자네가 처음부터 그렇게 나오니 화내지 않을 사람이 어디 있겠나?"
 스페이드는 생각에 잠긴 듯한 표정으로 형사의 얼굴을 쳐다보았다.
 "나를 만나고 싶다고 한 건 그 말을 하기 위해서였나?"
 "그렇다네."
 폴하우스는 고개를 끄덕이더니 포크의 젤리를 입 속에 넣고 꿀꺽 삼켰다.
 "경감이 자네를 보낸 건가?"
 폴하우스는 지친 듯 입을 일그러뜨렸다.
 "그 사람이 그럴 것 같나? 그 역시 자네 못지 않은 고집불통이라네."

스페이드는 웃으면서 머리를 내저었다.

"그렇지 않네, 톰. 그는 자기 스스로 그렇게 생각하고 있을 뿐일세."

폴하우스는 얼굴을 찡그리며 돼지다리고기를 칼로 잘랐다. 그는 중얼거리듯 말했다.

"자네도 좀 어른스러워지게, 샘. 대체 뭐가 그리 못마땅한가? 별로 해를 입은 것도 아니고, 이긴 건 자네쪽일세. 불평할 이유가 없지 않나. 그러다간 스스로 불행을 초래하는 결과를 가져올 뿐이네."

스페이드는 나이프와 포크를 가지런히 접시 위에 놓더니 테이블에 두 손을 얹었다. 빙그레 미소띤 얼굴에는 온화한 느낌이 전혀 없었다.

"시내의 모든 경관들이 앞 다투어 나를 불행으로 끌어넣으려 하는 형편이니 불행이 좀더 늘었다고 해서 큰일날 건 없겠지. 나는 그런 것쯤은 전혀 느끼지도 않는다네."

폴하우스의 붉은 얼굴이 점점 더 빨개졌다.

"나한테 꽤 큰소리를 치는군."

스페이드는 나이프와 포크를 집어들더니 먹기 시작했다. 폴하우스도 먹었다.

잠시 뒤 스페이드가 물었다.

"항구에서 배에 불이 난 것을 보았나?"

"연기만 봤네. 그러나 그보다 분별심을 가져주게, 샘. 댄디는 자신이 잘못했다는 것을 알고 있네. 이제 그 문제는 그만 덮어두는 게 어떤가?"

"그럼, 내 발로 찾아가서 내 턱으로 인해 당신 주먹이 다치지 않았느냐고 물어보란 말인가?"

폴하우스는 거칠게 돼지다리고기를 잘랐다. 스페이드가 다시 말했다.

"필 아처가 뭐 새로운 자료라도 물고 왔던가?"

"그만해두라니까! 댄디는 처음부터 자네가 마일즈를 쏘았다고 생각지 않았네. 그러나 실마리를 더듬어갈 수밖에 방법이 없지 않나? 자네로서도 입장이 그렇게 되면 마찬가지 일을 했을 걸세."

스페이드의 눈에 악의가 번쩍 빛났다.

"그래? 그럼, 내가 한 게 아니라는 사실을 그가 어떻게 알았지? 아니면 자네는 아직도 나라고 생각하고 있나?"

폴하우스의 붉은 얼굴이 다시 빨개졌다.

"새스비일세, 마일즈를 쏜 것은."

"그건 자네 생각이지."

"그렇네. 하지만 웨블리는 새스비의 것이고, 마일즈의 시체에서 나온 총알도 그 권총의 것이었네."

"틀림없나?"

스페이드가 다그쳐물었다.

"절대로 틀림없네. 증인을 잡았네——새스비가 있던 호텔의 벨 보이인데——바로 그날 아침 그의 방에서 웨블리를 보았다더군. 그런 형의 권총은 처음 보는 것이라 특별히 눈에 띄었다는 걸세. 나도 처음 보았네. 자네도 그런 형은 이제 만들어내지 않는다고 말했었지. 그렇다면 그런 형의 권총이 흔히 굴러다니지도 않을 테고——또 아무튼——만일 그 권총이 새스비의 것이 아니라면, 그의 권총은 대체 어디로 사라졌단 말인가? 더욱이 마일즈의 몸에서 나온 총알은 그 권총으로 쏜 것일세."

경사는 빵을 뜯어 입으로 가져가려다 말고 손을 내렸다.

"자네는 그런 권총을 전에 본 일이 있다고 했지. 어디서 보았나?"

말을 마치고 톰은 빵을 입 속에 던져넣었다.
"영국에서——전쟁 전에."
"그것 보게. 역시 그렇잖나!"
"그럼, 내가 쫓은 건 새스비 하나라는 말이군?"
스페이드는 고개를 끄덕이며 말했다.
폴하우스는 의자 속에서 어찌할 바를 몰라했다. 그의 얼굴이 빨갛게 번쩍였다. 그는 열심히 설득했다.
"제발 부탁이니 이제 그만 잊어버리게, 샘. 이미 끝난 일일세. 자네도 잘 알 게 아닌가. 이런 식으로 언제까지나 물고늘어지다니 탐정답지 못하군. 하기야 자네는 우리가 자네에게 쓴 것 같은 계략을 남에게 쓰지 않겠지만."
"계략을 쓴 것도 아니지. 자네들이 나에게 계략을 쓰려고 했을 뿐일세."
폴하우스는 입 속으로 뭐라고 중얼거리며 남은 고기를 잘랐다. 스페이드가 말했다.
"알았네, 톰. 내 문제는 끝난 걸로 하세. 그러나 댄디는 어떤가?"
"끝난 일로 알고 있네."
"아니, 어떻게 눈을 떴지?"
"샘, 댄디는 진심으로 자네가 했다고 생각한 게……."
스페이드가 웃는 것을 보자 그는 말을 멈췄다.
"그보다도 마침내 새스비의 경력을 알아냈네."
"그래? 어떤 사람인가?"
폴하우스의 날카롭고 작은 갈색 눈이 스페이드의 얼굴을 물끄러미 바라보았다. 스페이드는 참다못해 소리쳤다.
"여보게 톰, 나는 이 사건에 대해 자네들 머리좋은 사람들이 생각하는 것의 절반도 모르고 있네."

"우리도 마찬가지일세."

폴하우스는 항의하듯 말했다.

"새스비에 대한 이야기인데, 우리가 알아낸 바에 따르면 그는 처음에 세인트루이스 갱단의 일원이었네. 이 일 저 일로 자주 붙잡혔지만, 아무튼 이건의 부하였기 때문에 심하게 당한 적은 없었네. 어떻게 그 갱단을 나왔는지는 모르지만, 그 뒤 또 한 번 뉴욕에서 도박장을 덮쳤다 붙잡혔네. 자기 정부가 밀고한 거였지. 그때 1년 동안 복역하다 패론 덕분에 속세로 나올 수 있었네. 그리고 2년쯤 지나 이번에는 졸리에트(일리노이주 도시)에서 다른 여자와 싸우다 권총으로 때렸기 때문에 한동안 옥살이를 했지. 그러나 그 뒤 딕시 모너핸 밑으로 들어갔기 때문에 붙잡히거나 고생한 적은 별로 없네. 아무튼 그 무렵에는 딕시의 전성기로, 시카고 도박꾼들 사이에서는 그리스의 닉과 어깨를 겨루는 유력자였으니까. 새스비는 바로 그 딕시의 보디가드였네. 그래서 딕시가 빚돈으로 동료들과 시비가 벌어졌을 때 그 녀석도 보스와 함께 모습을 감추어버렸지. 지금으로부터 한 2년 전쯤의 이야기일세. 그 뉴포트비치(캘리포니아주 남부 유원지)의 보트 클럽에 폐쇄명령을 내렸을 무렵 말이네. 그 사건에 딕시가 관계되어 있었는지 어떤지는 잘 모르지만, 아무튼 그 뒤 딕시나 새스비가 얼굴을 내민 것은 이번이 처음일세."

"딕시도 얼굴을 보였나?"

스페이드가 물었다.

폴하우스는 머리를 내저었다. 그의 작은 눈이 날카롭게 빛나며 눈치를 살폈다.

"아니. 자네가 보았거나 본 사람들을 알고 있다면 이야기가 달라지겠지만, 스페이드."

스페이드는 의자등받이에 기대어 담배를 말기 시작하며 조용히 말했다.

"나는 보지 못했네. 지금 한 이야기는 모두 처음 듣는 걸세."

"그럴 테지."

폴하우스는 코를 킁킁거렸다.

스페이드는 히죽이 웃으며 물었다.

"지금 이야기한 새스비에 관한 정보는 대체 어디서 손에 넣었나?"

"기록에도 조금 실려 있고, 나머지는…… 뭐 여기저기서 주워모은 걸세."

"이를테면 카이로한테서?"

이번에는 스페이드의 눈이 눈치를 살피듯 번쩍 빛났다. 폴하우스는 커피 잔을 내려놓으며 고개를 내저었다.

"그 녀석한테서는 전혀……자네가 부린 잔꾀 때문에 전혀 쓸모가 없었네."

스페이드는 웃음을 터뜨렸다.

"어이가 없군. 자네나 댄디 같은 민완형사님들 둘이서 그 피라미 하나를 밤새도록 다그치고도 결국 항복을 받아내지 못했단 말인가?"

"무슨 말인가, 밤새도록이라니?"

폴하우스가 항의했다.

"잘해야 두 시간이었네. 도저히 안 될 것 같아 곧 돌려보냈지."

스페이드는 다시 큰 소리로 웃으며 시계를 보았다. 가게주인 존과 눈이 마주치자 계산을 해달라고 했다. 거스름돈을 기다리는 동안 그는 폴하우스에게 말했다.

"이제부터 지방검사와 만나기로 약속되어 있네."

"호출인가?"

"그렇다네."

폴하우스는 의자를 뒤로 밀어내고 일어섰다. 맥주통 같은 배를 가진 키 큰 사나이로, 튼튼한 몸집에 무게 있는 느낌이 들었다.
"내가 이런 이야기했다는 말을 댄디에게 하면 안되네."

귀가 튀어나온 호리호리한 젊은이가 스페이드를 지방검사의 방으로 안내했다. 스페이드는 가볍게 미소지으며 방으로 들어가 가벼운 목소리로 말했다.
"안녕하십니까, 브라이언 씨!"
지방검사 브라이언은 일어나서 한 손을 책상 너머로 내밀었다. 45살쯤 된 보통 몸집에 보통 키의 사나이로 금발, 검은 리본이 달린 코안경, 그 속에서 빛나는 공격적인 파란 눈, 웅변가처럼 유난히 큰 입, 보조개가 들어가는 두툼한 턱, 이것이 그의 모습이었다.
"어서 오시오, 스페이드 씨!"
힘차고 잘 울리는 목소리였다.
두 사람은 악수를 하고 나서 자리에 앉았다.
지방검사는 책상 위에 나란히 달려 있는 네 개의 진주빛 단추 가운데 한 개를 눌렀다. 아까의 그 호리호리한 젊은이가 문을 열었다.
"토머스와 힐리를 불러주게."
지방검사는 다시 의자에 편안히 기대앉아 스페이드를 향해 쾌활하게 말했다.
"당신과 경찰 사이는 아무래도 순조롭지 못한 모양이지요?"
스페이드는 오른쪽 손가락을 움직여 걱정할 것 없다는 시늉을 해보이며 가벼운 말투로 대답했다.
"대수로운 일은 아닙니다. 댄디 경감이 공연히 흥분하고 있을 뿐이니까요."
문이 열리고 두 사나이가 들어왔다. 스페이드는 그 중 한 사람을 향해 인사했다.

"여어, 토머스!"

토머스는 키가 작고 햇볕에 그을린 30살쯤 된 사나이로, 옷차림이며 머리모양이 아주 수수했다. 그는 주근깨투성이인 손으로 스페이드의 어깨를 두드리며 말했다.

"재미가 어떤가?"

그리고 옆자리에 앉았다. 또 한 사람은 좀더 젊고 피부가 흰 사나이였다. 그는 그들에게서 좀더 떨어진 자리에 앉아 무릎에 속기용 노트를 펴놓고 녹색 연필을 들었다.

스페이드는 그 젊은이의 모습을 흘끗 쳐다보고 미소지으며 지방검사에게 물었다.

"지금부터 하는 말은 나중에 불리한 증언으로 이용될 수도 있으니 조심하라는 거겠지요?"

지방검사는 웃으며 말했다.

"그건 언제나 마찬가지지요."

그는 안경을 벗고 들여다보더니 다시 콧등에 걸쳤다. 그리고 안경 너머로 스페이드의 얼굴을 보며 묻기 시작했다.

"새스비를 죽인 게 누구요?"

"모릅니다."

브라이언은 안경에 달린 검은 리본을 엄지손가락과 다른 손가락 사이에 끼우고 비벼대며 빈틈없이 말했다.

"물론 모르겠지요. 그러나 당신은 훌륭한 추리를 할 수 있을 텐데요?"

"하면 할 수 있겠지만, 하고 싶지 않습니다."

지방검사의 눈썹이 치켜올라갔다.

"하고 싶은 마음이 없습니다."

스페이드는 태연하게 되풀이해서 말했다.
"내 추리가 훌륭한 것인지 하찮은 것인지 그건 잘 모릅니다만, 나의 어머니는 자기 아들을 지방검사와 검사보와 속기사 앞에서 우쭐하여 짐작하는 바를 술술 말하는 그런 바보로 키우지는 않았습니다."
"숨길 게 없다면 이야기해도 상관없지 않겠소?"
"누구에게나 숨겨야 할 일은 있는 법입니다."
스페이드는 조용히 받아넘겼다.
"그렇다면 당신에게도?"
"네. 예를 들어 나의 추리가 그 예입니다."
지방검사는 책상 위로 눈길을 떨어뜨렸다가 다시 눈을 들어 스페이드를 보았다. 그는 안경을 코 위에 똑바로 고쳐쓰며 말했다.
"만일 속기사가 없는 편이 좋다면 내보낼 수도 있소. 속기사를 부른 건 편의상 문제에 지나지 않으니까요."
"있어도 전혀 상관없습니다. 내가 하는 말은 모조리 기록해 주기 바라며, 서명도 기꺼이 해드리겠습니다."
"아니, 서명까지 받을 생각은 없소. 이것은 공식적인 심문이 아니니까 그처럼 거북하게 생각지 마시오. 그리고 경찰이 여러가지 가정을 세우고 있는 모양이지만, 나는 그것을 믿지 않으니까 전적으로 믿고 있다고 생각지 말아주기 바라오."
"믿고 있지 않다고요?"
"전혀."
스페이드는 한숨을 내쉬며 다리를 꼬았다.
"반가운 말씀을 해주시는군요."
그는 주머니를 더듬어 담배와 담배말이종이를 꺼냈다.
"그럼, 당신 생각은?"

브라이언은 의자에서 윗몸을 일으켰다. 눈이 안경 렌즈처럼 번들번들 빛났다.
"아처가 누구의 부탁으로 새스비를 뒤쫓았는지 말해 주면 누가 새스비를 죽였는지 알려주겠소."
스페이드의 짤막한 웃음에는 경멸이 담긴 듯한 느낌이 들었다.
"당신도 댄디 경감처럼 잘못 생각하고 계시는군요."
"오해하면 안 되오, 스페이드 씨."
브라이언은 손가락마디로 책상을 톡톡 치며 말했다.
"나는 당신 의뢰인이 새스비를 죽였다든가, 죽이게 했다고 말하는 건 아니니까. 나는 지금 당신 의뢰인이 누구인지 아니면 누구였는지 알면 새스비 살해범을 곧 알 수 있다는 말을 하고 싶은 거요."
스페이드는 담배에 불을 붙였다. 그는 담배를 입술에서 떼고 길게 연기를 뿜어 내며 당혹한 듯이 말했다.
"아무래도 나는 그 뜻을 잘 모르겠는데요."
"잘 모르겠다고요? 그럼, 이렇게 말할까요? 딕시 모너핸은 지금 어디 있소?"
스페이드의 당혹한 표정은 조금도 변하지 않았다.
"다시 말해 봐도 마찬가지입니다. 무슨 말인지 잘 모르겠습니다."
지방검사는 안경을 벗어서 흔들어대며 힘주어 말했다.
"우리는 알고 있소. 새스비는 모너핸의 보디가드였소. 모너핸이 시카고에서 모습을 감췄을 때 함께 사라졌었지요. 모너핸은 그때 20만 달러에 가까운 판돈을 가지고 행방을 감추었소. 그때의 채권자가 누구누구였는지는 아직도 모르오."
지방검사는 안경을 쓰며 기분나쁜 미소를 띠었다.
"그러나 도망친 도박꾼이나 그 보디가드가 일단 채권자의 눈에 띄면 어떤 운명을 더듬게 되는지는 누구나 다 아는 일이오. 전에도 그런 예가 있었지요."

스페이드는 입술을 축이더니 이를 드러내 보이며 불쾌한 듯이 히죽 웃었다. 팔자로 처진 눈썹 아래에서 눈이 번쩍번쩍 빛났다. 붉어진 목덜미가 칼라 위로 넘치듯 불거져 있었다. 그는 낮게 가라앉은 목소리로 열심히 말했다.

"그래, 대체 당신은 어떻게 생각하시는 겁니까? 채권자의 의뢰로 내가 죽였단 말입니까? 아니면 내가 그를 찾아주어 그들이 죽이게 했단 말입니까?"

"천만에요! 그건 오해요."

지방검사는 힘게 부정했다.

"오해이기를 바라겠습니다."

"검사님도 그런 말을 하고 싶었던 건 아닐세."

토머스가 말참견했다.

"그럼, 무엇을 말하고 싶었던 건가?"

브라이언은 손을 내저었다.

"내가 말하고 싶었던 것은 이거요. 당신은 자신도 모르게 이 사건에 말려들어간 게 아닌지——만일 그렇다면……."

스페이드는 비웃듯 말했다.

"알았습니다. 그러니까 당신은 즉 내가 악당은 아니지만 바보라는 말을 하고 싶은 거지요?"

"무슨 말을 그렇게 하시오!"

브라이언은 계속 밀고 나갔다.

"예를 들어 누군가가 당신을 찾아와 모너핸이 이 거리에 있다고 생각되는 이유를 말하며 그를 찾아달라고 부탁했다고 합시다. 그러나 그는 전혀 근거 없는 이야기를 했을지도 모르오. 그런 이야기쯤은 얼마든지 꾸며댈 수 있으니까. 아니면 또 자세한 이야기는 다 빼놓고 빚돈을 떼어먹고 달아났다는 말만 했을지도 모르오. 그런 경우 어떻게 그 이면은 꿰뚫어볼 수 있겠소? 그것이 흔히 있는 탐정 일과 다르다는 것을 어떻게 알겠소? 이런 상황에서라면 당신은 자신이 한 일에 책임을 지지 않아도 되오. 단……."

그는 강한 인상을 남기려는 듯 목소리를 낮추어 한 마디 한 마디 또박또박 발음했다.

"당신이 범인의 정체와 체포의 단서가 될 만한 정보를 알고 있으면서도 그것을 숨겨 스스로 공범자가 된 경우는 다르지요."

스페이드의 얼굴에서는 분노가 사라져가고 있었다.

"난 또 뭐라고…… 그게 하고 싶었던 말씀이었습니까?"

그의 목소리에서도 이미 노여움이 가셔져 있었다.

"그렇소."

"그렇다면 화낼 것도 없겠군요. 당신은 잘못 생각하고 있습니다."

"그걸 증명해 보시오."

"지금은 증명할 수 없지만, 설명할 수는 있습니다."

스페이드는 고개를 내둘렀다.

"설명해 보시오."

"딕시 모너핸의 일은 누구한테서도 의뢰받은 일이 없습니다."

브라이언은 토머스와 눈짓을 나누었다. 검사는 스페이드 쪽으로 눈길을 돌리며 말했다.

"그러나 당신도 인정하겠지만, 누군가가 모너핸의 보디가드 새스비의 일로 당신을 찾아갔었소."

"그렇습니다. 모너핸의 옛 보디가드 새스비의 일로……."

"옛 보디가드?"

"그렇습니다……."

"그렇다면 새스비가 지금 모너핸과 손을 끊었다는 사실을 알고 있단 말이오? 분명히 알고 있소?"

스페이드는 손을 뻗어 책상 위의 재떨이에 담배꽁초를 버리고 무관심하게 말했다.

"내가 분명히 알고 있는 사실은 이겁니다. 내 의뢰인은 모너핸에 대해 전혀 관심이 없으며 과거에도 관심이 없었다는 것. 그러나 이런 말은 들은 적이 있습니다. 새스비는 모너핸을 동양으로 데리고 가 거기서 그와 손을 끊었다고……."

이때 또 지방검사와 검사보가 눈짓을 나누었다.

토머스는 실제적인 말을 하는데도 흥분을 감추지 못하는 듯했다.

"그렇게 되면 다른 견해도 생각할 수 있겠군. 새스비가 모너핸과 손을 끊었다는 이유로 모너핸의 친구가 새스비를 죽였다고 생각할 수 없을까?"

"도망친 도박꾼에게 무슨 친구가 있겠나?"

스페이드가 말했다.

"그렇다면 새로운 선이 두 가지 나오는군."

브라이언은 의자등받이에 기대어 한동안 천장을 바라보고 있더니 갑자기 몸을 일으켰다. 웅변가다운 얼굴이 성성해 보였다.

"문제는 세 가지 가능성으로 좁힐 수 있소. 첫째, 새스비를 죽인 건 시카고에서 모너핸이 배신한 도박꾼 친구라는 것이오. 새스비가 모너핸을 배신한 사실도 모르고, 또는 그것을 믿지 않고 새스비가 모너핸과 한패라는 이유로 해치웠다고 보는 거요. 아니면 모너핸을 가까이 하는 데 새스비가 방해될 것 같아 처치했는지도 모르지요. 아니면 새스비가 그들을 모너핸이 있는 곳으로 안내할 수 없다고 거절하여 죽였는지도 모르오. 몇 가지 경우가 있는 셈이오. 둘째는 새스비를 죽인 건 모너핸의 친구라는 선, 셋째는 새스비가 모너핸을 적에게 넘겨주었다가 나중에 화해하여 살해되었다는 선이오."

스페이드는 즐거운 듯 미소지어 보이며 말했다.

"네 번째——새스비의 사인(死因)은 노쇠현상이다. 여보십시오, 당신들 대체 지금 제정신입니까?"

두 사람은 스페이드의 얼굴을 물끄러미 쳐다보았다. 그러나 아무도 입을 열지 않았다.

스페이드는 미소띤 얼굴로 두 사람을 번갈아보며 일부러 가엾다는 듯 머리를 내저었다.

"당신들의 머릿속에는 아놀드 로스스틴(미국의 대도박사. 1928년에 살해되었으나 범인은 확실치 않음) 사건이 꼭 달라붙어 떨어지지 않나 보지요?"

브라이언은 왼쪽 손등으로 오른쪽 손바닥을 탁 쳤다.

"이상 세 가지 선 중 어느 하나에 해결이 있소."

지방검사는 힘찬 목소리를 억누르지 못하는 듯했다. 그는 오른손을 꽉 쥐고 둘째손가락만 펴서 그 손을 높이 들었다가 천천히 내리더니 스페이드의 가슴 앞에서 딱 멈췄다.

"그리고 당신의 정보에 따라 우리는 이 세 가지 선 가운데 어느 선을 따를 것인가 결정할 거요."

"그래요?"

스페이드는 내키지 않는 듯이 대꾸했다. 우울한 얼굴이었다. 손가락으로 아랫입술을 만지더니 그 손가락을 들여다보았다. 이번에는 목덜미를 긁었다. 초조한 듯한 주름이 여러 개 이마에 나타났다.

이윽고 그는 코로 한숨을 길게 내뿜으며 불쾌한 목소리로 중얼거렸다.

"나의 정보는 아마 검사님 마음에 안 들 겁니다. 첫째, 도움이 될 수 없을 뿐 아니라 모처럼의 도박꾼 복수극과 줄거리가 맞지 않을 테니까요."

브라이언은 고쳐앉으며 어깨를 으쓱했다. 소리치지는 않았지만 목소리가 엄격했다.
"그건 당신이 결정할 일이 아니오. 잘못된 일이든 올바른 일이든 지방검사는 나요."
스페이드는 입술을 치켜올리며 송곳니를 드러내보였다.
"오늘은 비공식회담인 줄 알았는데요."
"나는 하루 24시간 사법관으로 공직에 있소. 따라서 나에 대해서는 공식적이든 비공식적이든 범죄 증거의 제출을 거절할 수 없소. 물론 예외는 있지요."
그는 뜻있는 듯이 고개를 끄덕였다.
"헌법이 보장하는 특정한 근거가 있다면."
"자신에게 불리한 진술을 강요받지 않는다는 말씀이군요?"
스페이드의 목소리는 조용하니 재미있어하는 듯했으나 얼굴표정은 그렇지 않았다.
"하지만 여기에는 더 좋은 근거, 아니 편리한 근거가 있습니다. 나의 의뢰인에게는 그 비밀의 상당량을 지킬 권리가 있습니다. 그런대 대배심(大陪審)──물론 검시배심(檢屍陪審)도 마찬가지지만──앞에 나가면 말하게 될지 모릅니다. 그러나 아직은 아무 데도 불려간 일이 없습니다. 따라서 그때가 되기 전에는 의뢰인의 개인적인 일을 함부로 떠들어대고 싶지 않습니다. 그리고 또 한 가지, 당신이나 경찰은 내가 그날 밤의 살인사건에 관계있는 것처럼 트집을 잡고 있습니다. 지금까지 당신들에게 시달려온 경험으로 미루어보아 당신들이 쳐놓은 그물에서 벗어날 수 있는 가장 좋은 길은, 이 사건의 범인을 한데 묶어 내미는 것이라고 생각합니다. 그러기 위한 유일한 방법은 내가 당신들을 가까이 하지 않는 겁니다. 왜냐하면 검찰이나 경찰에서는 이 사건의 내용을 전혀 모르는 것 같으니까요."
스페이드는 자리에서 일어나 어깨 너머로 속기사를 돌아보았다.
"지금 한 이야기를 다 받아썼소? 너무 빨리 말한 건 아니오?"
속기사는 놀란 듯한 눈으로 스페이드를 바라보았다.
"네, 다 썼습니다."
"용하군."
그는 다시 브라이언 쪽으로 고개를 돌렸다.
"위원회에 가서 법무집행 방해죄로 내 면허장을 취소하고 싶으면 그렇게 해도 좋습니다. 당신은 전에도 그런 일을 하여 좋은 웃음거리가 된 적이 있잖습니까?"
"아니, 잠깐만——"
브라이언이 입을 열었다.
"이런 비공식회담은 딱 질색입니다. 나는 당신에게도 경찰에게도 할 말이 없습니다. 그리고 하나같이 머리가 이상해진 이곳 관리들을 상대하는 일은 이제 지긋지긋합니다. 만일 이 다음에 나를 만나고 싶거든 체포장이나 소환장을 발부하십시오. 그러면 언제라도 변호사와 함께 올 테니까요."
스페이드는 모자를 머리 위에 올려놓았다.
"그럼, 검시법정에서 만납시다."
그는 성큼성큼 방을 나갔다.

세 번째 살인

 스페이드는 새터 호텔로 가서 알렉산드리아 호텔로 전화를 걸었다. 개트맨은 없었다. 개트맨 일행은 아무도 없었다. 벨비디어 호텔에도 전화를 걸었다. 카이로도 없었다. 하루 종일 한 번도 나타나지 않은 모양이었다.
 스페이드는 사무실로 돌아왔다.
 특별히 눈을 끄는 옷차림을 한 가무잡잡한 피부의 기름진 사나이가 바깥방에서 스페이드가 돌아오기를 기다리고 있었다.
 에피 필라인이 그 사나이를 가리키며 말했다.
 "이분이 만나 뵙고 싶답니다. 스페이드 씨."
 스페이드는 싱긋 미소지으며 고개를 숙여보이고 안쪽 방문을 열었다.
 "들어가시지요."
 그는 손님을 먼저 들어가게 하고 에피 필라인에게 물었다.
 "무슨 소식이 없었소?"
 "없었어요."

가무잡잡한 사나이는 마케트 거리의 영화관주인이었다. 회계 한 사람과 도어맨이 짜고 돈을 속이는 것 같다는 이야기였다. 스페이드는 용건을 빨리 말하도록 했다. 조사해 보겠다는 약속을 하고 50달러를 청구하여 치르게 한 다음 30분도 못 되어 손님을 보내버렸다.

영화관주인이 나가고 복도문이 닫히자 에피 필라인이 안쪽 방으로 들어왔다. 볕에 그을린 얼굴이 불안과 의혹으로 흐려져 있었다.

"그 여자를 아직도 못 찾으셨어요?"

스페이드는 고개를 끄덕이며 손가락으로 관자놀이의 상처 둘레를 가볍게 쓰다듬었다.

"상처는 어떠세요?"

"괜찮아. 그런데 머리가 아프군."

에피는 스페이드의 뒤로 돌아가 그의 손을 끌어내리고 가냘픈 손가락으로 관자놀이를 쓰다듬어주었다. 스페이드는 의자등받이에 기대며 그녀의 가슴에 머리를 기댔다.

"고마워, 예쁜이!"

그녀는 머리를 숙여 그의 얼굴을 들여다보았다.

"샘, 빨리 그 여자를 찾아내야해요. 벌써 하루가 지났잖아요. 만일 ……."

스페이드는 몸을 움직여 초조한 듯이 그녀의 말을 가로막았다.

"나에게 그럴 의무는 없소. 하지만 이대로 1, 2분만 머리를 쉬게 해주면 다시 찾으러 나가겠소."

"가엾은 머리!"

이렇게 중얼거리며 그녀는 한동안 말없이 쓰다듬고 있다가 물었다.

"그녀의 거처를 알고 계세요? 짐작이 가느냐고요?"

이때 전화 벨이 울렸다. 스페이드가 수화기를 집어들었다.

"여보세요. ……아아, 시드인가? 무사히 끝났네. 고마우이…… 아니…… 그렇지. 그는 초조해 하더군. 하기야 나도 그랬지만…… 도박꾼의 싸움이니 뭐니 터무니없는 꿈을 꾸고 있었네…… 그렇지. 그래서 돌아올 때도 키스는커녕 큰 소리치고 나와버렸다네…… 그에 대한 일은 자네가 걱정해 줘야겠어. ……그렇지, 그럼, 또 보세!"

그는 전화기를 내려놓고 다시 의자등받이에 기대었다.

에피 필라인이 등 뒤에 서 있다가 그의 옆으로 나오며 따져묻듯이 말했다.

"그 여자가 어디 있는지 짐작이 가세요, 샘?"

"간 곳은 알지."

스페이드는 귀찮다는 듯이 대답했다.

"어디에요?"

그녀는 흥분하며 말했다.

"당신이 본 불이 난 배야."

에피의 눈이 휘둥그래지며 갈색 눈동자 둘레에 흰자위가 보였다.

"당신은 그곳에 가보았군요."

그것은 질문이 아니었다.

"아니."

"샘, 어쩌면 그녀는……."

에피는 화난 목소리로 외쳤다.

"그녀는 제발로 걸어나간 거요."

스페이드는 불쾌한 듯 말했다.

"유괴당한 게 아니란 말이오. 배가 입항한 것을 알고 그녀는 당신 집으로 가지 않은 거요. 그러니 그게 어쨌다는 거지? 내가 손님 엉덩이를 쫓아다니며 용건을 말해 달라고 사정해야 한단 말이오?"

"하지만 샘, 내가 이야기했을 때 그녀는 배에 타고 있었겠지요!"
"그것은 정오였지. 나는 폴하우스와 약속이 있었고 브라이언과도 만나야 했었소."
에피는 눈두덩이에 힘을 주어 스페이드를 노려보았다.
"어머나, 기가 막혀! 당신은 자신의 생각에 따라 아주 비열한 인간으로 떨어질 수도 있는 사람이군요! 아무리 그녀가 멋대로 한 일이라 할지라도 위험한 처지에 놓여 있는 것을 뻔히 알면서 여기 앉아 모른 체하다니……. 어쩌면 지금쯤 그녀는……."
스페이드의 얼굴이 뻘게졌다. 그는 완강히 주장했다.
"그녀는 자기 몸을 지킬 줄 알고 있소. 만일 도움이 필요하게 되면, 도움을 구하는 편이 좋을 때면 어디로 가야 하는지 알고 있소."
"화풀이를 하는군요!"
에피는 소리쳤다.
"그래요, 화풀이를 하는 거예요! 그녀가 자기 마음대로 행동하여 당신은 화를 내고 있는 거예요. 그럴 수도 있잖아요? 그 여자의 입장에서 보면 생각했던 것처럼 당신이 솔직하지도 않고 진지하게 응해주지도 않아 당신을 완전히 믿을 수 없었던 거예요."
"그만해두오, 에피."
스페이드의 말을 듣고 그녀의 열띤 눈에 순간 불안한 빛이 감돌았다. 그러나 머리를 번쩍 들자 그 빛이 사라져버렸다. 그녀는 야무지게 입을 오므렸다.
"당신이 지금 곧 부둣가로 가보지 않겠다면 내가 가겠어요. 경찰을 데리고 가겠어요."
그 목소리는 떨리고 흐트러졌으며 가냘파 금방이라도 울음을 터뜨릴 것 같았다.

"부탁이에요, 샘, 가주세요!"

스페이드는 못마땅해 하며 일어섰다.

"제기랄, 여기서 골치아픈 잔소리를 듣고 있느니보다 나가는 게 훨씬 편하겠군."

그는 시계를 보았다.

"문을 잠그고 돌아가도록 하오."

"아니에요, 돌아가지 않겠어요. 당신이 돌아오실 때까지 여기 있겠어요."

"마음대로."

스페이드는 모자를 썼으나 곧 펄쩍 뛰어오를 듯이 놀라며 모자를 벗어 손에 들고 나갔다.

한 시간 반 뒤 5시 20분에 스페이드는 돌아왔다. 기분이 좋아보였다. 들어오자마자 그는 소리쳤다.

"아니, 우리 예쁜이가 왜 이렇게 까다로운 표정을 짓고 있지?"

"나 말이에요?"

"그럼."

스페이드는 에피 필라인의 코 끝을 둘째 손가락으로 꼭 눌렀다. 그리고 두 손을 그녀의 팔꿈치 밑으로 넣어 얼른 끌어안고 턱 밑에 키스를 했다. 그는 그녀의 몸을 아래로 내려놓으며 물었다.

"그동안 무슨 일 없었소?"

"루크라던가——벨비디어 호텔 사람이 전화를 걸어 카이로 씨가 돌아왔다고 알려줬어요. 지금부터 30분쯤 전에."

스페이드는 갑자기 입을 다물더니 방향을 돌려 문 쪽으로 성큼성큼 걸어갔다.

"그 여자 찾으셨나요?"

에피가 물었다.

"돌아와서 이야기하겠소."

그는 걸음도 멈추지 않고 대답하며 후다닥 튀어나갔다.

사무실을 나간 지 10분도 안 되어 스페이드는 택시로 벨비디어 호텔 앞에 닿았다. 그는 로비에서 호텔 탐정 루크를 찾아냈다. 호텔 전속탐정은 머리를 내저으며 쓴 웃음을 짓고 스페이드를 맞았다.

"15분 늦었군. 자네가 찾는 새는 날아가버렸네."

스페이드는 자신의 불운을 저주했다.

"계산을 끝내고 떠났지. 짐을 챙겨들고."

루크는 조끼주머니에서 낡은 수첩을 꺼내더니 엄지손가락에 침을 발라 넘겨 한 페이지를 스페이드에게 내밀었다.

"그 사람이 타고 간 택시 번호일세. 이건 적어두었지."

"고맙군."

스페이드는 봉투 뒤에 그 번호를 베껴쓰며 말했다.

"우편물은 어디로 보내달라던가?"

"그런 말은 없었네. 큰 슈트케이스를 들고 들어오더니 위로 올라가 짐을 챙겨가지고 내려왔지. 계산을 마치자 택시를 불러 타고 가버린 걸세. 행선지는 운전기사에게만 들리도록 말해서 못 들었네."

"트렁크는 어떻게 되었지?"

루크의 아랫입술이 축 늘어졌다.

"아참, 그걸 잊어버리고 있었군! 가보세."

두 사람은 카이로의 방으로 올라갔다. 트렁크는 방에 있었다. 뚜껑이 닫혀 있긴 했지만 잠기지는 않았다. 뚜껑을 열어 보았다. 속이 텅 비어 있었다.

"이게 어떻게 된 일이지?"

루크가 말했다.

스페이드는 아무 말도 하지 않았다.

스페이드는 사무실로 돌아왔다. 에피가 묻고 싶은 듯한 얼굴로 그를 올려다보았다.

"놓쳤어……."

이렇게 중얼거리며 스페이드는 자기 방으로 들어갔다.

에피가 따라들어왔다. 스페이드는 의자에 앉아 담배를 말기 시작했다. 에피는 그의 눈앞에 있는 책상에 앉아 스페이드의 의자 끝에 그녀의 구두 끝을 올려놓았다.

"오쇼네시 양은 어떻게 되었지요?"

"그녀도 놓쳤소. 그러나 그곳에 있었던 건 확실해."

"팔로마 호에요?"

"팔로마가 아니라 라 팔로마에. 정확히 말하도록 하오, 에피."

"그러지 말고 진지하게 이야기해 주세요, 샘."

스페이드는 담배에 불을 붙이고 라이터를 주머니에 넣은 다음 그녀의 정강이를 가볍게 두드렸다.

"라 팔로마 호에 있었다니까. 그녀는 어제 정오가 넘어 그곳으로 갔소."

그는 치켜올렸던 눈썹을 내렸다.

"페리 빌딩에서 택시를 내려 곧장 배가 있는 곳으로 갔소. 한두어 곳 앞에 있는 잔교니까. 선장은 배 안에 없었소. 재코비라는 사람이 선장인데, 그녀는 지령을 받고 그를 찾아간 거요. 선장은 볼일이 있어 시내에 나가고 없었소. 따라서 선장은 그녀가 오리라는 생각을 하지 못했다는 뜻이 되지. 적어도 그 시간에 오리라고는 예상하지 못했던 것 같소. 그녀는 선장이 올 때까지 기다리고 있었소. 4시쯤 선장이 돌아온 뒤 두 사람은 저녁식사시간까지 줄곧 선장실에 있었으며 식사도 함께 했소."

스페이드는 연기를 크게 빨아들였다 내뱉더니 옆을 보고 입술에 묻은 노란 담뱃가루를 불어날렸다.

그는 다시 이야기를 계속했다.

"식사가 끝난 뒤 재코비 선장을 찾아온 손님이 세 사람 있었소. 한 사람은 개트맨, 또 한 사람은 카이로, 그리고 또 한 사람은 어제 개트맨의 심부름으로 이곳에 왔던 그 젊은이요. 이 세사람은 브리지드가 있는 곳으로 찾아와 다섯이 함께 선장실에서 오랫동안 이야기했소. 선원들의 말은 종잡을 수 없지만 아무튼 그들 사이에 입씨름이 시작된 모양이오. 밤 11시쯤 선장실에서 한 방의 총소리가 났소. 당직선원이 달려가보니 선장이 밖으로 나와 걱정하지 말라고 말하더라는군. 선장실 벽 한구석에 새로운 총알자국이 나 있었지만, 꽤 높은 장소라 아마 사람이 맞지는 않았을 거요. 내가 알아낸 바로는 총알은 한 발이 발사된 것 같소. 내가 알아낸 바래야 별것 아니지만."

스페이드는 얼굴을 찡그리며 다시 연기를 빨아들였다.

"그런데 밤 12시쯤 모두——선장과 네 사람의 손님——돌아갔소. 다섯이 모두 걸어서 돌아간 모양이오. 이것은 당직선원에게서 들은 이야기요. 그때 배에 와서 일한 세관직원이 있다기에 만나보고 싶었지만 아직 못 만났소. 알아낸 사실은 이것뿐이오. 선장은 그 뒤 아직 돌아오지 않았소. 오늘 낮에 만나기로 되어 있던 해운업자들과의 약속도 어기고, 불이 났다는 소식을 알려주려 해도 행방을 알 수가 없다는 거요."

"그런데 화재는 어떻게 된 거예요?"

스페이드는 어깨를 으쓱했다.

"글쎄……. 불이 난 것은 뒤쪽 창고로 오늘 아침 늦게야 발견된 모양이오. 그러나 불붙기 시작한 것은 아무래도 어제인 듯하오. 아무튼 무사히 끄기는 했지만, 피해가 아주 큰 것 같소. 선장이 없어 아무도 자세한 말을 하려고 하지 않아. 아무튼……."

이때 갑자기 복도문이 열렸다. 스페이드는 입을 다물었다. 에피가 당황하여 책상에서 뛰어내려 옆방과 칸막이된 문 쪽으로 향했으나 그보다 먼저 한 사나이가 그 문을 와락 열었다.

"스페이드 씨 어디 있소?"

사나이는 말했다.

그 목소리를 듣고 스페이드는 재빨리 의자에서 몸을 일으켰다. 사나이의 목소리는 목구멍에서 끓어오르는 액체 소리에 방해되어 이 말도 겨우 하는 듯 심한 고통과 긴장으로 낮게 가라앉아 있었다. 에피 필라인은 깜짝 놀라 옆으로 몸을 비켰다.

사나이는 문 앞에 서 있었는데, 소프트 모자가 문 위 가로대 사이에서 찌그러질 듯이 보였다. 적어도 2미터는 넘어보이는 큰 키였다. 자루처럼 길쭉하게 맞춰입은 검은 코트를 목에서 무릎까지 단추를 채워 가뜩이나 마른 몸이 더 여위어보였다. 어깨는 높이 치켜 올라갔다. 비바람에 시달려 세월의 주름이 잡힌 여윈 얼굴은 물에 젖은 모랫빛이었으며 볼과 턱은 땀투성이었다. 어두운 눈에는 핏발이 섰으며 광기어린 빛이 뿜어나왔다. 축 늘어진 눈 밑에서 연붉은 점막이 드러나보였다.

그는 검은 소매에 감싸인 한쪽 팔과 소맷부리에서 나온 노란 손으로 왼쪽 옆구리에 가는 끈으로 묶은 갈색 종이 꾸러미──미식축구공보다 조금 더 커보이는 타원형 꾸러미──를 꽉 끌어안고 있었다.

키큰 사나이는 문 앞에 서서도 스페이드의 모습이 눈에 보이지 않는 모양이었다.

"저어……."

그는 입을 열었으나 목구멍에서 치솟는 액체 소리가 다음 말을 삼

켜버렸다. 사나이는 한쪽 손을 꾸러미를 든 손 위로 갖다댔다. 그러더니 그대로 선 채 몸이 굳어져 마치 나무토막처럼 손을 앞으로 내밀지도 않고 털썩 쓰러졌다.

스페이드는 표정도 달라지지 않고 의자에서 일어나 쓰러지는 사나이를 끌어안았다. 그 순간 사나이의 입이 벌어지며 피가 조금 뿜어나왔다. 갈색 종이꾸러미가 손에서 떨어져 데굴데굴 구르다 책상다리에 부딪쳐 멎었다. 동시에 사나이의 무릎이 힘없이 꺾이고 이어서 허리가 구부러지며 자루 같은 코트 속에서 여윈 몸이 축 늘어져 스페이드의 팔에 매달렸다. 스페이드는 그 몸을 견뎌낼 수 없게 되었다.

그는 사나이의 몸을 살짝 아래로 내려놓고 왼쪽을 밑으로 하여 바닥에 눕혔다. 사나이의 눈은 여전히 어둡고 핏발이 서 있었지만, 광기어린 빛은 이미 사라진 다음이었다. 그 눈은 크게 뜨인 채 움직이지 않았다. 입은 피를 토해냈을 때 그대로 벌어져 있었지만 피는 이제 나오지 않았다. 길다란 몸도 누워 있는 바닥처럼 꼼짝하지 않았다.

"문을 잠그오, 에피."

스페이드가 말했다.

에피 필라인이 이를 딱딱 부딪치며 떨리는 손으로 복도문을 잠그는 동안 스페이드는 여윈 사나이 옆에 무릎을 꿇고 앉아 몸을 똑바로 돌려 코트 안주머니에 한쪽 손을 디밀었다. 이윽고 빼낸 그 손에는 피가 잔뜩 묻어 있었다. 피투성이가 된 손을 보고도 스페이드의 얼굴은 전혀 달라지지 않았다. 아무것도 만지지 않은 듯이 그 손을 높이 들어올린 채 다른 쪽 손으로 주머니에서 라이터를 꺼내 불을 켰다. 그 불꽃을 여윈 사나이의 오른쪽 눈에 가까이 대보고 다시 왼쪽 눈으로 옮겨갔다. 눈은——눈꺼풀도 눈알도 눈조리개도 동공도——얼어붙은 듯 움직이지 않았다.
　스페이드는 라이터를 끈 다음 다시 주머니에 집어넣었다. 무릎을 꿇은 채 죽은 사나이 옆으로 돌아가 피묻지 않은 손으로 자루 같은 코트 단추를 끄르고 앞자락을 벌렸다. 코트 속은 피로 흥건히 젖어 그 밑에 입은 푸른빛 더블 재킷이 피범벅이었다. 가슴 앞에서 겹쳐진 윗옷 양쪽 깃과 그 바로 밑 윗옷 양쪽에는 보풀이 일고 피에 젖은 구멍이 여러 개 뚫려 있었다.
　스페이드는 일어나서 바깥방에 있는 세면대로 갔다.
　에피 필라인은 파랗게 질려 와들와들 떨며 한쪽 손으로 복도문 손잡이를 잡고 등을 문유리에 기댄 채 가까스로 몸을 지탱하고 있었다. 그녀는 작은 목소리로 물었다.
　"저 사람……이미……?"
　"가슴을 맞았소, 대여섯 발쯤."
　스페이드는 손을 씻었다.
　"그럼, 곧……."
　그녀가 입을 열자 스페이드가 그 말을 가로막았다.
　"의사를 불러봐야 이미 늦었소, 우선 어떻게 할 것인지가 문제요."
　그는 손을 다 씻고 나서 세면대를 닦아내기 시작했다.
　"그렇게 여러 발 맞았으니 오래 걸을 수도 없지. 혹시……제기랄, 좀더 힘을 내어 한 마디만 할 것이지, 이렇게 그냥……."
　그는 에피에게 미간을 찌푸려 보이더니 다시 한 번 손을 헹구고 타월을 집어들었다.
　"에피, 힘을 내구려. 이런 때 그처럼 멍해 있으면 어쩌지!"
　스페이드는 타월을 집어던지고 머리 속에 손가락을 넣어 북북 긁었다.
　"아무튼 저 꾸러미를 펴볼까."

그는 다시 안쪽 방으로 들어가 시체의 다리를 타넘어 갈색 종이꾸러미를 집어들었다. 그 무게를 손에 느끼는 순간 눈이 빛났다. 그는 매듭이 위로 가도록 꾸러미를 책상 위에 올려놓았다. 매듭은 단단하게 매어져 있었다. 그는 주머니칼을 꺼내어 끈을 잘랐다.

그때는 에피도 외면하며 문에서 시체를 멀리 돌아 스페이드 옆에 와 있었다. 그녀는 두 손으로 책상 모서리를 짚고 스페이드가 끈을 풀어 갈색 종이를 벗겨내는 것을 지켜보았다. 이윽고 그때까지 메스꺼움을 누르고 있던 에피의 얼굴에 흥분의 빛이 떠올랐다.

"그건가요?"

그녀는 속삭이듯 물었다.

"곧 알게 되겠지."

스페이드는 굵은 손가락을 바쁘게 움직여 갈색 종이 밑에 나타난 세 겹의 거친 회색 종이를 벗겨냈다. 얼굴표정은 굳고 무표정했으나, 눈이 반짝였다. 회색 종이를 벗겨내자 대팻밥으로 단단히 뭉친 달걀 모양의 덩어리가 나왔다. 그는 손가락으로 대팻밥을 헤쳤다. 그러자 높이가 30센티미터쯤 되는 새의 조각이 나타났다. 그것은 석탄처럼 새까맸다. 그리고 대팻밥이나 먼지가 묻지 않은 곳은 반짝반짝 윤택이 났다.

스페이드는 소리내어 웃었다. 그는 한쪽 손을 새 위에 올려놓았다. 벌어진 손가락이 그 새를 꽉 움켜쥐었다. 그는 다른 쪽 팔로 에피를 끌어당겨 힘주어 끌어안았다.

"멋진 게 들어왔소, 베이비!"

"아야! 아파요!"

그녀는 소리쳤다.

그는 에피에게서 손을 떼고 두 손으로 그 검은 새를 들어올려 대팻밥을 떨어냈다. 그는 그것을 눈 앞에 받들어쥔 채 뒤로 물러나 먼지를 털고 의기양양하게 바라보았다.
 에피 필라인이 스페이드의 발 밑을 가리키며 겁 먹은 얼굴로 비명을 질렀다. 발 밑을 보니 뒤로 물러날 때 마지막으로 디딘 왼쪽 발 구두 뒤축이 시체의 손에 닿아 손바닥 옆의 살을 5, 6밀리미터쯤 짓밟고 있었다. 그는 당황하여 발을 떼었다.
 그때 전화 벨이 울렸다.
 그는 에피에게 고개를 끄덕여보였다. 그녀는 책상 앞에 단정히 앉아 수화기를 들었다.
 "여보세요. ……네, 그렇습니다…… 누구시라고요? ……네, 물론이에요!"
 그녀의 눈이 휘둥그래졌다.
 "네…… 네…… 잠깐만 기다리세요……."
 에피는 갑자기 입을 크게 벌리고 공포에 떨었다.
 "여보세요! 여보세요! 여보세요!"
 그녀는 수화기의 훅을 연거푸 눌렀다.
 "여보세요! 여보세요!"
 그녀는 홱 돌아서더니 옆으로 다가온 스페이드에게 울상을 지었다.
 "오쇼네시 양이에요! 당신을 부르고 있어요, 알렉산드리아에 있대요——위험한 모양이에요, 그 목소리! 무서워요, 샘! 이야기 도중에 무슨 일이 일어난 것 같아요, 샘, 가주세요!"
 스페이드는 매를 책상에 올려놓으며 우울하게 얼굴을 찡그렸다.
 "그보다도 우선 이 사나이를 처리해야지."
 그는 바닥에 쓰러져 있는 여윈 시체를 엄지손가락으로 가리켰다.
 에피는 두 주먹으로 스페이드의 가슴을 두드리며 소리쳤다.
 "안 돼요, 안 돼! 지금 가야 해요. 모르시겠어요, 샘? 이 사람은 오쇼네시 양의 것을 가지고 이리로 왔을 거예요. 모르겠어요? 그 여자를 도와주려고 했던 거예요. 그래서 살해된 거예요. 그리고 이번엔 그 여자 차례예요. 제발 부탁이에요, 가주세요!"

"좋소!"

스페이드는 그녀를 밀어내고 책상 위에 엎드리더니 검은 새를 다시 대팻밥 속에 묻고 종이로 쌌다. 급히 서둘렀으므로 아까보다 더 크고 보기흉한 꾸러미가 되었다.

"내가 나가거든 곧 경찰에 전화를 하오. 이 사정을 이야기하는 거요. 단 사람의 이름은 입 밖에 내면 안 되오. 당신은 아무것도 모르는 것으로 해두오. 나는 전화를 받고 나갔는데, 어디 간다는 말은 하지 않았다고 하구려."

끈이 엉키자 그는 화를 내며 힘껏 잡아당기더니 꾸러미를 묶기 시작했다.

"그리고 이 물건에 대해서도 말하지 마오. 다른 건 모두 사실대로 말해도 좋은데, 이 사람이 이 꾸러미를 가지고 왔다는 말만은 하면 안 되오."

그는 아랫입술을 깨물었다.

"하기야 못 견디게 다그쳐 물으면 할 수 없지만. 경찰에서 알고 있다면 인정하지 않을 수 없겠지. 아마 그렇지는 않겠지만, 만일 그들이 알고 있거든 내가 이 꾸러미를 풀어보지도 않고 그냥 들고 나간 것으로 해 주오."

끈을 다 묶자 그는 왼쪽 옆구리에 꾸러미를 끼우고 몸을 일으켰다.

"잘 기억해 두오. 모든 것을 있는 그대로 말할 것, 단 저쪽에서 먼저 말을 꺼내지 않는 한 이 꾸러미에 대해서는 말하지 말 것. 부정해서는 안 되오, 말을 하지 않을 뿐이지. 그리고 전화를 받은 것은 나요, 에피가 아니라. 또 이 사나이에게 관계있음직한 사람은 전혀 모른다고 말하구려. 이 사람에 대해서도 전혀 모른다고 해야 하오.

그리고 내 일의 내용에 대해선 나와 만나기 전에는 말할 수 없다고 하는거요. 알았소?"

"알았어요, 샘. 하지만 이 사람…… 누구인지 아세요?"

스페이드는 이리처럼 어금니를 드러내보이며 히죽이 웃었다.

"아니, 그러나 짐작하건대 라 팔로마 호의 재코비 선장이 아닐까?"

그는 모자를 집어 머리 위에 얹었다. 그는 골똘히 생각에 잠긴 듯이 시체를 들여다보더니 다시 방 안을 둘러보았다.

"빨리요, 샘!"

에피가 다그쳤다.

"응."

건성으로 내뱉는 대답이었다.

"빨리 서두르오, 에피. 경찰이 오기 전에 바닥에 흩어진 대팻밥을 치워두는 게 좋겠군. 그리고 시드에게도 연락해 두는 게 좋겠지. 아니, 잠깐."

스페이드는 턱을 문질렀다.

"당분간 시드는 내버려두기로 할까. 그러는 게 좋을 것 같군. 그리고 경찰이 올때까지 문을 잠가두어야 하오."

그는 턱에서 손을 떼고 그 손으로 에피의 볼을 쓰다듬었다.

"에피는 참 착한 아기야."

그리고 그는 나가버렸다.

토요일 밤

　스페이드는 종이꾸러미를 옆구리에 끼고 가벼운 걸음으로 걸었다. 그러나 경계하는 눈길로 줄곧 사방을 살펴보며 되도록 뒷거리와 좁은 빌딩 안뜰을 빠져나가 캐니 거리와 포스트 거리가 엇갈리는 곳에 이르자 곧 택시를 잡아탔다.
　택시로 5번 거리 픽윅 스테이지 버스의 종점까지 갔다. 수하물예치소에 꾸러미를 맡기고 인환증을 봉투에 넣어 우표를 붙인 뒤 겉봉에 'M.F. 홀랜드'라는 이름과 샌프란시스코 우체국의 사서함 번호를 쓰고 봉하여 우체통에 넣었다. 그리고 버스 종점에서 다른 택시를 타고 알렉산드리아 호텔로 달렸다.
　12호 C의 방으로 올라가 문을 노크했다. 두 번째로 두드리자 문이 열리고 반짝이는 노란 가운을 입은 자그마한 금발 소녀가 나타났다. 파리한 얼굴이 생기가 없고, 두 손으로 안쪽 손잡이에 필사적으로 매달리며 헐떡이듯 말했다.
　"스페이드 씨세요?"
　"그렇습니다."

스페이드는 쓰러지려는 소녀를 허둥지둥 붙잡았다.

소녀는 스페이드의 품에서 몸을 활처럼 구부리고 머리를 뒤로 발딱 젖혔으므로 짧은 금발이 머리에서 거꾸로 늘어졌다. 가느다란 목이 턱 끝에서 가슴에 걸쳐 뚜렷이 곡선을 그렸다.

스페이드는 등을 떠받치고 있는 팔을 위쪽으로 뻗고 몸을 굽혀 다른 한 팔을 무릎 밑으로 넣었다. 그러나 그때 소녀는 몸을 뒤틀어 저항하며 조금 움직거리는 입술 사이로 잘 알아들을 수 없는 말을 중얼거렸다.

"싫어요! 엄마——"

스페이드는 그녀를 걷게 했다. 문을 발로 닫고 그녀를 부축하며 녹색 카페트가 깔린 방 안을 벽에서 벽까지 오가게 했다. 한쪽 손을 작은 몸의 옆구리로 넣고 다른 쪽 손으로는 그녀의 한쪽 팔을 잡아 앞으로 고꾸라지면 다시 일으켜 세우고 옆으로 휘청거리면 부축하며 앞을 향해 걷게 했다. 그러면서 그녀의 몸무게를 비틀거리는 다리에 주게 하려고 애썼다.

두 사람은 방 안을 몇 번이나 오갔다. 소녀의 걸음이 휘청거려도 스페이드는 엄지발가락에 힘을 주어 균형을 잡고 있었다. 소녀의 얼굴에는 핏기가 전혀 없었으며 눈이 감겨 있었다. 스페이드는 불쾌한 얼굴로 경계하는 눈길을 사방으로 보내고 있었다.

스페이드는 단조로운 목소리로 말했다.

"옳지, 그렇게 걸어요. 왼쪽, 오른쪽, 왼쪽, 오른쪽, 옳지. 하나, 둘, 셋, 넷, 오른쪽으로 돌아요."

소녀를 흔들어 벽 있는 곳에서 방향을 바꾸게 했다.

"자아, 다시 한 번 되돌아가요. 하나, 둘, 셋, 넷. 머리를 똑바로 들고. 옳지, 됐어. 왼쪽, 오른쪽, 왼쪽, 오른쪽, 다시 한 번 돌아요."

다시 소녀를 흔들었다.
"좋아, 그렇지. 어서 걸어요, 어서. 하나, 둘, 셋, 넷 자아, 빙 돌고……."
아까보다 더 힘껏 뒤흔들었다. 발걸음을 빨리 떼어놓았다.
"잘하는군, 잘해! 왼쪽, 오른쪽, 왼쪽, 오른쪽. 서두르오. 하나, 둘, 셋……."
소녀는 몸을 떨며 꿀꺽 소리내어 침을 삼켰다. 스페이드는 그녀의 팔과 옆구리를 쓰다듬기 시작했다. 그리고 귀에 입을 바짝 대었다.
"잘하는군. 잘해. 하나, 둘, 셋, 넷 좀더 빨리, 좀더 빨리, 좀더 빨리. 그렇지, 걸어요, 걸어, 자꾸 걸어. 들고, 내리고, 들고, 내리고. 잘해. 자아, 빙 돌고. 왼쪽, 오른쪽, 왼쪽, 오른쪽, 어떻게 된 거지? 누가 약을 먹였나? 나에게 먹였던 그 사람?"
눈꺼풀이 한순간 위로 올라가 무딘 금갈색 눈이 보였다. 소녀는 가까스로 "그래요." 하고 말했으나 말 끝이 잘 들리지 않았다.
두 사람은 또 걷기 시작했다. 스페이드와 나란히 걷느라 그녀의 걸음은 종종걸음에 가까웠다. 스페이드는 노란 비단 가운 위로 그녀의 몸을 두드리기도 하고 쓰다듬기도 하며 계속 말을 시키면서 경계하는 눈초리로 줄곧 사방을 둘러보고 있었다.
"왼쪽, 오른쪽, 왼쪽, 오른쪽, 왼쪽, 오른쪽, 빙 돌고. 됐소, 됐어. 하나, 둘, 셋, 넷 턱을 들고, 그래, 그렇지, 그렇게 해야지. 하나, 둘……."
그녀의 눈꺼풀이 다시 조금 위로 올라가 눈이 힘없이 옆으로 움직였다.
"그래, 됐소."
스페이드는 그때까지의 단조로움을 깨고 커다란 목소리로 말했다.
"눈을 뜨오, 크게——더 크게!"

그는 소녀를 뒤흔들었다. 소녀는 항의하듯 신음 소리를 냈으나 눈꺼풀이 아까보다 더 크게 떠졌다. 그러나 눈에는 아직 생기가 없었다. 그는 손을 들어 소녀의 볼에 대여섯 번 연달아 따귀를 갈겼다. 소녀는 또 신음 소리를 내며 스페이드의 손에서 벗어나려고 했다. 스페이드는 소녀를 꼭 끌어안고 나란히 서서 다시 벽에서 벽으로 걷게 했다.

"서면 안 돼."

그는 거친 목소리로 명령하고 나서 물었다.

"너는 누구지?"

"리어 개트맨."

불분명한 목소리였으나 이번에는 알아들을 수 있었다.

"그 사람의 딸?"

"그래요."

이번에는 말 끝까지 또렷했다.

"브리지드는 어디 있나?"

소녀는 스페이드의 품에서 발작을 일으킨 듯이 몸을 뒤틀며 그의 손을 두 손으로 잡으려고 했다. 스페이드는 재빨리 손을 빼냈다. 손등에 4, 5센티미터 가량의 긁힌 상처가 빨갛게 나 있었다.

"무슨 짓이야!"

그는 소리치며 소녀의 두 손을 살펴보았다. 왼손에는 아무것도 없었으나 오른손을 강제로 벌리자 7, 8센티미터 가량의 구슬 달린 무쇠 핀이 쥐어져 있었다.

"무슨 짓이야?"

그는 다시 한 번 소리치며 그 핀을 소녀의 눈앞에 내밀어 보였다.

핀을 보자 소녀는 훌쩍훌쩍 울며 가운을 벌렸다. 속에 입고 있는 크림 빛 잠옷을 헤치고 왼쪽 유방 밑을 내보였다. 새하얀 살갗에 핀으로 긁고 찌른 가는 줄과 작은 반점이 빨갛게 뒤섞여 있었다.
"자면 안 될 것 같아…… 당신이 올때까지…… 걸어다니고…… 꼭 온다고 그 사람이 말했기 때문에…… 하지만 아무리 기다려도……."

소녀는 비틀거렸다. 스페이드는 소녀를 안은 손에 힘을 주었다.
"자아, 걷자!"

소녀는 스페이드의 팔을 뿌리치고 다시 한번 그와 마주서려고 몸부림쳤다.
"잠깐…… 이야기하겠어요. ……아이, 졸려…… 살려줘요……."
"브리지드 말인가?"
"네…… 데리고 갔어요…… 배, 밸링겜…… 앤초 26번지…… 빨리…… 서둘지 않으면……."

머리가 어깨 위로 떨어졌다. 스페이드는 그 머리를 힘껏 들어올렸다.
"네…… 윌머…… 카이로."

몸부림치며 눈두덩을 실룩거렸으나 눈은 뜨이지 않았다.
"……그녀를 죽일 거예요."

머리가 또 힘없이 떨어졌다. 또다시 들어올렸다.
"재코비를 쏜 게 누구지?"

소녀에게는 이 질문이 들리지 않은 모양이었다. 머리를 들고 눈을 뜨려고 눈물겨운 노력을 했다. 소녀는 입 속으로 우물거렸다.
"빨리…… 그녀……."

스페이드는 소녀를 난폭하게 흔들었다.
"의사가 올 때까지 자면 안 돼."

공포가 소녀의 눈을 뜨게 했다. 그 순간만은 공포가 소녀의 얼굴을 뒤덮고 있던 구름을 몰아냈다.

"안 돼요, 안 돼요!"
소녀는 분명치 않은 목소리로 외쳤다.
"아빠가…… 죽일 거예요……. 그렇게 하지 않겠다고 약속해 줘요
……. 그녀를 위해서…… 내가 한 일…… 아빠에게 들켜요…….
자면…… 다 나아요…… 내일 아침이 되면……."
스페이드는 다시 한 번 소녀를 흔들었다.
"틀림없지요, 자면 낫지요?"
"그렇지."
머리가 또 툭 떨어졌다.
"침대는 어디 있지?"
 소녀는 손을 들려고 했으나 그 노력도 그녀에게는 힘겨운 듯 카페트를 가리키는 게 고작이었다. 지쳐버린 아이처럼 한숨을 크게 쉬더니 온몸의 힘이 쑥 빠져 늘어져버렸다.
 스페이드는 빠져들 것 같은 소녀를 건져내듯 안아서 쉽게 가슴 위까지 들어올려 세 개의 문 중 가장 가까운 문 앞으로 다가갔다. 손잡이를 힘껏 돌리고 발로 문을 열었다. 복도가 나왔다. 문이 열려 있는 욕실 앞을 지나자 침실로 연결되었다. 욕실을 들여다보고 아무도 없음을 확인하자 그녀를 침실로 안고 들어갔다. 그곳에는 아무도 없었다. 눈에 띄는 옷가지며 화장대 위의 물건으로 보아 그곳은 남자의 방인 것 같았다.
 다시 한 번 소녀를 안은 채 녹색 카페트가 깔린 방으로 나와 이번에는 반대쪽 문을 열어보았다. 그곳에도 복도가 있었다. 아무도 없는 욕실 앞을 지나자 다른 침실이 나왔는데, 그곳에 놓인 물건으로 보아 여자의 방임을 알 수 있었다. 침대 시트를 젖히고 소녀를 침대 위에 내려놓았다. 슬리퍼를 벗기고 몸을 조금 들어올려 노란 가운도 벗긴 다음 머리 밑에 베개를 넣고 이불을 덮어주었다.

그는 그 방에 있는 두 개의 창문을 다 열자 창문을 등지고 서서 잠든 소녀를 물끄러미 내려다보았다. 숨소리가 힘겨워 보였으나 흐트러져 있지는 않았다. 그는 얼굴을 찡그리고 입을 꾹 다문 채 방 안을 둘러보았다. 황혼이 밀려와 방 안은 어두컴컴했다. 어두워지는 빛 속에서 한 5분쯤 서 있더니 이윽고 그는 축 처진 두툼한 어깨를 초조한 듯이 흔들며 바깥문은 잠그지 않고 방을 나갔다.

스페이드는 파우엘 거리 퍼시픽 전신전화회사의 서비스 센터로 가서 더븐포트 2020번을 불렀다.

"구급병원 부탁합니다. ……여보세요, 알렉산드리아 호텔 12호 C에 수면제를 먹고 잠든 소녀가 있습니다. ……네, 누구든 와서 보아주셨으면 합니다. 나는 알렉산드리아 호텔의 후퍼라는 사람입니다."

스페이드는 수화기를 놓고 소리내어 웃었다. 이어서 다른 번호를 대었다.

"여어, 프랭크요? 나 샘 스페이드요…… 입 무거운 운전기사를 딸려서 차 한 대 보내주시오. ……지금 곧. 반도 끝까지 갔다 오고 싶어서 그러오…… 두 시간쯤이면 되겠지…… 그거면 충분하오. 엘리스 거리 존의 가게에 있을 테니 되도록 빨리 부탁하오."

이어서 다른 번호――자기 사무실 번호를 대고 한동안 수화기를 귀에 댄 채 말없이 있더니 그대로 내려놓았다.

존의 가게로 가서 급사에게 촙(야채와 고기를 섞어 만든 중국식 요리)과 베이크 포테이토(구운 감자)와 얇게 썬 토마토를 서둘러 주문하여 급히 먹어치운 다음 커피를 마시며 담배를 피워물었다. 체크 무늬 모자를 삐뚜름히 쓴 파란 눈에 명랑하고 늠름한 얼굴의 키작은 젊은이가 그의 테이블로 다가와서 말했다.

"오래 기다리셨습니다, 스페이드 씨. 가솔린도 가득찼고 모든 준비가 다 되어 있습니다."

"좋소."

스페이드는 커피를 다 마신 다음 작은 젊은이와 함께 그곳을 나왔다.

"벨링겜의 앤초라는 곳을 아시오? 앤초 시인지 거리인지 모르겠소만."

"모르겠는데요. 하지만 있다면 찾을 수 있습니다."

"아무튼 가보기로 합시다."

스페이드는 검은 캐딜락 운전석 옆자리에 앉았다.

"26번지요. 빠를수록 좋소. 그러나 느닷없이 현관 앞으로 밀고 들어가지는 마시오."

"알았습니다."

기사는 말없이 대여섯 블록쯤 달리다가 물었다.

"함께 일하시던 분이 죽었다면서요. 스페이드 씨?"

"그렇소."

운전수는 동정하는 듯 혀를 끌끌 찼다.

"정말 힘든 직업이군요. 거기에 비하면 우리는 얼마나 편한지……."

"그러나 택시 기사도 불사신은 아니잖소."

"물론 그렇지요. 하지만……."

늠름해보이는 기사는 양보했다.

"하지만 역시 죽을 때가 되면 굉장히 허둥대겠지요?"

스페이드가 우두커니 앞을 쳐다 본 채 무슨 말을 물어도 건성으로 대답하자 마침내 기사도 묻지 않게 되었다.

운전수는 벨링겜의 약국에서 앤초 거리로 가는 길을 물었다. 10분 뒤 어두운 거리모퉁이에 자동차를 멈추고 라이트를 끈 다음 앞쪽을 가리켰다.
"저쪽입니다. 저쪽일 겁니다. 아마 세 번째나 네 번째 집이겠지요."
"알았소."
스페이드는 자동차에서 내렸다.
"엔진은 끄지 마시오. 급히 도망칠 일이 생길지도 모르니까."
거리를 가로질러 맞은 쪽으로 건너갔다. 저만큼 앞쪽에 가로등이 하나 동그마니 켜져 있었다. 거리 양쪽에는 한 블록에 대여섯 채의 집이 늘어서 있어 창문으로 새어 나오는 흐릿한 불빛이 어둠 속 여기저기에 떠올라 있었다. 높이 걸린 가느다란 달이 아득히 먼 곳에 있는 등불처럼 차갑고 약한 불빛을 내뿜어 주었다. 거리 반대쪽에 있는 한 집에서 활짝 열린 창문으로 라디오 소리가 나른하게 울려나왔다.
모퉁이로부터 두 번째 집 앞에서 스페이드는 걸음을 멈췄다. 양쪽 담에 비해 유난히 커보이는 문기둥 한쪽에 둘레의 흐릿한 빛을 받아 파르스름한 금속판으로 된 2와 6이라는 숫자가 보였다. 네모진 흰 카드가 그 숫자 위에 못박혀 있었다. 가까이 다가가보니 '팔집. 세놓음'이라고 씌어 있었다. 두 문기둥 사이에는 대문이 없었다. 스페이드는 콘크리트 길을 걸어 건물 옆으로 갔다. 그리고는 현관 베란다 밑에 한동안 서 있었다. 집 안에서는 아무 소리도 나지 않았다. 안은 캄캄했다. 입구문에도 네모진 흰 카드가 못박혀 있었다.
스페이드는 문 앞까지 올라가 귀를 기울였다. 아무 소리도 들리지 않았다. 문의 유리로 안을 들여다보았다. 눈길을 가로막는 커튼 같은 것은 없었으나 안이 캄캄했다. 발소리를 죽이며 두 개의 창문으로 들여다보았다. 양쪽 다 문과 마찬가지로 커튼은 쳐져 있지 않았으나 안이 캄캄했다. 열어보려고 했지만 잠겨 있었다. 문도 열어 보려고 했으나 역시 잠겨 있었다.

그는 베란다를 떠나 사정을 잘 모르는 발 밑의 땅바닥에 신경을 쓰며 잡초 사이를 빠져나가 집 뒤로 돌아갔다. 옆으로 난 창문은 모두 높아서 손이 닿지 않았다. 뒷문도, 그리고 손이 닿는 단 하나뿐인 뒤 창문도 잠겨 있었다.

스페이드는 다시 문기둥으로 돌아와 라이터 불을 두손으로 감싸며 '팔집'이라고 씌어진 카드 앞으로 바싹 갖다댔다. 그 카드에는 산 마테오 시 부동산 소개업자의 이름과 주소가 인쇄되어 있고, 그 옆에 파란 색연필로 '열쇠는 31번지에'라고 씌어 있었다.

스페이드는 자동차로 되돌아가 기사에게 물었다.

"손전등 있소?"

"네."

기사는 손전등을 건네주었다.

"좀 거들어드릴까요?"

"경우에 따라서는."

스페이드는 자동차에 올라탔다.

"31번지로 가주시오. 라이트는 켜도 좋소."

31번지는 26번지 반대쪽으로 조금 간 곳에 있는 네모진 회색 집이었다. 아래층 창문에 불빛이 환했다. 스페이드는 현관 베란다로 올라가 벨을 눌렀다. 열 너덧 살쯤 된 검은 머리의 소녀가 문을 열었다. 스페이드는 머리를 숙이고 빙그레 미소지으며 말했다.

"26번지의 열쇠를 빌리고 싶은데……."

"아빠를 불러오겠어요."

소녀는 안으로 들어가며 소리쳤다.

"아빠!"

대머리에 짙은 수염이 난 불그레한 얼굴의 뚱뚱한 사나이가 한쪽 손에 신문을 들고 나타났다.

"26번지의 열쇠를 빌렸으면 합니다만……."
스페이드가 말했다.
사나이는 수상한 표정을 지었다.
"전기를 끊어서 아무것도 안 보일 겁니다."
스페이드는 주머니를 두드려보였다.
"손전등이 있습니다."
뚱뚱한 사나이는 점점 더 의아한 표정을 지었다. 불안한 듯 헛기침을 하며 손에 든 신문을 구깃구깃 구겼다. 스페이드는 직업용 명함을 꺼내 사나이에게 보이고 다시 주머니에 넣은 다음 낮은 목소리로 말했다.
"그곳에 숨겨둔 물건이 있다는 소문을 들은 적이 있습니다."
순간 뚱뚱한 사나이의 얼굴과 목소리에 긴장감이 감돌았다.
"잠깐만 기다려주시오, 나도 같이 가겠습니다."
그는 곧 검은 꼬리표와 빨간 꼬리표가 달린 놋쇠 열쇠를 가지고 돌아왔다. 자동차 옆을 지날 때 스페이드가 기사에게 눈짓을 했으므로 그도 따라왔다.
"최근에 누군가 이 집을 보러 온 사람이 있었습니까?"
"글쎄요…… 잘 모르겠는데요. 요 2, 3개월 동안 열쇠를 빌리러 온 사람은 아무도 없었습니다."
뚱뚱한 사나이는 열쇠를 들고 용감하게 앞장섰으나 세 사람이 현관 앞에 이르자 스페이드에게 열쇠를 내밀며 얼버무리듯 말했다.
"이것으로 여시지요."
그리고 그는 옆으로 비켜섰다.
스페이드는 열쇠를 돌려 문을 열었다. 안은 쥐죽은 듯 조용하고 캄캄했다. 손전등을 켜지 않은 채 왼손에 들고 안으로 들어갔다. 운전기사가 바로 뒤따라 들어가고 조금 떨어져 뚱뚱한 사나이가 쫓아들어왔다. 세 사람은 집안을 아래에서 위까지 샅샅이 뒤졌다. 처음에는 조심스럽게 살폈으나 아무것도 없다는 것을 알자 이번에는 공공연하게 살피기 시작했다. 그러나 이 집은 분명 빈 집이었다. 요 몇 주일 동안 사람이 들어온 듯한 흔적이 전혀 없었다.

"정말 고맙소."
스페이드는 알렉산드리아 호텔 앞에서 자동차를 내렸다. 호텔 안으로 들어가 프런트로 가자 고지식해 보이는 키큰 젊은 사나이가 인사를 했다.
"안녕하십니까, 스페이드 씨."
"안녕하시오."
스페이드는 젊은이를 프런트 끝으로 끌고 가며 말했다.
"12호 C의 개트맨 일행 말인데, 지금 있소?"
"아니, 없습니다."
젊은 사나이는 흘끗 스페이드의 얼굴을 훔쳐보았다. 그는 옆을 둘러보고 잠깐 망설이더니 이윽고 스페이드 쪽을 향해 작은 목소리로 말했다.
"실은 오늘 밤 그들에게 이상한 일이 있었습니다, 스페이드 씨. 누군가가 구급병원에 전화를 걸어 그 방에 소녀가 있다고 말했다나 봅니다."
"그런데 없었단 말이오?"
"네, 그렇습니다. 아무도 없었습니다. 저녁에 일찌감치 모두들 나갔으니까요."
"흐음…… 누가 장난을 친 모양이군. 정말 고맙소."
스페이드는 전화 박스로 가서 번호를 댔다.
"여보세요. ……필라인 부인이십니까? ……에피 양 있습니까?…

"…네, 부탁합니다…… 죄송합니다. 아아, 예쁜이인가? 무슨 소식 없었소? ……그거 참, 잘됐군! 잠깐만 기다리고 있구려, 20분 뒤 그 쪽으로 갈 테니. ……알았소."

스페이드는 30분 뒤 9번 거리의 2층 벽돌집 벨을 누르고 있었다. 에피 필라인이 문을 열었다. 남자아이 같은 얼굴이 지친 듯했으나 밝은 미소를 띠고 있었다.
"어서 오십시오, 사장님. 들어오세요."
그녀는 목소리를 낮추어 덧붙였다.
"엄마가 뭐라고 하시더라도 상냥하게 대해주세요, 샘. 굉장히 화가 나셨어요."
스페이드는 걱정 말라는 듯 웃어보이며 그녀의 어깨를 두드렸다. 에피는 스페이드의 팔에 두 손을 얹으며 물었다.
"오쇼네시 양은?"
스페이드는 불쾌한 목소리로 말했다.
"못 만났소. 감쪽같이 속았잖아. 전화의 목소리가 분명 그 여자인 것 같았소?"
"네."
스페이드는 못마땅한 표정을 지었다.
"그건 가짜였소."
에피는 스페이드를 밝은 거실로 안내한 다음 한숨을 쉬며 소파 한 옆에 털썩 주저앉았다. 그녀는 지친 얼굴에 미소를 띠고 그를 올려다 보았다. 스페이드는 그 옆에 앉았다.
"모든 일이 잘되었소? 꾸러미에 대한 말은 하지 않았겠지?"
"네, 전혀. 당신이 하라는 말밖에 하지 않았아요. 그 사람들은 전화내용이 그 일과 관계되는 것이라 당신이 급히 나간 줄 아는 모양이에요."
"댄디 경감도 왔었소?"
"아니오, 호프와 오거, 그리고 모르는 사람이 두세 명 왔어요. 서장님과 만났어요."
"경찰서로 끌고 갔었소?"
"네, 그래요. 경찰에서는 여러 가지 일을 물었지만 다 틀에 박힌 질문이었어요."
"그거 다행이군."
그러나 스페이드는 두 손을 비비며 이내 얼굴을 찌푸렸다.
"하지만 그들이 하는 일이니 이번에 나를 만나면 아마 골치아프게 물어대겠지. 다른 사람은 몰라도 그 경감과 브라이언 검사는……."
그는 어깨를 으쓱했다.
"경찰 말고 누군가 아는 사람이 왔었소?"
에피는 앉은 자세를 고쳤다.
"네. 그 젊은 사나이——개트맨의 심부름을 왔던 사람 말이에요——가 안으로 들어오지는 않았지만, 경찰이 바깥문을 활짝 열어놓았기 때문에 복도에 서 있는 게 보였어요."
"아무 말도 하지 않았겠지?"
"물론이지요. 말하지 말라고 하셨잖아요. 그래서 나는 모르는 체했어요. 그랬더니 어느새 없어졌어요."
스페이드는 싱긋 미소지었다.
"경찰이 한 발 먼저 와 에피가 운이 좋았군."
"왜요?"
"그놈은 악당이오. 그 젊은이는 무서운 놈이야. 그래, 죽은 사람은 재코비였소?"

"네."
스페이드는 에피의 두 손을 잡고 일어섰다.
"이제 그만 돌아가봐야지. 당신도 쉬는 게 좋겠소. 굉장히 피로해 보이는군."
그녀도 일어섰다.
"샘, 대체——?"
스페이드는 그녀의 입을 한쪽 손으로 막았다.
"그건 월요일에 이야기하기로 하지. 이쯤하고 도망쳐야겠소. 당신 어머님께 붙잡혔다간 큰일이니까. 틀림없이 어린양을 흙투성이로 만들었다고 꾸중들을 거요."

스페이드가 아파트에 닿은 것은 밤 12시가 조금 지나서였다. 열쇠를 현관 열쇠구멍에 꽂자 뒷거리 쪽에서 자박자박 다가오는 발소리가 들렸다. 그는 열쇠를 그대로 둔 채 뒤돌아 보았다. 브리지드 오쇼네시가 돌층계를 뛰어올라왔다. 그녀는 느닷없이 두 손을 벌려 스페이드에게 기대며 숨이 찬 듯 헐떡거렸다.
"아아, 영원히 돌아오시지 않는 줄 알았어요."
초췌한 얼굴이 무섭게 흐트러져 있고 머리 끝부터 발끝까지 와들와들 떨고 있었다.
스페이드는 한쪽 손으로 그녀를 부축하며 다른 손으로 열쇠를 더듬어 문을 열자 그녀를 끌어안듯이 하여 안으로 데리고 들어갔다.
"나를 기다리고 있었소?"
그녀는 숨을 헐떡이며 띄엄띄엄 말했다.
"네. 거리——저쪽 집——문 앞에서."
"괜찮겠소? 안고 갈까?"
스페이드의 어깨에 머리를 기댄 채 그녀는 고개를 가로저었다.

"괜찮아요……어딘가……앉을 수 있는……곳으로……갈 수만 있다면……."

두 사람은 엘리베이터를 타고 스페이드의 방이 있는 층으로 올라가 그의 방 앞에 이르렀다. 그가 열쇠를 돌리고 있는 동안 그녀는 헐떡이며 두 손으로 가슴을 누르고 서 있었다. 스페이드는 복도 불을 켰다. 두 사람은 안으로 들어갔다. 스페이드는 문을 닫고 다시 여자의 몸을 안듯이 하여 거실 쪽으로 데리고 갔다. 두 사람이 거실로 막 들어서려는 순간 갑자기 거실 전등이 환하게 켜졌다.

오쇼네시는 소리를 지르며 스페이드에게 매달렸다.

거실문 바로 안쪽에 뚱뚱이 개트맨이 얼굴 가득히 미소를 띠고 서 있었다. 윌머가 뒤쪽 부엌에서 나왔다. 검은 쌍권총이 그의 작은 손 안에서 유난히 커보였다. 카이로가 욕실에서 모습을 나타냈다. 그도 권총을 들고 있었다.

개트맨이 입을 열었다.

"자아, 보시다시피 이제 다 모인 것 같군요. 그럼, 안으로 들어가 자리잡고 앉아 천천히 쉬어가며 이야기하기로 할까요?"

미끼

 스페이드는 두 팔로 브리지드 오쇼네시를 끌어안은 채 그녀의 머리 너머로 싱긋 미소지어 보였다.
 "좋겠지, 이야기해 봅시다."
 개트맨이 문에서 비틀비틀 세 발자국 물러나자 그 얼굴의 알뿌리들이 뒤룩뒤룩 움직였다. 스페이드는 오쇼네시와 함께 안으로 들어갔다. 뒤이어 젊은이와 카이로가 들어왔다. 카이로는 문 앞에서 걸음을 멈추었다. 젊은이는 권총 한 자루를 집어넣고 스페이드 뒤를 바싹 따라갔다.
 스페이드는 고개를 홱 돌려 어깨 너머로 젊은이를 내려다보며 말했다.
 "비켜서지 못해! 자네한테 신체검사를 당할 것 같나?"
 "움직이지 마. 시끄러워!"
 젊은이도 소리쳤다.
 숨쉬는 대로 스페이드의 콧방울이 벌름거렸다. 그러나 목소리는 침착했다.

"꺼져! 손가락 하나라도 건드려봐. 그 권총으로 네 배때기를 쏘게 될 테니까. 이야기가 끝나기 전에 나를 쏘아도 되는지 보스한테 물어봐!"

"윌머, 치워!"

개트맨은 스페이드를 향해 거만하게 쓴웃음을 지어보였다.

"정말 당신은 보기드물게 심장이 강하오. 아무튼 앉읍시다."

"저 조무래기는 마음에 안 든다고 했잖소!"

스페이드는 브리지드 오쇼네시를 창가 소파로 데리고 갔다. 두 사람은 나란히 앉았다. 그녀는 머리를 스페이드의 왼쪽 어깨에 기대고 스페이드는 왼팔로 그녀의 어깨를 끌어 안았다. 그녀는 이제 떨지도 않고 숨을 헐떡이지도 않았다. 개트맨과 그의 동료가 나타남으로써 동물적인 동작과 감정이 자유를 잃어 지금은 마치 식물처럼 목숨과 감각은 있지만 마비된 상태였다.

개트맨은 쿠션이 놓인 흔들의자에 앉았다. 카이로는 테이블 옆에 있는 팔걸이의자를 택했다. 윌머는 앉지 않았다. 지금까지 카이로가 서 있던 문 앞에 서서 주머니에 넣지 않은 손에 든 권총을 옆으로 늘어뜨리고 긴 속눈썹 밑으로 물끄러미 스페이드를 쳐다보고 있었다. 카이로는 권총을 자기 옆 테이블에 올려놓았다.

스페이드는 모자를 벗어 소파 한 옆으로 집어던졌다. 그는 개트맨을 보고 히죽 웃었다. 늘어진 아랫입술과 축 처진 눈꺼풀이 얼굴의 V자와 한데 어울려 그 미소를 사티로스(그리스 신화에서 나오는 술과 여자를 좋아하는 반은 인간 반은 짐승인 신)의 미소처럼 음란한 느낌이 들게 했다.

"당신 딸은 배가 예쁘던데요. 그런데 핀으로 긁어서야 되겠소?"

개트맨은——겉으로만 그렇겠지만——상냥한 미소를 짓고 있었다.

문 앞에 서 있던 젊은이가 권총을 허리께까지 들어올리고 한 발자국 앞으로 나섰다. 방안에 있는 사람들이 모두 그를 쳐다보았다. 브리지드 오쇼네시와 조엘 카이로는 저마다 다른 눈초리로 젊은이를 보았으나 이상하게도 비난하고 있는 점에서는 똑같았다. 젊은이는 얼굴을 붉히고 내디뎠던 발을 다시 끌어들이며 두 다리를 쭉 폈다. 이윽고 그는 권총을 내리고 본디 자세로 돌아가더니 긴 속눈썹 밑으로 스페이드의 가슴을 물끄러미 쳐다보았다. 얼굴을 붉힌 것은 순간적인 일이었지만 여느 때의 차갑고 침착한 얼굴로 미루어보아 놀라운 변화라고 할 수 있었다.

개트맨은 윤기 있는 눈에 넘칠 듯이 미소를 띠며 스페이드를 쳐다보더니 가라앉은 목소리로 상냥하게 말했다.

"정말 부끄럽기 이를 데 없는 일이었습니다만, 그래도 목적을 훌륭히 이룰 수 있었습니다. 그것은 인정하시겠지요?"

스페이드의 눈썹이 치켜올라갔다.

"아니, 헛수고였습니다. 나는 매가 손에 들어오는 대로 곧 당신을 만날 예정이었으니까요. 당신은 현금을 지불할 손님이니 당연한 일이지요. 내가 밸링겜에 간 것도 이런 모임이 있지 않을까 해서였소. 설마 당신이 30분이나 지나 나를 따돌리려고 잔꾀를 부릴 줄은 몰랐소. 벌써 그전에 재코비 선장이 나한테 온 것도 모르고……."

개트맨은 껄껄 웃었다. 자못 만족스러운 웃음이었다.

"그건 어찌되었든 지금 이렇게 모여 있으니 당신 소원대로 되지 않았습니까?"

"물론 그렇지요. 당신은 언제 계약금을 치르고 나한테서 매를 가져갈 작정이오?"

오쇼네시가 몸을 꼿꼿이 세우고 깜짝 놀란 듯한 파란 눈으로 스페이드를 쳐다보았다. 스페이드는 무관심하게 그녀의 어깨를 두드렸을 뿐 눈은 개트맨을 뚫어지게 쳐다보고 있었다. 개트맨의 눈이 불룩하게 솟은 살덩이 밑에서 번쩍번쩍 즐거운 듯이 빛났다.
"글쎄요, 거기에 대해서는……."
개트맨은 윗옷 가슴 안쪽으로 손을 디밀었다.
카이로는 두 손을 무릎에 올려놓고 윗몸을 내밀었다. 멍하니 벌린 입으로 숨을 쉬고 있었다. 검은 눈이 래커칠을 한 듯 반짝였다. 그 눈이 경계하듯 스페이드의 얼굴에서 개트맨의 얼굴로 그리고 다시 스페이드이 얼굴로 초점을 옮겨갔다.
개트맨은 다시 한 번 되뇌며 주머니에서 흰 봉투를 꺼냈다.
"글쎄요, 거기에 대해서는……."
열 개의 눈이——젊은이의 눈은 거의 속눈썹에 가려져 있었지만——그 봉투로 쏠렸다. 개트맨은 통통한 손으로 봉투를 뒤집어 아무것도 씌어 있지 않은 표면을 한동안 바라보다가 다시 뒤집었다. 봉투는 봉하지 않고 안쪽으로 접어넣었을 뿐이었다. 그는 머리를 들고 싱긋 미소지으며 봉투를 스페이드의 무릎 위로 휙 던졌다.
봉투는 그다지 두둑하지 않았으나 던지면 겨냥한 곳으로 떨어질 만큼의 무게는 있었다. 봉투는 스페이드의 가슴 밑에 맞고 무릎 위로 떨어졌다. 스페이드는 천천히 봉투를 집더니 오쇼네시의 어깨에서 왼팔을 내려 두 손으로 조심스럽게 펴보았다. 그 속에는 1천 달러 짜리 지폐가 몇 장 들어 있었다. 손이 베어질 듯한 새 지폐였다. 스페이드는 그 돈을 꺼내 세었다. 10장이었다. 스페이드는 히죽 웃으며 얼굴을 들었다. 그는 조용히 말했다.
"저번 이야기로는 더 많은 금액이었던 것 같은데요……."
개트맨이 동의했다.
"그렇지요, 하지만 그때는 말로만 한 것이었지, 지금 여기 있는 것은 어느 나라에 가든지 쓸 수 있는 진짜 돈입니다. 말로 하는 10달러보다 여기 있는 1달러가 훨씬 가치 있지요."

소리없이 웃는 미소 때문에 온 얼굴의 알뿌리가 부르르 떨렸다. 그 진동이 멎자 개트맨은 더욱 진지하게 말했다. 그러나 그것도 어디까지가 진실인지 알 수 없었다.

"지금은 와서 보니 관계된 사람의 수가 많아져서요."

개트맨은 번쩍거리는 눈과 우둥퉁한 얼굴을 움직여 카이로를 가리켰다.

"그리고……말하자면……사정도 달라졌지요."

개트맨이 지껄이고 있는 동안 스페이드는 10장의 지폐를 가지런히 하여 봉투에 집어넣은 다음 위쪽을 속으로 꺽어넣었다. 그리고 몸을 굽혀 두 팔을 무릎 위에 올려놓고 봉투 끝을 엄지손가락과 둘째 손가락으로 가볍게 집어 두 다리 사이로 늘어뜨렸다. 그는 대수롭지 않게 대답했다.

"하긴, 그렇군. 당신네들은 서로 손을 잡고 있는 모양이지만, 매를 가지고 있는 건 나요."

조엘 카이로가 말참견했다. 보기흉한 손으로 의자팔걸이를 잡고 몸을 내밀며 날카로운 목소리로 말했다.

"이제 새삼 말하지 않아도 아시겠지만, 스페이드 씨, 분명히 당신은 매를 가지고 있습니다. 그러나 당신을 손아귀에 쥐고 있는 것은 우리라는 사실을 잊지 마십시오."

스페이드는 히죽 웃었다.

"그런 걱정은 하지 않기로 했소."

그는 몸을 일으키더니 봉투를 한 옆 소파 위에 올려놓으며 개트맨을 보았다.

"돈에 대한 건 나중에 결정합시다. 그보다 먼저 해결해야 할 문제가 있소. 미끼가 될 사람이 하나 필요하오."

그 뜻을 미처 못 알아들은 듯 뚱뚱한 사나이는 얼굴을 찡그렸다. 그가 채 입을 열기도 전에 스페이드가 설명하기 시작했다.
"경찰은 희생양을 구하고 있소. 그 세 사람을 죽인 살인사건의 죄를 뒤집어 쓸 사람 말이오. 그러니까 우리는 누군가를……."
카이로가 허둥거리는 흥분된 목소리로 말을 가로막았다.
"두 사람……두 사람뿐이오, 살인은. 당신의 동료를 죽인 것은 틀림없이 새스비입니다."
"좋소. 그럼, 둘이라고 해도 좋소." 스페이드는 외치듯 말했다. "그렇다고 뭐가 다르오? 문제는 경찰 앞에 바칠 희생양이……."
이번에는 개트맨이 나섰다. 그는 자신만만하게 웃으며 상냥하게 말했다.
"스페이드 씨, 그건 그럴지도 모르지만, 아무튼 지금까지 당신에 대해 보고 들은 것으로 미루어 그 문제로 우리가 골치를 앓을 필요는 없을 것 같소. 경찰을 다루는 일이야 당신에게 맡기면 문제 없을 테니까요. 우리 같은 문외한이 참견할 일은 아니겠지요."
"그게 당신의 생각이오? 그렇다면 당신들은 나를 잘 모르고 있소."
스페이드가 말했다.
"스페이드 씨, 지금 이 단계에 와서 당신이 경찰이 무섭다느니 조종할 수 없다느니 한다고 해서 그런 말을 믿을 것 같습니까?"
스페이드는 콧소리를 냈다. 그는 몸을 앞으로 내밀고 두 팔을 무릎에 올려놓더니 화가 난 듯 개트맨에게 덤벼들었다.
"내가 경찰을 무서워할 것 같소? 그들을 조종하는 방법도 잘 알고 있소. 그러니까 지금 그 말을 하고 있는 게 아니오. 알겠소? 그들을 조종하려면 미끼를 던져주어야 하오. 기꺼이 덤벼들 만한 사람을 하나……."

"물론 그것도 한 가지 방법이겠지요. 그러나……."

"그러나라니! 방법은 그것밖에 없소."

스페이드의 뻘게진 이마 밑에서 두 눈이 열기를 띠었다. 관자놀이의 상처가 검붉어졌다.

"입에서 나오는 대로 지껄이는 말이 아니오. 지금까지도 그런 방법으로 해왔고 앞으로도 그렇게 해나갈 작정이오. 때로는 최고재판소에서 하급재판소까지 온갖 사람과 논쟁을 벌인 것도 한두 번이 아니었소. 그래도 문제없이 뚫고 나왔소. 내가 뚫고나온 건 마지막 심판날이 온다는 것을 잊은 적이 없기 때문이오. 드디어 그 날이 오면 희생자를 한 사람 내세우고 경찰로 찾아가는 거요. '자아, 눈 뜬 장님들아, 이 사람이 범인이야!' 하고 말이오. 그러면 육법전서의 어떤 법률을 들고 나와도 코웃음쳐 줄 수 있소. 단 이 일에서 실패하면 그로써 끝장이오. 곧 파멸하는 거요. 다행히도 그런 일은 아직 한 번도 없었지만, 이번 일로 마지막 길을 밟고 싶지는 않소. 내가 할 말은 이제 다 했소."

개트맨의 눈에 반짝 빛이 치닫더니 그 빛이 흐려지기 시작했다. 그러나 부풀어오른 핑크 빛 얼굴에는 여전히 만족스러운 미소가 떠올라 있었으며, 그 목소리에도 불안한 빛이 전혀 없었다.

"그거 참, 좋은 방법이로군요. 정말 단수가 높은 방법입니다! 따라서 이번 문제도 그 방법을 쓸 수만 있다면 내가 앞장서서 '꼭 그 방법을 써주십시오' 하고 부탁할 것입니다. 그러나 이번 일은 그 방법을 쓸 수 없는 케이스입니다. 아무리 훌륭한 방법이라도 마찬가지입니다만, 예외라는 것을 인정할 수밖에 없는 경우가 있지요. 현명한 사람은 자진해서 그 예외를 인정할 겁니다. 이번 경우가 바로 그렇습니다. 분명히 말합니다만, 만일 당신이 이 예외를 인정해 주신다면 그 대신 그만한 보수는 충분히 지불해 드릴 작정입니다.

물론 경찰에 미끼를 던져 주는 일에 비하면 당신의 수고가 얼마쯤
더 많아지겠지요. 그러나……."
개트맨은 웃으면서 두 손을 펴보였다.
"당신은 조금의 수고를 두려워할 분이 아닙니다. 일의 요령도 알고
계실 테고, 만일 무슨 일이 생기더라도 마지막에는 무사히 뚫고 나
갈 수 있는 분입니다."
그는 입을 오므리고 한쪽 눈을 조금 감아보였다.
"당신이라면 틀림없이 해낼 수 있습니다."
스페이드의 눈에서 열기가 사라졌다. 얼굴도 생기가 없고 우울해
보였다.
"앞뒤 생각없이 지껄이는 게 아니오."
그것은 의식적으로 감정을 누른 낮은 목소리였다.
"이곳은 내 고장이오. 내 관할구역이란 말이오. 물론 하려고만 들
면 어떻게든 해낼 수 있겠지요, 이번만은. 그러나 앞으로는 어떻게
되겠소? 내가 좋은 방법을 쓰려고 해도 그들에게 선수를 빼앗겨
꼼짝없이 당할 거요. 그러면 나는 파멸이오. 당신들은 뉴욕이나 콘
스탄티노플로 도망쳐버리겠지만, 나는 이 거리에서 장사를 하는 사
람이오."
"하지만 당신이라면 틀림없이——"
스페이드는 진지한 얼굴로 대꾸했다.
"안 되오. 나는 싫소. 딱 질색이오."
그는 몸을 일으켜 다시 고쳐앉았다. 생기없는 우울한 표정이 사라
지고 얼굴에 밝은 미소가 떠올랐다. 그는 귀에 거슬리지 않는 설득
하는 말투로 재빨리 설명하기 시작했다.
"잘 들으시오, 개트맨 씨. 내가 하는 말은 우리 모두에게 최선의
방법이오. 만일 여기서 경찰에게 범인이나 미끼를 던져주지 않으면

그들은 십중팔구 매에 대한 사실을 알게 될 거요. 그렇게 되면 어디에 있든 당신들은 매와 함께 땅 속으로 파고 들어가게 되겠지요. 그러면 매를 팔아 큰 돈을 벌 수도 없소. 그러나 미끼만 건네주면 그들은 곧 이 문제에서 손을 뗄 거요."
"바로 그게 문제입니다."
개트맨은 동의했으나 여전히 불안한 눈빛을 감추지 못했다.
"과연 그들이 거기서 손을 떼어줄까요? 그 반대로 미끼가 새로운 단서가 되어 매에 대해 눈치채게 되지 않을까요? 그리고 다른 관점에서 볼 때 그들은 지금 전혀 손을 대지 못하고 있으니 오히려 이대로 내버려두는 게 좋지 않을까요?"
두 갈래로 갈라진 정맥이 스페이드의 이마에 부풀어 올랐다.
"바보 같은 소리 그만두시오! 당신은 아무것도 모르는군."
화를 꾹 참는 듯한 목소리였다.
"그들은 잠자고 있는 게 아니오. 조용히 기회를 기다리고 있을 뿐이오. 잊지 마시오. 내가 이 사건에 깊이 관련된 것도 알고 있소. 물론 급할 때 내가 쓸 방법이 있는 동안은 안심이오. 하나 대비할 강구책이 없다면 그렇게 할 수도 없소. 거기서 끝나는 거요."
그의 목소리에는 다시 설득하는 듯한 말투가 되살아났다.
"잘 들으시오, 개트맨 씨. 미끼를 던져주는 일이 절대로 필요하오. 그밖에 길은 없소. 어떻소, 저 젊은이를 미끼로 넘겨주면?"
그는 문 앞에 서 있는 젊은이를 향해 재미있다는 듯 턱을 치켜올려 보였다.

"사실 저자가 두 사람을 죽였잖소. 새스비와 재코비 선장을. 안 그렇소? 아무래도 이 역할은 저자에게 꼭 맞을 것 같소. 필요한 증거와 더불어 경찰에 넘겨버립시다."
입구에 서 있는 젊은이의 입꼬리가 씰룩거렸다. 보기에 따라서는 살짝 미소짓는 것 같기도 했다. 스페이드의 제안도 그 이상의 반응을 일으키지는 못한 것 같았다. 조엘 카이로는 기가 막힌 듯 검은 얼굴에 입을 멍하니 벌리고 눈을 휘둥그렇게 떴다. 여자처럼 불룩한 가슴을 크게 움직여 입으로 숨을 쉬며 스페이드의 얼굴을 멍청히 쳐다보고 있었다. 브리지드 오쇼네시는 스페이드에게서 몸을 떼어내더니 소파에서 몸을 틀어 그를 쳐다보았다. 놀란 나머지 금방이라도 신경질적인 웃음을 터뜨릴 것 같은 얼굴이었다.

개트맨은 한동안 꼼짝도 않고 무표정한 얼굴로 앉아 있었다. 그러나 마침내 웃기로 결심했는지 뱃속에서 울려나오는 큰 소리로 오랫동안 웃었다. 그 윤기있는 눈에도 웃음이 번져 즐거운 빛을 보일 때까지 그는 계속 웃어댔다. 이윽고 웃음이 멎자 그는 말했다.

"정말이지 당신이란 사람은 굉장한 분입니다!"

그는 주머니에서 흰 손수건을 꺼내 눈을 닦았다.

"정말 무슨 일을 할지, 무슨 말을 할지 전혀 예측할 수가 없으니 말입니다. 하는 일마다 모두 깜짝 놀라게 만드니……."

"그렇다고 웃을 게 뭐 있소."

스페이드는 뚱뚱한 사나이가 웃었다고 해서 화를 내거나 동요하는 것 같지 않았다. 그는 고집이 세기는 하지만 도리를 알고 있는 친구를 타이르는 듯이 말을 이었다.

"그것이 최선의 방법이오. 저 녀석을 경찰에 넘겨주면 그쪽에서……."

그러나 개트맨은 반대했다.

"정말 모르시겠습니까? 만일 내가 그럴 마음이 생겼다고 해도 말입니다——그것은 생각하는 것만도 어리석은 일이지요——아무튼 나에게 있어 윌머는 친자식이나 다름없으니까요. 정말입니다. 그러나 만일, 만일 내가 당신의 제안에 동의할 마음이 생겼다 하더라도 윌머가 매와 우리에 대한 일을 경찰에 숨김없이 다 털어놓는다면 어떻게 하겠습니까? 대체 그걸 어떻게 막겠습니까?"

스페이드의 입술이 굳어지며 히죽 웃었다. 그는 낮은 목소리로 말했다.

"달리 방법이 없다면 체포에 저항했다는 이유로 죽이는 수도 있지요. 그러나 그렇게까지 할 필요는 없소. 마음대로 지껄이게 내버려두면 되는 거요. 아무에게도 폐를 끼치지 않게. 그건 내가 보장하겠소. 그만한 일을 하는 것쯤은 식은죽먹기니까."

개트맨의 이마에 붉어진 핑크 빛 살덩이가 꿈틀꿈틀 움직이더니 험악한 얼굴이 되었다. 그는 머리를 숙여 턱의 살덩이를 깃 속에 쑤셔 박듯이 내리누르며 물었다.

"어떻게?"

그러더니 뚱뚱한 사나이는 갑자기 머리를 번쩍 들었다. 그 바람에 온 얼굴의 알뿌리들이 서로 부딪쳐 부르르 떨렸다. 그는 느릿느릿 목을 돌려 젊은이를 쳐다보더니 터무니없이 크게 웃었다.

"자네는 어떻게 생각하나, 윌머? 이상하지 않은가, 응?"

젊은이의 눈이 속눈썹 밑에서 차가운 연갈색으로 빛났다. 그는 나직하고 뚜렷한 목소리로 말했다.

"우습지도 않습니다——개새끼!"

스페이드는 브리지도 오쇼네시에게 말을 걸었다.

"좀 어떻소, 아가씨? 이젠 괜찮소?"

"네, 많이 좋아졌어요. 하지만……."

오쇼네시는 1미터쯤 떨어져 있으면 거의 알아들을 수없을 만큼 작은 목소리로 덧붙였다.

"무서워요."

"무서워할 건 없소."

미끼 269

스페이드는 아무렇게나 말하고 회색 양말을 신은 여자의 무릎 위에 손을 얹었다.
"대단한 일은 생기지 않을 테니까. 어떻소, 한잔하겠소?"
"지금은 싫어요."
그녀의 목소리가 다시 낮아졌다.
"조심하세요, 샘."
스페이드는 싱긋 웃으며 개트맨을 쳐다보았다. 개트맨은 아까부터 스페이드를 쳐다보고 있었다. 그는 조용히 미소를 띤 채 한동안 아무 말도 없었으나 마침내 입을 열었다.
"어떻게 말이오?"
스페이드는 그 뜻을 못 알아차린 듯했다.
"뭘 말이오?"
뚱뚱한 사나이는 다시 한 번 크게 웃을 필요성을 느꼈는지 웃음을 터뜨렸다.
"만일 당신이 정말 진지하게 그 이야기——즉 지금 말한 당신의 제안 말이오——를 꺼냈다면, 이야기를 끝까지 듣는 것이 적어도 예의가 아닐까요? 그래서 말인데, 대체 당신은 어떻게 해서 윌머가……."
그는 또 한 번 크게 웃었다.
"우리에게 해를 끼치지 않게 손쓸 작정입니까?"
스페이드는 고개를 내둘렀다.
"나는 예의라는 게 세상에 얼마나 알려져 있는지는 모르지만 그걸 이용할 생각은 조금도 없소. 그런 걱정은 하지마시오."
뚱뚱한 사나이는 얼굴의 알뿌리를 모아 잔뜩 찌푸렸다. 그는 당황하여 항의했다.
"잠깐! 그렇게 말하면 곤란합니다. 웃은 것은 잘못했습니다. 진심으로 사과드립니다. 비록 의견이 맞지 않더라도——스페이드 씨, 내가 당신의 제안을 놀리고 있다고 생각한다면 정말 오해입니다. 아무튼 나는 당신의 그 빈틈없는 솜씨에 최대의 존경과 칭찬을 아끼지 않으니까요. 다만 나로서는 당신 제안이 아무래도 설명하기 힘든 일이 아닌가 생각되었을 뿐입니다. 내가 윌머를 친자식처럼 여기고 있다는 사실은 제쳐두고라도——가능하다면 특별히 호의를 베풀어, 그리고 나를 용서해 주시겠다는 표시로서 이 기회에 나머지 이야기를 꼭 들려주셨으면 합니다."
스페이드가 대답했다.
"알았소. 브라이언은 흔히 볼 수 있는 지방검사요. 자기 성적이 어떻게 기록에 남느냐 하는 일에만 관심이 있는 사람이지요. 따라서 자신없는 사건이면 서투르게 재판하여 체면을 잃느니보다 깨끗이 체념해 버리는 편이오. 그런 사람이니만큼 자신이 무죄라고 믿는 사람을 일부러 죄인으로 만들지는 않지만, 적어도 유죄의 증거를 수집할 경우에는 결코 그 사람을 무죄라고 생각지 않소. 그리고 공범자가 여럿 있는 경우 그들의 죄상을 다 입증하려면 오히려 성가시니까 확실한 한 사람을 기소해 놓고 다른 공범자는 몇 사람이 되든 태연하게 눈감아주지요.

그러므로 그런 미끼를 던져주자는 거요. 보나마나 좋아라고 덤벼들 거요. 매에 대한 일은 알려고도 하지 않을 거요. 저 젊은이가 아무리 매에 대해 지껄여도 사건을 얼버무리려는 속임수로 믿어버릴 테지요. 그 일에 대해서는 나에게 맡겨두시오. 내가 그에게 알아듣도록 설명할테니. 만일 그가 관계자들을 모두 잡아들이겠다는 이상한 생각을 하게 되면 사건은 혼동을 일으켜 배심원에게 혼란을 줄 것이다. 그러나 꼬마 하나를 상대하면 쉽게 유죄판결을 얻어낼 수 있다고 가르쳐줄 거요."

개트맨은 찬성할 수 없다는 듯이 천천히 미소지으며 머리를 가로저었다.

"글쎄요. 그렇게 쉽게 되지는 않을걸요. 아니, 그건 전혀 무리입니다. 당신이 말하는 그 지방검사도 아무 단서 없이 새스비와 재코비와 월머를 결부시킬 수는 없을 겁니다. 그렇게 하려면······."

"당신은 지방검사라는 이들을 잘 모르는군요. 새스비의 선은 간단하오. 그는 본디 갱단에 있었고, 당신 밑에 있는 저 젊은이도 그렇지 않소? 브라이언은 이미 가능성을 내세우고 있소. 따라서 이야기는 술술 진행될 거요. 그런데 젊은이의 목을 두 번 맬 수는 없는 일이오. 새스비 살해범으로 한 번 사형선고를 받은 자를 재코비 살해범으로 다시 재판에 넘길 수는 없소. 그들은 기록에 조금 덧붙여 써넣고는 끝내버릴 거요. 젊은이가 양쪽에 같은 총을 썼다면 총알도 꼭 맞을거요. 모두들 그것으로 만족하겠지요."

"하긴 그렇겠지만, 그러나······."

말을 하다 말고 개트맨은 젊은이를 바라보았다. 월머가 문 앞에서 걸어왔다. 굳어진 두 다리를 벌린 채 어색하게 걸어와 개트맨과 카이로 사이인 거의 방 한가운데까지 왔다. 그는 거기서 걸음을 멈추더니 허리 윗부분을 조금 구부려 두 어깨를 앞으로 내밀었다. 권총을 여전히 몸 옆에 늘어뜨리고 있었으며 총을 쥔 손가락의 관절이 하앴다. 또 한쪽 손은 반대쪽에서 주먹을 꽉 쥐고 있었다. 그의 얼굴에서 볼 수 있는 천진난만함이 오히려 흰 얼굴에 나타난 이글거리는 증오와 차가운 악의에 사악하고 잔인한 느낌을 갖게 했다.

그는 스페이드를 향해 격한 나머지 떨리는 목소리로 외쳤다.

"이 새끼야, 일어나! 권총을 가져와!"

스페이드는 싱긋 미소지었다. 큰 웃음은 아니었지만 진심으로 즐기는 듯한 미소였다.

젊은이는 소리쳤다.

"이 새끼! 용기가 있으면 덤벼봐! 내버려두니까 하룻강아지 범 무서운 줄 모르는군. 더 이상 못 참겠어."

스페이드의 미소띤 얼굴에 점점 더 재미있어하는 표정이 떠올랐다. 그는 개트맨의 얼굴을 쳐다보며 말했다. 목소리도 미소처럼 즐겁게 울렸다.

"생각지도 않은 서부극이군. 그러나 매를 손에 넣기 전에 나를 쏘면 장사를 망친다는 사실을 가르쳐줘야겠소."

개트맨은 미소지으려고 했으나 제대로 웃어지지 않고 찡그려졌을 뿐이었다. 그는 메마른 입술을 메마른 혀로 핥았다. 목소리가 가라앉아 자식을 타이르는 듯한 효과를 거둘 수 없었다.

"윌머, 그만두게. 이런 일에 그처럼 신경쓰면 안 되네. 자네는……."

젊은이는 스페이드에게서 눈을 떼지 않고 입 한끝으로 목을 죄는 듯한 목소리를 냈다.

"그렇다면 이 새끼가 나에 대해서 이러쿵저러쿵 말하지 않도록 해주십시오. 언제까지나 허튼 소리를 늘어놓으면 배때기에 구멍을 내줄 테니까! 그렇게 되면 누가 뭐래도 나는 전혀 남의 말을 듣지 않겠소!"

"윌머!" 하고 소리치며 개트맨은 스페이드 쪽으로 돌아앉았다. 얼굴도 목소리도 다시 침착을 되찾았다.

"처음에 말했듯이 당신 계획은 도저히 실행에 옮길 수 없습니다. 그 이야기는 이제 그만두기로 합시다."

스페이드는 두 사람을 번갈아보았다. 미소가 사라지고 얼굴이 무표정했다.

"나는 하고 싶은 말은 해야 하오."

"물론이지요. 누구시라고!"

개트맨이 재빨리 대답했다.

"내가 늘 감탄하고 있는 것도 그 점입니다. 그러나 지금 그 문제는 여러 번 말씀드렸듯이 실행할 수가 없습니다. 그러니 더 이상 이야기해 봐야 헛일일 겁니다. 그건 당신도 아시겠지요."

"아시지를 못하겠소. 알려주지도 않았고, 알려주려고 해도 어쩔 수 없는 일 아니오?"

스페이드는 개트맨을 향해 눈살을 찌푸리며 말했다.

"이야기를 분명히 합시다. 당신과 지껄이는 것은 시간낭비에 지나지 않는 거요? 이 모임은 당신이 주최한 것이잖소? 내가 저 꼬마와 결판을 내야 한단 말이오? 그 방법이야 알고도 남겠지만."

"아닙니다. 그럴 리가 있겠습니까? 나와 교섭하면 됩니다."

"좋소, 그렇다면 또 한 가지 제안이 있소. 처음 것만큼 좋은 방법이라고 할 수는 없지만 없는 것보다야 낫겠지요. 들어볼 생각이 있소?"

"물론이지요."

"카이로 씨를 넘겨주시오."

이번에 당황한 것은 카이로였다. 급히 권총을 옆 테이블에서 집어 들었다.

그는 권총을 무릎 위에서 두 손으로 꽉 움켜쥐었다. 총구가 소파 한 옆으로 조금 치우쳐 바닥을 향하고 있었다. 얼굴이 다시 노래졌다. 검은 눈이 두리번두리번 한 사람 한 사람의 얼굴로 옮겨졌다. 넋을 잃고 있어 눈이 납작하니 평면적으로 보였다.

개트맨이 도저히 자기 귀를 믿을 수 없다는 듯한 표정으로 물었다.

"뭐라고요?"

"카이로 씨를 경찰에 넘겨주는 거요."

개트맨은 금방이라도 웃음이 터져나올 듯한 표정을 지었으나 웃지는 않았다. 그는 가까스로 크게 소리쳤다.
"아아!"
그러나 그는 애매하게 말 끝을 얼버무렸다.
"꼬마를 넘겨주는 것만큼 좋은 방법은 아니오. 카이로 씨는 갱도 아닐 뿐더러 그의 권총은 새스비와 재코비를 쏜 것보다 작으니까요. 따라서 카이로 씨를 범인으로 만들려면 상당히 힘들지만, 그래도 경찰에 아무도 넘겨주지 않는 것보다는 훨씬 낫지요."
카이로가 격분하여 날카로운 목소리로 외쳤다.
"스페이드 씨, 그렇다면 당신이나 오쇼네시 양도 가능하지 않습니까? 꼭 누군가를 넘겨주어야 한다면, 그렇게 하는 게 어떨까요?"
스페이드는 레반트 인에게 미소지어 보이며 침착한 목소리로 말했다.
"당신들에게는 매가 필요하오. 그러나 가지고 있는 것은 나요. 경찰에게 던져줄 미끼는 내가 청구할 매값의 일부요. 그리고 오쇼네시 양은……."
그는 무표정한 눈으로 그녀의 곤혹스러워하는 파리한 얼굴을 흘끗 쳐다본 다음 눈길을 카이로에게로 돌렸다. 두 어깨가 조금 올라가는 듯하더니 도로 내려왔다.
"당신이 정말로 이 여자가 그 역할을 해 낼 수 있다고 생각한다면 나는 기꺼이 의논상대가 되어주겠소."
오쇼네시는 두 손을 목에 대고 목이 죄었을 때 같은 소리를 짤막하게 지르더니 스페이드에게서 좀 떨어졌다.
카이로는 흥분한 나머지 얼굴과 몸에 경련을 일으키며 고함쳤다.
"잊어버리고 있는 모양인데, 당신은 이러니저러니 주장할 만한 입장이 못 됩니다."

스페이드는 크게 웃으며 비웃듯이 코웃음쳤다.
개트맨은 험악해진 공기를 애써 부드럽게 하려는 듯한 목소리로 말했다.
"자아, 여러분, 좀더 다정하게 이야기합시다. 그러나……."
그는 스페이드를 보았다.
"카이로 씨의 이야기도 일리가 있습니다. 그러니까 당신도 그점을 생각해서……."
"생각하라니, 무슨 말이오?"
스페이드의 말투는 난폭하고 내팽개치는 듯하며 좀 기묘했다. 그리하여 가식적인 과장을 섞거나 큰 소리로 말하는 것보다 훨씬 더 무게 있게 들렸다.
"만일 나를 죽이면 어떻게 새를 손에 넣겠소? 새가 손에 들어가기 전에는 나를 죽일 수 없다는 것을 알고 있는 이상 위협한다고 해서 내가 내놓겠소?"
개트맨은 머리를 왼쪽으로 기울이고 말없이 이 문제를 생각했다. 가늘게 내려뜬 눈꺼풀 속에서 눈이 번쩍거렸다. 이윽고 그는 조용한 목소리로 대답했다.
"그렇군요. 죽이겠다고 위협하거나 죽이지 않고도 설득하는 방법이 있지요."
"그렇소."
스페이드는 고개를 끄덕였다.
"그러나 그것도 죽음이라는 위협이 이면에 있어야만 상대방을 설득할 수 있는 거요. 그것이 없는 한 그다지 도움이 되지 않지요. 알겠소, 무슨 말인지? 내 마음에 들지 않는 짓을 하면 나도 용서할 수 없단 말이오. 즉 깨끗이 새를 단념하든가 아니면 나를 죽이든가 둘 중 하나인데, 나를 죽일 수 없다는 것은 명백한 일이 아니오?"

개트맨은 껄껄 웃었다.

"잘 알았습니다. 아주 미묘한 판단을 필요로 하는 일이군요. 아무튼 당신도 아시다시피 사람이란 행동에 열중하다 보면 자기의 이해 관계도 잊어버리고 감정에 사로잡히는 경향이 있으니까요."

스페이드 역시 얼굴에 조용한 미소를 띠며 말했다.

"나로서는 바로 그 점에서 실력을 보이고 싶소. 상대방에게 내 말을 듣게 하려면 줄기차게 밀고 나가야 할 테고, 그렇다고 상대방으로 하여금 자기 자신을 잃을 정도로 흥분케 하여 죽이는 사태까지 벌어지게 되면 끝장이 날 테니……."

"정말 당신은 굉장한 인물이십니다!"

개트맨은 그에게 반한 듯이 말했다.

조엘 카이로가 의자에서 벌떡 일어나더니 윌머의 뒤를 돌아 개트맨의 의자 뒤로 갔다. 그는 개트맨이 앉은 의자등받이 위로 몸을 내밀고 권총을 들지 않은 손으로 자신의 입과 개트맨의 귀를 가리며 소곤거렸다. 개트맨은 눈을 감고서 열심히 듣고 있었다.

스페이드는 브리지드 오쇼네시를 보고 미소지었다. 그녀도 마지못해 웃어보였으나 눈에는 여전히 생기가 없었다. 스페이드는 젊은이를 돌아 보았다.

"여보게, 베이비, 이 두 사람은 자네를 팔아넘길 의논을 하고 있는 거야."

젊은이는 아무 말도 하지 않았다. 무릎이 와들와들 떨려 바지까지 떨렸다. 스페이드가 개트맨에게 말했다.

"당신들은 이 조무래기가 휘두르는 권총에 휘말리지 않도록 조심하시오."

개트맨은 눈을 떴다. 카이로는 귀엣말을 멈추고 뚱뚱한 사나이의 의자 뒤에 똑바로 섰다.

"나는 이 두 사람에게서 권총을 빼앗는 일쯤은 식은죽먹기요. 그러니까 문제없소. 꼬마쪽은……."
젊은이는 격정에 못 이겨 금방이라도 숨이 넘어갈 듯한 목소리로
"좋아!" 하고 외치더니 재빠르게 권총든 손을 가슴 앞으로 올렸다.
그 순간 눈깜짝할 사이에 개트맨의 통통한 손이 번개같이 날아와 젊은이의 손목을 잡으며 뚱뚱한 몸이 흔들의자에서 벌떡 일어섰다. 그와 동시에 손목과 총을 아래로 비틀어서 꺾었다. 조엘 카이로도 당황하여 젊은이 옆으로 달려가 다른 쪽 팔을 붙잡았다. 두 사람은 젊은이와 엎치락뒤치락하며 그의 팔을 누르려고 했다. 젊은이는 있는 힘을 다하여 저항했으나 힘이 미치지 못했다. 얽혀 싸우는 격투 속에서 세 사람의 목소리가 뒤섞여 들려왔다.
"좋아…… 놓지 못해! ……이 새끼! ……쏜다!" 하고 토막토막 끊어져 들려오는 젊은이의 목소리. "자아, 윌머!" 하고 몇 번이나 되풀이하는 개트맨의 목소리.
"제발 부탁이니 이러지 말게. 이러지 말라니까, 윌머!" 하는 카이로의 목소리.
스페이드는 소파에서 일어나 탈을 쓴 듯 무표정한 얼굴의 꿈꾸는 듯한 눈초리로 세 사람 쪽으로 다가갔다. 버둥거리던 젊은이는 내리누르는 무게를 견디지 못해 잠잠해졌다.
카이로는 아직도 젊은이의 팔을 잡은 채 비스듬히 앞에 서서 타이르듯이 뭐라고 말하고 있었다. 스페이드는 조용히 카이로를 밀어내고 왼쪽 주먹으로 젊은이의 턱을 후려쳤다. 두 팔을 잡아누르고 있었으므로 젊은이의 머리가 뒤로 홱 넘어갔다가 다시 제자리로 돌아왔다. 개트맨이 필사적으로 그게 무슨 짓이냐고 소리쳤으나 스페이드는 들은 척도 않고 이번에는 오른쪽 주먹으로 젊은이의 턱을 후려쳤다.

카이로가 팔을 떼자 젊은이의 몸은 술통같이 우람한 개트맨의 배 위로 쓰러졌다. 카이로는 두 손의 손가락을 구부려 스페이드의 얼굴을 향해 덤벼들었다. 스페이드는 후유 숨을 내쉬며 레반트 인을 밀어냈다. 카이로가 다시 덤벼들었다. 그 눈에 눈물이 넘치고 분노로 떨리는 빨간 입술이 무슨 말을 하려는 듯 움직였으나 아무 소리도 나오지 않았다.

스페이드는 소리내어 웃으며 중얼거렸다.

"정말 멋진 일이군!"

그는 카이로의 따귀를 멋지게 갈겼다. 카이로는 테이블 위에 쓰러졌으나 다시 일어서 무서운 기세로 덤벼들었다. 스페이드는 상대방의 얼굴을 향해 길고 튼튼한 두 팔을 뻗어 손바닥으로 막았다. 팔이 짧은 카이로는 스페이드의 얼굴에 손이 미치지 못했으므로 그 팔을 마구 때렸다.

"그만두지 못해! 다친다니까!"

스페이드가 소리쳤다.

"개새끼! 비겁한 새끼!"

카이로는 악을 쓰며 뒤로 물러섰다.

스페이드는 몸을 굽혀 우선 카이로의 권총을, 그리고 나서 젊은이의 권총을 주워올렸다. 그는 몸을 펴자 두 자루의 권총을 왼손에 들고 둘째 손가락을 방아쇠 구멍에 넣어 거꾸로 늘어뜨렸다.

개트맨은 젊은이를 흔들의자에 앉히고 옆에 서서 찌푸린 얼굴로 걱정스럽게 지켜보고 있었다. 그 옆에 카이로가 무릎꿇고 앉아 축 늘어진 젊은이의 손을 문지르기 시작했다.

스페이드는 젊은이의 턱을 만져보았다.

"괜찮소, 금이 가진 않았소, 소파에 눕힙시다."

그는 오른손을 젊은이의 팔 밑에 넣어 등으로 돌린 다음 왼쪽 팔을

미끼 279

무릎 밑으로 넣어 힘 안 들이고 들어올리더니 소파로 안고 갔다.

브리지드 오쇼네시가 소파에서 재빨리 일어났다. 스페이드는 그 자리에 젊은이를 눕혔다. 오른손으로 젊은이의 옷을 가볍게 두드려 또 한 자루의 권총을 찾아내더니 다른 권총과 함께 왼손에 들고 돌아섰다. 카이로는 벌써 젊은이의 머리 옆에 와 앉아 있었다.

스페이드는 손에 든 권총 세 자루를 덜그럭거리며 기분 좋은 듯 개트맨을 보고 웃었다.

"자아, 미끼가 생겼소."

개트맨의 얼굴은 흙빛으로 바뀌고 눈이 흐려졌다. 그는 스페이드 쪽은 쳐다보지도 않고 바닥을 내려다본 채 아무 말도 없었다.

스페이드는 말했다.

"다시는 바보 같은 짓 하지 마시오. 당신은 카이로 씨의 귀엣말을 들었고, 내가 꼬마를 치는 동안에는 줄곧 그를 붙잡고 있었소. 이제 더 이상 웃을 수 없겠지. 그런 짓을 하다가는 당신 자신의 목을 죄는 결과가 될 테니까."

개트맨은 카페트 위에서 발을 움직거렸을 뿐 아무 말도 하지 않았다.

"다시 말해서 지금 곧 이 자리에서 '예스'라고 대답하든지, 그게 싫으며 내 손으로 매와 함께 모두 경찰에 넘겨지든지 둘 중 하나를 택해야 한단 말이오."

"그건 곤란합니다."

개트맨은 머리를 들고 꽉 다문 잇새로 중얼거리듯 말했다.

"곤란하시겠지요. 그래, 어떻게 하겠소?"

뚱뚱한 사나이는 한숨을 쉬고 얼굴을 찡그리며 슬픈 듯이 말했다.

"윌머를 내주겠습니다."

"그렇게 나와야지."

스페이드는 말했다.

러시아인의 솜씨

젊은이는 소파에 누워 있었다. 그 자그마한 몸은 숨쉬고 있는 것만 빼놓으면 시체와 똑같았다. 그 옆에 조엘 카이로가 앉아 젊은이의 얼굴과 손목을 쓰다듬고 얼굴에 흘러내린 머리카락을 쓸어올려주며 작은 목소리로 속삭였다. 그는 움직임이 없는 창백한 얼굴로 걱정스러운 듯이 들여다보고 있었다.

브리지드 오쇼네시는 벽 쪽 테이블 뒤에 서 있었다. 한쪽 손바닥을 테이블 위에 올려놓고 다른 한쪽 손바닥은 가슴에 댄 자세였다. 아랫입술을 깨물고 스페이드가 그녀 쪽을 보지 않을 때는 슬쩍 그를 훔쳐보고, 스페이드가 보고 있을 때는 카이로와 젊은이 쪽으로 눈길을 돌렸다.

개트맨의 얼굴에서는 이미 곤혹스러운 빛이 사라지고 다시 장밋빛이 되살아났다. 두 손을 바지주머니에 찌르고 스페이드 앞에 마주서서 뚫어지게 지켜보았으나 상대방을 살피는 눈초리는 아니었다.

스페이드는 한쪽 손에 쥔 세 자루의 권총을 공연히 덜걱거리면서 웅크리고 있는 카이로 쪽으로 턱을 치켜보이며 개트맨에게 물었다.

"저자는 괜찮겠소?"

뚱뚱한 사나이는 침착하게 대답했다.

"글쎄요…… 모두 당신에게 맡기겠습니다."

스페이드가 미소짓자 V자형 아래턱이 더욱 눈에 띄게 내밀어졌다.

"카이로 씨."

레반트 인은 불안한 듯 검은 얼굴을 돌려 어깨 너머로 돌아보았다. 스페이드가 말했다.

"잠깐 쉬게 해주시오. 경찰에 넘길 테니까 정신차리기 전에 자질구레한 일을 타합해 둬야 하오."

"꼭 그렇게까지 해야 합니까? 이것으로 충분하다고 생각지 않습니까?"

카이로가 쓸쓸하게 말했다.

"그럴 수는 없소."

카이로는 소파를 떠나 뚱뚱한 사나이 옆으로 다가갔다.

"개트맨 씨, 그것만은 그만두시지요. 잘 생각해 보면……."

스페이드가 말을 가로막았다.

"이미 결정난 일이오. 남은 문제는 당신이 어떤 태도로 나오느냐 하는 거요. 손을 잡겠소, 아니면 손을 떼겠소?"

개트맨은 얼마쯤 우울하고 쓸쓸한 미소를 지어보였으나 고개를 끄덕이며 레반트 인에게 말했다.

"나도 이런 일은 싫소. 그러나 이제는 이렇게 할 수밖에 없는 것 같소."

"어떻게 하겠소, 카이로 씨? 손을 잡겠소, 손을 떼겠소?"

스페이드가 물었다.

카이로는 입술을 축이며 천천히 스페이드 쪽으로 얼굴을 돌렸다.

"나는……."

그는 말을 꺼내놓고 침을 삼켰다.
"나는……? 내가 선택할 수 있는 거지요?"
"물론이오."
스페이드는 진지한 얼굴로 보증했다.
"그러나 미리 말해두겠는데, 당신 대답이 '떼겠다'라면, 당신도 꼬마와 함께 경찰서행이 될 거요."
"잠깐만요, 스페이드 씨! 그건 이야기가……."
개트맨이 항의했다. 그러자 스페이드가 말했다.
"그럼, 어떻게 해야 하겠소? 우리 사이에 끼든지 경찰로 보내든지 둘 중 하나여야지 어중간하게 내버려둘 수는 없소."
스페이드는 개트맨을 노려보더니 화를 내며 고함쳤다.
"아니, 이게 무슨 꼴이오! 당신들은 남의 물건을 빼앗는 게 이번이 처음이오? 어쩌면 이렇게 호인들만 모였지! 다음은 어떻게 할 거요? 무릎꿇고 기도라도 드릴 참이오?"
그는 찌푸린 얼굴을 다시 카이로에게로 돌렸다.
"어떻소? 어느 쪽을 택하겠소?"
"그렇다면 선택하고 말고도 없잖습니까!"
카이로는 절망한 듯 좁은 어깨를 움츠렸다.
"함께 끼겠습니다."
스페이드는 개트맨과 오쇼네시 쪽을 보았다.
"좋소. 모두들 앉읍시다."
오쇼네시는 소파 위에 누워 있는 젊은이의 발치에 조심스럽게 앉았다. 개트맨은 쿠션이 놓은 흔들의자로, 카이로는 팔걸이의자로 되돌아갔다. 스페이드는 들고 있던 세 자루의 권총을 테이블에 놓고, 그 바로 옆 테이블 모서리에 걸터앉았다. 그는 손목시계를 들여다본 다음 입을 열었다.

"2시요. 날이 샐 때까지는…… 아니, 아마 8시까지는 매를 가져올 수 없을 거요. 그러니까 시간은 충분하오. 그동안 잘 타합해 둡시다."

개트맨이 헛기침을 했다.

"매는 어디 있습니까?"

그리고 그는 몹시 당황한 표정을 지었다.

"아니, 그거야 어디 있든 상관없습니다만, 지금 문득 거래가 끝날 때까지 우리들 관계자가 모두 이 자리를 떠나지 않는 것이 가장 좋을 거라는 생각이 들어서……."

그는 소파를 보고 다시 긴장하며 스페이드를 바라보았다.

"그 봉투는 가지고 있지요?"

스페이드는 고개를 내젓더니 소파를 보고 다시 브리지드 오쇼네시의 얼굴을 바라보았다. 그는 눈으로 미소지으며 말했다.

"오쇼네시 양이 가지고 있소."

"네, 여기 있어요. 아까 주워서……."

오쇼네시는 윗옷 안쪽에 손을 넣었다.

"됐소. 잘 가지고 있구려."

스페이드는 개트맨을 향해 말했다.

"아무도 이 자리를 뜰 필요는 없소. 매는 이리로 가져오면 되니까."

그러자 개트맨이 쉰 목소리로 말했다.

"그거 잘됐군요. 그렇게 되면 우리는 당신에게 1만 달러와 윌머를 넘겨주고 당신은 그대신 우리에게 매와 한두 시간의 여유를 주면 됩니다. 당신이 윌머를 당국에 넘겨 주기 전에 이 거리를 떠나고 싶으니까요."

"그렇게 서둘러 도망칠 필요는 없소. 절대로 안전하니까."

"그럴지도 모르지만, 그러나 역시 윌머가 지방검사에게 심문받을 때는 이 거리에서 사라지고 없는 편이 더 안전할 겁니다."
"좋을 대로 하시오. 바란다면 젊은이를 하루 종일 여기에 잡아둬도 좋소."
스페이드는 담배를 말며 말했다.
"그럼, 자세한 점을 분명히 해둡시다. 우선 저자가 왜 새스비를 쏘았나? 그리고 왜 어디서 어떻게 재코비 선장을 쏘았나?"
개트맨은 여유있는 미소를 지으며 머리를 내젓더니 쉰 목소리로 대답했다.
"거기까지는 무리한 일입니다. 돈과 윌머를 넘겨주면 우리가 할 일은 끝나는 겁니다."
"뭐가 무리한 일이오!"
스페이드는 담배에 라이터를 가까이 갖다대며 말했다.
"내가 요구한 건 미끼로 쓸 수 있는 사람이오. 저자가 범인임을 분명히 해주지 않으면 미끼가 될 수 없소. 그러기 위해서는 나도 사건의 진상을 알아둘 필요가 있소. 대체 당신은 무얼 걱정하고 있소? 저자에게 도망칠 길을 남겨두면 당신들도 마음놓고 있을 수 없단 말이오."
스페이드는 눈살을 잔뜩 찌푸렸다. 개트맨은 윗몸을 내밀더니 스페이드의 무릎 옆에 놓인 테이블 위의 권총을 향해 굵은 손가락을 흔들어보였다.
"유죄의 증거라면 얼마든지 있잖습니까. 둘 다 그 권총으로 맞았습니다. 경찰의 전문가라면 시체의 총알이 그 권총으로 쏜 것이라는 사실쯤 문제없이 증명해 보일 겁니다. 그것은 당신도 아시겠지요? 아까 당신 자신도 그렇게 말했으니까요. 나는 그것만으로도 증거가 충분하다고 여깁니다."

스페이드는 고개를 끄덕였다.
"그럴지도 모르지요. 그러나 사정은 좀더 복잡하오. 앞뒤가 맞지 않는 곳을 확실히 맞추려면 아무래도 실제로 일어난 사실을 있는 그대로 알아둬야 하오."
카이로의 눈이 갑자기 열기를 띠며 동그래졌다.
"당신은 아까 그런 일은 간단하다고 하지 않았습니까? 잊어버렸습니까?"
그는 흥분한 거무스름한 얼굴을 개트맨 쪽으로 돌렸다.
"그거 보시오! 이래서 그만두자고 한 거요. 내 생각으로는……."
스페이드는 쌀쌀하게 말했다.
"당신들이 어떻게 생각하든 전혀 문제가 안 되오. 이미 너무 늦었소, 여기까지 빠져든 이상. 자아, 이 녀석은 왜 새스비를 죽였소?"
개트맨은 배 언저리에서 손가락을 깍지끼고 의자를 흔들었다. 목소리도 미소도 지금은 완전히 슬퍼보였다.
"정말이지 당신을 상대로 하는 건 아주 힘든 일이군요. 처음부터 당신과 관계를 맺은 것이 실패의 원인이 아니었나 하는 생각이 듭니다. 아니, 생각이 드는 게 아니라 사실 그렇습니다. 완전한 실패였습니다."
스페이드는 무관심하게 손을 내저으며 말했다.
"뭐, 그렇게 굉장한 실패라고 할 수는 없지요. 감옥도 면하게 되었고, 매도 손에 넣게 되었는데 더 이상 뭘 바라는 거요?"
스페이드는 담배를 입꼬리 쪽에 물고 있었다.
"아무튼 지금 당신이 어떤 입장에 놓여 있는지는 잘 알겠지요? 저 젊은이는 왜 새스비를 죽였소?"
개트맨은 흔들던 의자를 멈췄다.

"새스비는 유명한 살인청부업자로, 오쇼네시 양의 짝이었습니다. 따라서 그를 없애버리면 오쇼네시 양이 마음을 달리 먹고 결국 우리와 손을 잡는 게 최선의 길임을 깨달으리라고 여겼던 겁니다. 그리고 오쇼네시 양도 그런 건달과 계속 살지 않아도 될 테고요. 어떻습니까, 꽤 솔직하지요?"

"좋소, 그런 식으로 말해 주시오. 그래, 새스비가 매를 가지고 있다고는 전혀 생각지 않았소?"

개트맨이 고개를 내젓자 블룩한 볼이 덜렁덜렁 흔들렸다. 그는 싱긋 미소지었다.

"그런 생각은 전혀 하지 않았습니다. 오쇼네시 양에 대해 너무 잘 알고 있었으니까요. 그 무렵 오쇼네시 양이 홍콩에서 재코비 선장에게 매를 주고 라 팔로마 호로 실어다 달라고 부탁한 뒤 자기들은 한발 먼저 다른 배를 타고 이곳에 왔다는 사실은 몰랐지만, 그래도 두 사람 가운데 한 사람이 매가 있는 곳을 안다면 그것은 절대로 새스비가 아니라고 생각했습니다."

스페이드는 생각에 잠긴 채 고개를 끄덕이며 물었다.

"새스비를 처치하기 전에 교섭해 봐야겠다는 생각은 하지 않았소?"

"교섭했었지요. 그날 밤 나는 직접 그와 이야기했습니다. 바로 그 이틀 전에 윌머가 거처를 알아냈기 때문에 그 뒤 줄곧 그를 미행하여 오쇼네시 양과 만나는 장소를 알아내려고 했지요. 그러나 새스비는 워낙 빈틈없는 녀석이라 뒤쫓고 있다는 건 몰랐어도 그리 쉽게 꼬리잡힐 짓은 하지 않았습니다. 그래서 그날 밤 윌머가 그의 호텔로 찾아갔지요. 그런데 외출 중이라 밖에서 기다리고 있었습니다. 새스비는 당신 동료를 쏘아 죽인 뒤 바로 호텔로 돌아왔던 모양입니다. 그건 어찌되었든 윌머는 내게 그를 데리고 왔습니다. 그러나 아무리 이야기해도 결정이 나지 않았습니다. 오쇼네시 양에 대해 끝까지 충실하더군요. 그래서 월머가 다시 호텔로 따라가서 처치해 버린 겁니다."
스페이드는 한동안 생각에 잠겨 있었다.
"그런대로 앞뒤가 맞는 이야기 같군. 그럼, 이번에는 재코비 선장의 이야기인데······."
개트맨은 심각한 눈길로 스페이드를 쳐다보며 입을 열었다.
"재코비 선장이 죽은 것은 순전히 오쇼네시 양 때문입니다."
오쇼네시는 숨을 삼키고 외마디 소리를 내더니 입을 막았다.
스페이드는 무게 있고 침착한 목소리로 말했다.
"지금은 그런 걸 따질 필요는 없소. 무슨 일이 있었는지만 이야기하면 되오."
개트맨은 흘끗 날카로운 눈으로 스페이드를 쳐다보며 미소지었다.
"말씀에 따르겠습니다. 아시다시피 카이로가 나를 찾아왔던 그날 밤——밤이랄까 새벽이랄까——그는 경찰에서 풀려나오자마자 나에게 연락을 했습니다. 내가 불렀던 거지요. 그래서 우리는 서로 협동전선을 펴는 게 유리하다고 인정했던 겁니다."
그는 카이로에게 미소지어 보였다.
"카이로는 판단력이 뛰어난 사람이라 라 팔로마 호에 눈독을 들였습니다. 그날 아침 신문에서 입항안내를 보자 홍콩에 있을 때 재코비 선장과 오쇼네시 양이 만났었다는 소문을 들은 생각이 났던 겁니다. 그것은 카이로가 오쇼네시 양을 찾아다니던 때의 일로 그 소문을 듣고 처음에는 오쇼네시 양이 라 팔로마에 탔으려니 생각했으나 그렇지 않다는 사실을 나중에 알았지요. 그런 형편이었으므로 카이로는 신문에서 입항 소식을 알자 일이 어떻게 된 것인지 알아차렸던 겁니다. 오쇼네시 양이 새를 재코비 선장에게 맡기고 여기까지 실어다 달라고 부탁했다는 사실을. 물론 선장은 그 물건의 정체를 몰랐습니다. 오쇼네시 양은 꽤 조심스러운 사람이니까요."

개트맨은 그녀를 향해 싱긋 미소지어 보이며 흔들의자를 두 번 흔들었다.

"카이로와 윌머와 나는 재코비 선장을 찾아갔습니다. 다행히도 오쇼네시 양이 있을 때 만나게 되었습니다. 여러 가지 점에서 그때의 회담은 전혀 풀리지 않았지만, 거의 한밤중이 다 되어서야 가까스로 오쇼네시 양을 설득하여 합의를 보게 되었습니다. 아무튼 우리는 그렇게 생각했었습니다. 그런 다음 배에서 나와 내가 묵는 호텔로 모두 갔습니다. 나는 호텔에서 오쇼네시 양에게 돈을 지불하고 새를 받기로 되어 있었습니다. 그런데 스페이드 씨, 우리처럼 단순한 사나이들이 그녀와 승부를 겨룰 수 있다고 생각한 것이큰 오산이었습니다. 도중에서 오쇼네시 양과 재코비 선장과 매가 눈깜짝할 사이에 우리 손에서 소리없이 빠져나가 버렸던 겁니다. 정말이지, 크게 한 대 얻어 맞았지요!"

개트맨은 유쾌한 듯이 소리내어 웃었다. 스페이드는 여자의 얼굴을 보았다. 호소하듯이 올려다보는 오쇼네시의 크고 푸른 눈이 스페이드의 눈과 마주쳤다. 그는 개트맨에게 물었다.

"배에서 내려오기 전에 당신들이 배에 불을 질렀소?"

"아닙니다. 일부러 그런 건 아닙니다."

뚱뚱한 사나이가 대답했다.

"그 불은 우리들이라기보다 윌머에게 책임이 있습니다. 우리가 선실에서 이야기하고 있는 동안 윌머는 매를 찾으려고 여기 저기 뒤지고 다녔으니까요. 틀림없이 성냥을 잘못 켜 불이 붙었을 겁니다."

"다행이구면. 혹시 무언가 잘되어 저자를 재코비 살해 재판에 넘길 필요가 생길 경우 방화죄도 덮어씌울 수 있게 되었으니 잘됐소. 그런데 선장을 죽인 까닭은?"
"그래서 우리는 그들을 찾으려 하루 종일 시내를 휩쓸고 다니다 오늘 오후 늦게야 겨우 알아냈습니다. 그러나 처음에는 그들이 거기 있을지 확신이 없었고 다만 오쇼네시 양의 아파트를 찾아냈다고만 생각했었습니다. 그런데 문에 귀를 대고 들으니 안에서 사람 움직이는 기척이 있었으므로 두 사람이 아닐까 생각하고 벨을 눌렀습니다. 오쇼네시 양이 안에서 누구냐고 묻기에 이쪽 이름을 대자 창문 여는 소리가 들렸습니다. 물론 곧 그 뜻을 알았습니다. 그런데 복도로 꼬부라지는 순간 매를 안고 도망쳐 오는 재코비 선장과 딱 마주쳤습니다. 아주 난처한 처지였지만 윌머로서는 최선을 다한 셈이었습니다. 그는 재코비를 여러 번 쏘았으나, 선장도 아주 단단한 사나이라 총을 맞으면서도 쓰러지지 않았고 매를 떨어뜨리지도 않았습니다. 게다가 갑자기 부딪쳤으므로 윌머는 상대방을 막을 여유가 없었습니다. 재코비 선장은 윌머를 때려눕히고 도망쳤습니다.

아시다시피 이것은 대낮에 일어난 일이었습니다. 윌머가 일어나 보니 바로 앞쪽에서 경찰관이 달려오는 게 보였답니다. 그러니 단념할 수밖에요. 마침 콜로네트 아파트 옆 빌딩 뒷문이 열려 있었으므로 그리로 도망쳐 들어갔습니다. 거기서 바깥거리로 나가 우리가 있는 곳으로 돌아왔습니다. 다행히 아무도 본 사람은 없었습니다.

이렇게 되어 또다시 실패로 끝났습니다. 재코비 선장이 도망친 뒤 오쇼네시 양이 문을 열어주어 카이로와 나는 안으로 들어갔습니다. 그런데⋯⋯."

그는 이야기를 멈추고 무슨 생각이 떠올랐는지 입가에 미소를 떠올렸다.

"우리는 그녀를 설득하여——어디까지나 설득입니다——재코비 선장을 시켜 매를 당신에게로 가져가게 했음을 알아냈습니다. 그러나 도중에 경찰관의 눈은 피할 수 있었겠지만 죽지 않고 그처럼 먼 곳까지 가리라고는 생각지 못했습니다. 그리고 우리에게는 유일한 기회였으므로 다시 오쇼네시 양을 설득하여 우리 일을 좀 거들어달라고 부탁했습니다. 당신 사무실에 전화를 걸어달라고 설득했던 겁니다. 재코비 선장이 도착하기 전에 당신을 밖으로 끌어내기 위해서였지요. 한편 윌머를 곧 당신 사무실로 보냈습니다. 그러나 이런 일들을 결정하고 오쇼네시 양을 설득하는데 시간이 너무 걸려서 공교롭게도……."

그때 소파 위의 젊은이가 신음소리를 내며 몸을 뒤척였다. 눈을 몇 번 떴다감았다 했다. 브리지드 오쇼네시가 소파에서 일어나 다시 테이블과 벽 사이로 도망쳤다.

개트맨은 결론을 서둘렀다.

"그렇게 …… 매는 우리 손에 들어오기 전에 당신이 손으로 넘어간 것입니다."

젊은이는 한쪽 발을 내려 바닥을 짚었다. 한쪽 팔꿈치를 짚고 몸을 일으킨 다음 눈을 크게 떴다. 나머지 한쪽 발도 아래로 내려놓았다. 그는 일어나서 사방을 둘러보았다. 그 눈의 초점이 스페이드와 마주치자 당혹한 빛이 말끔히 가셨다.

카이로가 팔걸이의자에서 일어나 젊은이 쪽으로 다가갔다. 젊은이의 어깨에 팔을 올려놓고 무슨 말을 하려고 했다. 젊은이는 그 팔을 뿌리치더니 재빨리 일어섰다. 다시 한 번 방 안을 둘러보고 스페이드의 얼굴에 눈길을 못박았다. 얼굴이 굳어지고 몸이 긴장한 나머지 전체가 오그라붙은 것처럼 보였다.

스페이드는 책상 끝에 걸터앉은 채 대수롭지 않다는 듯 다리를 흔들며 말했다.

"여보게, 꼬마, 잘 들어두게. 이제 와서 섣불리 굴면 내 발이 자네 얼굴로 날아갈 거야. 까불지 말고 얌전히 앉아 있어! 그러면 목숨도 그만큼 연장될 테니까."

젊은이는 개트맨의 얼굴을 바라보았다. 개트맨은 조용히 웃었다.

"여보게, 윌머, 자네를 내주는 것은 나로서도 슬픈 일이네. 내 친자식도 그렇게 귀여워하지는 않았을 걸세. 그러나 솔직히 말해서 자식은 잃어도 또 낳을 수 있겠지만 말타의 매는 이 세상에 하나밖에 없다네."

스페이드는 웃었다. 카이로가 다가가서 젊은이의 귀에 대고 속삭였다. 젊은이는 차가운 다갈색 눈을 개트맨의 얼굴로 돌리며 다시 소파에 앉았다. 카이로도 그 옆에 앉았다.

개트맨은 한숨을 내쉬며 여전히 조용히 미소짓고 있었다. 그는 스페이드에게 말했다.

"젊었을 때는 인생이라는 걸 모르는 법입니다."

카이로는 다시 젊은이의 어깨를 두드리며 뭐라고 속삭였다. 스페이드는 개트맨을 향해 히죽 웃어보이고 나서 브리지드 오쇼네시에게 말을 걸었다.

"미안하지만 부엌에 가서 마실 것을 좀 갖다주겠소? 가는 김에 커피도 가득 따라다 주었으면 좋겠는데, 들어주겠소? 손님을 놓아두고 들어갈 수가 없어서……."

"네, 갖다드리겠어요."

이렇게 대답하고 오쇼네시는 문 쪽으로 가려고 했다.

개트맨이 흔들던 의자를 멈췄다. 그는 두툼한 손을 들어올렸다.

"잠깐만! 아까 그 봉투를 여기 두고 가는 게 어떻겠소? 더럽히면 안 될 테니까."

오쇼네시의 눈이 스페이드에게 어떻게 할 것인지 묻고 있었다.

"그 돈은 아직 저들의 것이오."

그녀는 윗옷 안주머니에 손을 넣어 봉투를 꺼내더니 스페이드에게 내밀었다. 스페이드는 그것을 개트맨의 무릎으로 휙 던져주며 말했다.

"그렇게 걱정되거든 깔고 앉아 있으시오."

개트맨은 정중하게 말했다.

"그건 오해입니다. 걱정이 되어서가 아닙니다. 다만 거래에는 거래의 방법이 있으니까요."

그는 봉투를 열고 속에서 1천 달러 지폐를 꺼내 세어보더니 배를 흔들며 껄껄 웃었다.

"자아, 보십시오, 이 속에는 9장밖에 없습니다."

그는 살찐 무릎 위에 지폐를 죽 늘어놓았다.

"당신에게 주었을 때는 분명 10장 있었습니다. 그건 당신도 잘 아시겠지요?"

그의 온 얼굴에 보란 듯이 즐거운 미소가 퍼졌다.

"어떻게 된 거요?"

스페이드는 브리지드 오쇼네시를 보며 물었다. 그녀는 고개를 크게 내저었다. 말은 한 마디도 하지 않았지만 무슨 말을 하고 싶은 듯 입술이 조금 달싹거렸다. 얼굴에는 공포의 빛이 감돌고 있었다.

스페이드는 개트맨에게 한쪽 손을 내밀었다. 그 손에 개트맨이 지폐를 얹어 놓았다. 스페이드는 돈을 세어 1천 달러 지폐가 9장임을 확인하자 개트맨의 손에 되돌려 주었다. 스페이드는 바닥으로 내려섰다. 무표정하고 조용한 얼굴이었다. 테이블에서 세 자루의 권총을 집어들었다. 그는 담담한 목소리로 말했다.

"나는 이 진상을 알고 싶소. 우리는……."

그는 오쇼네시를 향해 턱을 치켜들었으나 얼굴은 돌리지 않았다.

러시아인의 솜씨 293

"욕실로 가겠소. 문을 열어놓고 복도를 보고 있겠소. 당신들은 이 3층 창문으로 뛰어 내리지 않는 한 욕실문 앞을 지나지 않고는 여기서 나갈 수 없소. 쓸데없는 짓은 하지 않는 게 좋을 거요."
"아니, 스페이드 씨!"
개트맨이 항의했다.
"우리를 협박하실 건 없습니다. 그건 예의에도 좀 벗어난 일이 아닐까요? 이곳을 나갈 마음은 전혀 없습니다. 잘 아실 텐데요……."
스페이드는 화를 내지는 않았으나 아주 단호하게 말했다.
"이 일이 끝나면 여러 가지 사실을 알게 될 거요. 나는 이 진상을 알아내고 말겠소. 오래 걸리지는 않을 거요."
그는 여자의 팔꿈치를 쿡 찔렀다.
"자아, 이리 오시오."
욕실로 들어가자 브리지드 오쇼네시는 그제야 입을 열었다. 두 손을 스페이드의 가슴에 대고 얼굴을 바싹 붙인 다음 속삭였다.
"나는 돈을 빼내지 않았어요, 샘!"
"당신이 빼냈다고 생각지는 않소. 그러나 사실을 알고 싶소. 옷을 벗어보오."
"나를 믿어주시지 않는군요."
"자아, 옷을 벗어요!"
"싫어요!"
"좋아. 그럼, 저 방으로 되돌아가서 벗겨주지."
그녀는 한 손을 입에 대고 뒤로 물러났다. 동그랗게 뜬 눈에 겁이 잔뜩 어려 있었다.
"설마……."
그녀는 손가락 사이로 목소리를 내어 말했다.

"아니, 그렇게 할 거요. 돈이 어디로 사라졌는지 나는 알아야겠소. 상대가 여자라고 봐줄 수는 없소."

"어머나, 그런 말이 아니에요!"

오쇼네시는 스페이드에게로 다가서 다시 한 번 두 손을 그의 가슴에 갖다댔다.

"당신 앞에서 벗는 게 부끄러워서가 아니에요. 그러나——모르시겠어요?——이런 일로 옷을 벗다니, 나는 싫어요. 강제로 이런 일을 시키면 어떤 기분이 드는지 모르세요?"

스페이드는 목소리를 높이지 않고 조용히 말했다.

"그런 건 내 알 바 아니오, 나는 다만 돈이 어디로 사라졌는지 그것을 알고 싶을 뿐이오. 그러니 어서 벗어보오."

그녀는 스페이드의 움직이지 않는 회갈색 눈을 쳐다보았다. 차츰 얼굴이 붉게 물들더니 이윽고 새파래졌다. 그녀는 몸을 꼿꼿이 세우고는 옷을 벗기 시작했다. 스페이드는 욕조 가장자리에 걸터앉아서 여자와 열려 있는 문을 번갈아 지켜보았다. 거실에서는 아무 소리도 들리지 않았다. 그녀는 재빨리 요령있게 옷을 벗어 차례차례 발밑으로 떨어뜨렸다. 옷을 다 벗자 옷더미에서 한 발 뒤로 물러나서 그를 쳐다보았다. 그녀의 태도는 반항적인 데도 없고 기가 죽지도 않았으며, 오히려 자랑스러워하는 듯했다.

스페이드는 변기 뚜껑에 권총을 올려놓고 문쪽으로 향한 채 벗어놓은 옷 앞에 한쪽 무릎을 꿇고 앉았다. 옷가지를 하나씩 집어들고 눈과 손가락으로 살폈다. 1천 달러 지폐는 나오지 않았다. 일이 끝나자 옷을 안고 일어나 그녀에게 내밀었다.

"고맙소, 이제 확실해졌소."

오쇼네시는 스페이드에게서 옷을 받았으나 아무 말도 하지 않았다. 스페이드는 권총을 집어들고 욕실문을 닫고는 거실로 돌아갔다.

개트맨은 흔들의자에서 상냥하게 미소지었다.
"찾았습니까?"
카이로는 젊은이와 나란히 소파에 앉아 있었는데, 역시 묻고 싶은 듯한 검은 눈으로 스페이드를 바라보았다. 젊은이는 쳐다보지도 않았다. 그는 몸을 앞으로 굽히고 팔꿈치를 무릎 위에 세워 두 손으로 머리를 감싸안고 발 밑의 바닥을 물끄러미 내려다보고 있었다. 스페이드는 개트맨에게 말했다.
"없었소, 당신이 감춘 거요."
개트맨은 껄껄 웃었다.
"내가 감췄다고요?"
스페이드가 손에 든 권총을 잘그락거리며 대답했다.
"그렇소. 그것을 인정하겠소, 아니면 신체검사를 받겠소? 어느 쪽을 택하겠소?"
"신체검사?"
"감춘 것을 인정하겠소, 아니면 나한테 신체검사를 받겠소? 제3의 길은 없소."
개트맨은 스페이드의 험악한 표정을 올려보더니 큰 소리로 웃었다.
"당신한테는 못 당하겠군요. 정말 그렇게 생각합니다. 대단한 인물이십니다. 이렇게 했다고 해서 언짢게 생각지 마십시오."
"당신이 감췄소?"
"그렇습니다, 내가 감췄습니다."
개트맨은 조끼주머니에서 꼬깃꼬깃 구겨진 지폐를 한 장 꺼내어 넓은 무릎에 펴 놓더니 윗옷 주머니에서 9장의 지폐가 든 봉투를 꺼내 그 속에 섞어 넣었다.
"나는 가끔 이런 장난을 하는 버릇이 있답니다. 이런 경우 당신이 어떻게 나오는지 알고 싶었던 겁니다. 그런데 당신은 훌륭한 성적으로 이 시험을 통과했습니다. 사실 당신이 이처럼 단순하고 직접적인 방법으로 진상을 밝히실 줄은 몰랐습니다."

스페이드는 차가운 미소를 띠었으나 신랄함은 없었다.

"그런 장난은 저 꼬마만한 나이 또래나 하는 짓이오."

개트맨은 껄껄 웃었다.

브리지드 오쇼네시는 코트와 모자만 빼고 모든 옷을 다시 입고 욕실에서 나왔다. 거실 쪽으로 한 발 내디디다가 다시 부엌으로 가서 전등을 켰다.

카이로는 소파에서 젊은이 쪽으로 무릎을 내밀며 다시 뭐라고 소곤거렸다. 젊은이는 초조한 듯 어깨를 으쓱했다.

스페이드는 손에 든 권총을 바라보고 있더니 흘끗 개트맨에게 눈길을 던지고 복도로 나와 칸막이장 앞으로 갔다. 장문을 열고 권총을 트렁크 위에 올려놓은 다음 문을 닫고 잠갔다. 그리고 장문 열쇠를 바지 주머니에 넣고 부엌문 앞으로 갔다.

브리지드 오쇼네시가 알루미늄 커피포트에 더운 물을 따르고 있었다.

"다 찾았소?"

스페이드가 물었다.

오쇼네시는 얼굴도 들지 않고 차가운 목소리로 대답했다.

"네."

그녀는 커피포트를 옆에 놓고 문 앞으로 걸어왔다. 얼굴이 발그레했으며, 크게 뜨인 눈이 촉촉이 젖어 나무라는 듯한 빛을 담고 있었다. 그녀는 작은 목소리로 말했다.

"너무해요. 나한테 그런 짓을 하다니……."

"사실을 알 필요가 있었던 거요, 아가씨."

스페이드는 몸을 굽혀 그녀의 입에 가볍게 키스했다. 그리고 그는 거실로 돌아갔다.

개트맨은 스페이드를 보자 웃는 얼굴로 흰 봉투를 내밀었다.

"머지 않아 당신 것이 될 테니 지금 받아두십시오."

스페이드는 받지 않았다. 그는 팔걸이의자에 걸터앉으며 말했다.

"시간은 아직 충분히 있소. 그리고 돈에 대해서는 아직 결정나지 않았소. 나는 1만 이상을 받아야 할 것 같은데……."

"1만 달러면 큰돈입니다."

"나와 같은 말을 하고 있군요. 그러나 세상에는 이 돈만 있는 게 아니오."

"물론이지요. 그것은 인정합니다. 그러나 겨우 2, 3일 일하고 아주 안전하고 쉽게 손에 넣은 점을 생각하면 큰돈입니다."

"내 일이 그렇게 쉽다고 생각하시오?"

스페이드는 어깨를 으쓱하며 말했다.

"하긴 그럴지도 모르지요. 그러나 그건 나 개인의 문제요."

"옳은 말씀입니다."

개트맨은 고개를 끄덕이더니 눈을 가늘게 뜨고 부엌 쪽으로 머리를 흔들어 보이며 목소리를 낮추었다.

"저 아이하고 반씩 나눌 겁니까?"

"그것도 내 문제요."

"그렇겠지요."

뚱뚱한 사나이는 다시 고개를 끄덕였으나 잠시 망설이는 빛을 보이며 말했다.

"그러나 한 마디 충고해 드리고 싶은데요……."

"말해 보시오."

"반이 아니라 하더라도 당신은 아마 저 여자에게 약간의 돈을 주겠지요. 그러나……만일 말입니다. 저 여자의 기대보다 적은 액수를 줄 경우를 위해 한 마디 충고해 두겠는데……조심하는 편이 좋을 겁니다."

스페이드의 눈에 비웃는 빛이 번뜩였다. 그는 물었다.

"그녀가 무섭소?"

"그렇습니다."

스페이드는 히죽 웃으며 담배를 말기 시작했다.

카이로는 아직도 젊은이의 귀에 대고 속삭이고 있었다. 그는 다시 팔을 젊은이의 어깨로 돌렸다. 이때 갑자기 젊은이가 그 팔을 뿌리치고 소파에 앉은 채 레반트 인 쪽으로 얼굴을 돌렸다. 그 얼굴에 혐오와 분노가 넘치고 있었다. 그는 작은 손을 불끈 쥐어 카이로의 입가를 한 대 후려쳤다. 카이로는 여자 같은 비명을 지르며 소파 한구석으로 몸을 피했다. 그는 주머니에서 비단손수건을 꺼내 입에 대었다. 손수건을 떼자 피가 번져나와 있었다. 그는 다시 한 번 손수건을 입에 대며 나무라는 듯한 눈길로 젊은이를 쳐다보았다.

"떨어져 있어!"

젊은이는 고함치더니 다시 머리를 감싸안았다.

카이로의 손수건에서 풍겨 나온 시프레 냄새가 방 안 가득히 번졌다.

카이로의 비명 소리를 듣고 브리지드 오쇼네시가 문 앞으로 달려왔다. 스페이드는 싱긋 미소짓고 엄지손가락으로 소파를 가리키며 말했다.

"사랑에 따르기 마련인 치정싸움이오. 그런데 먹을 것은 어떻게 되었소?"

"다 되어가요."

오쇼네시는 다시 부엌으로 돌아갔다.

스페이드는 담배에 불을 붙이며 개트맨에게서 말했다.

"돈 이야기인데……."

"좋습니다. 기꺼이 응하겠습니다. 그러나 미리 분명히 해두는 것이 좋을 것 같아 말씀 드립니다만, 1만 달러란 나에게 있어 최선을 다한 액수입니다."

스페이드는 연기를 내뿜었다.

"2만을 내놓으시오."

"가능하면 그렇게 하고 싶습니다. 내 손에 있기만 하면 기꺼이 내놓겠습니다. 그러나 솔직히 말해서 지금 나에게는 1만 달러가 전재산입니다. 물론 이것은 아시다시피 첫 번째 지불에 지나지 않습니다. 나중에 또……."

스페이드는 미소지었다.

"그야, 나중에는 몇백만 달러라도 주겠지요. 그러나 나중 일은 나중 일이고, 지금 우선 1만 5천 달러면 어떻겠소?"

개트맨은 미소지으며 눈살을 찌푸리고 고개를 내둘렀다.

"스페이드 씨, 나는 솔직히 신사로서의 명예를 걸고 이 금액이 최대한의 선이라고 말씀드렸습니다."

"그러나 절대로 안 된다는 말은 하지 않았소."

"그럼, 절대로 안 됩니다."

개트맨은 웃었다. 스페이드는 우울한 듯이 중얼거렸다.

"못마땅한 일이지만 그것이 최선을 다한 것이라면 받아두겠소."

개트맨은 봉투를 내주었다. 스페이드가 돈을 세어 주머니에 넣고 있는데 브리지드 오쇼네시가 쟁반을 들고 들어왔다.

젊은이는 먹으려고 하지 않았다. 카이로는 커피를 한 잔 마셨다. 오쇼네시와 개트맨과 스페이드는 그녀가 준비한 달걀프라이와 베이컨과 토스트와 마멀레이드를 먹고 저마다 커피를 두 잔씩 마셨다. 그런 다음 천천히 날이 새기를 기다렸다.

개트맨은 잎담배를 피우며, 《미국 유명범죄사건집》이라는 책을 읽었다. 가끔 재미있는 대목이 나오면 소리내어 웃기도 하고, 느낀 바를 말하기도 했다. 카이로는 입에 난 상처를 어루만지며 소파 한 옆에 말없이 앉아 있었다. 젊은이는 4시가 지날 때까지 두 손으로 머리를 감싸안은 채 앉아 있더니 이윽고 카이로 쪽으로 두 다리를 뻗고 얼굴을 창문 쪽으로 돌린 채 잠들어버렸다. 브리지드 오쇼네시는 팔걸이의자에 앉아 꾸벅꾸벅 졸기도 하고 개트맨이 말하는 감상에 귀를 기울이기도 하고, 스페이드와 두서없는 이야기를 나누기도 했다.

스페이드는 담배를 말아서 피우고 또 말아서 피우며 조금도 초조한 빛 없이 방안을 왔다갔다하고 있었다. 가끔 브리지드가 앉은 의자의 팔걸이며 테이블 모서리며 그 발치며 수직으로 된 의자등받이 같은 곳에 걸터앉기도 했다. 그는 조금도 졸린 빛을 보이지 않았으며 기분이 좋은 데다 원기왕성했다.

5시 30분이 되자 스페이드는 부엌으로 가서 다시 커피를 끓여왔다. 그리고 나서 30분쯤 지나자 젊은이가 몸을 움직여 잠에서 깨어나 하품을 하며 윗몸을 일으켰다. 개트맨은 시계를 보고 스페이드에게 물었다.

"아직도 가지고 올 수 없습니까?"

"한 시간만 더 기다려주시오."

개트맨은 고개를 끄덕이며 다시 책으로 눈길을 돌렸다.

7시가 되자 스페이드는 전화기 앞으로 가서 에피 필라인의 번호를 돌렸다.

"여보세요. 필라인 부인이십니까? ……나는 스페이드입니다. 죄송합니다만, 에피 양을 불러주시겠습니까? 네…… 그렇습니다. ……고맙습니다."

그는 휘파람으로 '맨 큐바'의 곡을 두 소절쯤 낮게 분뒤 다시 전화기에 대고 말했다.

"아아, 예쁜이요? 깨워서 미안하군. ……물론 원기왕성해. 다름아니라 우체국 유치홀랜드 사서함에 내가 겉봉을 쓴 봉투가 있을 거요. 그 속에 픽윅 버스의 수하물표가 들어 있소. ……그 꾸러미를 맡긴 표요. 그것으로 꾸러미를 찾아 나에게 갖다주오. 아주 급히…… 그렇지, 내 아파트로…… 착하지, 우리 예쁜이……서둘러주오. ……안녕!"

8시 10분 전에 건물 바깥 현관 벨이 울렸다. 스페이드는 송화구 앞으로 가서 자동으로 열리는 버튼을 눌렀다. 개트맨은 책을 내려놓고 미소지으며 일어섰다.

"문 앞까지 함께 가도 되겠습니까?"

"좋소."

스페이드가 대답했다.

개트맨은 뒤를 따라 현관문 앞까지 갔다. 스페이드가 문을 열었다. 에피 필라인이 갈색 종이꾸러미를 들고 엘리베이터에서 나왔다. 그녀의 남자아이 같은 얼굴이 즐거운 듯 밝게 빛나고 있었다. 마치 달리듯이 재빨리 오고 있었다. 개트맨에게는 흘긋 눈길을 던졌을 뿐이었으나 스페이드에게는 생글생글 미소짓는 얼굴을 보이며 종이꾸러미를 내주었다.

"아아, 수고했소, 에피! 미안하오, 모처럼의 휴일에 쉬지도 못하게 하고. 하지만 이것은……"

"괜찮아요. 이번이 처음도 아니잖아요."

그녀는 웃으면서 말했으나 스페이드가 들어오라고 할 것 같지 않자 물었다.

"또 시킬 일은 없으세요?"

스페이드는 머리를 가로저었다.

"이제 됐소, 고맙소, 에피."

"안녕……."

그녀는 엘리베이터로 돌아갔다.

스페이드는 문을 닫고 종이꾸러미를 거실로 가져갔다. 개트맨의 얼굴이 불그레해지고 볼이 떨렸다. 스페이드가 꾸러미를 테이블에 놓자 카이로와 브리지드 오쇼네시가 다가왔다. 모두들 흥분했다. 젊은이도 파리하니 긴장된 얼굴로 일어섰으나 소파 앞을 떠나지 않고 바짝 치켜 올라간 속눈썹 밑으로 모두를 물끄러미 쳐다보고 있었다.

"자, 기다리던 물건이오!"

스페이드는 테이블에서 한 발 물러서며 말했다.

개트맨의 굵은 손가락이 신나게 끈과 포장지와 대팻밥을 처리했다. 그는 검은 새를 두 손으로 받쳐들었다.

"아아, 17년, 17년만의 만남이구나!"

그는 쉰 목소리로 외쳤다. 두 눈이 촉촉이 젖어 있었다.

카이로는 빨간 입술을 핥으며 두 손을 비벼댔다. 브리지드 오쇼네시는 아랫입술을 깨물고 있었다. 그녀도 카이로도 개트맨도 스페이드도 젊은이도——그 자리에 있는 모든 사람들의 숨소리가 거칠어졌다. 방 안 공기는 썰렁하니 탁하고 담배연기로 흐려져 있었다.

개트맨은 다시 새를 테이블에 올려놓더니 주머니를 더듬었다.

"분명히 이것이오, 그러나 만일을 위해 확인해 봐야지."

그의 둥근 볼에서 땀이 반짝였다. 그는 떨리는 손가락으로 금빛 주머니칼을 꺼내 폈다.

카이로와 여자는 그 양쪽에 바싹 붙어 서 있었다. 스페이드는 조금 물러나 젊은이와 테이블 앞의 세 사람을 동시에 지켜볼 수 있는 곳에 섰다.

개트맨은 새를 거꾸로 들더니 대좌(臺座)의 가장자리를 칼로 깎았다. 검은 에나멜이 조금씩 벗겨지고 그 밑에서 검은 쇠붙이가 나타났다. 개트맨의 칼날이 그 쇠붙이 속으로 파고 들어가서 구부러진 얇은 조각을 하나 깎아냈다. 그 떨어져나온 조각의 안쪽도 깎아낸 뒤에 남은 좁은 면도 흐릿한 회색의 납이었다.

개트맨의 숨소리가 꽉 다문 잇새에서 날카로운 소리를 냈다. 얼굴은 피가 치솟아 부풀어올랐다. 새의 조각을 홱 돌리더니 이번에는 머리를 잘랐다. 그곳도 칼날에 깎여나온 것은 납조각이었다. 그는 칼과 새를 테이블 위에 집어던지고 스페이드 쪽을 돌아보며 쉰 목소리로 말했다.

"이건 가짜요!"

스페이드는 얼굴을 잔뜩 찌푸리고 있었다. 그는 고개를 천천히 끄덕였다. 그러나 동시에 재빨리 한쪽 팔을 내뻗어 브리지드 오쇼네시의 손목을 잡았다. 그녀를 홱 끌어당기자 다른 한쪽 손을 그녀의 턱을 잡고 얼굴을 번쩍 쳐들었다.

스페이드는 그녀는 얼굴을 들여다보며 소리쳤다.

"알았소! 이건 당신의 장난이지? 자아, 모든 것을 자백하는 게 좋을걸!"

그녀는 소리쳤다.

"그렇지 않아요, 샘, 그렇지 않단 말이에요! 케미도프에게서 가지고 온 건 이거에요, 맹세코 말하지만⋯⋯."

조엘 카이로가 스페이드와 개트맨 사이에 끼어들어 찢어지는 목소리로 외쳤다.

"알았소! 알았소! 그 로스케 녀석의 짓이오! 큰일났군. 그 녀석을 속인 줄 알았는데 오히려 이쪽에서 속다니!"

눈물이 레반트 인의 볼 위로 흘러내렸다. 그는 발을 동동 구르며 분해 했다. 그는 개트맨을 향해 악을 썼다.

"당신이 서투른 짓을 했소. 그걸 놈들에게서 사려는 것부터가 바보 짓이었소. 이 얼빠진 뚱뚱보! 당신이 그 값어치를 일러준 거나 마찬가지요. 그는 값비싼 것임을 알자 진짜와 똑같은 위조품을 만들어 우리를 속인 거요! 그렇지 않다면 그렇게 쉽게 훔쳐내올 수 없었겠지! 그러니까 내가 새를 찾아 온 세계를 돌아다닐 거라고하자 그가 기뻐하며 보내준 거요! 이 바보 같은 사람! 돼지 같은 미련이!"

그는 두 손을 얼굴에 대고 소리내어 울었다.

개트맨은 바보처럼 입을 벌리고 있었다. 눈이 멍청하게 깜박였다. 이윽고 부르르 몸을 떨더니, 흔들리던 얼굴의 알뿌리가 멎을 무렵 본디의 명랑한 뚱뚱보로 되돌아갔다. 그는 상냥한 목소리로 말했다.

"이제 와서 떠들어봐야 소용없는 일일세. 누구든 때로는 실수를 저지르기 마련이지. 이건 내게도 큰 타격일세. 그것만은 알아줘야 하네. 이건 그 러시아인의 속임수였네, 틀림없이. 그래, 자네는 어떻게 할 텐가? 여기서 이렇게 울고불고 욕만 퍼부을 생각인가? 아니면……."

그가 말을 끊고 천진난만한 미소를 떠올렸다.

"모두들 다시 콘스탄티노플로 갈 텐가?"

카이로는 얼굴에서 두 손을 떼었다. 눈이 튀어나올 것 같았다. 그는 더듬더듬 말했다.

"뭐, 뭐라고……?"

상대방의 의도를 알자 놀란 나머지 말문이 막혀버린 듯했다.

개트맨은 통통한 손을 가볍게 두드렸다. 눈이 번쩍거렸다. 그의 쉰 목소리는 참으로 즐겁게 울렸다.

"17년 동안 나는 이 작은 물건이 탐나 갖은 고생을 다해왔네. 그렇기 때문에 앞으로 1년쯤 더 고생해야 한다 해도……그렇지……시간적으로는 그리 긴 게 아닐세."
 그는 말을 끊고 입술을 움직여 계산해 보았다.
 "즉 5와 17분의 15퍼센트만큼만 더 소비하면 되니까."
 "나도 함께 갑시다!"
 레반트 인은 소리내어 웃으며 소리쳤다.
 갑자기 스페이드가 여자의 손목을 놓고 방 안을 둘러보았다. 젊은 이의 모습이 보이지 않았다. 스페이드는 복도로 나가보았다. 홀로 나가는 문이 열려 있었다. 스페이드는 기분나쁜 듯 입을 삐죽이 내밀며 문을 닫고 거실로 돌아왔다. 그는 문턱에 기대서 개트맨과 카이로를 바라보았다. 오랫동안 찡그린 얼굴로 개트맨을 바라보고 있더니 이윽고 상대방의 걸걸한 목소리를 흉내내어 말했다.
 "정말이지 당신들은 굉장한 도둑들이시군!"
 개트맨은 껄껄 웃었다.
 "그다지 자랑할 만한 건 못됩니다만 그런 것 같습니다. 그러나 우리는 아직 한 사람도 죽이지 않았고, 이 정도의 실패에 세상이 끝장났다고 생각하지 않습니다."
 그리고 등으로 돌리고 있던 왼손을 앞으로 빼내 핑크 빛 살덩이가 불룩 솟은 매끄러운 손바닥을 위로 하여 스페이드 쪽으로 내밀었다.
 스페이드는 꼼짝도 하지 않았다. 얼굴표정도 달라지지 않았다.
 "나는 내가 할 일을 다했소. 당신은 물건을 손에 넣었고, 그것이 목적한 물건이 아니라는 것은 당신이 운이 나빴던거지 내 탓은 아니오."
 개트맨이 설득하는 목소리로 말했다.
 "이것 보시오, 스페이드 씨. 이것은 우리 모두의 실패입니다. 그런데 그중 한 사람에게만 책임지우는 것은 무리한 일이 아니겠습니까? 그러니까……."

그는 등 뒤로 돌렸던 오른손을 앞으로 내밀었다. 그 손에서 소형권총이 번쩍이고 있었다. 금과 은과 진주로 코끼리 눈 장식을 만들어 단 것이었다.
"그러니까 내 돈 1만 달러를 돌려주십시오."
스페이드는 전혀 표정을 바꾸지 않았다. 어깨를 으쓱하더니 주머니 속에서 봉투를 꺼냈다. 그리고 개트맨에게 내밀던 손을 잠깐 멈추었다. 봉투를 벌리고 1천 달러 지폐 한 장을 꺼내어 바지주머니에 넣었다. 그런 다음 나머지 지폐가 든 봉투를 접어 개트맨에게 내밀었다.
"내 보수로 실비(實費)를 받은 거요."
개트맨은 잠깐 망설이더니 스페이드처럼 어깨를 으쓱해보이며 봉투를 받았다.
"그럼, 이로써 당신과도 헤어져야겠군요. 그러나……."
그의 눈 가장자리 군살에 주름이 잡혔다.
"우리와 함께 콘스탄티노플 원정에 참가하실 생각이 있다면 이야기가 달라집니다만…… 어떻습니까, 솔직히 말해서 꼭 모시고 가고 싶습니다. 아무튼 당신은 내 마음에 들었습니다. 재치있고 판단력이 뛰어난 분이니까요. 당신의 판단력을 인정하기 때문에 우리도 안심하고 헤어질 수 있습니다. 왜냐하면 당신이라면 우리의 이 자그마한 사업에 대해 반드시 비밀을 굳게 지켜주시리라고 확신하고 있기 때문입니다. 아무튼 요 며칠 동안 일어난 사건에 관련되어 우리 몸에 갖가지 법률상의 문제 덮쳐왔지만, 지금으로서는 모두가 당신에게도 또 여기 있는 이 아름다운 오쇼네시 양에게도 똑같이 관계되어 있다는 사실을 잘 이해하고 계시리라고 믿습니다. 당신은 현명한 사람이니 그런 문제에 대해 잘 아시리라 안심하고 있습니다."
"알고 있소."

스페이드가 대답했다.

"그러시겠지요. 그런 그렇고——이렇게 되어 선택할 여지도 없어진 지금 경찰에 새삼 미끼라는 것을 던져주지 않아도 당신 손으로 잘 처리해 주시겠지요?"

"잘해보겠소."

"고맙습니다. 그럼, 작별인사는 짧을수록 좋겠지요. 안녕히 계십시오, 스페이드 씨."

개트맨은 정중히 머리를 숙였다.

"그리고 오쇼네시 양, 당신도 안녕히 계시오. 보잘것없는 물건이지만 기념으로 당신에게 그것을 드리겠습니다. 그 테이블에 있는 새를 그냥 두고 가겠습니다."

비록 사형을 받는다 해도

 개트맨과 조엘 카이로가 바깥문을 닫고 나간 뒤 5분이 넘도록 스페이드는 꼼짝 않고 열린 거실문의 손잡이를 바라보고 서 있었다. 그의 두 눈은 찡그린 이마 밑에서 어둡게 흐려졌다. 이마에도 주름이 깊이 새겨져 빨개졌다. 입술도 힘없이 튀어나와 있었다. 이윽고 그 입술을 V자형으로 꽉 다물고 전화기로 다가갔다. 테이블 옆에서 불안하게 그를 지켜보고 있는 브리지드 오쇼네시에게는 눈길도 주지 않았다.
 일단 수화기를 들었으나 곧 다시 내려놓았다. 몸을 굽혀 선반 모서리에 늘어져 있는 전화번호부를 들여다보았다. 급히 페이지를 넘기다 어떤 장에서 멈추더니 번호를 손가락으로 더듬어갔다. 그는 몸을 펴고 다시 수화기를 들어 번호를 댔다.
 "여보세요, 폴하우스 경사님 계십니까? ……좀 불러주시겠습니까? ……새뮤엘 스페이드입니다……."
 그는 허공을 바라보며 기다리고 있었다.
 "여어, 톰! 자네에게 알려주고 싶은 일이 있네. ……으음, 굉장히 많다네. 알겠나, 새스비와 재코비를 죽인 범인은 윌머 쿠크라는 젊은이일세."
그리고 스페이드는 젊은이의 인상과 특징을 자세하게 설명했다.
"그는 개트맨이라는 사나이의 부하일세."
그는 개트맨의 인상도 설명했다.
"자네가 여기서 만났던 카이로라는 사나이도 그들 일당일세……. 그렇지…… 개트맨은 알렉산드리아 호텔 12호 C에 머물고 있네. 아니, 머물고 있었네. 지금 여기서 나간 지 얼마 안 되었네. 도망칠 모양이니 빨리 수배해야 할 걸세. 그들은 아직 위험하다고 생각지 않는 것 같네. ……여자아이가 하나 있는데, 개트맨의 딸일세."
그리고 리어 개트맨의 모습도 설명했다.
"지금 말한 젊은이를 다룰 때는 조심하게. 총솜씨가 대단한 모양이니까. ……그렇지. 그리고 자네에게 줄 게 있네. 그 젊은이가 이번 살인에 쓴 것으로 보이는 권총이 여기 있네. ……응, 서둘러야 할 걸세. 행운을 비네, 톰!"
스페이드는 천천히 수화기를 내려놓고 전화번호부를 선반에 되돌려놓았다. 그는 입술을 축이며 두 손을 바라보았다. 손바닥이 땀에 젖어 있었다. 그는 가슴 가득히 숨을 들이마셨다. 직선으로 뜬 눈꺼풀 사이에서 눈이 번쩍였다. 그는 몸을 홱 돌려 성큼성큼 세 발자국에 거실로 돌아갔다. 그가 갑자기 다가왔으므로 브리지드 오쇼네시는 깜짝 놀랐다. 그녀는 숨을 헐떡이며 웃음 비슷한 소리를 조금 냈다.
스페이드는 여자 바로 앞에서 얼굴을 마주하고 섰다. 크고 뼈대가 굵고 살집이 좋은 몸을 그녀에게 가까이 대고 차가운 미소를 띠며 턱과 눈을 굳힌 채 말했다.
"그들은 체포되면 틀림없이 지껄일 거요. 우리의 일도. 우리는 마치 다이너마이트 위에 앉아 있는 거나 마찬가지오. 게다가 경찰에게 들려줄 변명을 준비할 시간도 얼마 없소. 그러니 모두 이야기해

주오, 빨리! 당신과 카이로는 개트맨이 시켜서 콘스탄틴노플에 갔었소?"

오쇼네시는 말하려다 말고 망설이며 입술을 깨물었다. 스페이드는 그녀의 어깨에 손을 얹었다.

"어서 말하시오! 나와 당신은 지금 한 배를 타고 있는 거요. 그러니까 속일 생각은 마오. 다 말해야 하오. 개트맨의 부탁을 받고 콘스탄티노플로 갔었소?"

"네, 그가 시켰어요. 거기서 조를 만나 내가 도와달라고 부탁했었어요. 그러나……"

"잠깐만, 당신이 카이로에게 부탁해 케미도프에게서 매를 빼내는 일을 거들게 했군?"

"네."

"개트맨을 위해서?"

그녀는 다시 주저했으나 스페이드의 화난 듯한 무서운 눈길에 부딪치자 머뭇거리면서 꿀꺽 침을 삼킨 다음 입을 열었다.

"아니오, 그때는 이미 그런 마음이 없었어요. 우리가 가지려고 했었지요."

"그래서?"

"그러나 조가 나를 배신하지 않을까 하는 생각이 들어…… 플로이드 새스비에게 도움을 부탁했어요."

"그의 도움을 받았단 말이로군. 그래서?"

"매를 손에 넣어 홍콩으로 가져갔어요."

"카이로도 함께? 아니면 그전에 그와 손을 끊었소?"

"네, 콘스탄티노플에 남겨두고 왔어요. 형무소에…… 수표에 관한 무슨 문제가 생겨 붙잡혔거든요."

"당신이 꾸며낸 게 아니었소? 그의 발을 묶어두기 위해?"

그녀는 기분 나쁜 듯이 스페이드를 쳐다보며 작은 목소리로 대답했다.

"그래요."

"좋소. 그래 당신과 새스비는 새를 가지고 홍콩으로 갔었군. 그런 다음?"

"그런 다음……난 새스비에 대해서는 잘 몰랐어요. 어디까지 믿을 수 있는 사람인지. 그래서……아무래도 그렇게 하는 것이 안전할 것 같아……재코비 선장을 만나 그의 배가 샌프란시스코로 올 예정임을 알았으므로 짐을 하나 실어다 달라고 부탁했어요. 그것이 저 새였지요. 새스비는 믿을 수 없었고, 또 조나 개트맨의 끄나풀이 그 배를 타지 말라는 법도 없잖아요? 그래서 그게 가장 안전한 방법이라고 생각했던 거예요."

"알았소. 그래서 당신과 새스비는 속력이 빠른 배를 타고 왔었군. 그런 다음?"

"그러나……그러나 나는 개트맨이 무서워졌어요. 그는 가는 곳마다 아는 사람이 많고, 연줄이 닿는 사람이 있었지요. 우리가 한 일이 아무래도 드러날 게 뻔했지요. 홍콩에서 샌프란시스코 행 배를 탔다는 일도 벌써 알고 있는 줄 짐작했어요. 그 무렵 그는 아직 뉴욕에 있었지만 전보로 그 사실을 알게 되면 우리보다 먼저 이곳에 올 시간이 충분히 있었어요.

그런데 실제로 그렇게 되었어요. 그때는 아직 확실히 몰랐지만 나는 그게 너무 무서웠어요. 게다가 재코비 선장의 배가 도착할때까지 기다려야 했거든요. 그동안 개트맨의 눈에 띄게 되지 않을까, 플로이드가 들켜 매수당하지 않았을까 정말 겁이 났어요. 그래서 당신을 찾아가 플로이드를 지켜달라고 부탁하고……."

"거짓말! 새스비를 유혹하여 자기 사람을 만들었다면서 무슨 말을 하는 거요! 그는 여자라면 정신을 못 차리는 사람이오. 그건 그의 전력을 봐도 알 수 있소……그가 실패한 건 보나마나 여자 때문일 거요. 쓸개빠진 녀석은 두었다 봐도 언제나 쓸개빠진 녀석이오. 아마 당신은 그의 과거까지는 몰랐겠지만, 배신할 사람이 아니라는 것은 알고 있었을 거요."

오쇼네시는 얼굴을 붉히며 조심스럽게 스페이드를 쳐다보았다. 스페이드는 이야기를 계속했다.

"당신은 재코비가 전리품을 가져오기 전에 새스비를 쫓아버리고 싶었던 거요. 당신의 계획은 어떤 것이었소?"

"나는……나는 그 사람이 무슨 사건을 일으키고 미국에서 도망쳐 온 도박꾼의 친구라는 걸 알고 있었어요. 그 사건이 어떤 내용인지 몰랐지만, 만일 그것이 무언가 중대한 일이어서 탐정에게 감시당하고 있다는 사실을 알게 되면 그가 옛날 사건 때문이 아닌가 생각하고 도망쳐 주려니 생각했던 거예요. 나는 결코……."

"당신이 그에게 미행당하고 있다는 사실을 일러주었군."

스페이드는 자신있게 말했다.

"마일즈는 머리가 그다지 좋은 편은 아니지만, 첫날밤부터 상대방이 알아차릴 만큼 바보는 아니오."

"네, 내가 일러주었어요. 그날 밤 함께 산책 나갔을 때 아처 씨에게 미행당하고 있다는 것을 처음으로 알아차린 듯한 시늉을 해보이며 플로이드에게 일러주었어요."

그리고 그녀는 울기 시작했다.

"하지만 샘, 믿어줘요. 플로이드가 아처 씨를 죽일 줄 알았다면 그렇게 하지 않았을 거예요. 나는 다만 그 사람이 무서워서 이 도시를 뜨려니 생각했던 거예요. 설마 플로이드가 그를 죽이리라고는 생각지도 못했어요."

비록 사형을 받는다 해도 313

스페이드는 이리처럼 어금니까지 드러내보이며 미소지었으나 그것은 입술뿐 눈은 조금도 웃지 않았다.
"설마 새스비가 쏘아죽이리라 생각지는 못했다고? 그 생각은 옳은 것 같소."
사나이를 올려다보던 여자의 얼굴에 놀라운 빛이 나타났다. 스페이드는 이야기를 계속했다.
"사실 새스비는 마일즈를 쏘지 않았으니까."
오쇼네시의 얼굴에 놀라움에 더하여 믿을 수 없다는 듯한 표정이 떠올랐다. 스페이드는 이야기를 계속했다.
"마일즈는 그다지 머리가 좋은 사람은 아니었소. 그러나 어제오늘 나온 풋내기 탐정과는 다르단 말이오. 자기가 뒤쫓고 있는 상대방에게 그런 식으로 당하다니, 결코 있을 수 있는 일이오! 막다른 골목에서, 권총을 뒷주머니에 넣고 코트 단추를 끼운 채 말이오, 절대로 있을 수 없는 일이오. 아무리 그가 바보라 할지라도 그 정도로 얼빠진 사람은 아니오. 그 골목 입구를 지킬 생각이었다면 어느 곳이나 다 터널 위의 부슈 거리 한 옆에서 지켜볼 수 있으니까. 당신은 새스비를 위험한 악당이라고 우리에게 말했소. 그런데 마일즈가 그런 골목으로 끌려들어갈 리가 없소. 그는 영리한 사나이는 아니지만 그처럼 얼빠진 바보도 아니란 말이오."
스페이드는 입술을 축이며 친근감있게 여자를 향해 웃어보였다. 그는 말을 계속했다.
"그러나 당신같이 아름다운 여자하고라면, 골목 안에 아무도 없는 줄 알았다면 따라갔을 거요. 더욱이 당신은 그에게 사건을 의뢰한 손님이었으니까. 그렇게 해달라고 부탁하면 미행을 중단할 수도 있었을거요. 당신이 그를 붙잡고 함께 가자고 부탁했다면 그는 함께 따라들어갔을 게 틀림없소. 그리고도 남을 만큼 어리석은 사람이니까. 아마 당신 몸을 아래위로 흘끗흘끗 훑어보고 입술을 핥으며 입을 크게 벌리고 히죽이죽 웃었을 거요. 당신은 어둠 속에서 그에게 바싹 다가붙어 그날 밤 새스비에게서 빌린 권총으로 그의 배에 구멍을 뚫는 일쯤 간단히 해치웠겠지."

브리지드 오쇼네시는 스페이드에서 뒷걸음질치다가 테이블 가장자리에 부딪쳐 발을 멈췄다. 그녀는 공포에 질린 눈으로 스페이드를 쳐다보며 소리쳤다.

"그만! 그런 식으로 말하지 마세요, 샘! 내가 아니에요. 당신도 아시잖아요! 아시면서……."

"입 다물지 못해!"

스페이드는 손목시계를 들여다보았다.

"언제 경찰이 뛰어들어올지 모르오. 우리는 다이너마이트 위에 앉아 있는 거요. 자아, 다 털어놓으시지!"

그녀는 손등을 이마에 갖다댔다.

"아아, 당신은 어째서 그런 무서운 죄를 나에게 덮어씌우려는 거지요?"

그러자 스페이드는 참을 수 없다는 듯이 낮은 목소리로 말했다.

"그만해두오. 지금은 여학생의 연극연습을 하고 있을 때가 아니오. 알겠소? 우리 두 사람은 교수대 밑에 앉아 있단 말이오."

그는 여자의 양쪽 손목을 잡고 자기 앞에 곧장 일으켜 세웠다.

"자아, 털어놓으시지!"

"난……난……몰라요! 어떻게 당신은 그 사람이…… 그 사람이 입술을 핥으며 나를 쳐다보았던 일까지 알고 계시지요?"

스페이드는 기분나쁜 웃음 소리를 냈다.

"나는 마일즈를 잘 알고 있으니까. 그러나 그건 아무래도 좋소. 왜 마일즈를 쏘았소?"

오쇼네시는 상대방 손에서 자기 손목을 빼내 그의 머리를 끌어당겨 입과 입이 닿을 정도로 가까이 댔다. 그녀의 몸은 무릎에서 가슴까지 그의 몸에 꼭 달라붙어 있었다. 스페이드는 두 팔을 그녀의 몸에 돌리고 꽉 끌어안았다. 검은 속눈썹이 달린 눈꺼풀이 반쯤 감겨 그 밑으로 벨벳 같은 눈이 내다보고 있었다. 그녀는 떨리는 목소리를 억누르며 말했다.

"난 처음에는 그럴 생각이 아니었어요. 모든 게 지금 말한 대로였지만, 플로이드가 조금도 무서워하지 않았기 때문에 그만……."

스페이드는 그녀의 어깨를 손바닥으로 두드렸다.

"거짓말 마오. 당신은 마일즈와 나에게 우리 손으로 직접 해달라고 부탁했었잖소? 그건 당신이 미행자를 미리 확인해 두고 싶었기 때문이오. 서로 얼굴을 알고 있으면 함께 따라오려니 하고. 그날…… 아니, 그날 밤 당신은 새스비에게서 권총을 빌렸소. 콜로네트 아파트에는 오래 전부터 방을 빌려놓았었지. 트렁크를 그쪽에다 갖다놓고 호텔에는 하나도 없었소. 내가 당신 방을 뒤졌을 때 발견한 영수증을 보니 당신이 아파트 방값을 지불한 것은 나에게 말한 날짜보다 5, 6일 전이더군."

오쇼네시는 괴로운 듯이 침을 삼켰다. 그녀는 겸손한 목소리로 말했다.

"네, 거짓말을 했어요. 샘, 만일 플로이드가……아아, 난 도저히 당신 얼굴을 보며 이런 말을 할 수가 없어요, 샘!"

그녀는 그의 머리를 끌어내려 볼과 볼을 맞대고 귓가에 입을 갖다 대며 속삭였다.

"나는 알았어요, 플로이드는 그렇게 간단히 무서워하지 않는다는 사실을. 그러나 누구에게 미행당하고 있다는 사실을 알게 되면 그가 틀림없이……아아, 역시 말할 수 없어요, 샘!"

그녀는 소리내어 울면서 그에게 달려들었다. 스페이드가 말했다.
"그럴 경우 플로이드는 상대방에게 덤벼들 테니 둘 가운데 하나가 쓰러지리라고 생각했었군. 만일 새스비가 쓰러지면 당신은 방해꾼을 없애버린 셈이고, 만일 마일즈가 쓰러지면 플로이드는 체포될 테니 결국 골치아픈 존재가 사라질 것이다, 내 말이 맞지요?"
"그렇기는 하지만……"
"그러나 새스비가 덤벼들려고 하지 않는다는 것을 알자 당신은 그에게서 권총을 빌어 직접 해치운 거요, 안 그렇소?"
"네……당신 말하고 똑같지는 않지만……"
"아니, 대강 줄거리는 맞을 거요. 게다가 그 계획은 처음부터 세워놓았던 거요, 플로이드가 살인혐의로 붙잡히리라 여기고서."
"나는……나는 적어도 재코비 선장이 매를 가지고 도착할 때까지는 풀려나오지 못하려니 생각하고……"
"그러나 개트맨이 이미 이곳에 와서 당신을 찾아다니고 있다는 사실은 아직 모르고 있었겠지. 전혀 예상도 하지 못했던 일일 거요, 만일 알았다면 당신도 자기 보디가드를 버리지는 않았을 테니까. 새스비가 총에 맞았다는 말을 듣자마자 당신은 곧 개트맨이 이 거리에 와 있다는 것을 알았소. 그래서 다른 보호자가 필요하게 되어 서둘러 나를 찾아온 거요, 안 그렇소?"
"네, 하지만……. 그 때문만은 아니었어요. 아무튼 나는 당신 곁으로 돌아왔어요. 나는 당신을 처음 만났을 때부터……"
스페이드는 부드럽게 말했다.
"정말 예쁜 아가씨요, 당신은! 운이 좋으면 20년쯤 뒤 선 퀜틴에서 나올 수 있겠군. 그때 내가 있는 곳으로 돌아오면 될 거요."
그녀는 대고 있던 볼을 떼더니 머리를 뒤로 홱 젖히고 까닭을 모르겠다는 표정으로 그를 쳐다보았다.

스페이드의 얼굴은 창백했다. 그는 상냥하게 말했다.

"아아, 당신의 아름다운 목이 밧줄에 매달리는 일이 없기를 하느님께 빌겠소."

그는 두 손을 위로 올려 그녀의 목을 쓰다듬었다.

순간 오쇼네시는 스페이드의 팔에서 빠져나가 테이블이 있는 곳까지 뒷걸음질쳤다. 그녀는 그 자리에 웅크리고 앉아 두 손으로 자기 목을 눌렀다. 광기어린 눈을 크게 부릅뜬 처참한 얼굴이었다. 바싹 마른 입을 벌렸다가 곧 다시 다물었다. 그녀는 쉰 목소리로 조그맣게 말했다.

"설마 당신은……."

그녀는 그 말밖에 하지 못했다.

스페이드의 얼굴은 이제 황백색으로 바뀌었다. 입매는 웃음짓고 번쩍이는 눈 가장자리에도 미소의 주름이 잡혀 있었다. 그는 말했다. 목소리는 부드럽고 조용했다.

"나는 당신을 경찰에 넘길 작정이오. 목숨만은 건질 수 있겠지. 즉 20년 뒤에는 다시 이 세상으로 나올 수 있을 거요. 당신은 예쁜 아가씨요. 나는 언제까지나 당신을 잊을 수 없을 거요."

그녀는 목에서 두 손을 내리고 똑바로 섰다. 좀 의아해 하는 눈빛만 빼놓고 얼굴 표정은 잔잔해보였다. 스페이드는 상냥하게 미소지었다.

"그만해둬요, 샘. 농담이라도 그런 말은 하지 마세요. 아아, 잠깐 동안이지만 굉장히 놀랐어요! 난 정말인 줄 알았어요. 당신이라는 분은 가끔 전혀 엉뚱한 일을 태연스럽게 말하기 때문에……."

그녀는 갑자기 입을 다물고 얼굴을 앞으로 내밀더니 스페이드의 눈을 말끄러미 들여다보았다. 볼과 입 가장자리가 바르르 떨리며 공포의 빛이 다시 눈 속에 깃들었다.

"설마, 샘!"

그녀는 다시 두 손으로 목을 누르며 자세를 허물어뜨렸다. 스페이드는 미소지었다. 땀에 젖은 노란 얼굴이 미소를 띠고 있었지만 목소리에서는 부드러움이 사라지고 쉬어 있었다.

"바보 같은 소리 마오. 당신은 경찰서로 가야 하오. 그들이 지껄이면 우리 둘 중 누구 하나는 끌려갈 거요. 내가 끌려간다면 분명 사형이겠지만, 당신은 좀더 너그러운 처분을 받게 될 거요. 알았소?"

"하지만……하지만 샘, 그런 법이 어디 있어요! 우리는 이제 이렇게 가까운 사이가 되었는데. 안 돼요, 안 돼! 그런……."

"안 되긴 뭐가 안 된단 말이오!"

오쇼네시는 길게 떨리는 한숨을 내쉬었다.

"그럼, 당신은 나를 장난감으로 취급했었군요? 나를 함정에 끌어넣기 위해……마음에 있는 듯한 눈치를 보였을 뿐이군요? 당신은……나를 조금도……좋아하지……않았었군요? 나를 사랑……하지……않았었군요?"

"사랑하고 있는 셈이오. 그러나 그게 어쨌다는 거요?"

미소를 그대로 지니려고 스페이드는 얼굴 근육이 잔뜩 긴장되었다.

"나는 새스비가 아니오. 재코비도 아니고, 당신을 위해 꼭두각시 노릇을 하는 것은 딱 질색이오."

그녀의 눈에 눈물이 글썽해졌다.

"그런 말이 어디있어요! 교활해요. 비겁해요. 그런 말은 하는 게 아니에요. 이제 와서 그런 말을 할 수는 없을 거예요. 너무해요!"

"너무하다고! 당신은 내 질문을 막으려고 나의 침대로 파고 들어왔소. 어제는 개트맨을 위해 살려달라고 가짜 전화를 걸어 나를 끌어냈소. 어젯밤 그들과 함께 여기 와 있었으면서도 당신은 혼자 밖

비록 사형을 받는다 해도

에서 나를 기다리고 있다가 나와 둘이서 올라왔소. 함정에 빠졌다는 것을 알았을 때 당신은 내 품 속에 있었소. 그러니 만일 권총을 가지고 있었다 해도 나는 그것을 뽑을 틈이 없었을 거요. 그들과 한바탕 싸우고 싶었어도 할 수 없었을 거요. 아까 그들이 당신을 데려가지 않은 것은, 개트맨은 앞뒤 사정을 잘 아는 사람이므로 필요할 때 잠깐 당신을 이용했는지는 모르지만 당신을 결코 믿지 않았기 때문이오. 그리고 또 한 가지 당신을 남겨두고 가면 내가 당신에게 빠져 당신을 살리고 싶은 생각에 그들을 경찰에 고발하지 못하리라고 계산했기 때문이오."

브리지드 오쇼네시는 눈을 깜박이며 눈물을 떨어뜨렸다. 그녀는 한 발자국 스페이드 앞으로 다가서더니 그의 눈을 바라보며 오만하게 가슴을 폈다.

"나를 보고 거짓말쟁이라고 했지요? 당신이야말로 거짓말을 하고 있는 거예요. 내가 무슨 일을 했든 내가 당신을 사랑하고 있다는 것을 잘 알면서도 모른다고 잡아떼는 건 거짓말이에요."

스페이드는 고개를 까딱 숙여보였다. 눈에는 핏발이 서 있었으나 여전히 미소를 지은 땀이 밴 노란 얼굴표정은 조금도 달라지지 않았다. 그는 말했다.

"그거야 알고 있을지도 모르지. 하지만 그게 어떻다는 거요? 그러니 당신을 믿으라는 말이오? 나의 전임자 새스비에게 그처럼 교묘한 속임수를 쓴 당신을? 새스비를 배반하기 위해 아무 원한도 없는 마일즈를 마치 파리 죽이듯 냉혹무참하게 쏘아죽인 당신을? 개트맨, 카이로, 새스비, 이 세 사람을 차례차례 배신한 당신을? 나한테도 마찬가지일 거요. 당신과 만난 뒤 오늘까지 당신은 30분 이상 솔직한 태도를 취한 일이 한 번도 없었소. 그래도 나는 당신을 믿어야 한단 말이오? 그건 싫소. 비록 믿을 수 있다 하더라고 그럴 생각이 없소. 그럴 필요가 어디 있겠소?"
 여자의 눈은 스페이드를 쳐다본 채 꼼짝도 하지 않았다. 목소리도 쉬어 있기는 했으나 흐트러지지는 않았다.
 "믿을 필요가 어디 있느냐고요? 당신이 나를 장난감으로 알고 있었다면, 나를 사랑하지 않았다면 대답할 말이 아무것도 없겠지요. 만일 사랑해 준다면 그런 말에 대답할 필요는 없을 테고요."
 스페이드의 눈에는 여전히 핏발이 서 있었다. 오랫동안 떠올라 있던 미소도 사라지고 잔뜩 찌푸린 얼굴이 되었다. 그는 헛기침을 하고 나서 가라앉은 목소리로 말했다.
 "이제 새삼 연설조로 나와봐야 소용없는 일이오."
 그는 한쪽 손을 여자의 어깨 위에 얹었다. 그 손이 와들와들 떨렸다.
 "누가 누구를 사랑하든 그건 알 바 아니오. 나는 당신의 꼭두각시가 되고 싶지는 않소. 새스비가 걸어간 길을 다시 걷고 싶지는 않단 말이오. 당신은 마일즈를 죽였으니까 심판을 받아야 하오. 하기야 그들을 도망치게 해놓고 모든 수단을 동원하여 경찰을 막았다면 당신을 살려낼 수도 있었겠지. 그러나 그것도 이제는 이미 늦었소. 나로서는 당신을 살릴 힘이 없소. 만일 그런 힘이 있다 하더라도 마음 내키지 않소."
 오쇼네시는 어깨에 있는 그의 손에 자기 손을 올려놓았다. 그녀는 속삭였다.
 "그럼, 좋아요. 그 대신 나를 방해하지는 마세요. 이대로 도망치게 해주세요!"
 "안 돼! 경찰이 왔을 때 당신을 넘겨주지 않으면 내가 끝장이오. 다른 자들에게 끌려 들어가지 않으려면 이 방법밖에 없소."
 "나를 위해 제발 그렇게 해주세요!"

"당신을 위한 꼭두각시가 되고 싶지 않소."

"제발 그런 말을 하지 마세요."

그녀는 어깨에서 사나이의 손을 떼어내어 그 손을 자기 얼굴에 갖다댔다.

"왜 이렇게 해야 되지요, 샘? 아쳐 씨는 당신에게 그처럼……."

스페이드는 쉰 목소리로 대꾸했다.

"마일즈는 정말 골치아픈 녀석이었소. 함께 일한지 1주일 만에 그 사실을 알았지. 그래서 1년의 계약기간이 끝나면 쫓아낼 참이었소. 그러니까 당신이 그를 죽였다고 해서 내게 손해될 건 아무것도 없소."

"그럼, 왜 이러지요?"

스페이드는 여자의 손에서 자기의 손을 빼냈다. 이제는 웃지도 않았고 얼굴을 찡그리지도 않았다. 땀이 밴 노란 얼굴이 굳어져 깊은 주름이 잡혔다. 눈은 미친 듯이 번쩍이고 있었다.

"이런 말은 아무리 해봐야 조금도 도움이 되지 않소. 당신에게 말해 봐야 알아듣지도 못하겠지만, 한 번만 더 말해 두겠소. 그래도 안 되면 단념하겠소. 잘 들어보오. 첫째, 사나이란 자기 동료가 살해되었을 경우 말없이 얌전히 보고만 있으면 안 되는 것이오. 그 동료를 어떻게 생각하든 그것과는 아무 관계가 없소. 그가 자기 동료라면 무슨 일이든 도와줘야 하는 거요. 그리고 둘째, 우리의 직업은 탐정이오. 같은 사무실의 동료가 살해되었는데도 범인을 내버려두면 아주 난처한 입장에 놓이게 되오. 모든 면에서 난처해지지. 자기 하나뿐만 아니라 세상에서 탐정일을 하는 모든 사람에게 폐가 된단 말이오. 셋째, 나는 탐정이오. 따라서 범인을 뒤쫓아왔는데 놓아달라고 요구하는 것은 마치 토끼를 잡은 개에게 놓아주라고 말하는 것과 같은 일이오. 물론 분명 놓아줄 수도 있는 일이고 때로는 그런 경우도 있소. 그러나 그것은 자연을 등지는 일이오. 당신을 놓아줄 수 있는 단 한 가지 방법은 개트맨과 카이로와 그 꼬마를 놓아주는 것이었지만, 그것은······."
"진지하게 말해 주세요. 설마 그런 이유로 나를 납득시킬 수있다고 생각지는 않으시겠지요? 그것이 나를 넘겨줄 이유가 되나요?"
"내 이야기를 끝까지 들어보오. 그런 다음 당신 의견을 말하구려. 넷째, 아무리 내가 당신은 놓아주고 싶어도 이제는 나 자신이 자진하여 그들과 함께 교수대에 서지 않는 이상 절대로 불가능하게 되었소. 다섯째, 아무리 생각해도 나로서는 당신을 믿을 만한 점을 한 가지도 찾아낼 수가 없소. 만일 잘못하여 당신을 믿고 살려준다면 당신은 언제까지나 필요할 때 이용할 수 있는 나의 약점을 쥐게 되는 셈이오. 그리고 여섯째, 나 또한 당신의 약점을 잡고 있는 셈이 되므로 당신이 언제 내 배에 바람구멍을 내지 않는다고 장담할 수가 없는 일이오. 일곱째, 당신이 나를 여자에게 약한 자로 보았을지도 모른다는 생각만 해도 화가 치밀어 못 견디겠소. 여덟째——아니, 그만해두겠소. 아무튼 이것이 모두 저울 한쪽에 놓여 있는 것이오. 이 가운데는 하찮은 이유도 있겠지만, 그런 것을 따지고 싶지는 않소. 아무튼 이 숫자만이라도 보시오——숫자를. 그런데 저울의 다른 한쪽에는 무엇이 놓여 있는지 아오? 기껏해야 당신이 나를, 또 내가 당신을 사랑하고 있을지도 모른다는 사실뿐이오."
"자신이 알고 있을 게 아니에요? 사랑하는지 사랑하지 않는지." 그녀가 속삭였다.
"나는 그것을 모르오. 그야 당신에게 빠져 열중하기는 쉬운 일이오."
그는 굶주린 사람처럼 그녀의 머리에서부터 발 끝까지 발 끝에서 눈까지 찬찬히 훑어 보았다.

"그러나 그것이 어떤 뜻을 갖는지 나는 모르오. 누구든 그것을 알았던 사나이가 지금까지 한 사람이라도 있었소? 예를 들어 내가 당신을 사랑한다고 합시다. 그래, 그게 어떻다는 거요? 한 달 뒤에는 싫증이 날지도 모르오. 아니, 그때까지 싫증이 나지 않았더라도 그 이전에 나는 당신을 놓치고 말 것이오. 그러면 나는 어떻게 되겠소? 나는 어리석은 짓을 했다고 생각하겠지. 또 만일 내가 당신에게 붙어 있다가 경찰에 넘어가게 된다면 그때야말로 나는 자신을 어리석은 꼭두각시였다고 생각할 거요. 그러나 반대로 내가 당신을 경찰에 넘기면, 지금 당장은 틀림없이 후회할 거요. 잠 못 이루는 밤도 있을지 모르오. 그러나 그런 건 일시적인 것으로, 곧 잊혀질 거요. 알겠소?"

그는 여자의 어깨를 잡아 뒤로 젖히고 그 위로 몸을 굽혔다.

"지금 한 말이 쓸데없는 것이라고 생각한다면 잊어버려도 좋소. 그 대신 이렇게 바꿔 말하겠소. 내가 당신을 사랑하지 않으려는 이유는 나의 본심이 결과야 어찌되든 사랑하고 싶거든 사랑하라고 말하고 있기 때문이오. 그리고 또 한 가지 당신이 다른 남자를 대하던 것처럼 나를 대하고 있다는 사실을 계산에 넣고, 될 대로 되리라 생각하고 있기 때문이오."

그는 여자의 어깨에서 손을 떼어 양쪽으로 힘없이 늘어뜨렸다. 그녀는 사나이의 얼굴을 두 손으로 감싸고 자기 쪽으로 끌어당겼다.

"내 얼굴을 보세요. 그리고 본심을 말해 주세요. 만일 저 매가 진짜였고 당신도 분담금을 받았다면 나를 이렇게 대했을까요?"

"이제 와서 그런 말을 해봐야 무슨 소용 있겠소. 나는 세상 사람들이 생각하는 것처럼 악당이 아니라는 사실을 알아줘야 하오. 그런 소문은 직업상 편리할 때도 있는 법이오. 보수가 많은 일을 맡을 수도 있고, 적과 거래도 쉽게 할 수 있소."

그녀는 스페이드를 쳐다보면서 아무 말도 하지 않았다. 스페이드는 어깨를 조금 으쓱해보였다.

"과연 큰돈도 저울 반대쪽에 올려놓을 또 한 가지 항목일지 모르겠군."

그녀는 스페이드에게로 얼굴을 가까이 갖다댔다. 입이 조금 벌어지고 입술이 조금 튀어나왔다. 그녀는 속삭였다.

"나를 사랑해 주시면 그쪽에는 아무것도 올려놓지 않아도 될 거예요."

스페이드는 이를 악물고 잇새로 말을 내뱉었다.

"나는 당신을 위해 어릿광대 노릇은 하지 않겠소."

그녀는 천천히 자기 입을 그의 입에 갖다대며 두 팔을 그의 몸 뒤로 돌리고 그의 품 안에 안겼다. 그녀가 사나이의 팔에 안겼을 때 현관 벨이 울렸다.

브리지드 오쇼네시의 몸에 왼팔을 돌린 채 스페이드는 현관문을 열었다. 댄디 경감과 톰 폴하우스 경사, 그리고 다른 두 형사가 서 있었다.

"여어, 톰, 붙잡았나?" 스페이드가 말했다.

"으음, 잡았네."

"그거 잘되었군. 어서 들어오게. 또 한 명 넘겨줄 사람이 있네."

스페이드는 여자를 앞으로 밀어냈다.

"마일즈를 죽인 범인은 이 여자일세. 그리고 증거물이 몇 가지 있네. 그 젊은이의 권총 두 자루와 카이로의 권총 한 자루, 이 소동의 원인이 된 검은 새 조각, 그리고 나를 매수할 생각으로 준 1천 달러 지폐 한 장."

그는 댄디 경감 쪽을 보더니 이마를 찌푸리고 몸을 굽혀 상대방의 얼굴을 들여다보며 갑자기 웃음을 터뜨렸다.
"아니, 자네 친구는 왜 이러나, 톰? 마치 실연당한 듯한 얼굴이군."
그는 다시 한 번 유쾌하게 웃었다.
"아마 당신은 개트맨의 말을 듣고 마침내 내 숨통을 눌렀다고 여겼던 모양이군."
"그만해두게, 샘."
톰이 투덜거렸다.
"우리는 그처럼……."
"……생각하지 않았다. 그 말인가?"
스페이드는 즐거운 듯이 말했다.
"경감님은 잔뜩 기대를 걸고 일부러 거동하셨지만, 자네는 내가 개트맨을 조종했다는 것을 알 만한 분별을 가지고 있었단 말이지?"
"그만해두라니까!"
톰은 다시 투덜거리며 걱정스러운 듯이 경감의 얼굴을 곁눈으로 살폈다.
"아무튼 우리가 알고 있는 건 카이로에게서 들은 것뿐일세. 개트맨은 죽었네. 그 꼬마가 개트맨을 쏜 뒤 한 발 늦게 뛰어들었다네."
"개트맨도 그만한 일쯤은 예상했어야 하는 건데!"
스페이드는 고개를 끄덕였다.

월요일 아침 9시 조금 지났을 무렵 스페이드가 사무실로 들어가자 에피 필라인이 읽고 있던 신문을 놓고 허둥거리며 스페이드의 의자에서 일어섰다.
"잘 잤소, 우리 예쁜이?"
"이거——신문에 난 기사——정말인가요?"

그녀가 물었다.
"사실이오."
스페이드는 모자를 책상 위로 내던지고 의자에 앉았다. 얼굴이 창백했으나 표정은 아주 밝았다. 눈은 아직 핏발이 덜 가셔 불그레했지만 그래도 밝았다.

에피의 갈색 눈이 오늘 아침에는 유난히 커보이고 입매도 이상하게 일그러진 듯했다.

그녀는 스페이드 옆에 서서 그를 내려다보았다.
스페이드는 머리를 들더니 싱긋 웃으며 놀리듯이 말했다.
"에피, 당신의 여성적 직감도 별것 아니잖아!"
"샘, 그녀에게 이런 짓을 한 건 당신이지요?"
얼굴표정처럼 그녀의 목소리에도 묘한 울림이 있었다.
스페이드는 고개를 끄덕였다.
"당신의 샘은 탐정이니까."
그는 날카로운 눈으로 그녀를 쳐다보더니 그녀의 허리를 팔을 돌리고 엉덩이에 손을 댔다. 그는 조용히 말했다.
"그녀가 마일즈를 죽인 거요, 아가씨! 이렇게 간단히——"
그는 다른 한 손의 손가락을 튕겨 딱 소리를 내었다. 마치 그 말에 다친 사람처럼 에피는 스페이드의 팔에서 빠져나갔다.
"싫어요, 만지지 마세요!"
그녀는 띄엄띄엄 끊어서 말했다.
"나도……알고 있어요……당신이 옳았다는 것쯤은. 그래요, 당신은 잘못이 없어요. 그러나 지금은 나를 만지지 마세요……만지지 마세요!"
스페이드의 얼굴이 입고 있는 와이셔츠 칼라처럼 창백해졌다.
복도문 손잡이가 소리를 냈다. 에피 필라인이 재빨리 바깥방으로 뛰어나가며 문을 닫았다. 그녀는 곧 들어와 다시 문을 닫았다. 그리고 작고 단조로운 목소리로 말했다.

"아이버가 왔어요."

스페이드는 책상 위로 눈을 떨어뜨린 채 거의 알아보지 못할 정도로 고개를 끄덕였다.

"그래……."

그는 몸을 부르르 떨었다.

"아무튼 안으로 들여보내구려."

하드보일드 큰별 더 실 해미트

《말타의 매(The Maltese Falcon, 1930)》는 미국뿐 아니라 세계미스터리문학사에 새로운 역사를 이룩한 기념할 만한 작품이다. 작가 더 실 해미트는 그때까지 써온 수수께끼 풀이 위주의 본격 미스터리소설에서 손을 떼고 하드보일드파(派)라 불리는 새로운 분야의 미스터리소설을 써낸 창시자이다. 《말타의 매》가 바로 그 첫작품으로, 문학사상 불후의 이름을 남기게 된다.

해미트가 미친 영향은 굉장하여 하드보일드파가 그 뒤 미스터리소설계의 지배적 세력을 이루게 되었다. 그 후계자의 한 사람인 레이먼드 챈들러는 《단순한 살인 예술(1944)》이라는 제목의 평론 속에서 그 의의에 대해 말한 바 있다. 챈들러는 우선 코난 도일 이후에 나온 영국계 수수께끼 풀이 미스터리소설, 특히 A.A. 밀른과 플리먼 윌즈 크로프츠와 애거서 크리스티의 작품들을 일러 비현실적이고 기계적인 이야기라고 헐뜯었다. 논리와 추리놀이에 지나지 않는 이야기들로 조금도 생명력이 없다는 것이었다. 해미트를 정점으로 한 새로운 '현실적 미스터리소설'의 문학운동은 어디까지나 사실에 바탕을 두고 현실 세계를 묘사했으며 사물의 이면을 두려워하지 않고 폭력에도 굽히지 않고, 있는 그대로 일상적인 말을 써서 무질서와 폭력이 지배하는 악으로 가득찬 사회에 적극적으로 도전하고 있다고 평가했다.

분명 해미트가 만들어낸 새뮤엘 스페이드라는 탐정은 셜록 홈즈나 엘큐울 포와로같이 초인적인 추리력을 지니고 있지는 않다. 스페이드는 두뇌의 추리보다 일단 부딪쳐보는 행동력으로 사건을 해결하는 비교적 인간적인 탐정이다.

드러내놓고 돈벌이에 집착하며, 힘이 세고, 경쟁심도 뛰어나지만, 실수도 하고 화도 낸다. V자형 얼굴생김도, 처진 어깨며 원추형 몸집도 아주 보기흉해서 상식적으로 생각할 때 전혀 주인공답지 않다. 그러나 언제나 표정이 변하지 않고 감상적인 일은 거들떠보지도 않고, 미인을 안는 데도 결코 빠지는 일이 없고, 술과 담배(직접 말아 피운다)와 주먹을 동무삼아 사는 억센 사나이, 냉혹비정하고 고독하나 긍지를 지닌 이 사나이는 인간 존재의 불안한 상황에 놓인 새로운 시대의 주인공이다. 지금까지의 수수께끼 풀이를 전문으로 다루는 분석적 명탐정을 대신하는 새로운 행동파 탐정의 이상형이라 할 수 있으리라.

이 작품 '허공에 그려진 G' 첫머리에는 이야기 줄거리와 아무 관계없는 프리트클래프트라는 사나이에 대한 이야기가 스페이드의 입을 통해 나오는데, 실은 이것이 중대한 의미를 지니고 있다. 그 사나이가 인식한 인생의 부조리야말로 이 작품의 밑바닥에 깔린 의미이며, 그러한 인간존재의 불안한 상황이야말로 이 작품이 그리는 세계의 축도(縮圖)라고 할 수 있다. 하드보일드파의 출발점은 바로 거기에 있다.

하드보일드는 안정된 사회의 산물인 본격파 미스터리소설에 대한 저항인 동시에 광란의 20년대, 금주법과 재즈 시대의 미국 사회에 어울리는 새로운 문학이었다.

프랑스의 문예평론가 자크 카보는 《잃어버린 대초원(1966)》이라는 미국 문학론에서 '미국을 이룩한 15편의 소설'에 대해 서술했는데, 그 가운데 이 《말타의 매》가 포함되어 있다. 카보가 그 저서에서 서부 대초원의 고독한 사나이를 그리는 미국 소설의 전형이 1920년대에서 30년대에 걸쳐 금주법시대의 도시로 무대를 옮겼다고 말하며 대초원은 도시의 뒷거리로, 인디언은 갱으로, 카우보이는 탐정으로 모습을 바꾸지만 거친 사나이의 규칙은 억센 사나이의 모랄로 여전히 남아 있다고 지적한 점이 재미있다.

그는 이어서 재즈와 영화가 미친 영향에 대해 말하고, 해미트의 문체는 카메라 눈을 통한 리얼리즘이고, 문장은 사실과 동작을 세밀하게 묘사한 데 지나지 않으며, 언어는 사물의 반주를 이루고 있다고 평했다. 그리하여 헤밍웨이의 메마른 문체에 탐정이야기를 집어넣고 암흑과 폭력 세계에 새디즘과 에로티즘을 섞어 '명예'라는 사나이의 모랄에 사는 인간을 그린 새로운 분야의 미스터리소설이 만들어졌다는 것이 카보의 견해이다. 이 견해는 수긍이 갈 만하다.

더 실 해미트는 1894년 5월 27일 메릴랜드 주(州)에서 태어났다. 그의 선조인 프랑스의 드 셰르 집안은 모든 전쟁에 출전하여 한 번도 이긴 적이 없다고 하는데, 해미트도 제1,2차 세계대전에 나갔다가 두 번이나 병에 걸려 평생 건강 때문에 괴로워했다. 이것도 무슨 인연이라고 해야 할는지.

어린시절을 볼티모어 시에서 지냈으나 집이 가난하여 13살 때 중학교를 중퇴하고 철도 메신저보이로부터 시작하여 7년 동안 여러 가지 일에 종사하였다. 철도공원이나 짐꾼 같은 육체노동도 했고 광고문안작성 사무원 같은 사무일도 해보았으나, 마침내 미국의 유명한 사립탐정 사무실인 핀커튼 사(社)에 들어가 탐정일에 종사하게 되었다.

 이때의 경험이 그의 소설에 많은 영향을 미친 것 같다. 새뮤엘 스페이드는 물론 《그림자 없는 사나이(1932)》에 나오는 닉 찰스도 작가 자신의 자세가 현실적이라기보다 이상의 인물로 그려져 있다고 볼 수 있다. 《말타의 매》의 작중 인물도 대개 모델이 있다고 한다. 이를테면 브리지드 오쇼네시는 실제적인 사건의뢰인이었으며, 개트맨은 독일의 스파이로 작가 자신이 미행했던 사나이고, 윌머는 보석사기사건에 관련되어 작가가 체포한 불량배이며, 카이로는 그가 잘못 체포했던 사나이였다. 그들은 저마다 힌트를 얻은 실존인물이 있으니 그가 그리는 인물이 실감을 주는 것도 당연할 것이다.

 제1차 대전 때는 위생병으로 종군했으나 결핵에 걸려 병원을 옮겨다니다 다시 탐정일로 돌아왔다. 그러나 남의 사생활에 관여하기가 싫어 얼마 안 되어 그만두고 글을 쓰기 시작하여 대중 소설과 순문학의 융합을 꾀했다.

 그 무렵 나오던 〈블랙 마스크〉라는 대중잡지는 1920년대에서 30년대에 걸쳐 신문잡지 판매장에서 굉장한 인기를 불러모았다. 이 잡지는 편집장 조제프 T. 쇼의 방침에 따라 본격적인 하드보일드 스타일의 대중성을 겨냥한 것인데, 1929년 8월호에 실린 해미트의 《끈끈이 종이》라는 범죄실화식 단편소설이 주목을 끌었다.

 이어서 발표한 장편 《피의 수확(1929)》이 큰 성공을 거두었다. 앙드레 지드는 이 작품을 '잔혹한 시니시즘과 공포에 있어 완벽'하다고 격찬했다. 거기에 대해 해미트는 '그런 호모 녀석의 입에 내 말이 오르내리는 것은 싫다'고 말했다고 한다. 여기서 남자다운 소설에 생사를 거는 그의 면목을 엿볼 수 있다.

 뒤이어 《데인 집안의 저주(1929)》《말타의 매》《유리열쇠(1931)》《그림자없는 사나이》 등 행동파 범죄소설의 성공작이 계속 나왔다.

뒷날 미국의 유일한 여류극작가가 된 릴리안 헬먼과의 교우관계는 이 무렵부터 시작되었다. 이 두 사람은 그 뒤 서로 영향을 주고받으며 평생의 반려자가 되었다. 《그림자 없는 사나이》에서 퇴직한 탐정 닉 찰스의 아내 노라는 릴리안이 모델이라고 한다. 한편 릴리안의 출세작이 된 희곡 《아이들 시간(1934)》의 제재는 낡은 법정기록 속에서 해미트가 발견한 것이라고 한다. 해미트는 헐리우드 시나리오 작가로도 활약했는데, 그 대표작은 릴리안의 희곡 《라인의 감시(1941)》를 시나리오화한 것이다.

제2차 대전이 일어나자 자진하여 통신병에 지원하여 종군했으나 거기서 폐기종(肺氣腫)을 얻어 죽을 때까지 고생했다. 《샘 스페이드의 모험(1944)》《콘티넨탈 탐정(1945)》 등의 작품이 크게 히트하자 새뮤엘 스페이드는 텔레비전 프로그램에도 등장하여 시청자의 인기를 독차지했다. 만일 매사추세츠 주의 휴양지 매사즈 비너드 섬의 아담한 집에서 아무 일도 없었다면 그는 릴리안과 평화롭고 행복한 노년을 보냈을 것이다.

그런데 좌익 소탕의 매커시 사건이 일어나 그는 1915년 6달 동안 형무소에서 살았다. 그가 보증하여 보석(保釋)이 허용된 네 사람의 공산주의자가 행방을 감췄기 때문에 그는 법정에 불려나가 보석금의 출처 등을 조사받았으나 증언을 거부하여 법정모욕죄로 형을 받게 된 것이었다. 새뮤엘 스페이드처럼 결코 약점을 보이지 않는 해미트는 병과 싸우며 복역했다. 대학교육을 받지 않은 그는 형무소행을 '대학입학'이라고 농담하곤 했다.

2년 뒤 그는 다시 비미활동위원회(非美活動委員會)에 불려나갔다. 《말타의 매》를 비롯한 그의 작품들은 좌익책이라 하여 정부도서관에서 추방되었다.

매커시 의원이 그를 보며 "만일 당신이 우리 입장에 있다면 당신

책을 도서관에 두도록 하겠습니까?" 하고 묻자 그는 재미있다는 듯이 "나 같으면 도서관이라는 것을 인정하지 않겠습니다."라고 대답했다고 한다.

1961년 1월 10일에 세상을 떠날 때까지 그는 6, 7편의 장편소설을 썼을 뿐이다. 미스터리소설작가로서는 뜻밖이라고 할 만큼 적은 숫자이다. 그러나 하드보일드파라는 새로운 분야를 개척한 공로는 영원히 남게 될 것이다.

제2차 대전 뒤 이 분야가 한편으로는 이른바 액션 이야기라고 불리는 에로티즘과 새디즘을 내세운 통속범죄소설로, 다른 한편으로는 경찰 이야기와 스파이 이야기 등의 새로운 방향으로 움직이고 있다는 것은 이미 잘 알려진 일이다.